读客三个圈经典文库

经典就读三个圈　导读解读样样全

卡夫卡孤独三部曲
城堡

[奥]弗兰兹·卡夫卡 著

魏静颖 译

读客三个圈经典文库

经典就读三个圈　导读解读样样全

江苏凤凰文艺出版社

图书在版编目（CIP）数据

城堡 /（奥）弗兰兹·卡夫卡著；魏静颖译. -- 南京：江苏凤凰文艺出版社，2024.5
（卡夫卡孤独三部曲）
ISBN 978-7-5594-8044-6

Ⅰ.①城… Ⅱ.①弗… ②魏… Ⅲ.①长篇小说 - 奥地利 - 现代 Ⅳ.① I521.45

中国国家版本馆 CIP 数据核字 (2023) 第 196064 号

城堡

[奥]弗兰兹·卡夫卡 著　　魏静颖 译

责任编辑	丁小卉
特约编辑	洪子茹　李晨茜
封面设计	汪　芳
责任印制	杨　丹
出版发行	江苏凤凰文艺出版社
	南京市中央路 165 号，邮编：210009
网　　址	http://www.jswenyi.com
印　　刷	河北中科印刷科技发展有限公司
开　　本	880 毫米 × 1230 毫米 1/32
印　　张	12
字　　数	288 千字
版　　次	2024 年 5 月第 1 版
印　　次	2024 年 5 月第 1 次印刷
标准书号	ISBN 978-7-5594-8044-6
定　　价	119.00 元（全 3 册）

江苏凤凰文艺版图书凡印刷、装订错误，可向出版社调换，联系电话：010-87681002。

目　录

一　抵达　　　　　　　　　　　　　　001

二　巴拿巴　　　　　　　　　　　　　021

三　弗里达　　　　　　　　　　　　　041

四　和客栈老板娘的第一次交谈　　　　052

五　在村长家　　　　　　　　　　　　067

六　和客栈老板娘的第二次谈话　　　　088

七　教师　　　　　　　　　　　　　　103

八　等待克拉姆　　　　　　　　　　　114

九　对审讯的抗争　　　　　　　　　　124

十　在街道上　　　　　　　　　　　　135

十一　在学校里　　　　　　　　　　　142

十二　助手们　　　　　　　　　　　　154

十三　汉斯　　　　　　　　　　　　　162

十四	弗里达的责备	173
十五	在阿玛利亚那儿	185
十六	（无题）	195
十七	阿玛利亚的秘密	212
十八	阿玛利亚受到的惩罚	229
十九	求情	240
二十	奥尔加的计划	248
二十一	（无题）	266
二十二	（无题）	276
二十三	（无题）	288
二十四	（无题）	305
二十五	（无题）	322
附录	《城堡》手稿中的删减段落*	354

---

* 卡夫卡生前此书并未定稿，因此在手稿上还有一些曾被他划掉未做处理的段落。这些删减段落被收录于马克斯·布罗德编纂的第三版《城堡》中。本译本参照Fischer出版社1964年版本的第473—497页部分，将删减段落以尾注的形式补译于本书附录，以方便读者阅读。

城堡

一

抵达

K.抵达时夜色已深。村庄也已经被积雪覆盖。城堡山笼罩在迷雾和夜色中,影影绰绰,虽然有些许微弱的光亮,却也无法让这座巨大的城堡显露出其真身。K.在从公路通往村庄的木桥上站了很久,仰头望着这片看似空虚的天空。

之后,他去找过夜的地方。客栈里还有人没睡,但老板还是对这位这么晚还前来投宿的客人深感惊讶和困惑,虽然已经没有空房了,但他仍让K.睡在客栈的一个草垫子上。K.同意了。几个农民还在一旁喝着啤酒,但他不想和任何人说话,于是他自己去阁楼上取来了草垫子,在火炉旁边躺了下来。天气很暖和,农民们也都很安静,他用疲惫的双眼稍微打量了一下他们,然后就睡着了。

但是没过多久他就被叫醒了。一个穿着城里人衣服的年轻人正和老板一起站在K.旁边,这个年轻人长着一张明星脸,眼睛很窄,眉毛却很浓。农民们也还在那里,有几个人把椅子转了过来,以便能看得、听得更清楚。年轻人非常有礼貌地为吵醒了K.而表示抱歉,自我介绍说是城堡里长官的儿子,接着说:"这个村子是城堡的财产,在这里居住或过夜,就相当于是在城堡里居住或过夜。没有伯爵的许可,任何人都不许在这里居住或过夜。您并没有伯爵的许可,或者至少您没出示过。"

K.半坐起来,用手理了理头发,抬头看着他们说:"我这是迷路走到哪个村了?这里有一座城堡吗?"

"当然,"年轻人缓缓地说,四周的人都对K.的反应摇了摇头,"是西西[1]伯爵大人的城堡。"

"那在这儿过夜必须得有许可吗?"K.问道,似乎是为了说服自己刚才听到的并不是在梦里发生的。

"必须得有许可,"年轻人回答道,语气里带着对K.的强烈嘲讽,他伸出手臂问老板和客人们,"还是说不需要许可就行呢?"

"那么我得去弄到这许可。"K.说,他打了个哈欠,推开了身上的毯子,似乎想起身。

"您想从谁那儿弄到呀?"年轻人问道。

"从伯爵那儿,"K.说,"还能怎么办呢?"

"现在是半夜,您要去得到伯爵的许可?"年轻人喊道,倒退了一步。

"这不可能吗?"K.心平气和地问,"那您为什么叫醒我?"

现在这个年轻人来气了。"一副流浪汉做派!"他喊道,"我要求您尊重伯爵大人的府邸!我叫醒您,是为了通知您必

---

[1] 此姓氏比较少见,德语为"Westwest",直译为"西方西方",应为卡夫卡自造的姓氏。——译者注(如无特殊说明,本书注释均为译者注)

须马上离开伯爵大人的领地。"

"您闹够了吧,"K.极其小声地说,又躺下盖上毯子,"年轻人,您有点过界了,我明天再来跟您讨论您的行为。如果我需要证人的话,老板和那边的几位先生都是证人。不然的话,您就当我是伯爵派来的土地测量员吧。我的助手们明天会带着设备坐马车过来。我不想错过在雪中步行的机会,可惜走错了好几次路,因此到得这么晚。根据我之前的经验,甚至在您教训我之前,我自己也知道现在向城堡报告已经太晚了。这就是为什么我想今晚在这里将就过一夜,而您——说得委婉一点——却不客气地来打扰我。我的解释到此为止。晚安,各位先生。"K.翻了个身面向火炉。

"土地测量员?"K.还听到有人在他背后犹豫地问,然后是一片沉默。但那个年轻人很快就整理好了自己的情绪,用一种虽然被刻意压低——似乎是考虑到了K.在睡觉——却又足以让他听到的声音对客栈老板说:"我要打个电话去问问这事。"这个村里的客栈居然还有电话?它的设备还真是齐全。这些细节让K.十分惊讶,但就总体而言,也没什么可大惊小怪的。原来电话几乎就装在他的头顶上方的空间,刚才他实在太困,竟然没看见。现在如果这个年轻人非得打电话,那么无论如何他也没法不打扰到K.的睡眠,事情只在于K.让不让他打,K.决定允许年轻人打这个电话。但这样一来,再装睡也没什么用了,于是他又恢复了仰卧的姿势。他看到农民们正紧张地挤在一起讨论着;一位土地测量员的到来可不是什么小事。厨房的门开着,客栈老板娘硕大的身躯堵住了整扇门,老板踮着脚尖走到她面前，告诉她发生了什么事情。现在电话打通了，他们开始了交流。城堡总管已经睡了，但是一位叫弗里茨的城堡副总管——他是几位城堡副总管之一——接了电话。这位自称施瓦泽的年轻人讲述了他发现K.的过程。他说K.是一个三十多岁的男人，衣衫褴褛，正安静地睡在一个草垫子上，用一个很小的背包当枕头，手边还有一根有节的手杖。这人自然引起了他的怀疑，而且显然由于客栈老板的疏忽，这个男人顺利留宿了，那么他——施瓦泽就有责任把事情搞清楚。K.对他所遭受的一系列"被叫醒、审讯和尽职尽责的驱逐威胁"的操作表现得十分不耐烦，顺便说一下，最后证明，这一系列操作也许是正确的，因为他声称自己是伯爵任命的土地测量员。当然，至少应该例行公事地核实一下这一说法，因此施瓦泽要求弗里茨先生向总管理处询问一下，是否真的在等这样一位土地测量员，并将结果立即用电话回复他一下。

随后屋子里一片安静，弗里茨在那边询问此事，其他人在这里等待答案，K.仍然像之前一样，甚至连身都没翻，似乎一点都不好奇，只是看着前方。施瓦泽的汇报夹杂着恶意和谨慎，K.觉得他可能接受过一些外交辞令的训练。在城堡里，即使像施瓦泽这样的小人物，也很轻易就能接触到这些外交教育。而且城堡里的人也十分勤奋，总管理处夜间还有人值班。他们显然很快就给出了回答，因为弗里茨已经打电话过来了。而且这个答复似乎非常简短，因为施瓦泽立即生气地扔下了听筒。"我就说吧，"他喊道，"压根儿没什么土地测量员，这就是个卑鄙、撒谎的流浪汉，没准儿还更糟。"有那么一刻，

K. 觉得他们所有人，施瓦泽、农民们、老板和老板娘都会向他扑来，为了至少躲过第一波冲击，他整个人都缩进了被子里，然后——他又慢慢地把头伸了出来——因为电话又响了，而且，在K. 看来，这次电话响铃的声音特别大。虽然这电话不太可能再与K. 有关，但所有人还是停了下来，施瓦泽又回到了电话旁。他在那里听了一段较长的说明，然后轻声地说："所以之前是弄错了吗？这对我来说实在太尴尬了。总管亲自打电话来了？奇怪，太奇怪了。我现在该如何向土地测量员先生解释呢？"

K. 竖起耳朵听着。如此说来，城堡已经任命他为土地测量员。一方面看来，这对他是不利的，因为这表明城堡里的人已经知道了关于他的一切，他们已经权衡了利弊并且愉悦地接受了这场挑战。但从另一方面看来，这也是有利的，这证明他们低估了他，这样一来他将获得更多的自由，比他一开始期望的还多。他们如果以为承认他的土地测量员身份，就在精神上压制住了他，能让他陷入持续的恐慌，那就错了。这使他感到有一点恐慌，但也仅此而已。

施瓦泽瑟缩地朝他走来，K. 示意他走开；大家催促K. 去客栈老板的房间住，他拒绝了，只接受了老板给的一顶睡帽和老板娘端来的一个配有肥皂和毛巾的洗脸盆。他甚至不用要求清空大厅，因为每个人都匆匆忙忙地背过身往外挤，以免明天被他认出来，灯熄了，他终于能安静休息了。他睡得很沉，甚至老鼠在身边跑过一两次也没能打扰他，就这样一直睡到第二天早上。

早餐后，客栈老板告诉他，早餐和他的一应费用都由城堡支付。K. 本想直接去村里，但他回忆了自己昨天的行为，只和这位老板说过必要的几句话，老板现在却一直在他身边转来转去，无声地恳求他。出于怜悯，K. 让他和自己一起坐了一会儿。

"我还不认识伯爵，"K. 说，"听说只要工作干得好，他就会给很高的薪水，真是这样吗？像我这样离开老婆孩子出来打工的人，总想带些钱回去。"

"在这方面您大可不必担心，就没听过有人抱怨薪水低。"

"好吧，"K. 说，"我不是那种扭扭捏捏的人，即使是面对伯爵，我想说的也一定会说，但要是能和和气气地同那些先生打交道就更好了。"

客栈老板坐在 K. 对面的窗台边上，他不敢坐得十分舒适，而是一直用他那双棕色的大眼睛焦急地盯着 K.。起初他挤到了 K. 的身边坐着，但现在他似乎更想逃跑。好像害怕被问到和伯爵有关的问题似的，或是害怕他认为的"绅士"K. 其实是个不可靠的人？K. 得转移下他的注意力。他看了看表说："现在我的助手们马上就要来了，你[1]能在这儿安顿他们一下吗？"

"没问题，先生，"他说，"但他们不和你[2]一起住在城堡里吗？"

他就这么轻而易举且乐意地放弃潜在客人吗？特别是 K.，还坚持要送他去城堡住？

"这还不确定，"K. 说，"首先我得弄清楚这是一项什么

---

[1] K. 在此处没有用"Sie"（您），而是使用了"Du"（你），似乎有意展示自己高位者的高傲，而《审判》中的同名主人公 K. 则在称呼他人时更多使用了"您"。
[2] 此处客栈老板也使用了"你"，而不是更礼貌的"您"。

样的工作。比如说我要是主要在城堡下面工作，那么住在这里就比较合理。而且我也担心，住在山上城堡里的生活也许不适合我。我总是想自由点。"

"你不了解城堡。"客栈老板轻声说。

"这是自然，"K.说，"不应该过早下判断。就目前而言，我对城堡一无所知，只知道他们知道如何找到合适的土地测量员。也许城堡还有些其他优点吧。"他站了起来，也摆脱了一直不安地咬着嘴唇的客栈老板。要赢得这个人的信任并不容易。

往外走的时候，K.注意到墙上有一幅装在深色框架里的深色肖像。他在自己铺位睡觉时就已经注意到了这个画框，但由于距离很远，他并不能分辨一些细节，还以为真正的照片已经被从画框中取出来了，看到的只是一块黑色的底板。但现在仔细看来，那其实是一张照片，是一个大约五十岁的男人的半身像。相中人的头深深地垂在胸前，以致人们几乎看不到他的眼睛；他的头似乎因为他那又高又厚重的额头、强而有力下垂的鼻子而深深垂下。他还长着一把大胡子，但因为头下垂的姿势被压在了膝盖上，而膝盖下面的部分却还继续立着。左手张开插在浓密的头发里，却撑不起来整个脑袋。"那是谁，"K.问，"是伯爵吗？"K.站在画前问，却根本没有转过身看老板一眼。"不是的，"客栈老板说，"是城堡主管。""城堡里有一位英俊的主管，这事倒是真的，"K.说，"但可惜他有一个不成器的儿子。""不，"客栈老板说，把K.拉近了一点，在他耳边悄声说，"施瓦泽昨天说得太过了，他的父亲只是个副主管，还是排名最低的一个。"在那一瞬间，K.觉得客栈老板像个孩子。"这个骗子！"K.笑骂道，但客栈老板没跟着笑，反而说道："他父亲也是有实权的。""走吧！"K.说，"你看谁都是有权有势的。你觉得我也是这种人吗？""你，"他胆怯又认真地说，"我不认为你有权有势。""所以你倒是观察得门儿清，"K.说，"实话实说吧，我真不是有权有势的人。因此，我对那些权贵的尊重可能也不比你少，只是我不像你那么坦率，也不总愿意承认这一点。"K.还轻轻地拍了拍客栈老板的脸，似乎是为了安慰他，也为了让自己显得更合群些。这下子老板确实笑了笑。他真的像个年轻人一样，脸庞的轮廓很柔和，也没什么胡子。他怎么娶了个又老又胖的老婆呢？从旁边的一扇小窗看去，能看到他老婆正在厨房里忙活，两只手肘都因为忙碌而远远离开了身体。但K.此时也不想再追问他什么，因为不想赶走他那丝终于露出的微笑，所以K.只是示意他打开门，随后就走进了美好的冬日清晨。

如今在这晴朗清澈的天气中，他终于能看清城堡的轮廓了，而到处覆盖的一层薄薄的积雪将一切映衬得更加清晰，还勾勒出了所有的形状。此外，山上的雪似乎比村子这儿的少许多，K.在村里路上行走的情况并不比昨天在大路上轻松。村里的雪一直堆到了小屋的窗户，也重重地压在低矮的屋顶上，但在山上，一切都自由而轻盈地屹立着——至少从这儿看过去是这样的。

从远处看，这座城堡总体上符合K.的期望。它既不是一座古老的骑士城堡，也不是一座新的华丽宏伟的建筑，而是一片连绵的建筑群，是由几座两层的楼房以及许多鳞次栉比的低矮建筑组成的；如果不知道它是一座城堡，人们可能会把它误认为一个小城镇。K.只看到了一座塔，但他无法判断它是属于居民楼还是教堂。成群的寒鸦[1]在他周围盘旋。

K.的眼睛紧盯着城堡，他继续往前走，对其他的事情都不闻不问。但当他走近时，才发现这座城堡让他有些失望，它看起来像是个挺破的小城镇，由一些乡间房屋组成，唯一的不同在于，也许这儿所有的东西都是用石头建造的，可油漆早已脱落，那些石头似乎也摇摇欲坠。K.转眼间想起了自己的故乡小城，它几乎不比这个所谓的城堡差，如果K.只是想去参观一下，那么走这么远的路实在不值得，还不如重新返回自己的老家，正好他也已经很久没有回过那里了。他在脑海里把家乡的教堂塔楼和现在城堡山上的塔对比了一下。家乡的那座塔，坚定不移地、毫不犹豫地、笔直地、越来越细地向上延伸，宽阔的大屋顶上铺着红瓦，那是一座人间的建筑——我们人类还能建造出些别的什么呢？——但是这座建筑比那些低矮的房屋群有更高的目标，比枯燥的工作日有更清晰的风格表达。这里的塔楼——这是唯一可见的一座高塔——现在看来，也许是城堡主楼的塔楼，是一座单调的圆形建筑，有一部分爬满了仁慈的常青藤，楼上的那些小窗户正在太阳下闪闪发亮——透露着些许疯狂——塔顶类似一个平台，墙垛线条不太清晰、不规则地

---

[1] 此处卡夫卡使用了"Krähe"（寒鸦）一词（中文也译为"鹩哥"或"穴鸟"），对应了捷克语中的"kavka"，即作者姓氏。而没有使用"Raben"（乌鸦）一词。寒鸦在卡夫卡生活的布拉格市更为常见，个头更小。在文化意义上，寒鸦也比乌鸦更有交际属性。根据卡夫卡的好友马克斯·布罗德的描述，在弗兰兹·卡夫卡的父亲赫尔曼·卡夫卡所开设的商店的公函信封上就印着一只有漂亮尾巴的寒鸦，弗兰兹早期给他写信时，经常使用这种信封。

断断续续又支离破碎，呈锯齿状插向了蓝色的天空，像是被一个由于害怕或粗心的孩子用手画出来的。城堡就像位阴郁的房客，本应把自己关在房子中最偏远的房间里，却冲破了屋顶，探出了身子，向世界展示自己。

K.又停下了脚步，似乎站着不动时他的判断力会更好。但他受到了打扰。他停下来的地方在村子里教堂的后面——这实际上只是一个小的礼拜堂，为了能容纳所有的教区教众，扩建得像个谷仓一样。学校是座又矮又长的建筑，奇怪地结合了临时和非常古老的特点，它位于一个有围栏的院子后面，院子现在完全被积雪覆盖了。这时孩子们和老师一起出来了。孩子们密密麻麻地围着老师，所有的眼睛都盯着他，孩子们在四面八方叽叽喳喳地说个不停，他们说得太快，K.完全听不懂。这位老师是个年轻人，个子不高、肩膀比较窄，站得笔直但看起来也并不滑稽。K.从老远处已经注意到了他，除他们那队人以外，K.是可视范围内唯一的人。作为一个陌生人，K.先打了招呼，因为他注意到对方是一个指挥欲极强的小个子男人。"老师，您好。"他说。孩子们一下子就都安静了，这种突然的安静也许正合了他的心意，使他能为要说的话做准备。"阁下[1]在

---

[1] 此处教师在称呼K.时，用了比"您"（Sie）更礼貌恭敬的"尊严复数"（pluralis majestatis）形式，即用大写的"你们"（Ihr）代指"您"，用来彰显此处K.更高的地位。此版本中将尊严复数翻译为"阁下""贵"。尊严复数的使用，在现代德语里十分少见，卡夫卡此处特地使用这种写法，显得格外恭谨。而且德语中尊严复数形式和"你们"（Ihr）的写法相同，因此在同一段落或篇章中穿插使用尊严复数"阁下"（Ihr）、普通尊称"您"（Sie）和"你们"（Ihr），也让德国读者在阅读时会自然而然地产生错乱感。

看城堡吗?"他问道,态度比K.预期的更温和,但语气上又好像不太赞成K.所做的事。"是的,"K.说,"我在这里还人生地不熟,是昨天晚上才到镇上的。""阁下不喜欢这个城堡?"老师很快又问。"怎么会呢?"K.回问他,有点惊讶,用更温和的态度重复问了一遍,"我是否喜欢这座城堡?阁下为什么认为我不喜欢它呢?""没有陌生人喜欢它。"老师说。为了不让自己在这里说出什么不受欢迎的话,K.转了个话题问道:"我想您[1]认识伯爵吧?""不。"老师说,并想转身离开,但K.没有放过他,而是又问道:"怎么会,您不认识伯爵?""我为什么应该认识他呢?"老师轻声说,又用法语[2]大声补充道,"请您考虑一下这儿还有很多天真无邪的孩子。"K.从这句话中领会了提问的权力,接着问:"老师,有时间我可以去看您吗?我会在这儿待一阵子,现在感到有点孤单,我不属于那些农民,我想我也不属于城堡。""农民和城堡之间没有区别。"老师说。"也许吧,"K.说,"但这并不能改变我的处境。有时间我可以去拜访您吗?""我住在天鹅巷的屠夫[3]家。"虽然这看起来更像是告知一个地址,而不是邀请,但K.还是说:"好吧,我会去的。"老师点了点头,带着一群马上开始大喊大叫的孩子继续朝前走去。他们很快就消失在了一条下坡的陡峭小路上。然而,K.却心不在焉,他对这次谈话感到恼火。自到这

---

[1] 此处K.称呼老师换成了普通的尊称"您"。
[2] 在当时社会的体面人家里,当大人们想说一些不应让儿童听到的内容时,会转换成法语交流。
[3] 卡夫卡的祖父曾是屠夫。

里以来,他第一次感到了真正的疲惫。长途跋涉来到此地都没有影响到他多少——虽然他曾多日步行,平稳地一步一步走了过来。然而现在他却感受到了过度劳累的后果,还是在这样一个不恰当的时候。他不可抗拒地被吸引去结识新的朋友,但每一个新的朋友都会增加他的疲惫。以他今天的精神状态,如果他还要强迫自己至少走到城堡的入口处,那已经是超过能力范围了。

于是他又往前走,但这是一条很长的路。这条路,即村里的主干道,并没有通向城堡山,它只是通向了城堡附近。然后,好像是故意似的,它拐了个弯,虽然没有远离城堡,但也没有再靠近它。K.一直期望这条路能直接通往城堡,也正因为他如此期待,他才继续往前走了;显然由于他的疲惫,他犹豫着要不要离开这条路,他也惊讶于村子的长度,没有尽头,只看到一间又一间的小房子和结冰的窗玻璃,还有荒无人烟的雪地——最后他还是拉扯着自己走出了这条死死抓住他的路,一条狭窄的小道接纳了他,雪更深了,拔出陷入雪中的脚变得十分辛苦,他直冒汗,突然他站住了,无法再往前走。

好在他并不孤独,左右两边都是农舍,他团了一个雪球,朝着一扇窗户扔了过去。随即,门开了——这是村中整条路上第一扇打开的门——一个身穿棕色短皮衣的老农正站在那里,他歪着头,态度友好,看起来有些虚弱。"我可以去您那儿待一会儿吗?"K.说,"我很累。"他甚至压根儿没听老人说了什么,就感激地接受了老人向他递来的一块木板,这块木板立即把他从雪地里拯救了出来,他走了几步就进了屋子。

这是一间光线暗淡的大房间。K.从外面进来，一开始什么都看不到。K.跟跟跄跄地撞上了一个洗衣槽，一只女人的手把他拉了回来。从一个角落里传来了很多孩子的尖叫。从另一个角落里飘出了一些烟雾，把半明半暗的房间变得一片黑暗，K.仿若站在了云端。"他喝醉了。"有人说。"阁下是谁？"一个中气十足的声音喊道，大概是对着老人说的，"你为什么让他进来？难道随便在街上转悠的人，你都放进来吗？""我是伯爵的土地测量员。"K.说，想以此来回答那位仍然看不见的人。"啊，是那位土地测量员呀。"一个女人说道，随即是一片沉默。"阁下认识我？"K.问道。"当然。"同一个女声简短地回答道。他们虽然认识K.，但似乎对他并未十分友善。

烟雾终于稍稍散去，K.也渐渐能够看清屋子里的情况了。这似乎是一个普通的打扫日。靠近门口有人正在洗衣服。烟雾来自左边的角落，那儿有一个大木桶，蒸腾的水汽中有两个人正在洗澡。K.以前从未见过这么大的洗澡桶，居然大约有两张床那么大。但更令人惊讶的是房间右边的角落，虽然他根本说不清那为何令人惊讶。房间的后墙上有一扇大窗，那是这面墙上唯一的窗口，苍白的雪光从那儿照进了屋子，这束很可能来自院子的光照在了一个女人的裙子上，使裙子闪着一层丝绸般的光。而那女人正疲惫地躺在角落深处的一把高扶手椅上，胸前还抱着一个婴儿。在她周围，有几个孩子正在玩耍，可以看得出来是农民的孩子，但她似乎不是农民出身。不过生病和疲惫也会让农民显得娇气。

"阁下请坐！"一个满脸胡子的男人说道，他嘴上也蓄着两撇胡须，正呼哧呼哧地喘着气，还滑稽地把手伸出了木桶外缘，指着桶下的一个大箱子，他伸出手时，温水溅了K.一脸。那位放K.进来的老人已经坐在了箱子上，打起了瞌睡。K.终于被允许坐下来了，他内心十分感激。现在没人再注意到他了。洗衣槽旁的女人一边干活一边轻声唱着歌，她金发碧眼，年轻又丰腴，正洗澡的两个男人跺着脚，转了过来。孩子们想靠近他们，却被强有力的水花一次次地逼退，K.也无法免于被水花逼退。那在躺椅上的女人仿佛毫无生气，甚至也不低头看看胸前抱着的孩子，只是茫然地向高处看去。

　　K.大概看了她很久，这是一幅未曾改变而又美丽忧伤的画面，但他后来一定是睡着了，因为当他被一个响亮的声音叫醒时，他的头正枕在身侧老人的肩膀上。那两个男人洗完了澡，现在是金发女人正照顾着那几个孩子，他们正在浴桶里嬉闹。男人们已经穿好了衣服站在K.面前。现在看来，之前那个大声说话的大胡子是两个人中不太重要的那个。另一个男人没有这位大胡子高大，胡须也少一些，是个安静的、惯于思考的人，身材宽大，脸也很方，低着头。"土地测量员先生，"他说，"阁下不能留在这里。请原谅我的失礼。""我也不想留下，"K.说，"只是想休息一下。我也休息完了，现在就离开。""阁下可能对我们的招待不周感到惊讶，"男人说道，"但热情好客确实不是我们的习惯，我们不需要客人。"K.此刻已经从睡眠中恢复了一点精神，听觉也比之前灵敏了许多，面对这些坦率的话语他感到十分欣喜；行动也更灵活自由了。

K.拄着手杖走来走去,并靠近了那个躺在扶手椅上的女人,而且他也是这间房间里个子最高的。

"不错,"K.说,"阁下您哪里需要什么客人呢?不过有时还是会需要某个人的,比如说我,土地测量员。""这我就不知道了,"那个男人慢吞吞地说,"如果有人请您来,那他们也许需要您,这可能是个例外,但我们,我们这些小人物,还是坚持原则不好客的,您可别因此责怪我们。""不,不,"K.说,"我对您只有感激,您和这里的所有人。"而出乎所有人意料的是,K.突然一跃而起,转身站在了那个女人面前。她用疲惫的蓝眼睛看着K.,一条丝质的薄头巾直垂到她额头中间,那个婴儿在她胸前睡着了。"你是谁?"K.问道。"一个来自城堡的女孩。"她轻蔑地回答道。不知道这种轻蔑是针对K.,还是针对她自己的回答。

这一切只是一瞬间的事,那两个男人突然就出现在了K.的左右两边,好像已经没有什么其他的沟通方式了一样,他们不声不响地用力把他拉到了门口。那个老人不知道为了什么事很高兴,正拍着手。洗衣服的女人也笑了,突然出现在了那些疯狂吵闹的孩子身旁。

K.随即站在了巷子里,那两个男人也站在门槛上监视着他,雪又下了起来,但天色却似乎亮了一点。那个满脸胡子的男人不耐烦地喊道:"阁下要去哪儿?这条路是通往城堡的,那条路通往村庄。"K.没有回答他,而是对另一个男人说:"阁下是谁?我该感谢谁接待了我呢?"他虽然十分高傲,但似乎更平易近人一些。"我是制革名师傅[1]拉瑟曼，"他回答道，"但阁下不必感谢任何人。""很好，"K.说，"也许我们还会再见面的。""我不这么认为。"那人说。这时，那个满脸胡须的男人抬起手喊道："阿图尔，你来啦，杰里米亚斯，你也来啦！"K.转过身去，所以这个村子还是有人出来到巷子里活动的！从城堡的方向走来了两个中等身材的年轻人，他们都十分瘦削，穿着紧身的衣服，面孔也非常相似，脸上的肤色都是深棕色，不过其中漆黑的山羊胡子显得格外扎眼。在这样的街道条件下，他们走路的速度也十分惊人，迈动长腿像打节拍般地走着。"你们有什么事？"满脸胡须的男人喊道。他们走得很快，也并没有停下来的意思，人们只能通过喊叫来与他们交流。"有公事。"他们笑着喊回来。"去哪儿？""去客栈。""我也要去那儿。"K.突然比任何人都喊得更大声，他非常希望这两个人能带他一起走；虽然结识他们可能对他来说没什么用，但他们显然是令人愉悦的旅途伙伴。他们听到了K.的话，但只点了点头就越过K.继续走了。

K.还站在雪地里，也没什么兴致把脚从雪地里抬出来，只为了下一步再把它们插入更深的雪地；制革名师傅和他的伙伴感到满意，因为他们终于把K.弄走了，于是慢慢地从那扇只是略微打开的门的缝隙又挤回了屋里，还一边走一边回头看K.。而K.独自一人被笼罩大雪中。"这倒是一次略微能让人陷入绝

---

[1] 此处卡夫卡用了"Meister"（师傅、能手、冠军）一词，表明这个男人不是普通的制革工人，而是有职称的工匠。此版本译为"名师傅"，是参考了瓦格纳的著名戏剧《纽伦堡的名歌手》的译法。

望的机会，"他想，"如果我是偶然而不是故意选择站在这里的话。"

这时他左边的那间小屋开了一扇小窗，也许是因为雪的反射，窗子关着时看起来是深蓝色的，它是如此之小，以致现在打开的话，估计都看不清站在窗口向外看的人的全脸，只看得到眼睛，那双苍老的棕色眼睛。"他站在那儿。"K.听到一个女人用颤抖的声音说。"是那位土地测量员。"一个男人的声音说。然后，那个男人走到窗前，问道："阁下在等谁？"他的语气说不上是客气还是不客气，似乎是在关心家门前的道路是否一切正常一样。"等一辆雪橇来接我走。"K.说。"这儿没有雪橇，"那个男人说，"这儿压根儿没有交通。""这毕竟是通向城堡的路。"K.提出了反对。"尽管如此，尽管如此，"那人带着某种毫不妥协的语气说，"这里没有交通。"然后他们两人都陷入了沉默。但那个人显然还在考虑着什么，因为他仍敞开着窗户，而烟雾正从那扇窗户中涌出。"这真是一条差劲的路。"K.说，想推动他再说些什么。但他只是说："是的，确实如此。"过了一会儿，他又说："如果阁下愿意，我可以用我的雪橇载您。""太好了，"K.非常高兴地说，"阁下要多少钱？""钱就不必了，"那个男人回答道。K.感到非常惊讶。"阁下是土地测量员，"那人解释道，"阁下本来就属于城堡。您想去哪儿呢？""去城堡。"K.迅速说道。"那我可载不了。"那人立即说。"可我的确是属于城堡的呀。"K.说，重复了一遍那个人的话。"也许吧。"那个人抗拒地说道。"那就载我去客栈吧。"K.说。"好的，"那人说，"我马上把雪橇拿过来。"这一切都没给人留下特别友好的印象，反而是让人感到一种极度自私的恐惧，还夹杂着立场不坚定、来回摇摆的努力，想让K.离开自己家门口。

院子的门开了，一辆只能装轻便货物的小雪橇被拉了出来，雪橇整个是平的，没有座位，由一匹瘦弱的小马拉着，后面站着那个男人，他并不老，但显得很虚弱，正弯着腰，一瘸一拐地走着，脸颊干瘦，鼻头擦得通红，因为脖子上紧紧裹着一条羊毛围巾，显得整张脸特别小。那人明显是生病了，只是为了把K.弄走，这才勉为其难地过来。K.说自己很过意不去，但那人只是摆了摆手。K.只得知他叫格尔施塔克，是个车夫，他拉着这个看着就不舒服的雪橇，因为它刚好是现成的，如果再拉一个别的还得准备，会花费太多时间。"坐下。"他说，用鞭子指了指雪橇的后面。"我坐在您旁边。"K.说。"我步行。"格尔施塔克说。"为什么？"K.问道。"我步行。"格尔施塔克重复了一遍，并咳嗽了起来，咳嗽声震得他直摇晃，他不得不把腿插进雪地里，并用手扶住了雪橇的边缘。K.没有再说什么，在雪橇后面坐了下来，格尔施塔克的咳嗽慢慢平息了，于是他们就驾着车走了。

山上的那座城堡已经奇异地变昏暗了，K.本希望今天能到那儿，却又离它越发遥远了。仿佛要给他一个暂时告别的信号一般，突然响起了一阵钟声，这钟声愉悦又欢快，至少让他的心颤抖了一刹那，仿佛是一种警告——因为这钟声也令人痛苦——他那隐秘又不确定的渴望将要被实现，这有些危险。但很快这钟声就沉寂了，取而代之的是一阵微弱单调的叮当声，这声音也许是来自山上的城堡，也许是来自村里。不过，这叮叮当当的声音对于那位缓慢拉着雪橇、既可怜又硬骨头的车夫而言，倒是十分相称。

"我说你，"K.突然喊道——他们已经走到教堂附近了，去客栈的路也不远了，因此K.可以放开胆子做一些事了——"我很惊讶，你竟然敢自己做主用雪橇拉着我到处跑。你能这样做吗？"格尔施塔克并不在意，而是继续平静地走在小马的旁边。"嘿。"K.喊道，把雪橇上的雪团了一团，直接打在格尔施塔克的耳朵上。现在格尔施塔克终于停了下来，转过身来；但当K.再以如此近的距离看到他——那被拉着的雪橇又往前挪了一点——这是个驼着背的，可以说是饱受虐待的形象，他那又红又充斥着疲惫感的狭窄的脸颊，两边还不对称，一边平坦，另一边凹陷，张开的嘴巴里只有稀稀拉拉的几颗牙齿。出于怜悯，现在K.又不得不重复一遍他先前出于恶意而说的话：格尔施塔克是否会因为私自拉雪橇送K.而受到惩罚？"你想知道什么？"格尔施塔克不解地问，却也并不期待任何进一步的解释，只是冲着那匹小马吆喝了一下，他们就继续前行了。

当他们快到客栈时——K.从路边的一个拐弯处认出了客栈的路——天已经完全黑了，这让他大吃一惊。他已经离开那么久了吗？但根据他的计算，明明应该只过了一两个小时。他是早上离开客栈的。而且他也没觉得需要吃东西。不久之前还是白昼，现在却已夜幕降临了。"短暂的白天，短暂的白天啊。"他自言自语着，从雪橇上滑了下去，向客栈走去。

在房子前面的小台阶上，客栈老板正站在那里欢迎他，举着灯笼向他照去。K.一时想起了车夫，于是他停了下来，黑暗中有什么地方传来一阵咳嗽，那就是车夫。现在他确定，之后很快就会再见到他。直到他随着一直谦卑地和他打招呼的客栈老板上楼时，他才注意到门的两边各站着一个人。他从客栈老板手中接过灯笼，照亮了他们两个；他们就是他之前见过的那两人——那叫阿图尔和杰里米亚斯的。他们现在正向他举手敬礼。

于是K.回忆起了自己的军旅生涯，那些快乐的时光，K.笑了起来。"你们是谁？"他一边问，一边打量了下这个人，又打量了下另一个。"您的助手。"他们回答。"他们是助手。"客栈老板悄悄地确认说道。"怎么会呢？"K.问道，"你们是我派来的老助手，我在等的那两位？"他们连连称是。"这很好，"K.停了一会儿说道，"这很好，你们来了就好。""对了，"又过了一小会儿，K.说，"你们来得太迟了，这也太粗心了。""那是一段很长的路。"一个人说。"一段很长的路，"K.重复道，"但我遇到过从城堡里来的你们。""是的。"他们说，再没有进一步解释。"你们的仪器在哪儿呢？"K.问。"我们没有。"他们说。"我委托给你们的仪器。"K.说。"我们没有。"他们重复道。"唉，你们这些人哪！"K.说，"你们懂关于土地测量的事吗？""不懂。"他们说。"但如果你们是我的老助手了，你们就应该懂。"K.说，他们沉默了。"那就过来吧。"K.说，并把他们推进他前面的屋子里。

二

巴拿巴

进屋后，他们三人沉默地坐在客栈大厅里，围坐在一张小桌子旁喝啤酒，K.在中间，两个助手分坐在左右两边。除他们之外，只有另一张桌子旁围坐着一些农民，与前一天晚上的情形类似。"和你们在一起太难了，"K.说，又像以前干过多次那样，比较起了他们的脸，"我应该怎么区分你们呢？你们只是名字不同，除此之外，你们彼此相似得……"他卡顿了一下，然后又不由自主地继续说，"此外你们彼此就像两条蛇一样相似。"他们微笑起来。"其他人都能分辨我们。"他们辩解道。"这我相信，"K.说，"我自己也曾目睹，但我只能用我的眼睛看，而我的眼睛分辨不了你们俩。因此，我要把你们俩当作一个人，把你们俩都叫作阿图尔，这反正是你们两人中一个人的名字，不是吗？"K.问其中一个人。"不，"这个人说，"我叫杰里米亚斯。""好吧，这无所谓，"K.说，"我就管你们俩都叫阿图尔。如果我派阿图尔去某个地方，你们都要去；如果我给阿图尔一份工作，你们俩都要去做。这对我来说有一个很大的缺点，就是我不能给你们分配单独的工作，但好处是你们要共同承担我分配给你们的一切责任。你们如何分工对我来说无所谓,只是你们不要自说自话,你们对我来说只是一个人。"他们想了想说:"这会让我们感到不适。""怎么会不适呢?"K.说,"当然这对你们来说肯定是不太舒适的,可是情况也不会改变了。"K.早就看到一个农民偷偷地在他们的桌子周围转悠,最终他下定决心,走到了一个助手面前,想悄悄地跟他说几句话。"对不起,"K.说,他把手拍在桌子上,站了起来,"这两个人是我的助手,我们现在正在谈重要的事。任何人都无权打扰我们。""哦,那您谈,那您谈。"农民瑟缩地说,又向后退回到了他的同伴那里。"这一点你们必须特别注意,"K.说,然后又坐了下来,"没有我的允许,你们不许和任何人谈话。我在这儿是个异乡人,既然你们是我的老助手,那么你们也是异乡人。因此,我们三个异乡人得团结在一起,请向我伸出你们的手来保证这一点吧。"于是他们心甘情愿地把手伸向了K.。"放下你们的大粗爪子吧,"他说,"但我刚才的命令仍然作数。现在我要去睡觉了,建议你们也这样做。今天我们已经耽搁了一天,明天必须得早早开始工作。为了前往城堡,你们得弄到一个雪橇,并在六点时在门口准备好一切。""好的。"其中一人说。但另一人也开口了:"你说'好',但你明知道这是不可能的。""安静,"K.说,"你们难道现在就要区分彼此,闹内讧吗?"然而第一个开口的助手现在也说:"他是对的,这是不可能的,未经允许,没有异乡人能进入城堡。""要到哪里去申请许可呢?""我不知道,也许是直接向城堡申请吧。""那我们就通过电话申请,马上给城堡总管打电话,你们俩都去打。"他们跑到电话旁,拨通了电话——他们在那里挤成一团,表面上看他们真是唯命是从,甚至有些可笑——并在电话里问K.明天是否可以和他们一起前往城堡。而电话里那大声的"不"字,连坐在桌子旁边的K.都听到了,电话里的回答还更加详细,说着:"明天不行,任何其他时间也不行。""我要自己打电话。"K.说,随后站了起来。虽然到目前为止,除中间那位农民的事件之外,K.和他的助手们几乎没有受到什么关注,但他的最后一句话却引起了众人的普遍关注。所有人都和K.一起站了起来,尽管客栈老板试图把他们推回去,但他们还是聚在电话旁,密密麻麻地围成了一个半圆形。他们中大多数人认为,K.不会得到任何答复。K.不得不请他们安静一点,说他并没要求听取他们的意见。

听筒里传来一阵嗡嗡的声音,这是K.之前打电话时从未听到过的。仿佛无数小孩发出的嗡鸣一般的声响——但又似乎不是,而是从最遥远、最遥远处传来的许多声音的歌唱——要从这嗡鸣声中以不可能的方式形成一个又高亢又有力的声音,这声音冲击着耳朵,好像它要穿透什么更深的地方,而不只是穿透这可怜的耳朵。K.没有打电话,只是听着,他把左手撑在放电话的桌子上,就这么听着。

他不知道过了多久,直到客栈老板过来扯了扯他的袍子,说有个信使来找他。"走开!"K.失去控制地喊道,也许是冲着电话喊的,因为现在有人接了电话。于是有了下面的对话:"我是奥斯瓦德,你是谁?"听筒那边一道严厉而傲慢的声音喊道,在K.看来,这人说话时有一点小小的语言缺陷,而且说话的人试图通过进一步加强语气的严厉程度来弥补这个小缺陷。K.犹豫着要不要自报姓名,但在电话前他无能为力,只能任凭电话那头的人对他大声呵斥;他也可以把听筒放在一边,但这样的话,他可能就堵上了一条可以通往城堡的、也许并不重要的路。K.的犹豫不决让这个男人失去了耐心。"你是谁?"他又重复问道,并补充道,"如果你那边没有打这么多电话过来,我会万分感谢的,刚刚才有人打了电话过来。"K.没回应这句话,而是突然决定自报家门:"我是土地测量员的助手。""哪位助手?是哪位先生呢?又是哪位土地测量员?"K.想起了昨天的那通电话。"您去问弗里茨吧。"他简短地说。这句话很有用,这令他自己都感到惊讶。可是更使他惊讶的是城堡里服务机构的统一口径,好像一切都关联在一起一样。那边的回答是:"我知道了。那个没完没了的土地测量员。好的,好的。还有什么?哪个助理?""约瑟夫。"K.说。那些农民在他背后议论的杂音让他感到有些不安,他们显然对他没有报上真实姓名而有异议。但K.也没时间去理会他们,因为打电话已经需要他全神贯注了。"约瑟夫?"那边反问道,"那两位助手叫,"——一个短暂的停顿,显然他正在向别人要助手的名字——"阿图尔和杰里米亚斯。""他们是新的帮手。"K.说。"不,他们就是老帮手。""他们是新的,我才是老助手,是一直跟随土地测量员的老助手,今天才到。""不对。"电话那头喊了起来。"那么你说我是谁?"K.用一贯以来的平静语气问。停了一会儿后,那边同一个声音,带着同样的语言缺陷开了口,却又像另一个更深沉威严的声音:"你就是那位老助理。"

K.听着那声音的音色,几乎漏听了这个问题:"你有什么事?"[1]他这回倒是宁愿自己已经挂了电话了。他对这个电话已经没什么期待了。只是出于勉强,还是迅速地问道:"我的主人什么时候能被允许到城堡去?"对方的回答是"永远不许"。"好吧。"K.说,随后挂断了电话。

他身后的那些农民已经挤到他身边了。助手们一边多次斜着眼睛看他,一边忙着不让农民们靠近他。但这似乎只是场闹剧,就连农民们也对那通电话的结果感到满意,慢慢地向后退去了。这时,有人从他们这群人背后快步走了过来,分开了人群,他走到K.面前,鞠了一躬,并递给了他一封信。K.把信拿在手里,看着这个人,此刻对他来说,似乎这个人更重要。这人和他的助手们有许多相似之处,他——和他们一样苗条,一样穿着紧身衣,也和他们一样敏捷、身手灵活,但也有很大的不同。如果K.能有他做助手就好了!这人隐约让他想起了他在制革名师傅那儿看到的那个抱着婴儿的女人。他一身衣服几乎都是白色。那件衣服可能不是丝绸的,它和其他衣服一样是一件冬衣,但有着丝绸的柔软和庄重。他的脸明朗而坦诚,眼睛非常大。他的微笑让人十分愉快;他用手摸了摸自己的脸,似乎想驱散些许微笑,但并没有成功。"你是谁?"K.问道。"我的名字是巴拿巴,"他说,"我是一个信使。"他的嘴唇在说话时开开合合,很有男子气概,但又很温和。"你喜欢这里吗?"K.指着那些农民问道,他们对他仍然没有失去兴趣,他们脸的形状简直饱受摧残——头骨看起来就像从上方被磨平了一样，面部的那些特征像是因为挨打而极度痛苦才形成的——他们噘着嘴唇，张着嘴巴，就这么观看着，但又好像没有在看什么，因为有时他们的目光会游离，在转回来之前会在某个无关紧要的物体上停留很久，然后K.指着那两位助手。他们拥抱在一起，脸贴着脸，微笑着，不知道是谦虚还是嘲弄。K.指着他们所有人，好像是在介绍自己在特殊情况下被迫接受的一群随从，并期望——这里带着信任，而K.看重的就是这份信任——巴拿巴会理智地把他和他们区分开来。但巴拿巴——当然可以看得出他十分无辜——根本没回应这个问题，他就让这个问题从他身边悄无声息地掠过了，就像一个有教养的仆人对主人随便对自己说的一句话毫不在意一般，只是随着这句问话环顾四周，通过挥手向农民中的熟人打招呼，与助手们随便交谈了几句，所有这些都是自由自主进行的，但又没有与他们搅和在一起。K.又把注意力转回了那封信上，他拆开了信——虽然没有得到回复，但他也并不觉得羞愧。信中写道："尊敬的先生！如您所知，您已被聘请，为伯爵老爷服务。您的直属上司是村长，他也会告知您关于工作和工资待遇的一切细节，您也应该向他汇报测量计算的工作。不过，我也会关注您的。递交给您这封信的巴拿巴将不时地向您询问，以了解您的需求并将转达给我。您将会发现我总是准备尽可能地为您效劳。对我来说，让在我手下工作的人感到满意十分重要。"签名无法辨认，但上面印有以下内容：××管理部主任。"等等！"K.对正在鞠躬的巴拿巴说，然后他叫客栈老板把他的房间指给他，他想独自一人再看一会儿这封信。但同时K.又想到，尽管自己对巴拿巴很有好感，但他也只不过是一个信使，于是给他点了一杯啤酒。K. 留心地观察着他对此会如何反应，他表现得十分高兴，接受了啤酒，并立即喝了起来。然后K. 和客栈老板一起离开了。在这家小客栈里，他们只是为K. 提供了一间小小的阁楼房间，但即使是这样，也造成了麻烦，因为以前睡在那里的两个女仆不得不挪到其他地方去。事实上，除了这一点，房间在其他方面没有任何变化，唯一的一张床上没有床单，只有几个垫子和一块给马用的粗羊毛毯，一切都还是昨晚被使用之后的状态，墙上挂着几张圣徒像和士兵们的照片，房间甚至还没通风，显然他们希望这位新客人不要久留，因此也没做任何想挽留他的事。但K. 对这一切都没啥意见，把自己裹在粗毛毯里，坐在桌前，开始借着烛光再次读起了那封信。

这封信前后并不一致，有些地方似乎把他看成一个自由的人，和他聊天，承认他有自己的意愿，比如信的抬头，一些提到他的愿望的部分。但也有一些地方，他被公开或隐蔽地当作一个没什么用处的小小的工人，似乎很难被那个管理处主任注意到，主任必须得努力才能"时时关注他"，他的上司只是村长，他甚至要向村长汇报他的测量计算工作，而唯一的同事可能是村里的警察。这些毫无疑问是矛盾的，这些矛盾如此明显，因此想必是故意为之的。K. 几乎完全没想到，这可能是自己的优柔寡断造成的，面对这样的当局机构，这种想法未免疯狂好笑。相反，他在信中看到了一个公开提供给他的选择，由他自行决定想如何看待信中的安排，看他是想成为一个乡村工人，与城堡保持着光鲜、实则流于表面的联系，还是做一个表面上的乡村工人，而实际的工作关系完全由巴拿巴提供的消息来决定。K.毫不犹豫地做出了选择，即使没有这些经历，他也不会犹豫。他只想做一个乡村工人，尽可能地远离城堡里的那些老爷，这样他才能在城堡里有所收获，村里的这些人，虽然现在还对他有所怀疑，但如果他成为他们中的一员，那么即使不是他们的朋友，他们也会敞开心扉地和他交流。而一旦他变得和格尔施塔克或拉瑟曼那种人无法区分时——这情况必须得尽快发生，这是一切的关键——那么所有的道路肯定都会一举向他敞开，如果只靠上头那些先生和他们的仁慈，这些道路不仅会永远对他封闭，而且他连看都看不到。诚然，危险也是存在的，而且在信中强调得很清楚，并带着某种喜悦被描述了出来，仿佛它是不可避免的。那是作为一个工人的境况。服务、上级、工作、工资待遇、责任制、工人，信中充斥着这些词，即使信中提到的其他更私人化的内容，也是从这个角度来说的。如果K.想成为一名乡村工人，他是可以做到的，但那就得严肃地对待所有事情，不再有任何其他的想法。K.知道他并没有受到真正的威胁，他并不怕威胁，在这里尤其不必害怕，但他确实害怕周围那令人沮丧的环境的威力，害怕习惯于失望的威力，害怕每时每刻不可察觉地产生影响的威力，但面对这些危险，他必须努力抗争。这封信没有隐瞒这样一个事实：如果真到了抗争的时候，K.是有这份莽撞去拼的，信中说得很含蓄，只有焦躁不安的良知——一种不安，但并非内疚的良知——才能注意到这份含蓄，就是在关于他被聘入服务体系中的时候提到的那几个字"如您所知"。K.已经报到了，从那时起，他就知道，正如信中所表述的，他已经被录用了。

K.从墙上取下一幅圣像画，把这封信挂在了钉子上，他将住在这个房间，这封信就应该挂在这个地方。

然后他下楼回到了客栈大厅里，巴拿巴正和那两位助手一起坐在一张小桌子旁。"啊，你在这里。"K.说，也没有什么理由，只是看到巴拿巴就很高兴。他立即跳了起来。K.一走进来，农民们就起身向他靠近，跟着他转悠似乎已经成了他们的习惯。"你们老是跟着我做什么？"K.喊道，他们没有生气，只是慢慢地转过身回到了自己的位置。当他们离开时，其中一个人带着一抹不可言喻的微笑，轻描淡写地解释道："总是想听点新的东西嘛。"他舔了舔嘴唇，好像这些新东西是食物一样。K.没有说什么缓和气氛的话，他们对他有一点尊重才好，但他才在巴拿巴身边坐下，就感觉到一个农民的呼吸喷在了他的脖子上，那人说，他是来拿盐罐的，K.气愤得直跺脚，那个农民没拿盐罐就跑了。要对付K.其实也很容易，只要煽动这些农民攻击他就行了，他们固执地掺和对他来说似乎比其他人的沉默冷淡更可怕，而且他们固执地掺和也是一种沉默冷淡，因为如果K.坐到他们那桌去，他们一定不会继续坐在那里。只是因为巴拿巴在场，他才没有大吵大闹。但他仍然带有威胁地转向他们，他们也面向着他。但当他看到他们坐在那里，各自坐在自己的位子上，互不交谈，也看不出他们之间有任何明显的联系，只不过通过都盯着他看而产生了联系。在他看来，他们一直跟着他也许并不是出于恶意，也许他们真的想从他那里得到什么，只是说不出口，如果不是这样，那也许只是幼稚。幼稚，在这里似乎是家常便饭；客栈老板不是也很幼稚吗？他用双手拿着他应该端给某个客人的啤酒杯，站着不动，看着K.，并无意中听到了老板娘的喊声，她已经从厨房的窗户里探出了身来。

K.冷静了一些，转向了巴拿巴，他本想支开那两位助手，却找不到借口，顺便说一句，他们正安静地看着自己的啤酒。"那封信，"K.开口道，"我已经看过了。你知道里面的内容吗？""不知道。"巴拿巴说。但他的表情似乎比他的话语透露了更多的信息。也许K.把他想得太好了，就像他误判了那些农民，把他们想得太坏了，但是他的存在还是能给K.带来许多愉悦。"信中也提到了你，你会时不时地在我和那位管理处主任之间传达消息，所以我才以为你已经知道内容了。""我得到的任务只是，"巴拿巴说，"转交这封信，等你读完这封信后，如果你认为有必要，再转达回你的口头或是书面答复。""好吧，"K.说，"没必要写信了，请转告主任先生——他叫什么名字来着？我没看懂他在信上的签名。""克拉姆。"巴拿巴说。"请转告克拉姆先生，我感谢他的聘用及他的友好款待，我作为一个在此地还没有证明自己能力的人，对他十分感激。我将完全按照他的意图行事。今天我没什么特别的要求了。"巴拿巴一直认真地听着，请K.允许他在K.面前重复一遍这口信，K.欣然同意。巴拿巴逐字逐句地重复了一遍，随后便起身告辞了。

在和巴拿巴交谈的这些时间里，K.都在审视着他的脸，现在他又最后审视了一番。巴拿巴和K.差不多高，然而他的目光在面对K.时似乎带着一些居高临下，但又带着一股近乎谦卑的情绪，这个人不会让任何人感到羞耻。当然，他只是一个信使，也并不知道他所送信件的内容，但他的目光、他的微笑、他走路的姿势似乎都传达着一种信息，尽管他自己对此一无所知。K.朝他伸出了手，这显然让他感到惊讶，因为他本来只打算鞠个躬就告退。

他一走开——在开门之前，他的肩膀还在门上靠了一会儿，并没有什么具体目标，只是用目光环视了整个房间——K.对助手们说："我要去房间拿我的笔记，然后我们讨论一下下一步的工作。"他们想一起去。"你们就留在这儿吧！"K.说。但他们仍然跟着他一起去了。K.不得不更加严厉地重复了他的命令。巴拿巴已经不在大厅了。但他也不过刚刚离开。而在客栈外面——雪又飘了起来——K.也看不到巴拿巴了。他叫喊着："巴拿巴！"也没有人回答他。他还在客栈里吗？似乎也并不存在其他的可能了。尽管如此，K.仍然用尽全力地呼喊着这个名字，这个名字在夜里如雷鸣响动。从远处传来了一声微弱的回答，所以巴拿巴已经走得那么远了。K.叫他回来，同时迎着他走过去；一直走到从客栈里已经看不到他们的地方，他们才见上了面。

"巴拿巴，"K.说，抑制不住他声音中的颤抖，"我想告诉你一件事。我觉得这个安排相当糟糕，当我需要城堡的帮助时，我只能依赖你偶尔的到来。如果不是我现在凑巧追上了你——你跑得可真快，我以为你还在屋子里呢——谁知道我还要等多久才能再次见到你。""你可以随时请求主任，让我总是在某个你指定的时间前来。"巴拿巴说。"即使这样也不够，"K.说，"也许我一年里都没什么想说的，但就在你走后的一刻钟，我就有什么推迟不了的急事。""那么，我是否应该，"巴拿巴说，"向主任报告，建议在他和你之间应建立另一种联络来取代我？""不，不，"K.说，"我完全不是这个意思；我只是顺便提一下这件事；毕竟这一次我运气很好，追上了你。""我们是不是应该，"巴拿巴说，"回到客栈去，这样你可以在那里给我一些新的命令？"他一边说一边已经向客栈迈出了一步。"巴拿巴，"K.说，"没这个必要，我跟你一起走一段路就行了。""你为什么不想去客栈？"巴拿巴问。"那里的人让我很心烦，"K.说，"你也看到了那些农民的纠缠不休。""我们可以到你的房间去。"巴拿巴说。"那是女仆的房间，"K.说，"又脏又闷。为了不用待在那儿，我想跟你一起走一会儿，你只要，"为了消除他的犹豫，K.补充说道，"让我挽着你的手臂就行，因为你走得比较稳。"说的同时，K.就挽起了他的胳膊。天色已经很暗了，K.完全看不清他的脸，他的身形也模糊了，K.尝试了一会儿，才试着摸到了他的手臂。[2]

　　巴拿巴做出了让步，他们离开了客栈。然而，K.觉得即使他竭尽全力，还是无法赶上巴拿巴的步伐，自己还妨碍了他的自由行动，在正常情况下，这种小事就会导致一切的失败，更不用说走上午曾让K.陷入雪中的那些小巷子了，那种情况下他只能靠巴拿巴背着走出来。但现在他并没有这些忧虑，而且他也因为巴拿巴的沉默而感到安慰；既然他们正默默地往前走，那么对巴拿巴来说，他们在一起的唯一目的就是继续向前。

他们继续向前走，但K.不知道他们要去哪里，他什么都辨认不出来，甚至连他们是否已经走过了教堂也不知道。光是行走这件事就让他付出了极大的努力，以致他无法控制自己的思想。他的思想无法聚焦在目标上，而是十分混乱。他总是一次次地想起家乡，回忆充斥着他的脑海。家乡的主广场上也有一座教堂，教堂的一部分环绕着一个古老的墓园，墓园四周又围着一堵高墙。只有极少数的男孩曾翻过这堵墙，K.迄今还没成功过。促使他们这样做的并不是好奇心，他们经常从墓地的小栅栏门进入，墓园对他们来说已经没有什么秘密了，而是只想征服那堵光滑的高墙。一个早晨——寂静空旷的广场突然被光所覆盖，在这之前或之后，K.何时见过此等状况？——他出乎意料地爬了过去；在一个之前失败了好几次的地方，那次他齿间还咬着一面小旗，一试就成功了。还有碎石从他脚下滑落，但他已经爬到了墙顶。他把旗子插在了墙上，旗子迎风飘扬，他向下看，又环顾了四周，也从肩膀往后看，看到了那些埋在土里的十字架，此时此地，没有人比他站得更高了。这时，老师偶然路过，用愤怒的眼神把K.赶了下来，K.跳下来时摔伤了膝盖，他费了好大的工夫才回到了家，但他毕竟曾爬上了墙，这种胜利的感觉在当时似乎给他漫长的生活提供了一个支点，但这并不是愚蠢的，因为在多年后的今天，当K.在这个雪夜里挽着巴拿巴的手臂时，当时的那种感觉又一次给了他力量。

他挽得更紧了，巴拿巴几乎是拖着他在走，他们也并未打破沉默；从道路的状况来看，K.只知道他们还没有拐进小巷子。他发誓不会让路上的任何困难，甚至对归途的担忧阻止他继续前进；毕竟就这么被拖着走，他的力气还是勉强够的。但这条路难道是无止境的吗？白天时，城堡在他面前就像一个可以轻易抵达的目标，而这个信使肯定知道最近的路。

这时巴拿巴停了下来。他们在哪儿？前面已经没有路了吗？巴拿巴要和K.告别了吗？K.不会让他成功的。K.紧紧地握住巴拿巴的手臂，几乎连他自己都觉得痛了。或者说，难道发生了什么不可思议的事情，他们已经在城堡里或者站在城堡门口了？但是就K.所知，他们甚至还没有爬上去。或者巴拿巴带他走上了一条不易察觉的上山之路？"我们在哪儿？"K.轻声地问，与其说是问他，不如说是问自己。"到家了。"巴拿巴也同样小声地说。"到家了？""但现在请注意，先生，别滑倒了。这条路是下坡的。""下坡？""只有几步路了。"他补充道，说话间敲响了一扇门。

一个女孩打开了门，他们站在一个大屋子的门口，屋里几乎全是漆黑的，只有一盏小小的油灯挂在左后方的桌子上方。"是谁和你一起来的呀，巴拿巴？"女孩问。"土地测量员。"他说。"是土地测量员。"女孩对着桌子那边大声地重复道。然后两个老人站了起来，他们是一对夫妻，还有另一个女孩也跟着站了起来。他们跟K.打招呼，巴拿巴把他介绍给了大家。这是巴拿马的父母和他的姐妹们奥尔加和阿玛利亚。K.几乎没有看他们，他们脱下了他的湿外套，拿到炉子旁烤干，K.任由他们这么做。

所以他们并不是到家了，只是巴拿巴到家了。但他们为什么会在这里？K.把巴拿巴拉到一边，说："你怎么回家了？难道你就住在城堡的区域吗?""城堡的区域?"巴拿巴重复道,好像他不明白K.所说的。"巴拿巴,"K.说,"你不是要离开客栈去城堡吗?""不,先生,"巴拿巴说,"我是想要回家,我早上才去城堡,从不在那儿睡觉。""那么,"K.说,"你不想去城堡,只想到这儿来,"——他觉得巴拿巴的笑容似乎暗淡了些,他本人也更不显眼了——"为什么你不早告诉我呢?""你并没有问我,先生,"巴拿巴说,"你只是想再给我一个任务,但既不想在客栈又不想去你的房间,所以我想你可以在我父母这儿不受干扰地给我布置任务——只要你吩咐,他们就会马上离开——而且,如果你喜欢我们这儿的话,你也可以在这儿过夜。我做的难道有什么不对吗?"K.无法回答。所以这是一个误会,而且是一个愚蠢的、普通的误会,而K.却完全被这件事所左右。K.被巴拿巴身着的那件丝质的、紧身又亮闪闪的夹克所蛊惑,现在他解开了夹克的扣子,里面却是一件粗糙的、脏得灰扑扑的,又打了很多补丁的衬衫,裹着这位仆人强健又线条分明的胸大肌。他周围的一切不仅与他的状态相符,甚至还有过之而无不及。那位患有痛风的老父亲,与其说是拖着僵硬的双腿缓慢地向前移动,不如说是靠着双手的帮助摸索前行。那位母亲双手交叠着放在胸前,由于身体太过丰腴,只能迈着微小的步伐。自从K.进门后,这一双父母就从他们之前所在的角落向他走来,只是过了很久都还没有走到他面前。巴拿马的姐妹们是两位金发女郎,长得很像,也和巴拿巴长相相似,但她们的五官比巴拿巴更硬朗,是大块头的强壮姑娘,正围着这位新来的客人,期待着K.跟她们说些打招呼的话，但他什么也说不出来，他一直相信之前村里的每个人对他都有意义，可能事实也是如此，但这里的这些人他却一点也不想管。[3]如果他能独自走回客栈，他就会立即离开。明天早上也许可以和巴拿巴一起去城堡这件事也诱惑不了他了。他本想在这个夜晚不受关注地由巴拿巴领着，进入城堡，是由那位迄今一直在他心里构建的巴拿巴，那位迄今比他在这里看到的所有人都更亲近的男人，同时他也相信，巴拿巴与城堡的密切联系远远超过他表现出来的级别。但是，现在他成了这家人的儿子，他完全属于这个家，并且现在他已经坐在了餐桌旁，和这样一位明显连在城堡里留宿都不被允许的人一起在白天去城堡，这是不可能的，只是一种可笑而无望的尝试。

K. 在窗台上坐了下来，他决心就在那儿过夜，不再接受这家人的任何招待。村里那些把他送走或是害怕他的人，对他来说似乎不那么危险，因为他们基本只是让他万事靠自己，这还有助于他集中积蓄自己的力量，但这些看起来是要帮助他的人，却没有把他领到城堡，而是借着骗人的小把戏把他领到他们家里来，以此分散他的注意力，无论他们是不是有意的，这都在损耗他的精力。他根本不理会从餐桌那边传来的那家人的大声邀请，只是低着头坐在他所在的长长的窗台上。

这时奥尔加站了起来，她是两姐妹中更温柔的那个，也展现出一丝少女般的尴尬，她来到K. 面前，请他到桌边就座，说桌子上已经备好了面包和熏肉，她还会去拿一些啤酒来。"去哪里拿呀？"K. 问。"去客栈里拿。"她说。这对K. 来说可太好了，他让她别去拿啤酒，而是送他去客栈就行，他在那儿还有些重要的工作要做。然而，他现在才弄明白，她并不想走那么远，并不是去他之前的客栈，而是去另一家更近的客栈——贵族庄园[1]。不过，K.请求允许他陪她一起去，他想，也许他能在那儿找到一个过夜的地方；不管那地方是什么样的，他都觉得那儿的床会比这所房子里最好的床要好。奥尔加没有立即回答，而是转头望了望桌子。她的弟弟站了起来，欣然地点了点头，说："如果这位先生希望这样——"这同意几乎让K.想要撤回他的请求，因为那人同意的必是没什么价值的事。但讨论到K.是否会被允许进入这家客栈的问题时，大家都表示了怀疑，他还是坚持要一起去，也没有花心思为自己的坚持编造一个可以理解的理由；这家人必须由着他去，他在他们面前没有任何羞耻感。只有阿玛利亚那严肃、耿直、毫不动摇，又带着一点呆滞的目光让他有些许不知所措。

在去客栈的短短的路上——K.挽着奥尔加的手臂，被她拉着走，他实在没什么别的办法能自我移动了，几乎就像他之前被她弟弟拖着一样——他了解到，这家客栈实际上只为那些来自城堡的老爷服务，当他们在村里有公务时，就在那儿吃饭，有时也在那儿过夜。奥尔加轻声地和K.说话，仿佛跟他很熟一样。和她一起走很愉快，几乎就像和她弟弟同行一样，K.抗拒着这种幸福感，但它却一直存在。

从外观上看，这家客栈跟之前K.所住的那家非常相似。

---

[1] 德语中"Herrenhof"（贵族庄园）这个词有多种含义，但它通常与富人、有影响力的人居住的庄园或住宅有关。现在也常被用为高级酒店的名字。小说中只有城堡里的官员们能够在"贵族庄园"里进行社交活动。

村里的房子从外观上看根本没有什么大的差异，但有些小小的差异还是马上就能被人注意到：屋前的台阶上设有栏杆，门上挂着一个漂亮的灯笼，当他们走进去时，一块布在他们头上飘动，那是一面带有伯爵家标志色彩的旗子。在走廊里，他们立即遇到了客栈老板，他显然是在巡视监督；他用那双小眼睛，审查般地，又或是带着倦意地看着经过的K.说道："土地测量员先生只能走到酒吧那儿。""当然，"奥尔加说，她立即关照起K.，"他只是陪着我。"但K.并不领情，他挣脱了奥尔加，把客栈老板拉到一边；奥尔加只得在走廊尽头耐心地等着。"我想在这里过夜。"K.说。"恐怕这是不可能的，"客栈老板说，"您似乎还不知道，这家店是专门为城堡里的先生们准备的。""规则或许是如此，"K.说，"但让我睡在某个角落里估计还是可以的。""我非常乐意接待你，"客栈老板说，"但是，即使不考虑这里严格的规定，但您谈起它的方式像一个异乡人，从这点看也不能给您开这个后门，因为那些先生可是非常敏感的，我确信，他们不能毫无准备地，就这么接受在这儿看见一个异乡人。所以，如果我让您在这里过夜，而您又被偶然发现的话——而偶然总是发生在这些先生这儿——不仅我要倒霉，您自己也一样。这听起来很荒谬，却是事实。"这位身材高大、衣服扣得严严实实的绅士，把一只手撑在墙上，另一只手放在腰上，双腿交叉着，微微向K.俯着身，与他推心置腹地交谈着，他看起来似乎不再属于这个村庄，即使他的深色衣服看起来很像是农民的着装。"我完全相信您，"K.说，"而且我也丝毫不会低估规定的重要性，即使我表达得有点笨拙。

我只想提醒您留意一件事,我在城堡里还是有些有价值的关系的,而且将会得到一些更有价值的关系,这些关系能保证您不会因为我在这里过夜而承担任何风险,而且我能跟您担保,您帮我这个小忙,我也会给您不亏本的回馈。""我明白您的意思,"客栈老板说,又重复了一遍,"我明白了。"现在K.本可以更强硬地提出他的要求,但客栈老板的这个回答却扰乱了他的心神,所以他只问道:"今天有很多从城堡来的先生在这儿过夜吗?""在这方面,今天倒是对您有利的,"客栈老板带着一丝引诱的方式说,"只有一位先生会住在这儿。"但K.觉得自己无法再强人所难地继续追问,只希望自己现在已经差不多被接纳了,所以他只问了这位先生的名字。"克拉姆。"客栈老板顺口说了一句,说着他回过头去,看向他正往这边走的妻子,她穿着一件奇特的、破旧又过时的衣服,衣服上还缀满了镶边和褶皱,但能看出是制作精良的城里货。她是来叫客栈老板的,说主任有什么事找他。然而,在离开之前,客栈老板却转向了K.,仿佛决定留宿问题的不再是他,而是K.。K.却什么话也说不出来;尤其是对他自己的上司也在这儿的情况特别吃惊;他自己也解释不清,为什么他觉得面对克拉姆时不像面对城堡里的其他人那样自在,如果被克拉姆发现自己在这儿,虽然对K.来说,这事并不像客栈老板说得那么恐怖,但仍然是一种令人尴尬的不当行为,就好像他轻率地给一位他理应感激的人带去了伤害一般,在这个过程中,他痛苦地意识到,他在这些思虑中已经明显地看到了作为下属、工人的可怕后果,而且即使这些后果已经显露出来了,他也没有能力与之抗争。他就那么站在那里,咬着嘴唇,什么也没说。客栈老板出去之前,还又回头看了看K.,K.望着他,站在原地一动不动,直到奥尔加走了进来,拉走了他。"你想让客栈老板做什么?"奥尔加问。"我想在这里过夜。"K.说。"你不是要在我们家过夜吗?"奥尔加惊讶地说。"是的,当然。"K.说,并让她自己去理解这话的意思。

三

弗里达

这家酒吧是一间中间完全空着的大房间。在里面,有几个农民正靠着墙、坐在木桶旁边,还有几个坐在桶上,但他们看起来和K.之前住的客栈里的人不同。他们穿着干净而统一的灰黄色的粗布衣服,外套蓬松鼓胀,裤子也很贴合身材。他们都身材矮小,第一眼看上去十分相似,都是面部扁平又圆润。他们所有人都很安静,几乎一动不动,只是用目光追随着那些新进来的人,但扫视的目光十分缓慢,也很冷漠。尽管如此,因为他们人数众多,而且安静异常,所以还是对K.产生了一定的影响。他再次挽住了奥尔加的胳膊,想向人们解释他在这儿的原因。在一个角落里,一个男人站了起来,他是奥尔加的熟人,他站起来想靠近她,但K.挽住她的手臂把她带去了另一个方向,除她之外没有人能够注意到,她微笑地瞥了他一眼,容忍了他的做法。

端来啤酒的是一个叫弗里达的年轻女孩。她是一个不起眼的小个子金发女孩,面容忧郁,脸颊瘦削,但她的目光却让人感到意外,那目光带着一种特殊的优越感。当这目光落到K.身上时，他觉得这道目光已经解决了自己遇到的所有事情，而他自己甚至不知道这些事情的存在，但这个眼神让他确定了这些事确实存在。K.从侧面不停地看弗里达，即使在她和奥尔加交谈的时候也看着她。奥尔加和弗里达似乎并不是朋友，她们只是冷淡地说了几句话。K.想去帮忙，因此突然问道："你认识克拉姆先生吗？"奥尔加笑出了声。"你为什么笑？"K.生气地问。"我没有笑。"她说，但还是继续笑着。"奥尔加还真是个孩子气的女孩。"K.说，并从柜台上弯下腰，想再次吸引弗里达的目光。但她还是垂下了头，低声说："您想见克拉姆先生吗？"K.请求见他。她指了指自己左边的一扇门。"这儿有一个小窥视孔，您可以通过它看见里面。""那在这儿的这些人不会说些什么闲话吗？"K.问。她噘起了下唇，用一只柔软无比的手把K.拉到了门边。透过这个显然是为了偷看而钻的小孔，他几乎可以看到整个隔壁房间的情况。房间中央的办公桌前有一把舒适的圆背椅，克拉姆先生正浮夸地坐在上面，他面前垂下的灯泡照亮了他整张脸。他是一位中等身高、肥胖而笨重的绅士。脸上还算光滑，但因为年纪，两边的脸颊已经有些下垂了。黑色的小胡子留得很长。一副歪歪扭扭的夹鼻眼镜遮住了他的眼睛。假如克拉姆先生完全坐在桌边，K.就能看见他的侧面轮廓，但由于克拉姆转了大半个身子过来，直接对着他，所以他就看到了他的整张脸。克拉姆用左手肘撑在桌子上，他的右手夹着一支弗吉尼亚雪茄，正放在膝盖上。桌子上放着一个啤酒杯；由于桌子的边框高高隆起，K.看不清那儿放着哪些文件，但他觉得那儿似乎是空的。安全起见，他让弗里达从窥视孔看了看，并告诉他具体情况。由于她之前才去过这个房间，她可以明确地向K.证实，那儿没有任何文件。K.问弗里达他是否应该离开了，但她却说只要他想看，看多久都行。K.现在和弗里达单独待在一起，他匆匆扫了一眼，注意到奥尔加还是找到了她的熟人，正高高地坐在一个木桶上晃着两只脚。"弗里达，"K.小声说，"您和克拉姆先生很熟吗？"

"哦，是的，"她说，"很熟。"她靠在K.身边，K.现在才注意到，她正俏皮地摆弄着她那件略带镂空的奶白色衬衣，它覆盖在她瘦弱可怜的身体上，显得陌生而突兀。然后她说："您难道不记得奥尔加的笑了吗？""是的，那个教养欠佳的家伙。"K.说。"好吧，"她摆出一副和解的态度说，"她倒是也有理由笑，您问我是否认识克拉姆，而我其实是——"这时，她不由自主地略微直起了身子，又露出了那带着胜利的眼神，虽然这份胜利和正在说的话一点关系都没有，她用这眼神扫视过K."——而我是他的情妇。""克拉姆的情妇。"K.说。她点了点头。"那么您，"K.微笑着说，为了不让他们之间的相处太过严肃，"对我来说您是一位非常值得尊敬的人。""不仅是对您来说。"弗里达友善地说，但没有回应他的微笑。K.想出了个补救措施来应对她的傲慢，于是立刻运用了起来，他问道："您去过城堡吗？"然而，这提问并没有起作用，因为她回答道："没有，但我在这儿的酒吧，这还不够吗？"她的野心昭然若揭，而且似乎正想用在K.身上，想借他满足这种野心。"当然够，"K.说，"在这儿的吧台，你做的就是老板的工作了。""没错，"她说，"我最开始可是桥头客栈的马倌。""就用这双纤细柔弱的手啊。"K.半信半疑地说,他自己也分不清是在奉承她,还是真的被她征服了。弗里达的手又小又柔软,但也可以说它们是弱不禁风又毫无特色。"倒是没人注意到这一点,"她说,"就算是现在——"K.疑问地看着她,她摇了摇头,不想再谈下去了。"您当然有自己的秘密,"K.说,"您不想和才认识半个小时的人谈论这些秘密,而且这个人也还没有机会告诉您他的真实情况。"但事实证明,这是一句不恰当的解释,仿佛把弗里达从对他有利的恍惚中唤醒了,她从挂在腰带上的皮包里拿出了一块小木头,用它堵住了窥视孔,接着她对K.说,明显地克制住了自己,以免让他注意到她态度的变化:"和您有关的事我都知道了,您是那位土地测量员,"然后她又说,"但现在我得去工作了。"随后她就回到她在吧台后面的工位,而那群人中不时会有人站起来,让她把空杯子倒满。K.还想不引人注意地和她聊聊,于是他从一个架子上拿了一个空杯子,走到她面前。"还有一件事,弗里达小姐,"他说,"从马厩女仆到酒吧女招待,这是极不寻常的,需要出色的实力才能做到,但对于这样一个人来说,这难道就是最终的目标了吗?这或许是个毫无意义的问题。但从您的眼睛里我能看出,请别笑话我,弗里达小姐,您渴望的不是过去的奋斗,而是属于未来的奋斗。但是,这世上总是有诸多阻力,而随着目标变大,这些阻力也只会更大,在这个过程中,接受一个没什么影响力但同样是个奋斗者的小人物的帮助,也不是什么丢人的事。也许我们可以找个机会坐下来,好好地谈一次,而不是在这么众目睽睽的环境里。""我不知道您想要什么。"她说,然而这一次,在她的语气中流露出的情感似乎违背了她的意愿,让人听出的并不是人生的胜利,而是无尽的失望。"您是要把我从克拉姆身边拉走吗?我的天哪!"她拍了拍双手并随即把它们合拢了。"您已经看穿我了。"K.说,仿佛因为要面对这么多的不信任而感到精疲力竭了,"这正是我最隐秘的意图。您应该离开克拉姆,成为我的情人。现在我可以走了。奥尔加!"K.喊道,"我们回家吧。"

奥尔加顺从地从木桶上滑了下来,但没能立即摆脱她周围的那些朋友。这时弗里达一边威胁地看着K.,一边轻声地说:"我什么时候能和您聊聊?""我能在这儿过夜吗?"K.问。"当然。"弗里达说。"我现在就能留下来吗?""您先和奥尔加一起离开,等我把这些闲杂人等清理了。您过一会儿再来。""好的。"K.说,他不耐烦地等着奥尔加。但那些农民不放她走,他们发明了一种舞蹈,奥尔加站在中间,他们围着奥尔加跳着圆舞。在一片齐声呼喊中,总会有一个人走到奥尔加身边,用一只手紧紧搂住她的腰,带着她转几个圈,那圆舞还变得越来越快,那呼喊声还夹杂着饥渴的喘气声,逐渐汇聚成几乎一个声音。奥尔加之前还想笑着突破这个圈子,但现在只能跟跄着、披头散发地从一个人手里换到另一个人手里。"他们居然把这样的人派到我这儿来。"弗里达说,愤怒地咬着她的薄嘴唇。"这些人是谁?"K.问。"克拉姆的仆人,"弗里达说,"他总是把这群人带到这儿来,而他们总是把我这儿搞得一片狼藉。我现在简直不知道我今天对您说了些什么,土地测量员先生，要是我说了什么不好的话，请您一定原谅我，都是这些人的出现造成的，他们是我知道的最低贱、最恶心的人，可我还得给他们倒满啤酒。我曾多少次恳求克拉姆把他们留在城堡里，我在这儿上班本来就还得忍受其他先生的仆人，他应该多为我想想，但我所有的恳求都无济于事，总是在他来之前的一个小时，他们就会像牲口冲进厩棚一样蜂拥而至。但现在他们真的应该回到属于他们的厩棚里去。如果您不在这儿的话，我就会把这扇门拉开，克拉姆自己就会把他们赶出去。""但他听不到他们的吵闹吗？"K.问。"听不到，"弗里达说，"他在睡觉。""怎么可能！"K.惊呼道，"他睡着了吗？我刚才看向房间里时，他还醒着，就坐在桌前呢。""他现在也还是那样坐着，"弗里达说，"但您看他时，他就已经睡着了——否则我会让您看里面吗？——他就是那么睡觉的，老爷们总是睡得很多，这让人很难理解。顺便说一句，如果他不睡这么多，他怎么能忍受得了这些人。但现在我得把他们赶出去了。"她从墙角拿起一根鞭子，高高地跳了起来，但跳得不太稳，就像一只小羊羔在跳跃一样，就这样跳向了那群正在跳舞的人。起初，他们转向她，仿佛欢迎一个新舞者的到来，确实有那么一瞬间，弗里达看起来像要放下那根鞭子，但随后她又举起了鞭子。"以克拉姆之名，"她喊道，"进马厩去，所有人都进马厩去。"现在他们知道这是动真格了。于是在一种K.无法理解的恐惧中，他们开始向后退去，在退得最快的几个人的推挤下，一扇门打开了，夜风吹了进来，所有人都和弗里达一起消失了，弗里达显然是把他们赶到了院子对面的厩棚里去了。

然而,在这突然的寂静中,K.听到从走廊传来了一阵脚步声。为了设法保护自己,他跳到了吧台后面,柜台下面是这儿唯一可以藏身的地方,虽然没人禁止他留在酒吧,但既然他想在这里过夜,现在就必须避免被人看到。因此,当门打开时,他就溜到了桌子底下。当然,在那儿被发现也不是毫无危险,但如果他说是为了躲开那些发疯的农民,这借口至少并不是不可信的。是客栈老板来了,"弗里达!"他叫道,并在房间里来回走了几圈,幸运的是弗里达很快就来了,她没有提K.,只是抱怨了一下那群农民,然后走到酒吧柜台后面,想找找K.,K.的位置可以摸到她的脚,他从那时感到自己安全了。由于弗里达没有提到K.,客栈老板最后不得不提起这件事。"那位土地测量员呢?"他问道。总的来说,他应该原本就是一个有礼貌的人,通过不断地和身处更高位的又受过良好教育的人交往而礼貌周全,但他和弗里达说话的方式显得特别恭敬,这一点十分值得注意,因为在谈话过程中,他仍然保持着作为一个雇主对一个雇员的态度,而他面对的是一个相当莽撞的雇员。"土地测量员的事我全给忘了,"弗里达说,同时把她的小脚放在K.的胸膛上,"他大概早就离开了。""但我没有看到他,"客栈老板说,"我几乎一直待在走廊上。""但他不在这儿。"弗里达冷冷地说。"也许他已经躲起来了,"客栈老板说,"根据我对他的印象,他倒是做得出这种事。""他估计没有这种胆量。"弗里达说,并把她的脚更用力地踩在K.身上,她整个人的气质中带着欢愉和自由,这是K.之前没注意到的，而这种气质现在完全镇住了K.，特别是当她一边突然笑着说道："也许他就躲在这下面呢。"一边俯身向K.，轻快地吻了他一下，随即她又跳了起来，悲伤地说："不，他不在这儿呢。"但客栈老板的做法也出乎意料，他这时说道："我不确定他是否已经离开了，这事让我浑身不舒服。这不仅有关克拉姆先生，还涉及规则的问题。这一规则不但适用于您，弗里达小姐，也适用于我。您负责酒吧，我负责搜查房子的其他地方。晚安！祝您休息愉快！"他还没离开房间，弗里达就已经把灯都熄灭了，和K.一起坐在了吧台下面。"我亲爱的！我亲爱的甜心！"她低声说着，但根本没触碰到K.，她仿佛因爱而晕厥了，她仰面躺下，张开了双臂，时间在她幸福的爱情面前似乎无穷无尽，与其说她是在唱一首小曲，倒不如说是在叹息。[4] 然后她吓得跳了起来，因为K.还沉浸在自己的想法里，静静地沉浸在思考中，她开始像孩子一样拉扯着他："起来吧，你待在底下会窒息的。"他们拥抱着彼此，她小小的身体灼烧着K.的手，他们毫无知觉地翻滚着，K.不断地试图从这翻滚中拯救自己，却都是徒劳，滚了几步之后，他们重重地撞上了克拉姆的门[5]，然后躺在了一小摊啤酒和其他垃圾上。几个小时过去了，在这几个小时里，他们俩同呼吸、同心跳，也是在这几个小时里，K.不断地产生了一种感觉，他迷失了自我，或者像是误入了一个陌生的地方，在他之前没人来过这么遥远的地方。在这里甚至连空气都不是家乡空气的组成成分，人们会因为这种陌生感而窒息，在这毫无意义的虚无诱惑中，除了继续前行也别无他法，只能继续迷失，越陷越深。因此，当克拉姆从房间里用低沉的、命令式的、冷漠的声音叫弗里达时，这对K.来说不是一种惊吓，而是一种安慰般的唤醒。"弗里达。"K.在弗里达耳边说，从而把那呼喊传递给她。在一种深刻而与生俱来的服从感中，弗里达想马上跳起来，但随后她想起了自己现在所处的地方，于是伸了个懒腰，无声地笑了起来，说："我才不去呢，我再也不会去找他了。"K.想说些什么反对的话，想劝她去找克拉姆，开始替她整理衬衣，但他什么话也说不出来，当他抱着弗里达时，他实在太高兴了，完全陷入了一种紧张而兴奋的情绪中，因为在他看来，如果弗里达离开他，他所拥有的一切都会灰飞烟灭。而弗里达仿佛也因为K.的赞许而格外精神振奋，她握紧了拳头，砸在门上，并喊道："我正在土地测量员这儿呢！我正在土地测量员这儿呢！"

现在克拉姆却沉默了。K.站了起来，屈膝跪在弗里达身旁，借着曚昽昏暗的晨光环顾四周。到底发生了什么？他的希望跑到哪里去了？现在一切都被暴露了，他还能指望弗里达什么呢？他没有根据敌人的危险性和目的谨慎地向前推进自己的计划，而是就在这么一摊啤酒上打滚了一个晚上，那股子味道已经搞得他晕头转向了。"你这是做了些什么呀？"他喃喃地对自己说，"我们俩现在都完了。""不，"弗里达说，"只有我完了，但我已经赢得了你。现在请安静。你看看那两个人笑的那副样子。""哪两个人？"K.问，转过身去。他的两个助手正坐在柜台上，他们看上去还有些困，却很高兴，这是因为他们忠于职守，所以感觉愉悦。"你们在这儿做什么？"K.大声喊道，好像一切都是他们的错，他到处寻找弗里达昨天晚上用过的鞭子。"我们得找到你呀,"两位助手说,"因为你没下山回到之前的客栈来找我们,我们只能去巴拿巴家找你,最后终于在这儿找到了你,我们在这里坐了一晚上呢。这份差事可真不容易。""我是白天需要你们,又不是晚上,"K.说,"你们快滚吧!""现在是白天了呀。"他们说,并没有挪动位置。而现在也真的是白天了,客栈的门被打开了,农民们拥着被K.完全遗忘了的奥尔加冲了进来,奥尔加还和头天晚上一样活蹦乱跳的,虽然她的衣服和头发都乱糟糟的,一到门口,她的眼睛就开始寻找K.了。"你为什么不跟我一起回家呢?"她几乎要流眼泪了。"就因为这么个破烂货吗?"她说,接着又重复了几次。这时,消失了一会儿的弗里达拿着一小包衣服回来了,奥尔加悲伤地走到了一边。"现在我们可以走了吧。"弗里达说,不言而喻,她指的是去那间桥头客栈。K.和弗里达并排走着,那两位助手跟在他们身后,这就是他们一行人了,那些农民对弗里达表现得十分蔑视,这也可以理解,因为她到目前为止一直严格地管着他们,有一个人甚至拿着一根棍子,好像除非她能从棍子上跳过去,否则就不让她走,但她一个眼神甩过去,那人就默默退下了。到了外面的雪地上,K.终于松了口气,能来到室外是如此快乐,连路上的那些艰难也变得可以忍受了,当然如果K.是一个人,那就更好了。一到客栈他就直接回到了自己的房间,在床上躺了下来,弗里达在他旁边的地板上给自己铺了张床,那两位助手也和他们一起挤了进来,但是被赶走了,后来他们又从窗户爬了进来。K.太累了,也没力气再把他们赶出去了。客栈老板娘还特地上来问候弗里达,弗里达叫她好妈妈,她们用一种难以理解的方式亲切地互相问候、亲吻,还长时间地抱在一起。这个小房间里几乎就没有安静的时候,女仆们经常穿着男人的靴子踢踏着走进来,或是带什么东西来,或是取什么东西走。她们如果需要从那张塞满各种物品的床上拿东西,就会毫无顾忌地从K.的身下把它们抽出来。她们问候弗里达,欢迎她成了她们中的一员。尽管有着种种烦躁不安,K.还是在床上睡了一天一夜。弗里达帮他处理了一些小事。当他第二天早上终于起床时,终于感觉到了神清气爽,这已经是他在村里逗留的第四天了。

四

和客栈老板娘的第一次交谈

他本想与弗里达私下聊聊天,但那两个助手还待在房间里,这阻止了他这么做,而且弗里达还时不时同他们又笑又闹。他们的要求并不算很高,只在角落里放了两条破旧的女式裙子打地铺,他们就坐在上面,就像他们经常和弗里达说的,他们并不想打扰土地测量员先生,也会尽可能少地占用空间,他们在这方面做了各种尝试,但总是发出些咝咝声和咯咯声,还做出各种手脚交叠的动作,蜷缩在一起,在暮色中人们只能看到角落里像有一个大线团。尽管如此,从白天的经验中还是能遗憾地知道,他们其实是非常聚精会神的观察者,总是盯着K.;无论是他们在看似幼稚的游戏中用手充当望远镜,还是其他一些类似的胡闹,又或者他们只是眨着眼睛看过来,看起来好像把大部分精力放在他们的胡子上——胡子对他们非常重要,他们会无数次地互相比较胡子的长短和浓密程度,并让弗里达来评判。K.常常在他的床上完全冷漠地看着这三人的活动。

当他感到自己恢复了足够的力量能离开床时,他们都赶来为他服务。他还没有体力好到足以拒绝他们的服务，他意识到他正变得有些依赖他们，这可能会产生不好的后果，但他不得不任由其发生。而且这事也说不上是完全让人不快的：他可以坐在餐桌边喝着弗里达取来的好咖啡，还能在弗里达已经加热好的炉子前取暖，看着助手们又急又笨地、上上下下地在楼梯上跑了十来次，只是为了拿来洗衣水、肥皂、梳子和镜子，最后，因为K.只是轻声地暗示过一个小小的愿望，他们还给他端来了一小杯朗姆酒。

在这种发号施令和被服务的过程中，K.与其说是怀着成功的希望，倒不如说是出于一种惬意的心情："你们两个现在离开吧，我暂时不需要什么了，只想和弗里达小姐单独谈谈。"他没有从他们脸上看到任何反抗的表情，于是他说要补偿他们："那我们三个之后一起去找村长吧，你们请到楼下的酒吧等我吧。"奇怪的是，他们听从了他的话，只是在离开前说："我们也可以在这里等。"K.回答说："我知道，但我不想让你们在这儿。"

然而，当那两个助手一离开，弗里达就坐在他膝头上，说："亲爱的，你对助手们有什么不满？在他们面前我们不必有所保留，他们都很忠诚。"K.感到很恼火，但还有一丝隐秘的开心。"哦，忠诚，"K.说，"他们总是躺在那里伺机监视我，这是毫无意义的，而且让人厌恶。""我能明白你的意思。"她说，并紧紧地抱住了他的脖子，好像还想说点别的什么，但又说不下去，而由于那把扶手椅紧挨着床，他们就摇晃着倒了下去。他们躺在那里，但又不像之前那夜一样全身心地投入。她在寻找着什么,他也在寻找着什么,他们怒气冲冲,又面目狰狞,想把头嵌进对方的胸膛,他们就这样寻找着,而他们的拥抱和抬起的身体并没能让他们忘记,而是提醒了他们那去寻找的义务,他们像狗一样绝望地刨着地面,也绝望地刨着对方的身体,似乎陷入了一种无助的绝望,只为了得到那最后一点幸福,有时他们会用舌头粗犷肆意地横扫彼此的脸颊。只有当他们累了,他们才会安静下来,并对彼此心存感激。这时,女仆们走了进来。"看,他们躺在这里的那副鬼样子。"一个女仆说,出于怜悯,她给他们盖上了一张床单。

后来,当K.从床单中挣脱出来,环顾四周时——他发现助手们又回到了他们的角落里,用手指着K.,互相告诫要严肃,并向他敬礼——K.对此种情形已经不感到惊讶了。但除此之外,客栈老板娘也贴着床坐着,手里还在织着一只长袜子,这么轻巧细致的工作与她那巨大的身形不太相称,她几乎遮住了光线,使房间都变暗了。"我已经等了很久了。"她说,并抬起了她那张宽阔的脸颊,那上面布满了岁月的褶皱,但就整张宽阔的脸来说还算光滑,也许这也曾是一张美丽的面庞。她的话听起来像是责备,这是不恰当的责备,因为K.并没有要求她来。因此,他只是点了点头,确认听到了她的话,然后坐直了身子,弗里达也站了起来,她离开了K.,靠在了客栈老板娘的扶手椅上。"老板娘太太,"K.心不在焉地说,"您想和我说的话就不能推迟一下吗?能不能等到我从村长那儿回来后再说?我和他有场重要的谈话。""我要和您说的更重要,相信我,土地测量员先生,"客栈老板娘说,"您到那儿去听到的可能只是一份工作,但我想跟您谈的是关于一个人,就是关于弗里达,我亲爱的女儿[1]。""原来如此,"K.说,"那当然了,只是我不知道为什么不让我们两个人自己来处理这件事。""因为爱,因为关心呀。"客栈老板娘说,她拉过弗里达,并将弗里达的头转了过来;弗里达站着,头也只和坐着的客栈老板娘的肩膀平齐。"既然弗里达对您如此信任,"K.说,"那我也无话可说了。由于弗里达最近才说过我的助手们很忠诚,因此我们就都是朋友啦。那我可以告诉您,老板娘,我认为弗里达如果和我结婚是最好的,而且应该尽快。不过遗憾的是,很遗憾,即使这样我也无法补偿弗里达因我而失去的东西,即在贵族庄园的地位及和克拉姆的友谊。"弗里达抬起脸,她的眼里盛满了泪水,却毫无胜利的喜悦。"为什么是我?为什么在所有的人中选中了我?""什么?"K.和客栈老板娘同时问道。"她已经晕了,这个可怜的孩子,"客栈老板娘说,"被太多幸与不幸的交织碰撞给弄迷糊了。"似乎是为了证实这些话,弗里达现在扑到了K.身上,疯狂地亲吻着他,仿佛房间里已经没有其他人,然后跪在他面前,还拥抱着他,哭泣着。K.一边用双手轻抚着弗里达的头发,一边问客栈老板娘:"您似乎同意我的说法?""您是一个靠谱的好人。"客栈老板娘说,她的声音也带着哭腔,显得有些沮丧,呼吸也很重,但她还是强撑着力气说道,"现在只需要考虑些保障措施就行,您必须给弗里达提供这些保障,

---

[1] 此处虽然使用了"Magd"(女孩儿、女仆)一词,但老板娘一直以弗里达的母亲自居,所以此处译为"女儿"。

因为不管我现在多么尊重您,您仍然是一个异乡人,没人能给您做担保,您的家庭条件和状况也没人知道,因此这些保障措施是必要的,我想您是明白这一点的,亲爱的土地测量员先生,您毕竟自己也强调,因为与您的交往,弗里达也失去了很多。""当然,保障措施,这是必需的,"K.说,"我们最好找一个公证处,当着他们的面确定这些保障措施,不过伯爵手下的那些机构或许会干涉。再提一下,我在婚礼前也有些事情要完成。我必须和克拉姆谈谈。""那是不可能的,"弗里达说,她稍稍起身,紧紧靠在K.身上,"你是怎么想的!""一定得跟他谈谈,"K.说,"如果我不可能和他谈的话,就得你去。""我做不到,K.,我真的做不到,"弗里达说,"克拉姆是永远不会同你谈的。你怎么能相信克拉姆会同你谈呢!""那他会同你谈谈吗?"K.问。"也不会,"弗里达说,"他既不会同你谈,也不会同我谈,这是完全不可能的。"她转向了客栈老板娘,向她张开了双臂:"您看看吧,老板娘,他在要求些什么呀。""您可真神奇,土地测量员先生,"客栈老板娘说,她现在的样子甚至有些吓人,她坐得更直了,两腿岔得很开,巨大有力的膝盖从薄薄的裙子下凸起,"您的这个要求是不可能实现的。""为什么不可能?"K.问道。"我会向您解释的,"客栈老板娘说,她的语气让人觉得仿佛这解释不是她给予的最后一次帮忙,而是她施展的第一个惩罚,"我很乐意跟您解释。虽然我不属于城堡,也只是一个女人,在这里也只是一个末流客栈的老板娘——就算这客栈不是最末流的吧,但离末流也不远了——所以可能我的解释您也并不在意,但我这辈子确实见多识广，遇到过很多人，还独自承担了经营客栈的所有重担，因为我丈夫虽然是个好人，但他不是客栈老板，也永远不会明白责任是什么。在这点上您应该感谢他的粗心大意——那天晚上我累得快崩溃了。所以您现在才会有机会待在村里，才会这么安稳舒适地坐在床上。""什么？"K.问道，他从神游中被拉回了现实，被好奇心刺激到了，这好奇甚至超过了他的愤怒。"您应该感谢他的粗心大意。"客栈老板娘伸出食指指着K.，再次大声叫道。弗里达试图安抚她。"你要干什么？"客栈老板娘迅速转过身去，对弗里达说，"土地测量员问我问题，我必须回答他。否则他怎么能理解这些对我们来说自然而然的事情，比如克拉姆先生以后也永远不会和他说话，我说'以后'，其实是克拉姆先生从来都不会和他说话。听着，土地测量员先生。克拉姆先生是一位来自城堡的绅士，即使不提克拉姆的其他职务，这本身就意味着很高的地位。而虽然我们在这儿如此谦卑地请求您同意结婚，但您又是谁呢？您既不来自城堡，也不来自村里，您什么都不是。但您也确实有点东西，您是一个异乡人，一个多余又到处碍手碍脚的人，一个总是惹麻烦的人，一个因为您的存在我们不得不驱逐女仆的人，一个意图不明的人，一个引诱了我们最亲爱的小弗里达的人，而不幸的是，我们不得不把她送给您做妻子。我说这些，并不是要责怪您；您就是这样的人；我在我的生活中已经看过太多的人和事，看到您这些事也没什么不可接受的。但现在请您自己想想，您提了个什么样的要求——像克拉姆这样的人应该跟您谈话。我听说弗里达让您从窥视孔里看，心里跟油煎了似的,她这样做的时候,就已经是被你引诱了。不过请您告诉我,您当初是如何忍受看到克拉姆那副样子的?您不必回答,我知道,您肯定是能忍受的。您根本没真正地看到克拉姆,我这么说并不是出于傲慢,因为我自己也没这个能力,能看到他。您说克拉姆应该和您谈谈,但他压根儿不理村里的人,他甚至没亲自和村里的人说过一次话。只有弗里达曾经获此殊荣,当然弗里达的这一荣耀也会是我一生的骄傲,那就是他至少曾叫过弗里达的名字,她可以随心所欲地和他说话,并被允许从窥视孔中偷看他,但他也从未和她说过话。他有时会大声叫弗里达,这呼叫也并不一定像人们说的那样有什么意义,他只是叫弗里达的名字——谁知道他到底想干什么呢?——对弗里达来说,她乐得其所地匆匆赶过去,而他无异议地接纳弗里达,这是克拉姆的善意,但是也不能判断,他是否真的直截了当地喊了她。当然,这些事从现在起已经永远地过去了。也许克拉姆还会叫弗里达的名字,这是有可能的,但他肯定不会再允许她到他那儿去了,因为她现在是一个和您混在一起的女孩。现在只有一件事,我想破了脑袋也不明白,一个被人们传言是克拉姆情妇的女孩——顺便说一下,我认为这个称呼实在是夸张了——竟然会允许您碰她。"

"这的确很奇怪,"K.说,他把弗里达拉到了怀里,弗里达虽然低着头,但也马上就顺从地趴在了他的膝头上,"但我认为,这也证明了其他事情或许也并不完全像您所想的那样。例如,您说我在克拉姆面前什么都算不上,这也许也有些道理,即使我现在要求和克拉姆谈谈,甚至您的一番劝解也无法阻止我,这也并不意味着,我能够隔着一扇门忍受克拉姆的样子,而不会在他走出门出现在我面前的时候逃跑。这样的恐惧,即使是有道理的,也还不能成为我不敢做这件事的理由。然而,如果我能成功地站在他面前,那么他也完全没有必要和我说话,我只要看到我的话能对他产生一些作用就够了,如果这些话完全没能对他起作用,或者他压根儿就没听到,那么我仍然得了一个曾在一位有权有势的人面前肆无忌惮讲过话的好处。但您,客栈老板娘,以您的生活阅历和丰富的识人知识,以及弗里达,她昨天还是克拉姆的情妇——我也看不到要回避这个称呼的理由——肯定可以很容易为我弄到一次与克拉姆谈话的机会,如果没有别的办法的话,那我就在贵族庄园和他谈,或许他今天还在那儿。"

"这是不可能的,"客栈老板娘说,"我看您根本无法理解这件事。但请您告诉我,您想和克拉姆谈些什么?"

"当然是关于弗里达。"K.说。

"关于弗里达?"客栈老板娘疑惑地问道,她转向弗里达,"你听到了吗,弗里达,他想和克拉姆谈谈关于你的事,他,要找克拉姆,和克拉姆谈谈关于你的事呢。"

"但愿吧,"K.说,"老板娘太太,您作为一位如此聪明、令人敬畏的女性,居然会被这么一点小事吓到。是的,我想和他谈谈弗里达的事,这并不是什么特别离谱的事,反而是理所当然的。如果您认为从我出现的那一刻起,弗里达对克拉姆来说就已经变得无足轻重了,您如果这么想,那是低估了他。我清楚地感觉到,我想在这方面指导您十分冒昧,但我还是必须这样做。克拉姆与弗里达的关系不可能因为我而发生改变。要么他们俩过去并没什么实质性的关系——那些剥夺了弗里达'情妇'这一荣誉称号的人就是这么说的——那么今天这种关系也并不存在；要么它确实存在，那么在这种情况下，它又怎么可能会因为我——就像您言之凿凿的那样，一个在克拉姆眼里无名无姓的小人物——被打乱。人们在受到震惊被吓到的那一刻会相信这样的事情，但即使是稍加思索，也会立刻把它纠正过来。再者，让弗里达也发表一下她的看法吧。"

弗里达的目光游离着飘向了远方，她把脸贴在K.的胸上："事情当然就像妈妈说的那样：克拉姆不想再听到关于我的任何事了。但这当然不是因为你来了，我亲爱的，没有什么事能影响他。但我相信，我们在酒吧桌子下的相遇是他的功劳，那个时刻应该受到祝福而不是被诅咒。""如果事情是这样的话，"K.缓缓地说，因为弗里达的话让他觉得心里甜丝丝的，所以他把眼睛闭上了几秒，沉浸在她的话语中，"如果是这样的话，那就更没什么理由害怕和克拉姆谈话了。"

"说真的，"客栈老板娘从上方俯下身看着K.说，"您有时真会让我想起我的丈夫，他也跟您一样倔头倔脑又孩子气。您才在这儿待了几天，就觉得比本地人更了解一切，甚至比我这个老太婆还厉害，也比弗里达更厉害，即使她在贵族庄园里见过、听过更多的事。我不否认，有时也有可能发生一些违反规则和违反传统的事情，我没有经历过这样的情况，但据说有这样的例子，也许是这样的，但肯定不是以您这样的方式做到的，像您这样总是说'不'，一味地只相信自己，无视最善意的建议。您认为我的担心是为了您吗?当您还是单身汉的时候,我可曾担心过您?虽然我要是管您的话,或许是件好事,或许许多事情都能避免了。当时我对我丈夫说的唯一的关于你的一句话就是:'你给我离他远点。'如果弗里达现在没有被搅和进你的命运,那么这句话今天对我来说仍适用。我对您的这些关心,甚至重视,您得感谢弗里达——不管您喜欢与否。您也不能轻易地拒绝我,您要对我全权负责,因为我是唯一一个像母亲般关怀看护小弗里达的人。有可能弗里达是对的,所发生的这一切都是克拉姆的意志所决定的,但我现在对克拉姆一无所知,我也永远不会和他说话,他对我来说是高不可攀的,但您就坐在这里,还抱着我的弗里达,还将——我有什么好隐瞒的呢——由我照顾。是的,由我照顾,因此试试吧,年轻人,如果我把您赶出去,那您就再难在村子里的任何地方找个能住下的地方,哪怕是狗窝都难。"

"谢谢您,"K.说,"您的这些话都很坦率,我完全相信您。所以说我的地位就是这样不明不白,也因为和我有关,弗里达的地位也变得晦暗不明了。"

"不,"客栈老板娘愤怒地喊道,"弗里达的地位同您在这儿的地位毫无关系。弗里达是我家的人,任何人都无权质疑她在这里的地位。"

"好的,好的,"K.说,"我也同意您的说法,尤其是弗里达,她似乎出于一些我不知道的原因,特别害怕您,而不敢插嘴。所以我们暂时就只谈和我有关的事吧。我在这儿的地位是极其不牢固的,您也没有否认这一点,而是努力地证实了这一点。正如您所说的一切,也只是大部分正确,并不是完全正确。例如,我知道有一个相当不错的寄宿的地方,对我随时开放。"

"在哪儿?在哪儿?"弗里达和客栈老板娘同时急切地喊道,仿佛她们之所以这么问是有同样的理由。

"在巴拿巴家。"K.说。

"这些破烂货!"老板娘喊道,"这些狡猾的破烂货!在巴拿巴家!你们听听——"她转向了两个助手之前待的角落,但他们早就离开了那里,正互相挽着手臂站在客栈老板娘身后,她现在抓住了其中一个人的手,好像她需要一个支撑似的,"听听,这位先生要在哪儿鬼混,在巴拿巴一家那儿!当然,他能在那里找到过夜的地方,唉,要是他那天晚上在那儿过夜,而不是在贵族庄园过夜就好了。但那时你们两个去哪儿了?"

"老板娘,"K.在助手们回答之前说,"他们是我的助手,但您对待他们的态度就像他们是您的助手,是看守我的人一样。在所有其他事情上,我都愿意至少有礼貌地就您的意见进行讨论,但在和我的助手有关的事情上就不行了,因为这件事的情况最清楚不过。因此,我要求您不要和我的助手们说话,要是我的要求对您的束缚力还不够,那我会禁止我的助手们回答您。"

"所以我不被允许同你们说话喽。"客栈老板娘说,他们三个人都笑了起来,老板娘的笑带着嘲讽,但也比K.预期的要温和得多,两个助手还是像往常一样,笑得饱含深意又毫无意义,还拒绝承担任何责任。

"别生气,"弗里达说,"你得正确地理解我们的激动。如果愿意的话,也可以理解成,我们应当感谢巴拿巴,因为他,我们现在才能成为一家人。当我第一次在吧台那儿看到你时——你走了进来,还挽着奥尔加的手臂——我虽然已经知道了你的一些事,但总体来说我对你还是漠不关心的。好吧,不仅是对你漠不关心,几乎对所有的事,对所有的东西我都漠不关心。我当时对很多事情都不满意,有些事情让我很恼火,但那是什么样的不满意和烦恼呀?比如酒吧里有个客人侮辱了我——他们总是追着我不放,你也见过那里的那些家伙,但还有更坏的,克拉姆的仆人还不是最坏的——有人侮辱了我,这对我意味着什么呢?对我来说这好像是很多年前发生的事情,或者好像根本就没有发生在我身上,或者好像我只是听人说过这件事,或者又好像我自己也已经忘记了。但我无法描述,我甚至无法想象,自从克拉姆离开我之后,一切都变了——"

说到这里,弗里达中断了她的故事,悲伤地低下了头,双手交叠着放在腿上。

"您看,"客栈老板娘喊道,她表现得好像不是自己在说话,而是把自己的声音借给了弗里达似的,她还靠得更近了,现在紧挨着弗里达坐着,"现在您看,土地测量员先生,这就是您的行为带来的后果,而且您的助手们,尽管我不应该和他们说话,也应该看看这个教训。您把弗里达从她最幸福的状态中扯了出来,您能做到这一点,主要是因为弗里达她那孩子般夸张的同情心,这使她无法忍受您挽着奥尔加的手臂,显得完全是巴拿巴家的俘虏一样。她拯救了您，同时牺牲了自己。现在事情已经发生了，弗里达已经用她所有的一切换取了坐在您膝盖上的这份幸福，现在您却拿您曾有机会在巴拿巴家过夜的事情作为王牌。您想用这个证明您不必依赖我。当然，如果您真的在巴拿巴家过夜了，您此刻确实就完全不用依赖我，而且您必须立刻麻溜地离开我的房子。"

"我不了解巴拿巴家庭的罪恶，"K.说，同时他小心地把像没有了活力的弗里达抱起来，慢慢地把她放在床上，然后自己站了起来，"您在这方面可能是对的，但我当时肯定是对的，当我请求您把我们的事情，弗里达和我的事情，留给我们两个人处理。您当时提到了一些关于爱和关心的事情，但后来我并没有发现很多这方面的事情，反而看到了更多的仇恨、嘲讽和赶人出门。如果您是想让弗里达离开我，或者让我离开弗里达，那么您做得相当巧妙，但我认为您还是不会成功的，即使您成功了，您也会——请允许我也发出一个模糊的威胁——深感懊悔。至于您提供给我的住所——您指的只可能是这个可怕的地方——这并不能肯定是您自愿的行为，而更像是有关于伯爵当局的指示。我现在就会去那儿报告，我已经解除了和您的房子的合约，如果他们给我安排另一个住所，您可能会松一口气，但我也会因此更是大松一口气。现在我就会带着这个问题和其他问题去村长那儿，请您至少照顾一下弗里达，您用您那所谓的母亲般的话语已经把她弄得够糟糕了。"

接着，他转向了助手们。"走吧。"他说。他从钩子上拿下了克拉姆的信，然后打算离开。客栈老板娘默默地看着他，直到他的手已经放在门把手上,她才说:"土地测量员先生,我还有几句话要送给您,因为无论您说什么,无论您想怎么侮辱我这个老太太,您始终是弗里达未来的丈夫。也只出于这个原因,我要告诉您,您对于此地的情况知之甚少,听到您说的话,再把您的话在脑子里和现实情况做个比较时,简直让人头晕。您无法一下就改变这种无知,甚至可能永远无法改变,但是如果您稍微相信我的话,并时刻警惕这种无知,许多事情就会好转。比如说您会即刻更加公正地对待我,并开始意识到我经历了怎样的恐慌——而且这恐慌的后果还在延续——当我认识到我的小宝贝居然离开了鹰,而选择了一条蛇蜥时,但实际情况更糟糕,我必须不停地试图忘记这一点,否则我根本没法和您心平气和地说话。哦,现在您又生气了。不,您别走,至少听听我的这个请求:无论您去到哪里,请始终记住您在这里是最无知的人,并请您一定要小心谨慎;在我们这儿,因为弗里达在这儿才保护了您免受伤害,您还能敞开心扉畅所欲言,向我们展现您打算如何跟克拉姆谈话,但实际上,实际上,请您千万、千万不要这样做。"

她站了起来,因为激动而有些摇晃,她走到K.面前,抓住了他的手,恳求地看着他。"老板娘,"K.说,"我不明白为什么您会因为这样的事情而屈尊请求我。如果像您说的,我根本不可能和克拉姆谈话,那么无论别人请求与否,我都不会成功。但是,如果真的有可能跟他谈话,为什么我不能这么做呢?尤其是当您的主要反对意见消失后,您的其他担忧也会变得十分站不住脚。当然,我是个无知的人,这个事实始终存在，这对我来说十分可悲，但它也有一个好处，那就是无知者敢于冒险做更多的事，因此我愿意再保持一段时间的无知，并承担它带来的一些也许很严重的后果，只要我还有力气。但是这些后果实际上也只涉及我，所以我尤其不明白您为什么来请求我。因为按您所说，您肯定会一直照顾弗里达的，要是我完全从弗里达的视野里消失，您应该觉得十分庆幸才是。您在担心些什么呢？您担心的难道是——在一个无知的人看来，什么都有可能——"此时K.已经打开了门，"您不会是为了克拉姆担心吧？"老板娘沉默地看着他，看着他匆忙地跑下楼梯，而那两位助手就跟在他身后。

五

在村长家

与村长的谈话并没有让K.太过担忧,这几乎令他自己也感到惊讶。他试图这样向自己解释:根据他迄今的经验,与伯爵官方机构的交往对他来说十分容易。一方面,这是因为在处理他的事情上,显然此处已经一劳永逸地颁布了某种表面看起来对他非常有利的规则;另一方面,则是当局各处提供的令人钦佩的统一服务,即使在看起来不存在的地方,也能充分感受到其完美。当K.偶尔只是想到这些事情的时候,他几乎也能对自己的处境感到满意了。尽管他总是在这种惬意之后,马上提醒自己,这也正是危险所在。和当局直接打交道并不是太困难,因为当局,无论它们的组织如何完善,总是只能代表那些遥远、看不见的官员们维护着的遥远、看不见的事物,而K.却是为了某种鲜活而又近在咫尺的事物在奋斗着,至少在最初之时,是出于他自己的意志,因为他是个攻击者,而且不仅仅是他一个人在奋斗,显然还有其他很多他所不知道的力量也在奋斗,但根据当局的举措,他可以相信它们。然而,正因为当局在与K.打交道的过程中,从一开始就在不太重要的事情上——到目前为止,还没涉及什么更重要的事情——迎合了他,因而他们也剥夺了他轻松取得一些小胜利的可能,以及与之相关的满足感和由此产生的充分安全感,以确保进一步更大的战斗。相反,他们让K.在村子里随处穿行,无论他想去哪儿都行,从而宠坏了他,并削弱了他的力量,这样就完全排除了他的任何斗争,并把他转移到了非官方的、完全无法预测的、晦暗不明的又陌生的生活中。这样一来,如果他不时刻保持警惕,尽管当局十分亲切,尽管他能够完全履行这一切轻松得夸张的官方义务,但也有可能会发生这样的情况:有一天他可能会因为受到这些表面恩惠的欺骗而在日常生活中变得鲁莽,以致在此处崩溃掉,当局却仍然温和而友善,仿佛是要违背他们的意愿,但不得不出于某种他不知道的公共秩序,把他赶出去。那么,这个所谓的"日常生活"到底是什么呢?迄今为止,K.还没有看到过公务和生活交织得如此紧密的地方,使得他有时候可能会认为职务和生活已经错了位。例如,K.的职务目前只是形式化的,而在K.的卧室里,克拉姆的权威却无比真实,和他比起来,K.的权利又算什么呢?因此,在直接面对当局时,需要略微漫不经心,用放松的方式来处理,而在其他时候,则需要格外谨慎,走每一步之前,都要眼观八方。

他首先在村长那儿完全证实了他对此地当局的看法。村长是一个和蔼可亲的胖子,胡子刮得干干净净,他生了病,而且是患了重度痛风,所以躺在床上接待了K.。"您就是我们的土地测量员先生。"他试图坐起来向K.表示欢迎,但没有成功,于是他指着腿抱歉地解释了一下,又倒回了枕头上。这间屋子的窗户很小,还几乎都被窗帘遮住了,光线格外昏暗,一个安静的、在昏暗的灯光下几乎像影子一样的女人给K.拿来一把椅子,放在了床边:"请坐,请坐,土地测量员先生。"村长说:"请告诉我您的需求。"K.念了一遍克拉姆的信,然后发表了一些评论。他又一次感觉到与当局打交道是如此轻松。他们几乎能承担所有重担,可以把一切事情都扔给他们,以让自己保持不受影响、轻松自由的状态。村长似乎也在某种程度上感受到了这一点,他在床上不适地翻身。终于,他说:"土地测量员先生,正如您所注意到的,整件事情我全都知道。之所以我自己还没有采取任何行动,一是因为我的病,二是因为您迟迟未至,我还以为您已经放弃了这件事。但既然您现在这么友好地亲自来找我,我当然要告诉您这些令人不快的全部真相。正如您所说,您被录用为土地测量员了,但遗憾的是,我们并不需要一位土地测量员。这里并没有什么工作可供土地测量员做。我们这里小块资产的领域边界都已经划定,一切都已经妥善登记,财产变更几乎不会发生,而一些小的边界纠纷我们自己就能解决。那么,我们需要一个土地测量员做什么呢?"尽管K.以前没想过这个问题,但他的内心也已经料到自己会得到类似这样的通知。[6]因此,他才能立即说:"这让我深感惊讶。因为这让我所有的计划都落了空。我只能希望这里面有什么误会。""可惜并非如您所愿,"村长说,"事实正如我说的那样。""但这怎么可能?"K.叫道,"我不可能费尽力气千里迢迢来到这儿,就为了现在让人给送回去。""这是另外一个问题了,"村长说,"这不是我所能决定的。但这个误会是如何发生的，我可以向您解释。在一个像伯爵当局这么大的机构里，偶尔会发生一个部门做出了这样的安排，而另一个部门则做出了那样的安排，他们彼此却都不知道对方的决定的情况，虽然上级的监控非常严密，但由于这监控自身的特点，总是来得太晚或是不够及时，所以总还会出现一些小的混乱。当然，这样的事情只是一些鸡毛蒜皮的小事情，比如像您这样的情况，在重大的事情上我倒是还不知道犯过什么错，不过这些小事也够让人难堪了。现在就您的情况，我倒是愿意毫无保留——我不够格成为当局的公务员，我只是个农民，而且这农民身份也不会再变了——但是我可以给您讲讲来龙去脉。很久以前，那时我刚担任村长几个月，接到过一道命令，我已经不记得是哪个部门发来的了，那些先生用特有的强硬方式通知我，说应该聘请一位土地测量员，并要求村里准备好他工作所需的所有图表和记录。当然，这个命令不可能是针对您的，因为那是很多年前的事了，我如果不是生病躺在床上，有足够的时间去思考这些最可笑的事情，恐怕早已想不起来这件事了。"他突然中断了在说的话，对那个女人说，"米琪，去柜子里找找看，也许你能找到那份命令文件。"他向K.解释说："那是我刚上任时的事情，那时我还习惯保存所有文件。"女人立刻打开了柜子，K.和村长都看着她的动作。柜子里塞满了文件，一打开，两大捆文件就滚了出来，它们像柴火一样被捆得圆滚滚的；女人吓得跳到一边。村长在床上指挥道："应该在下面，在下面。"女人顺从地用两条臂抱住了那两捆文件卷，把柜子里的文件都拿了出来，以便拿到最下面的文件。那些文件已经堆满了半个房间。村长点了点头说："已经完成的工作可真不少，而这也仅仅是一小部分。大部分的文件我都存放在谷仓里，尽管其中很大一部分已经丢失了。谁能看管得了这么多东西呢？不过谷仓里还有很多。"他又转向他的妻子说："你能找到那份公告吗？你要找一份在'土地测量员'这几个字下面画了蓝线的公告。"女人说："这里太暗了，我去拿根蜡烛来。"然后她踩着那些文件离开了房间。村长说："我的妻子给了我很大的支持，但在这份艰难的工作中，这儿的这些工作只能是顺带着兼职完成，虽然我还有一位助手负责书面工作，就是那位男教师，但无论如何都无法完成所有的事，总是有很多未完成的工作，它们都被收集在那个柜子里。"他指着另一个柜子说。"但现在我生病了，于是事情就堆积得越来越多。"他疲倦但又有些自豪地向后躺了回去。当女人拿着蜡烛回来，在柜子前跪下来找那份公告时，K.说："我能不能帮您妻子找呢？"村长笑着摇了摇头："正如我刚才说过的，我对您没有保留什么公务上的秘密，但我也不能如此'过分'地让您亲自去翻找文件。"房间里安静了下来，只能听得到翻找纸张的沙沙声，村长也许还打起了盹。有人轻轻地敲门，K.转过身去。那当然是那两位助手。他们现在总算已经稍微受了些教育，不会立刻闯进房间，而是先通过微微开着的门低声说："我们在外面太冷了。"村长吓了一跳，问："是谁？" K.说："只是我的两位助手，我不知道让他们在哪里等我，外面太冷，他们进来这里又十分碍事。"村长友好地说："他们不会打扰我的，请让他们进来吧。再说，我也认识他们。都是老朋友了。"但K.坦率地说："他们对我来说很碍事。"他的目光在助手们和村长之间来回移动，发现他们三人的微笑几乎完全一样。于是他尝试着说："既然你们已经在这里了，就留下来帮村长夫人找一份文件吧，那上面'土地测量员'这个词用蓝色下划线做了标注。"村长没有反驳；助手们可以做的事情，K. 却不能做。他们立刻扑到了那纸堆上，但与其说他们是在寻找，倒不如说他们是在纸堆里到处翻来翻去，当其中一人阅读一份文件时，另一人总是把文件从他手里抢走。与此同时，村长妻子却跪在那个空空如也的柜子前，她似乎不再找了，至少蜡烛放得离她很远。

"这两个助手，"村长带着一种自鸣得意的微笑说，好像一切都是他的安排，但谁也没能猜到这一点似的，"他们让您感到困扰。但他们毕竟是您自己的助手。""不，"K. 冷淡地说，"他们是我到这儿以后才闯入我的生活的。""闯入您的生活，这怎么可能呢？"他说，"分配给您的，您是想说这个意思吗？""那就是分配给我的吧，"K. 说，"但这种分配也可以说是像雪花下落一样，漫不经心地落在了我的身上。""在这里，没有什么是漫不经心的。"村长说，他甚至忘记了腿疼，坐了起来。"没有什么是漫不经心的，"K. 说，"那么，聘请我又是怎么回事？""聘请您也是经过慎重考虑的，"村长说，"只是一些次要情况造成了混乱，我会用档案文件来证明这一点。""但档案文件恐怕是找不到了。"K. 说。"找不到了？"村长惊呼，"米琪，请快点找！不过，即使没有文件，我也可以先跟您说说这个故事。关于我之前提到的那份命令，我们感激地做了回复并表示，我们不需要土地测量员。然而，这个回复似乎并没有送回到原来的那个部门A，而是错误地送到了另一个部门B。因此，部门A一直没收到我们的回复，但遗憾的是，部门B也没有收到我们的完整回复。这情况要么是我们这边没把文件内容完整地送过去，要么是它在中途丢失了——但肯定不会是在哪个部门里丢失的，这一点我可以保证——总之，部门B只收到了一个空的文件信封壳，上面只注明了信封里实际上缺失的文件涉及招聘一个土地测量员的事。在这期间，部门A一直在等待我们的回复，虽然他们对此事已有记录（但这种事情经常发生，也可以理解，即使是精确安排了所有事情也难免有所疏漏），但那个办事员以为我们会回复，然后他再根据回复，要么招聘一位土地测量员，要么按需要与我们就此事进行进一步沟通。因此，他忽略了那个备忘的记录，整件事都被他遗忘了。然而，到了部门B，那个信封壳被送到了一个因谨慎而闻名的办事员那里，他叫索尔蒂尼，是个意大利人，即使对我这样的内部人士来说，也无法理解一个这么有能力的人为什么会被留在几乎是最底层的职位上。这位索尔蒂尼自然将空的文件壳送了回来，让我们补充完整。然而，自部门A首次发信给我们以来，已经过去了好几个月，也许已经有几年了。当然，这也是可以理解的，因为一个文件如果按正常方式处理，它最迟在一天内就会到达相关部门，并在同一天得到处理。但如果它误入歧途——而它必须在杰出的组织中勤奋地寻找这条错误的路径，否则根本找不到——那么，这确实会花费很长时间。因此，当我们收到索尔蒂尼的便条时，我们对这件事只有非常模糊的记忆了。当时，只有我和米琪两个人在工作，那位男老师还没有被分配给我。我们只对最重要的事情保存副本。简而言之，我们只能非常含糊地回答，说我们不知道有这样的任命，而且我们这里也不需要土地测量员。"

"不过，"村长在这里打断了自己的话，好像自己因为热情讲述而扯得太远了，或者至少是有可能扯得太远了，"这个故事没让您感到无聊吗？"

"不，"K.说，"它让我感到有趣。"

村长接着说："我讲这个故事不是为了给您解闷的。"

"它让我感兴趣的原因是，"K.说，"它让我看到了一种荒谬的混乱，这种混乱在某种情况下却决定了一个人的生存。"

"您还什么都没看到呢，"村长严肃地说，"我可以继续跟您说下去。当然，我们的回答并不能让索尔蒂尼这样的人满意。我很敬佩这个人，虽然他的存在对我来说是一种折磨。他不相信任何人，比方说即使他已经在无数的场合认识了某个人，认为他是最值得信任的人，在下一个场合他依旧会不信任他，就好像他根本不认识他一样，或者更确切地说，就好像他认识的他是个恶棍似的。我认为他的做法是正确的，一位官员应该如此行事，可惜我的天性让我无法遵循这个原则，您也看到了我是怎么对您这个异乡人敞开心扉的，我就是这样，改不了了。相反，索尔蒂尼却立刻对我们的回答产生了怀疑。于是事情就发展成了一场大型的文书往来。索尔蒂尼问我为什么突然决定不招聘土地测量员了，在米琪出色记忆的帮助下，我回答说：'最初的建议是当局本身提出的（我们早就忘记了当初提出要求的是另一个部门)。'索尔蒂尼反问道:'为什么你现在才提到这封官方信函?'我又回答道:'因为我直到现在才想起这件事。'索尔蒂尼说:'这非常奇怪。'我说:'对于一件拖得如此漫长的事情来说,这一点也不奇怪。'索尔蒂尼说:'还是很奇怪,因为我想起来了,那封公函根本不存在。'我说:'那封公函当然不存在了,因为整份文件都丢失了。'索尔蒂尼说:'可是关于那第一封公函,至少应该有个备忘吧,但是也并没有这样的备忘。'这下我无话可说了,因为索尔蒂尼的部门出现了错误,我既不敢宣称这件事也不敢相信。或许,土地测量员先生,您会在心里指责索尔蒂尼,认为他至少应该出于对我的说法的尊重,向其他部门询问一下此事。但恰恰相反,那么做才是错误的,我不想让这个人身上留下任何污点,即使是在您的思想里也不行。这是当局的一条基本工作原则,即不考虑任何犯错的可能性。由于整个组织的卓越表现,这个原则是合理的,而且为了能以最快的速度处理事务,这也是必要的。所以索尔蒂尼根本不能向其他部门询问此事,再说那些部门也根本不会回答他,因为它们也马上就会察觉这涉及查找犯错的可能性。"

[7]"请允许我,村长先生,打断您的话,先提一个问题,"K.说,"您之前不是提到过一个监管机构吗?根据您描述的完美体系,让人想到这种情况如果还没有被监管的话,实在是让人不太舒服。"

"您真是严格,"村长说,"但是,即使把您的严格程度增强一千倍,与当局对自己的严格相比,仍然微不足道。只有一个完全身在局外的异乡人才会提出您这样的问题。是否有监管机构？压根儿就只有监管机构。当然，它们并不是为了发现粗糙字义上的所谓错误，因为错误是不会发生的，即使有时发生了一个错误，就像您的情况，但谁能断言这是一个错误呢？"

"这倒是从未听说。"K.大喊道。

"对我来说，这已经是老掉牙的事了，"村长说，"我和您一样，确信发生了一个错误，索尔蒂尼因为对此陷入绝望而大病了一场。我们得感谢揭示了错误来源的第一个监管部门，它也在这事上看出了错误。但是，谁又敢断言第二个监管部门及第三个监管部门也会做出相同的判断，以及其他的监管部门也会呢？"

"也许吧，"K.说，"我还是宁愿不要搅和进这样的思考，毕竟我才第一次听说这些监管部门，当然也还无法理解它们。不过，我认为这里有两个需要区分的问题。一是机构内部的事务，它们可能会被官方以这样或那样的方式解释；二是我这个具体的人，我站在这些机构之外，受到了这些机构的威胁，但这些威胁又是如此荒谬，导致我仍然无法相信这些危险的严重性。关于第一点，村长先生您说的那些惊人的专业知识可能是适用的，但我还想听听您关于我的这件事的说法。"

"这一点我正要谈到呢，"村长说，"但是如果我不先说明一些情况，您可能无法理解。我刚才提到监管部门的事情有些过早了。所以我现在先回到和索尔蒂尼的分歧上。如我所说，我的抵抗力逐渐减弱。而只要索尔蒂尼手中拥有哪怕是最微小的优势，他就已经胜利了，因为这时他的注意力、能量和精神状态都是加强态，对于被攻击者来说，他是一个可怕的存在，但对于被攻击者的敌人来说，他的样子确实了不起。只是因为我在其他事情上也经历过这后一种情况，我才能像现在这样描述他。另外，我从未亲眼见过他，他无法下山到村子里来，他被工作压得喘不过气，根据描述，他的房间连墙都被一列列高高堆叠的文件给遮住了，而这些还只是索尔蒂尼正在处理的文件，由于不断地有文件从这些一捆捆的档案里抽出和放入，而且一切动作都十分仓促，因此这些一捆捆的文件总是倒塌，而这种接连不断的崩塌声也成了索尔蒂尼办公室的标志。不过，索尔蒂尼是个工作狂，即使对待最小的事件，他也像对待最大的案子一样认真。"

"村长先生，"K.说，"您总是说我的这件事是最小的案子之一，却让很多官员忙碌不已。就算一开始它确实是件小事，但在索尔蒂尼先生这样的官员的努力下，它已经变成了一个大案子。很遗憾，这完全非我所愿；因为我的野心并不是让涉及我的案卷堆成高高的一捆文件，然后再轰然倒塌，我只是想成为一个小小的土地测量员，在一张小小的绘图桌前安静地工作。"

"不，"村长说，"这并不是一件大案子，从这个角度讲，您没有理由抱怨，这是小案子中最无关紧要的那一种。工作量并不能决定案子的等级，如果您这么认为，那么您离真正理解这个机构还有很长的路要走。不过，即使是按照工作量来衡量，您的案子也是最不重要的，那些所谓没有出错的普通案子,产生的工作量更大,当然也更有些成效。另外,您还根本不知道您的案子造成的实际工作量,我现在才要开始跟您讲。首先,索尔蒂尼让我退出了这场游戏,但他的下属们接手了。在贵族庄园里,每天都会针对村里有头有脸的人进行问询,并做记录。大多数人都站在我这一边,只有一些人产生了怀疑,土地测量的问题对农民来说很重要,他们嗅到了一些秘密的约定和不公正的气息,此外,他们还找到了一位领袖。根据这些人的陈述,索尔蒂尼不得不得出这么个结论,那就是如果我把问题在村民大会上提出来,并不是所有人都会反对聘请一名土地测量员。[8]就这样,一件本来理所当然的事——我们其实不需要土地测量员——至少在某种程度上变得有些可疑。在这方面,特别是一个名叫布伦斯维克的人表现得尤为突出,您可能不认识他,他这个人或许并不坏,但愚蠢且异想天开,他是拉瑟曼的连襟。"

"制革名师傅的连襟吗?"K.问道,并描述了一下他在拉瑟曼那里见过的那个留着络腮胡子的人。

"是的,就是他。"村长说。

"我还认识他的妻子。"K.有点信口开河地说。

"这倒也有可能。"村长说,随后沉默了。

"她很漂亮,"K.说,"但有点苍白,看上去不太健康。她来自城堡吗?"K.带着一半的疑问问道。

村长看了一眼钟,把药倒在一把勺子上,匆匆地喝了下去。

"您大概只认识城堡里的办公设施吧?"K.粗鲁地问道。

"是的,"村长脸上带着一抹讽刺却又感激的微笑说,

"这些陈设确实是最重要的。至于布伦斯维克,如果我们能把他排除在村民之外,几乎我们这儿所有人都会很快乐,连拉瑟曼也不例外。但那时布伦斯维克获得了一些影响力,虽然他不是个演说家,但嗓门却很大,这对有些人来说已经足够了。于是,我被迫把这件事在村民大会上提了出来,不过这也是布伦斯维克唯一的胜利,因为自然而然,绝大多数村委会成员都不想要一个土地测量员。尽管这事已经过去好几年了,但整件事一直没有平息,一部分原因是索尔蒂尼的尽职尽责,他试图通过最细致的调查了解多数派和反对派的动机,另一部分原因则是布伦斯维克的愚蠢和野心,他与当局各个部门都有一些私人联系,他总用他不断涌现的想象力来推动事态的发展。当然,索尔蒂尼并没有被布伦斯维克所蒙蔽——布伦斯维克怎么可能欺骗索尔蒂尼呢?——但正是为了使他自己不被骗,新的调查就变得十分必要了,而且在这些调查结束之前,布伦斯维克就会又想出一些新花样,他这个人想法非常多变,这也彰显了他的愚蠢。现在,我要谈谈我们当局的一个特质。与它的精确性相应的是,它也非常敏感。当一件事情被考虑了很久后,即使这些考虑尚未完成,也可能突然在一个无法预测且事后也无法找到的地方出现一个处理结果,虽然这个结果通常是十分正确的,但总归事情的结束方式还是有些武断。这就好像是当局机构无法忍受由于同一件事情多年以来带来的紧张和刺激,即使这件事本身十分微不足道,于是在没有官员帮助的情况下,就自行做出了决定。当然,并没有发生什么奇迹,而且肯定是有某个官员写下了处理意见或做出了一个未经书面记录的决定，但至少从我们这儿，从我们这个地方，甚至当局也无法确定，究竟是哪个官员在这个案子中做了决定，以及他们是出于什么原因才做出了这个决定。监管部门在很久之后才会发现这一点，但我们却不再能得知这些事情，而且那时候也几乎没有人还对此感兴趣。正如我刚才所说，这些决定通常是非常正确的，唯一令人不安的是，通常的情况下，我们总是在这些决定做出很久后才能得知，因此在此期间，我们仍然在为这件已经决定的事情激烈争辩。我不知道在您的这件事上是否也已做出了这样的决定——有些证据看来是有的，有些看来则没有——但如果真的已经做了这样的决定，那么您将会收到一份任命，而您要长途跋涉来到我们这儿，这会耗费大量时间，而在此期间，索尔蒂尼仍然会在这儿为了同一件事情忙得筋疲力尽，布伦斯维克仍在施展阴谋诡计，而我则被他两个人折磨。我只是提到这种可能性，但我确实知道以下的情况：一个监管部门后来发现，许多年前A部门曾向村里问过关于土地测量员的事，但迄今尚未收到回复。他们又来问过我一次，而现在整件事情终于真相大白了，A部门对我的回答——不需要土地测量员——表示满意，索尔蒂尼不得不承认这件事不归他管，这当然不是他的错，但他已经做了许多无用的又劳心劳神的工作。如果不是像往常一样，各种新工作纷至沓来，而且如果您的案子不仅仅是一个非常小的案子——可以说是小案子中最小的一个——那么我们可能都会松一口气，我甚至相信索尔蒂尼也会这样想，只有布伦斯维克仍在生闷气，但那只让人感到好笑罢了。那么，现在请您想象一下，土地测量员先生，在整件事情圆满解决之后——从那时以后又过了很长时间——您突然出现了，好像这件事又要重新开始一样。于是我下定决心，尽我所能决不让这件事重演，这一点您应该能够理解吧？"

"当然，"K.说，"但我更清楚，在这件事情上，我被极其恶劣地对待了，甚至连法律也被滥用了。我会知道如何为自己辩护的。"

"您打算怎么做？"村长问道。

"我不能透露。"K.说。

"我不想强人所难，"村长说，"我只是想让您考虑一点，对我来说，您可以将我视为——我不敢说是朋友，因为我们毕竟素不相识——但在某种程度上，您可以将我视为一个商业伙伴。我只是不能让您被录用为土地测量员，但在其他事情上，您大可以信任我，随时向我求助，当然，得在我力所能及的范围内，我的权限并不大。"

"您一直在说，"K.说，"我是否应该被当作土地测量员来对待，但事实上我已经被录用了，这是克拉姆的信。"

"克拉姆的信，"村长说，"这信是十分有价值、值得尊敬的，因为上面有克拉姆的签名，这签名看起来是真的，但除此之外——不过，我不敢单独发表意见。米琪！"他喊道，然后说，"你们究竟在干什么呢？"

在这段时间里，那两个许久未被注意到的助手和米琪显然没有找到那份要找的文件。于是他们想将所有东西重新锁进柜子，但由于文件杂乱无章，他们没能成功。这时，那两位助手可能又想到了什么主意，他们现在正在实践之。他们将柜子放倒在地上,把所有的文件塞了进去,然后和米琪一起坐在柜子门上,试图慢慢地把柜子门压下去关上。

"所以那份文件还是没有找到喽,"村长说,"太遗憾了,但您已经知道这件事的前因后果了,其实也不再需要那份文件了。顺便说一下,它肯定还是能被找到的,很可能就在教师那里,他那儿还有很多文件。不过,米琪,现在拿着蜡烛过来,和我一起看看这封信。"

米琪过来了,此刻她看上去比之前坐在床边时更灰暗、更不起眼了,她紧贴着那个拥抱着她的、充满了生命力的男人。只有在烛光下,她那张小脸才显得格外引人注目,轮廓线条清晰,显得面容严肃,只因上了年纪而略显柔和。她几乎一看到信,便轻轻地双手合十,说:"是克拉姆写的。"他们一起读了那封信件,窃窃私语了一会儿,最后,在助手们欢呼的时候(因为他们终于把柜子的门压上了,米琪感激地静静看着他们),村长说道:

"米琪完全赞同我的看法,现在我可以说出来了。这封信根本不是一封官方信函,而是一封私人信件。从'尊敬的先生!'这一称呼就可以清楚地看出来。此外,信中并没有明确表明您被聘为了土地测量员,而只是泛泛地提到了为伯爵大人效劳,但即使是这一条,也没有什么明确的约束力,只是说'如您所知'您被录用了,也就是说,证明您被录用这件事的责任落在了您自己的肩上。最后,当局只让您来找我这个村长接洽,我作为您的直属上司,应该告诉您一切详细的信息,这在很大程度上已经完成了。对于一个知道怎么阅读官方信函的人来说，他应该也会因此而更知道怎么读非官方信函，对他来说这一切都是显而易见的；而您，作为一个异乡人，意识不到这一点，并不让我感到惊讶。总的来说，这封信只代表着，克拉姆打算亲自照顾您，如果您被录用，为伯爵大人服务的话。"

"您解读得很好，村长先生，"K.说，"经过您这么一解读，这封信除了最后一张空白纸上的签名，别无他物。[9]您没有意识到，您这样做实际上贬低了克拉姆的名声吗？而您却声称自己尊重他。"

"这是个误会，"村长说，"我并没有弄错这封信件的意思，也没有通过我的解读来贬低它。相反，克拉姆的私人信件当然比官方信函更有意义，只是它并不具备您所赋予它的那种意义。"

"您认识施瓦泽吗？"K.问。

"不，"村长说，"你认识吗，米琪？也不认识。不，我们不认识他。"

"这真是奇怪，"K.说，"他是一位城堡副管事的儿子。"

"亲爱的土地测量员先生，"村长说，"我怎么可能认识所有城堡副管事的儿子呢？"

"好吧，"K.说，"那么您必须相信我，他就是一位城堡副管事的儿子。就在我抵达的那天，我和这个施瓦泽发生了一次令人恼火的争执。然后他打电话向一位名叫弗里茨的城堡副总管询问，得到的答复是我已被录用为土地测量员。您要如何解释这一点呢，村长先生？"

"非常简单，"村长说，"您显然从未真正接触过我们的当局。所有这些接触都只是流于表面，但由于您对这些情况的无知，您将它们视为真的了。至于电话：您看，我虽然与当局打交道不少，但我这儿并没有电话；电话在旅店之类的地方可能派上用场，就像一个音乐自动播放机一样，但也仅此而已。您在这里打过电话吗？打过吧？那么您或许会理解我的意思。在城堡里，电话显然发挥了非常出色的功能；据我所知，那里的电话一直响个不停，这当然加快了工作的进度。这种响个不停的电话，在我们这儿的电话机里听上去就像不间断的噪声和歌声，您肯定也听到了。然而，这些噪声和歌声才是我们这里的电话传递给我们的唯一正确和可信的东西，其他的一切都是虚幻的。我们与城堡之间没有特定的电话联系线路，也没有将我们的电话呼叫转接过去的总机；如果我们从这里给城堡里的某个人打电话，那么所有最低一级部门的电话都会响起来，要不是我确切知道——几乎所有的电话铃声都被关掉了的话。不过，有时候一位疲惫不堪的官员需要稍微放松一下——尤其是在晚上或夜里——他们就会打开电话的铃声，那么我们就会得到回应，尽管这种回应也只是开个玩笑而已。这其实很容易理解。谁能有权打电话提出要求，要求别人在重要而且繁忙的工作中，处理他的私人小烦恼呢？我也不明白，就算是一个异乡人，他又怎么会相信，比如说，当他给索尔蒂尼打电话时，回答他的真的是索尔蒂尼。相反，回答他的很可能是另一个部门的一个小登记员。然而，确实有可能在某个特殊时刻，当你给那个小登记员打电话时,接电话的一定就是索尔蒂尼本人。在这种情况下,最好是听到对方回应之前,就离开电话跑开。"

"我确实没有从这个角度看待这个问题,"K.说道,"我不可能知道这些细节,不过我对这些电话谈话也没有太多信任,我一直都知道,只有在城堡里亲身经历或实现的事才有真正的意义。"

"不,"村长紧紧抓住话里一个字眼说道,"这些电话回应确实具有真正的意义,怎么可能没有呢?来自城堡里官员的回答怎么可能毫无意义呢?就像我之前提到克拉姆的信时说的那样。所有这些陈述都不具有官方的意义;如果您把官方的意义强加给它们,那您就误入歧途了,另一方面,它们无论在表达友好还是敌意方面,都具有很大的私人意义,这通常比官方意义还大得多。"

"好吧,"K.说道,"假设一切都是这样的话,那么我在城堡里就有许多好朋友;严格说来,很多年前,那个部门产生了一个念头,想聘请一位土地测量员,这本身就是对我表示友好的行为,接下来,友好的行为又一个接一个地表现出现,直到我最后被引向了一个糟糕的结局,即将面临被赶出去的威胁。"

"您的看法确实有一定的道理,"村长说道,"您说得对,我们不能把城堡的意见都按字面意义理解。但是,在任何地方都需要谨慎小心,不只是在我们这儿,而且涉及的意见越重要,就越是要谨慎小心。可是您说您是被引诱到我们这儿的,这我就不能理解了,如果您更仔细地听我的解释,您应该知道您被招聘来这儿的这个问题实在太复杂了,我们不能通过一场简短的谈话就找到答案。"

"那么,最后的结论就是,"K.说道,"除了被赶出去这一点,其他的一切都不太明了,也无法解决。"

"谁敢把您赶出去呢?土地测量员先生,"村长说道,"正是因为前面还有些问题搞不清楚,所以保证了您受到了最礼貌的对待。只是您显然太敏感了。虽然没人留您在这儿,但这也不能算是赶您出去。"

"哦,村长先生,"K.说道,"现在您又把有些事情看得太清楚了。我将给您列出一些让我留在这里的原因:我为了离开家乡所做的牺牲,一次漫长而艰难的旅程,对在这里被录用而怀有的合理期望,使得我身无分文,以及现在回到家乡再找到一份相应的工作已经不可能了,最后,也很重要的一点是,我的未婚妻,她是本地人。"

"哦,弗里达!"村长毫不惊讶地说道,"我知道。但弗里达会跟随您去到世界尽头的。当然,关于其他事情,的确需要再考虑一下,我会向城堡报告。如果需要做出决定,或者在此之前需要再次询问您,我会让人来找您。您同意吗?"

"不,一点也不同意,"K.说道,"我不要城堡的恩赐,我要的是我应有的权利。"

"米琪,"村长对一直紧贴着他的妻子说道,她正梦游般地玩弄着克拉姆的信,还把它折成了一艘小船,K.吓了一跳,立刻把它从她手里拿走了,"米琪,我的腿又开始疼了,我们得换一下敷料。"

K.站了起来,"那么,我就告辞了。"他说。"好,"米琪一边准备着药膏一边说，"这里的风也太大了。"K.转过身，看到两位助手一听到K.说要走，又陷入了过分热情的服务状态，立刻把两扇门都打开了。为了保护病人的房间免于遭到强烈涌入的寒气的侵袭，K.只能向村长匆匆鞠躬。然后他拉着两位助手跑出房间，迅速地关上了门。

六

和客栈老板娘的第二次谈话

客栈老板正在客栈门口等着K.。如果K.不问他,似乎他本来是不敢开口的,因此K.问他有什么事。"你已经找到新住处了吗?"客栈老板问道,他低头看着地面。"你是奉你太太之命来问我的吧,"K.说,"你是不是什么事都依赖她?""不,"客栈老板说,"我不是代表她来的。但是,她因为你的事情非常焦虑,很不高兴,甚至无法工作,只能躺在床上叹息抱怨。""我应该去找她聊聊吗?"K.问。"我求你去看看她,"客栈老板说,"我本想从村长那儿把你拉走,但你们正在谈话,我不想打扰,而且我也担心我的妻子,于是跑回去看她,可她不让我靠近,所以我只能在这里等你。""那就快点去吧,"K.说,"我很快就会让她平静下来。""但愿如此。"客栈老板说。

他们穿过了明亮的厨房,在那里,有三四个女仆在干活,她们彼此离得很远,都做着各自的工作,但一看到K.就僵住了。从厨房里就能听到客栈老板娘的叹息声。她躺在一个与厨房隔开的无窗小隔间里,隔间只用一堵薄木板墙隔开。里面只能容纳一张大的双人床和一个衣柜。床摆放的位置使躺在床上的人可以看到整个厨房，便于监督工作。但从厨房里往隔间看，却几乎什么也看不到，那里光线非常暗，只有红白色相间的床单微微闪烁着光。只有当人走进去，让眼睛适应了黑暗，才能看清各种细节。

"您终于来了。"客栈老板娘虚弱地说。她仰卧着，呼吸显得很困难，她已经把被子掀开了。她躺在床上时看起来比穿着正式衣服时年轻得多，但她戴着的一顶精美蕾丝睡帽却明显过小了，正在她的头发上晃动着，让她颓废的面容显得十分令人心疼。"我为什么要来呢？"K.温柔地说，"您又没让我来。""您不该让我等这么久。"客栈老板娘用一种病人的固执说道。"请坐，"她指着床沿说，"你们其他人都出去吧。"除了助手们，几个女仆也挤了进来。"我也要走吗，加尔德纳？"客栈老板问，K.第一次听到这个女人的名字。"当然，"她缓慢地说，仿佛心事重重，恍惚地补充道，"你为什么要留下呢？"但是当所有人都退回厨房里时，连助手们这次也立刻跟着走了，虽然他们是跟在一个女仆后面，加尔德纳还是敏锐地意识到从厨房里可以听到这里所有的谈话，因为小隔间没有门，所以她命令大家离开厨房。大家也立刻照做了。

"请您，"加尔德纳说，"土地测量员先生，柜子里挂着一条披肩，请把它递给我，我要把自己裹起来，我受不了这羽绒被了，简直喘不上来气儿。"当K.把披肩拿给她时，她说："您看，这真是一条漂亮的披肩，对吧？"K.觉得它只是一条普通的羊毛披肩，但出于礼貌，他还是又摸了摸，但没再说什么。"是的，这是一条漂亮的披肩。"加尔德纳说着，把自己裹了起来。她现在安详地躺在那里，似乎所有的痛苦都离她而去了，她甚至想起了她因为躺着而被搞乱的头发，她起身坐了一小会儿，整了整围绕着夜帽的头发，稍微调整了一下发型，她发量很多。

K.变得有些不耐烦，于是说："老板娘，你让人问我是否已经找到了另一个住处。""我让人问你？"客栈老板娘说，"不，那是个误会。""刚才您的丈夫问过我了。""我相信他问了，"客栈老板娘说，"我真是被他打败了。我不想让你住在这里时，他却留下了你；现在我很高兴你住在这里，他却想把你赶走。他总是这么不合时宜。""这么说，"K.说，"您对我的看法改变了？就在一两个小时内？""我没有改变我的看法，"客栈老板娘声音又变得虚弱起来，"请您把手递给我。就这样。现在请您对我发誓会完全诚实，我也会对您完全诚实。""好，"K.说，"那么谁先开始？""我。"客栈老板娘说，这并不是她想迁就K.的表现，而像是她渴望先说话。

她从枕头下拿出了一张照片，递给K.。"请您看看这张照片。"她恳求地说。为了更好地看清楚，K.向厨房走了一步，但在那里也不容易辨认出照片上的东西，因为照片已经因年代久远而褪色了，而且有多处破裂，被压扁了，还沾满了污渍。"这照片的状况不是很好。"K.说。"是的，非常遗憾，"客栈老板娘说，"当你随身带着它这么多年，它就会变成这样。但是，如果你仔细看，你还是会认出来的，一定会的。顺便说一句，我可以帮你。告诉我你看到了什么，听到别人谈起这张照片的事会让我非常高兴。那么，说说吧，您看到了什么？""一个年轻人。"K.说。"对，"老板娘说，"他在做什么？""我觉得他正躺在一块木板上，伸展着身体，打着哈欠。"老板娘笑了。"这完全错了。"她说。"但木板就在这里，他就躺在这儿。"K.坚持着他的观点。"您再仔细看看，"老板娘生气地说，"他真的躺着吗？""不，"K.现在说，"他没有躺着，他飘浮在空中，现在我看到了，那根本不是一块木板，而是一根绳子，那年轻人正在跳高。""对的，"老板娘高兴地说，"他在跳，这就是公家信差的训练方式，我知道您会认出来的。您看到他的脸了吗？""我只能看到一点他模糊的面容，"K.说，"他看起来显然在很卖力地做着什么，嘴巴张开着，眼睛也紧闭着，头发还在飘扬。""很好，"老板娘赞许地说，"对于一个没有亲眼见过他的人，也看不出更多了。但他是个漂亮的青年，我只瞥见过他一眼，就永远忘不了。""那究竟是谁？"K.问。"那是，"老板娘说，"第一次召唤我去见克拉姆的信使。"

K.无法仔细听，他被玻璃窗那儿叮叮当当的声音扰乱了心神。很快他就找到了干扰的原因。那两位助手站在院子里，在雪地里用两只脚交替地跳跃着。他们装作很高兴再次见到K.，高兴地把他指给对方看，同时不停地敲打着厨房的窗户。直到K.做出一个威胁的姿势后，他们才停了下来，争先恐后地想把对方推回去，但一个马上从另一个身边溜走了，然后又回到了窗前。K.急忙跑进了那个小隔间里，在那里助手们看不到他，他也不必看见他们。但是那种轻轻地、像请求般地敲击窗玻璃的叮当声，还是久久地缠着他。

"又是那两个助手。"他向老板娘道歉，并指了指外面。但是她并没有注意到他，她已经把那张照片从他手里拿走了，看了看，抚平后，又塞回了枕头下面。她的动作变得更慢了，但不是因为累，而是因为回忆往事而心情沉重。她本想给K.讲述自己的经历，但讲着讲着她就忘记了他。她玩弄着披肩的穗子。过了一会儿，她才抬起目光，用手揉了揉眼睛，说："这条围巾也是克拉姆的。连同这顶小睡帽。那张照片、这条披肩和这顶睡帽，这就是我保存的和他有关的三件纪念品了。我年纪不小了，不像弗里达那么年轻，也不像她那么有野心，甚至不像她那么敏感，她非常敏感。总之，我知道如何应对生活，但我必须承认：如果没有这三样东西，我在这里是无法坚持这么长时间的，甚至可能一天都坚持不下来。这三件纪念品对您来说可能微不足道，但您看，弗里达，她和克拉姆相处了那么长时间，却一无所获，我问过她，她过于充满激情，也太不知足了，而我呢，虽然只去过克拉姆那儿三次——后来他就不再叫我去了，我不知道为什么——却还带回了这些纪念品，但我当时就已经好像预感到我在那里待不长。当然，你得自己去争取，克拉姆本人是什么都不会给的，但如果你在那里看到了什么合适的东西，可以问他要。"

听到这些故事，K.感到很不舒服，尽管它们与他息息相关。"这一切都是多久以前的事了？"他叹了口气问道。

"有二十多年了，"老板娘说，"远远超过二十年了。"

"原来对克拉姆的忠诚可以持续这么长时间，"K.说，

"但是,老板娘,您是否也清楚,当我考虑到我未来的婚姻时,您的这些坦白会让我深感忧虑呢?"

老板娘觉得K.把自己的事情插进来实在不礼貌,于是侧过头去生气地看着他。

"别这么生气,老板娘,"K.说,"我并没有说克拉姆有什么不好,但是由于种种事件的影响,我确实与克拉姆建立了某种联系,即使是克拉姆最忠实的崇拜者也不能否认这一点。就是这么个情况,因此,每当有人提到克拉姆时,我总是不由自主地想到自己,这是无法改变的。另外,老板娘——"这里K.抓住了她犹豫的手——"请记住我们上次的谈话是多么糟糕,这次我们要和气地分开。"

"您说得有道理,"老板娘说着,并低下了头,"但请您宽宥我。我并不比别人更敏感,相反,每个人都有敏感的事情,我只有这一件。"

"不幸的是,这也正是我的敏感之处,"K.说,"但我一定会控制自己。现在,请您告诉我,老板娘,假设弗里达在这方面也与您类似,我在婚姻中要如何忍受她这种令人讨厌的对克拉姆的忠诚?"

"令人讨厌的忠诚,"老板娘重复着,满怀愤怒,"这算什么忠诚?我对我的丈夫忠诚,但克拉姆呢?克拉姆曾经让我成为他的情妇,我怎么能失去这个地位?至于您要如何忍受弗里达,哎,土地测量员先生,您是谁,敢这样问?"

"老板娘!"K.警告地说。

"我知道,"老板娘顺从地说,"但我的丈夫从来没有问过这样的问题。我不知道谁更可怜，是当时的我还是现在的弗里达。弗里达任性地离开了克拉姆，我呢，他不再召唤我了。但不幸的也许还是弗里达，尽管她似乎还没有完全意识到这一点。但是，当时我满脑子都只想着自己的不幸，因为我不得不一直问自己，实际上直到今天也没有停止这样的提问：为什么会发生这样的事？克拉姆召唤了我三次，却没有第四次召唤我，从那以后再也没有第四次了！那时我还能关心什么其他的事呢？不久后我嫁给了现在的丈夫，我还能和他谈些什么呢？白天我们没有时间，因为我们接手了这家破破烂烂的客栈，必须设法把它经营好，但是到了晚上呢？我们多年来的夜谈，也只是围绕着克拉姆和他改变心意的原因。当我的丈夫在这些谈话中入睡时，我叫会醒他，继续聊。"

"现在，如果您允许，"K. 说，"我想提一个很冒昧的问题。"

老板娘沉默了。

"那么我不能提了，"K. 说，"这也足够了。"

"当然，"老板娘说，"这对您也足够了，尤其是这一点。您误解了一切，包括这沉默。您这个人也不可能不这样。我允许您提问。"

"如果我误解了一切，"K. 说，"那么也许我误解了我的问题，也许它并不是那么冒昧。我只是想知道您是如何认识您丈夫的，以及这家客栈是如何落入您手中的。"

老板娘皱了皱眉，但随即冷静地说："这是一个非常简单的故事。我的父亲是一个铁匠，而汉斯，我现在的丈夫，曾是一个大农场主的马夫,他经常来找我的父亲。那是我与克拉姆最后一次见面之后,我非常悲伤,其实我不应该这样,因为一切事情的发生都是正确的,而我也不被允许再去找克拉姆了,这是克拉姆的决定,所以也是正确的,只是原因很模糊,我可以去探究这些原因,但我不应该感到难过,尽管我还是感到很难过,什么都做不了,整天坐在我们家屋前的花园里。汉斯在那里看到了我,有时坐在我身边,我没有向他诉苦,但他知道发生了什么,因为他是个好孩子,有时他会和我一起哭。当时那位客栈老板的妻子去世了,因此他不得不放弃生意,而且他已经老了,有一次他路过我们的小花园,看到我们坐在那里,就停了下来,简单地向我们提议把客栈出租给我们,因为他信任我们,也不需要提前支付租金,并且把租金定得很低。我不想给父亲添麻烦,其他的事情对我来说都无所谓了,于是我想着客栈和新的工作也许能让我稍微忘记一些过去的事情,就答应嫁给了汉斯。这就是故事的全部。"

沉默了一会儿后,K.说:"那位老客栈老板表现得很慷慨,但不谨慎,他对你们两人的信任也许有什么特殊的原因?"

"他很了解汉斯,"老板娘说,"他是汉斯的叔叔。"

"原来如此,"K.说,"汉斯的家族显然非常看重与您的关系?"

"也许吧,"老板娘说,"我不知道,我从来不关心这些事。"

"但肯定是这样的,"K.说,"这个家族愿意做出这样的牺牲,不用任何担保,就把客栈交到你们手中。"

"事实证明这并不是不谨慎的，"老板娘说，"我全身心地投入工作，我身强体壮，是铁匠的女儿，我不需要女仆也不需要男仆，什么活都能干，客栈里、厨房里、马厩里、院子里，我做饭也做得很出色，因此我甚至抢走了贵族庄园的客人。你中午还没有来过我们店里吃饭，也不认识我们那些来吃午餐的客人，那时候客人更多，现在已经有很多人不来了。结果我们不仅能按时支付租金，而且几年后还买下了整家客栈，现在几乎没有债务了。当然，另一个后果是我在这过程中拖垮了自己的身体，患上了心脏病，现在变成了一个老太太。您可能认为我比汉斯大很多，但实际上他只比我小两三岁，而且他永远不变老，因为他的工作只有——抽烟斗、听客人讲话，然后敲掉烟斗里的烟丝，有时候去拿一杯啤酒——干这样的工作是不会变老的。"

"您的成就真是令人敬佩，"K.说，"这是毫无疑问的，但我们谈论的是您结婚前的那段时光，如果汉斯的家族愿意做出这样大的金钱上的牺牲或者说至少愿意承担一个这么大的风险——交出客栈——来促成这段婚姻，唯一期冀的就是您的工作能力，而这方面当时还是一个未知数，且汉斯的工作能力欠佳——这确实已为人知的，那这件事实在是太奇怪了。"

"好吧，"老板娘疲倦地说，"我知道您想说什么，也知道您错得有多离谱。在所有的这些事情中，克拉姆压根儿没有参与其中。他为什么要操心我的事呢？或者更确切地说：他怎么可能操心我呢？他已经对我一无所知了。他不再召唤我，这就是迹象，这说明他已经忘记了我。谁不再被召唤，谁就会被彻底遗忘。我不想在弗里达面前谈起这件事。然而，这不仅仅是遗忘，还比遗忘意味着更多。一个被遗忘的人，还可以被重新认识。但对克拉姆来说，这是不可能的。一个不再被召唤的人，不仅就过去而言，完全被忘记了，并且实际上，在将来也完全不会再被想起。如果我努力的话，我可以理解您的想法，理解您这些在这里毫无意义的想法，因为在您来自的异乡，它们可能是有意义的。您可能会狂妄地认为，克拉姆之所以让我嫁给汉斯，是为了之后他再次召唤我时，不会遇到太多阻碍。然而，没有比这更疯狂荒谬的想法了。如果克拉姆给我一个信号，哪个男人能阻止我跑到克拉姆身边呢？胡说，这完全是胡说。如果您有这种荒谬的想法，只会让自己迷失。"

"不，"K.说，"我不想让自己迷失，我的想法还远没有到您想象的那么远，尽管说实话，我正朝着那个方向去想呢。目前唯一让我惊讶的只是，汉斯的家族对这场婚姻抱有如此高的期望，而这些期望也确实得以实现了，尽管这是通过损伤了您的心脏和牺牲健康达成的。然而，与克拉姆有关的这些事实确实引起了我的注意，但并不是您所表达的那么粗鲁，或者说还没到您所表达的那种粗鲁程度，您这样说显然只是为了再次谴责我，因为这让您感到愉悦。希望您能享受到这份愉悦吧！然而，我的想法是：首先，显然是克拉姆促成了这场婚姻。如果没有克拉姆，您就不会感到难过，也不会无所事事地坐在房前的小花园里；如果没有克拉姆，汉斯就不会在那里看到您；如果您不是十分难过，腼腆的汉斯就永远不敢跟您说话；如果没有克拉姆，您就不会和汉斯一起流泪；如果没有克拉姆，那位善良的老板叔叔永远不会看到汉斯和您平静地坐在那里；如果没有克拉姆，您就不会对生活漠不关心，也就不会嫁给汉斯。现在，在这些方面，克拉姆已经起了足够多的作用了。但还有更多。如果您不是想要忘记他，您肯定不会如此甚至毫不顾及自己健康地工作，也不会把客栈经营得这么好。所以，克拉姆在这儿也起到了作用。但除此之外，克拉姆也是您生病的原因，因为在您结婚前，您的心就已经被那段不幸的感情耗尽了。那么就只剩下一个问题：是什么吸引了汉斯的亲戚们如此看重这场婚姻。您自己也曾提到，成为克拉姆的情人意味着永远不会失去的地位的提升，那么，这也许就是吸引他们的地方吧。除此之外，我想，他们希望那颗好运之星，就是带您去克拉姆身边的——前提是它确实是颗好运之星，但至少您是这么说的——是属于您的，它会一直待在您身边，不会迅速突然地离开您，就像克拉姆突然离开您那样。"

老板娘问道："您说这些是认真的吗？"

K. 迅速地回应："当然是认真的，只是我认为，汉斯的亲戚在他们的期望上既不完全对也不完全错，而且我认为我也发现了他们犯下的错误。从表面上看，一切似乎都很成功，汉斯得到了很好的照顾，娶了一位出色的妻子，受人尊敬，家业无债。但实际上，并非一切都如其所愿，如果他和一个彼此是初恋的单纯普通的女孩子结婚，他肯定会更幸福；如果他像您指责的那样，有时在酒吧里显得茫然失措，那是因为他确实感到迷茫——当然，我已经了解到他并不因此感到不幸——但同样可以肯定的是，这个英俊聪明的年轻人如果和另一个女人在一起，会更幸福，但同时也意味着他会变得更独立、勤奋、有男子气概。而您自己肯定也并不幸福，正如您所说，那时如果没有那三件纪念品，您甚至不愿意继续活下去，而且您还患有心脏病。所以，亲戚们所抱有的那些期望是错的吗？我不这么认为。幸运之星照耀着您，但你们并不知道如何将它取下来。"

老板娘问道："那么他们错过了什么呢？"她现在伸展着身体，平躺着，仰望着天花板。

K.说："向克拉姆请教。"[10]

老板娘说："所以我们又回到您的事上了。"

"或者说是您的事上，"K.说，"我们的事彼此相连。"

"那么您想从克拉姆那儿得到什么？"老板娘说。她已经坐了起来，拍打着枕头，好让自己能够靠着枕头坐，然后直视着K.的眼睛。"我已经坦诚地告诉了您我的经历，您本可以从中学到一些东西。现在请您同样坦诚地告诉我，您想问克拉姆什么。我费了很大劲才说服弗里达，让她上楼在她的房间待着，因为我担心她若在场，您会说得不够坦诚。"

"我也没有什么可隐藏的，"K.说，"但首先我想让您注意一件事。您说克拉姆总是很快就忘记。这在我看来，首先是极不可能的，其次也是无法证明的。这显然只不过是一个传说，是那些正受到克拉姆宠爱的女孩编出来的故事。我很惊讶您竟然相信如此平淡无奇的捏造。"

"这不是传说，"老板娘说，"而是大家的普遍的经验。[11]"

"也就是说，这也可以通过新的经验来驳斥喽。"K.说，

"但是，您的情况和弗里达的情况之间还有一个区别。克拉姆不再召唤弗里达这件事，在某种程度上根本没有发生。相反，其实他召唤了她，但她没有回应，甚至有可能他现在仍在等着她。"

老板娘沉默不语，只是用目光上上下下地打量着K.。然后她说："我愿意平静地听听您说的一切。与其顾虑我，不如开诚布公地说。我只有一个请求，请不要提克拉姆的名字。您可以称呼他为'他'或其他类似的词，但不要直呼其名。"

[12] "我很乐意这么做，"K.说，"但我想从他那里得到的东西很难说清楚。首先，我想近距离地看看他；然后我想听听他的声音；再然后我想知道他对我们结婚这事是什么态度；之后我可能还会请求他帮我做些什么，但这取决于我们谈话的进展。我们可能会谈到很多事情，但对我来说，最重要的还是能够跟他见面。因为我还没有和任何真正的官员直接谈过话。这似乎比我想的要难很多。然而，现在我有这个义务，请他作为一个普通人同我交谈，我认为这要容易得多；作为官员的话，我只能在他那间也许无法进入的办公室、城堡或者是贵族庄园——但这也很成问题——与他交谈，但作为一个普通人的话，我可以在任何地方与他交谈，在房子里、在街上，只要我能遇见他。如果那时他作为官员站在我面前，我也会很愿意接受，但这不是我的首要目标。"

[13] "好吧，"老板娘说，并把脸压进枕头里，好像她在说一些羞耻的事情，"如果我通过我的关系，把您想与克拉姆交谈的请求转达给他，那么也请您答应我，在收到回复之前不会

采取任何自作主张的行动。"

"我不能答应您这一点,"K.说,"尽管我很想满足您的请求或是迁就您的心情。但这件事迫在眉睫,尤其是在我与村长的谈话结果不太理想之后。"

"这个异议不能成立,"老板娘说,"村长实际上是个无足轻重的人。您难道没有注意到吗?如果不是他的妻子,他根本连一天村长都当不下去。"

"米琪?"K.问。老板娘点了点头。"她当时也在场。"K.说。

"她发表什么意见了吗?"老板娘问。

"没有,"K.说,"但我也没觉得她能发表意见。"

"这样啊,"老板娘说,"您对这里的一切事都看错了。无论如何:村长对您做出的安排毫无意义,我会在适当的时候跟他的妻子谈谈。而且如果我答应您,克拉姆的回答最迟一周内会到,那么您或许就没什么理由不再听我的意见了吧。"

"这一切都不是决定性的因素,"K.说,"我已经打定主意,即使收到拒绝的答复,也要努力尝试实现它。但我如果一开始就有这个打算,就不能事先请别人代我提出请求。不提出请求,这也许是一个大胆而冒险的尝试,但要是收到了拒绝的答复,这就成了公然反抗。这当然要糟糕得多。"

"糟糕得多?"老板娘说,"无论如何,这都是反抗。现在您就按照您的想法去做吧。请把裙子递给我。"

她不顾忌K.还在场,就穿上了裙子,匆匆走进了厨房。从客厅那边已经传来了一阵骚动。有人敲了敲门上可视的小窗口。那两位助手曾有一次推开了那扇小窗口，喊着说他们饿了。其他的几张面孔也出现在小窗那里。甚至还能听到一阵轻柔的多声部合唱。

不用说，K.与老板娘的谈话严重地拖延了午餐的烹饪进程；饭菜尚未做好，但客人们已经聚集在了一起，尽管没有人敢违背老板娘的禁令进入厨房。然而，当在小窗口的那几个观察者报告说老板娘即将过来时，女佣们立刻跑进了厨房。当K.走进客栈餐厅时，他对用餐的人数十分惊讶，已有超过二十人的庞大客人群出现在那里，他们从聚集的观察小窗拥向桌子，以确保能占到座位，这群人里有男有女，他们穿着本地人的特色衣服，却并不土气。只有在角落里的一张小桌子上，一对夫妇带着几个孩子坐在那里没有动，那个男人是个长着蓝眼睛的友好绅士，有一头花白的头发和胡须，都乱蓬蓬的，他弯腰看着孩子们，用一把餐刀给他们的合唱打着拍子，还一直努力让他们压低音量。也许他想让孩子们通过唱歌忘记饥饿。老板娘漫不经心地说了几句话向大家道歉，没有人责怪她。她四处张望寻找店主，后者却在看到这困难局面时早已逃之夭夭。随后她缓缓地走进了厨房；K.急忙去他的房间里找弗里达，而老板娘没再看他一眼。

七

教师

K.在楼上遇到了那位教师。房间变得几乎让人认不出来了，这让人十分愉快，弗里达就是这么勤奋。房间被好好地通了风，炉子也生得很旺，地板已经擦洗干净了，床铺也整理得井井有条；女佣们的东西，包括她们的照片在内的那些讨厌杂物，都消失了；桌子上原先沾满了厚厚的一层污垢，不管走到哪里，那污垢厚重的桌面似乎都一直盯着你不放，而现在上面铺着一张白色的编织桌布。简直可以接待客人了，显然早些时候弗里达已经清洗了K.的一点衣物，它们正挂在炉子旁边晾干，这并不影响什么。教师和弗里达坐在桌旁，当K.进来时，他们站起了身，弗里达亲吻了K.，致以问候，教师略微鞠躬。K.心烦意乱，还处于和老板娘谈话的不安中，开始为自己至今还没能去拜访教师而道歉，好像他以为这位教师是因为K.久未露面，这才不耐烦地自己上门拜访了。然而，教师举止十分从容，好像现在才慢慢回想起了他和K.之间曾经有过拜访的约定一样。他缓慢地说道："您就是那位土地测量员先生，就是几天前和我在教堂广场谈过话的外地人。"K.简短地回答："是的。"当时他孤独无助,因而必须忍受这位教师的疏狂,而现在,他在自己的房间里,不必再忍受他了。K.转向弗里达,与她商量着,他需要立刻出门做一次重要的拜访,他需要穿得尽可能得体一些。弗里达立刻叫来了两位助手,当时他们正忙着检查新的桌布。K.则立即脱下了他的衣服和靴子,弗里达命令助手们把K.的衣物拿到院子里仔细擦拭。她自己则从晾衣绳上取下了一件衬衫,跑下楼到厨房里去熨烫。

现在只有K.和这位教师单独待在房间里,教师又安静地坐在桌子旁,K.让他再等一会儿,他脱掉了衬衫,开始在洗脸盆里擦洗身体。此时,他才背对着教师,问他来的原因。教师说:"我是奉村长的命令来的。"K.准备听听这个命令。然而,由于哗哗的水声,教师很难听清K.说的话,于是这位教师不得不靠近了些,倚着墙壁站在K.旁边。K.解释说,他之所以要擦洗全身,而且显得有些焦虑,都是因为他得马上做一次拜访。教师没有深问,接着说:"您对村长,这位劳苦功高、经验丰富、受人尊敬的长者,表现得十分无礼。"K.一边擦干身子一边说:"我并不知道哪里无礼了,但我确实没精力关心礼仪,因为我要考虑的是我的生计。我的生存受到了可耻的官僚作风的威胁,这些细节我就不向您解释了,因为您自己就是这个官方机构的成员。村长抱怨我了吗?""他该跟谁抱怨呢?"教师说,"即使他有人可抱怨,他真的会去抱怨吗?我只是按照他的口述为你们的谈话起草了一份简短的记录,从中我了解到了村长的善良,以及您回答问题的态度。"K.在找他的梳子,弗里达肯定把它放在了某个地方,他说:"什么?一份记录?

在我不在场的情况下，由一个根本没参加谈话的人事后起草的记录？这也行吧，不算太差。可是为什么要有记录呢？那场谈话算是官方行为吗？""不，"教师说，"那只是半官方的，记录也只是半官方的，只是因为我们这儿做什么都得按照严格的秩序。无论如何，现在已经有记录了，它的存在也并不能为您带来好处。"K.终于在床上找到了掉落的梳子，于是更为平静地说："那就让它存在吧。您来是要告诉我这个吗？""不，"教师说，"但我不是一个机器人，我必须告诉您我的看法。而且我的任务本身就是对村长仁慈的又一证明；我要强调的是，我无法理解这种仁慈，只是出于我的职责，以及对村长的尊敬才执行这个任务的。"K.洗漱完了，也梳好了头发，现在坐在桌子旁等着他的衬衫和外衣，他对这位教师带来的消息不太好奇，而且客栈老板娘贬低了村长，他也因此受到了影响。"现在应该已经过了中午了吧？"他心里想着他要走的路程，然后又改口问道，"您说要向我转达村长的话。""嗯，"教师耸了耸肩，仿佛要甩掉自己在这件事上的所有责任，"村长担心，如果您的事情拖延太久而没有决定，您可能会因此自作主张，做出一些鲁莽的事。就我而言，我不知道为什么他会这么担心，我的看法是，您最好还是去做您想做的事。我们不是您的守护天使，也没有义务跟着您，管您所有的事。但好吧，村长的看法不同。当然，那些决定都属于伯爵当局，他也不能加速处理那些事。但是，在他的职权范围内，他愿意做出一个真正慷慨的临时决定，他可以暂时为您提供一个学校仆役的职位，只看您接不接受了。"K.起初几乎没有注意到他们提供给了他什么职位，但是有人给他提供了一个职位，这件事似乎并非毫无意义。这表明，在村长看来，他是有能力为了K.的自我防卫而做出一些事的，而为了防止他做这些事，对这个村庄来说，即使花费一些资源也是值得的。而且，他们是如此重视这件事，这位教师已经在这里等了一段时间了，并且在之前还起草了记录，他一定是被村长催着赶来的。

当那位教师看到他的话终于让K.陷入了沉思时，他继续说道："我提出了反对意见。我指出，到目前为止，我们并不需要一位校役，教堂仆役的妻子会时不时地来打扫，并且吉莎小姐，那位女教师，也会监督这件事。我已经为孩子们操碎了心，不想再和一个校役生气。村长反驳说，学校里确实很脏。我如实回答说，情况并不算太糟。而且，我补充说，如果我们让这个人当学校校役，情况会变得更好吗？当然不会。先不说他能不能胜任这些工作，学校只有两个大教室，还都没有附属房间，所以校役必须和他的家人一起住在一个教室里，得在那儿睡觉，甚至可能还要做饭，这自然不会让那儿更干净。但是村长指出，这个职位对您来说能拯救您于危难之中，因此您会竭尽全力地做好这份工作；此外，村长认为，我们还能得到您妻子和助手们的帮助，这样不仅教室里，连学校花园都能维持得井井有条。但我轻轻松松地就反驳了他的一切想法。最后，村长再也无法为您说些什么了，只是笑着说，您毕竟是土地测量员，因此您在学校花园里可以把花坛弄得特别整齐。好吧，对于玩笑话，我倒是没有反驳的理由，所以我就带着这个委托来找您了。"

"您白费心思了，教师，"K.说，"我根本不想接受这个职位。"

"太好了，"教师说，"太好了，您毫不犹豫地拒绝了。"他拿起帽子，鞠了个躬，然后离开了。

紧接着，弗里达便一脸慌乱地跑上了楼，手里拿着的衬衫还没熨，也不回答K.的问题。为了转移她的注意力，K.把教师的来意说给了她听。但她几乎还没听完，就把衬衫扔在了床上，又跑了出去。很快她就回来了，但是还带着那位教师，他看起来很不高兴，甚至连招呼都没有打。弗里达请他稍等一下——显然她已经在回来的路上多次这样恳求他了——然后她拉着K.穿过一扇他根本不知道的侧门，来到了隔壁的阁楼，最终激动地、气喘吁吁地告诉他发生了什么事。原来老板娘因为在K.面前被迫承认了她与克拉姆的关系，甚至屈尊在克拉姆与K.谈话的事情上做了让步，但事情却进行得并不顺利，按照她的说法，只换来了K.冷漠而且不真诚的拒绝，所以她决定不再让K.住在她的房子里了；如果他在城堡里有什么关系，那他最好赶快利用起来，因为今天，甚至是此刻，他就必须离开这所房子，只有在伯爵当局直接的命令和强制下，她才会再接纳他，但她希望事情不会发展到那个地步，因为她也和城堡有联系，而且她知道如何让这些联系发挥作用。另外，他之所以能住进这个客栈，只是因为客栈老板的疏忽。此外，他也根本无须担心，因为就在今天早上，他还在吹嘘已经为他准备好了的另一个住处。弗里达当然应该留下，如果弗里达要和K.一起搬出去，那么老板娘会非常难过，仅仅是想到这件事情，她就在厨房里的炉子旁边哭得崩溃了,这个可怜的患有心脏病的女人,但是她还能怎么办呢?现在,至少在她的想象中,这已经是关乎克拉姆名誉的事了。所以这就是老板娘的态度。当然,弗里达会跟着K.,无论他去哪里,即使是冰天雪地,这一点是毫无疑问的,但无论如何,他们两个的处境都很糟糕,所以她听到村长的提议时,感到很开心,尽管这对K.来说不是一个合适的职位,但这毕竟只是个临时的职位,即使最终的决定对他不利,他们也会有时间寻找其他的可能性。最后,弗里达已经搂着K.的脖子喊道:"在紧急情况下,我们还可以离开村子,这村子里有什么值得我们留恋呢?不过,亲爱的,我们现在就接受这个提议吧,我把教师带回来了,你告诉他'接受'就行了,别的什么也不用说,我们就搬到学校去。"

"这很糟糕。"K.说,虽然他并不完全真的这么想,因为他对于住房的问题并不太在意,而且在这个两侧没有墙和窗户的阁楼上,寒冷的空气尖锐地穿过,他现在只穿着内衣,感觉很冷,"现在你把房间布置得这么漂亮,我们却要搬出去。我真不想接受这个职位,现在这个小教师对我的羞辱已经让我感到很难受了,而他甚至要成为我的上司。哪怕我们能在这里多待一会儿,也许只要到了今天下午,我的处境就会有所改变。或者至少你能留在这里,我们可以拖着观望一会儿,只给教师一个模棱两可的回答。对我来说,我总能找到一个过夜的地方,如果必要的话,真的可以去巴拿——"弗里达用手捂住了他的嘴。"不要说那个地方,"她紧张地说,"请不要再这么说。除此之外的其他事情,我都会听你的。如果你愿意,我会留在这里，尽管这样我会很伤心。如果你愿意，我们也可以拒绝这个提议，尽管我认为这样做不对。因为你看，如果你找到别的机会，就算是今天下午找到了，那么我们当然可以立即放弃学校的那个职位，没有人会阻止我们。至于在教师面前受到羞辱，我会确保这种事不会发生，我会和他谈，你只需要站在旁边，不用开口，以后也是这样，你永远不需要和他交谈，如果你不愿意的话，实际上只有我去当他的下属就行，而且甚至我也不会是下属，因为我知道他的弱点。所以，我们如果接受这个职位，什么都不会失去，但我们如果拒绝，会失去很多，尤其是你今天如果没有能在城堡里取得任何进展，真的会发现在村子里找不到任何一个能收容你过夜的地方，或者说找不到任何一个地方，让我作为你未婚妻能不感到羞愧地留宿。而如果你找不到一个过夜的地方，你会要求我留在这个温暖的房间里睡觉，而我却要看着你在外面寒冷的夜晚中徘徊吗？"K.一直把双臂交叉，抱在胸前，用手拍打自己的背部，试图让自己稍微暖和一点，他说："那么别无选择，我们只能接受了，走吧！"

回到房间里，他立刻奔向了炉子，没理会那位教师。教师坐在桌子旁，拿出手表说："时间已经很晚了。""但我们现在也已经完全达成一致了，老师，"弗里达说，"我们接受这个职位。""好吧，"教师说，"但这个职位是提供给土地测量员先生的，他必须自己开口。"弗里达替K.说道："当然，他接受这个职位，对吧，K.？"这样一来，K.只需要简单地回答"是的"，甚至这个回答还是面对弗里达的，而不是那位教师。

"那么，"教师说，"我就只需要把您的职责告诉您，这样我们在这方面就一劳永逸地达成一致了。土地测量员先生，您每天都要打扫两个教室，并且给它们供暖，还要负责房子里的小型修补工作，也包括学校里的器材，以及体操器械的维护修理，保证学校花园里的道路上没有积雪，还要为我和女教师跑腿，以及在暖和的季节里负责所有的园艺工作。作为回报，您可以选择住在任何一个教室里；但是，如果两个教室不是同时有教学活动，而您恰好住在正在上课的那个教室里，那么您当然要搬到另一个教室去。您不能在学校里做饭，但您可以在这个客栈里开火吃饭，费用由村里的公共开支报销。您的行为举止必须符合学校的尊严，特别是在上课期间，孩子们绝不能成为您家庭生活中不愉快场景的见证者。因为作为一个受过教育的人，您肯定知道这一点，所以我只是顺便提一下。讲到这一点，我还要说一句，我们必须坚持要求您尽快把您和弗里达小姐的关系合法化。关于上述这一切以及其他的一些细节，都会有一份职务合同，当您搬进学校时，您必须立即签署。"K.认为这一切都不重要，就好像这些事都与他无关，或者无论如何都不会约束他，只是这位教师的趾高气扬引起了他的反感，他轻描淡写地说："好吧，这些都是些通常的职责。"为了淡化他的这个评论，弗里达问到了薪水。"是否支付薪水，"教师说，"要在一个月的试用期后再考虑。""这对我们来说太苛刻了，"弗里达说，"我们几乎要在一无所有的情况下结婚，还要白手起家地打理好家里所有的事。我们能否向村里提交申请，请求马上付给我们一小笔薪水呢？您看怎么样？""不行，"教师说，他始终是对着K.说的，"这样的申请只有在我的推荐下才会得到批准，但我是不会推荐的。提供这个职位只是出于对您的一种好意，而一个人如果仍然保有公共责任感的话，他就知道好意不能过分。"这时K.终于忍不住插了一句，几乎是违心地说："关于好意的问题，教师先生，我认为您弄错了。也许更应该说是我的好意。""不，"教师笑着说，现在他终于逼得K.开口了，"关于这一点，我了解得非常清楚。我们需求校役的迫切程度和我们对土地测量员的一样。校役和土地测量员，这都是我们背上的包袱。我还需要仔细考虑，该如何在村民面前为这笔开支找理由呢。也许最好也最真实的办法是直接把这个要求摆在桌面上，根本不去辩解。""这正是我的意思，"K.说，"您不得不违心地接纳我，尽管这事让您大伤脑筋，但您还是必须得接纳我。如果有人被迫接纳另一个人，而这个人肯接受对方的接纳，那么出于好意提供方便的就是这个人。""奇了怪了，"教师说，"是什么迫使我们接纳您呢？只是村长的善良，他是个菩萨心肠的人，所以我们才会这么做。我看得出来，土地测量员先生，您在成为一个称职的校役之前，可能必须得放弃许多幻想才行。当然，您的这些话对于您争取潜在的薪水并不会有什么益处。而且遗憾的是，我注意到您的态度还会给我带来很多麻烦，这段时间以来，您一直只穿着衬衫和秋裤在跟我说话，这一点我一直看在眼里，几乎不敢相信。""是的，"K.笑着喊道，并拍了拍手，"这些可怕的助手，他们都去哪儿了？"弗里达赶紧跑到了门口，教师意识到K.现在已经不再跟他说话了，于是他向弗里达询问他们何时搬进学校。"今天，"弗里达说。"那么我明天早上会来检查。"教师挥手告别，想从弗里达为自己打开的门走出去，却碰上了那些女仆，她们已经带着自己的东西回来了，正准备重新布置房间。他不得不从她们中间挤过，因为她们从不给任何人让路，弗里达跟在他后面。"你们可真着急啊，"K.说，但这次他对她们很满意，"我们还在这里，你们就非得进来吗？"她们没有回答，只是尴尬地摆弄着她们的包袱，在那些包袱里，K.看到了他那些熟悉的脏脏的破烂。"你们可能从来没有洗过这些东西吧。"K.说，这并不是恶意的，而是带着某种亲切的语气。她们也察觉到了这种亲切，于是同时张开了她们紧绷的嘴巴，露出了美丽又强健的、野兽般的牙齿，无声地笑了。"好吧，过来，"K.说，"你们开始布置吧，这毕竟是你们的房间。"但她们仍在犹豫不决，因为这房间对她们来说，似乎变化太大了，K.抓住了其中一个人的胳膊，想引导她走过去。但他立刻又放开了她，她们的目光使他吃了一惊，经过简短的相互交流，她们不再将目光从K.身上移开。"现在你们已经看够我了吧。"K.说。他试图抵抗这种不愉快的感觉，拿起了刚刚弗里达带来的衣服和靴子穿了起来，那两位助手跟在她后面，表现得很害羞。弗里达对助手们的耐心一直让他感到费解，现在也是如此。她发现他们本应该在院子里擦拭衣物，但在经过一番寻找后，她在楼下找到了他们，他们正心平气和地在一起吃午饭，脏衣服被堆在他们的膝盖上。然后她不得不自己清洗了所有的东西，尽管她知道如何管理普通村头百姓，却没跟他们俩吵架，而只是在他们面前讲述他们粗心大意的事情，就像讲一个小玩笑一样，甚至还轻轻地拍了其中一个人的脸颊，像是在表示亲热。K.本想说说她的这个行为，但他现在必须离开了。"两个助手留在这里，他们会帮你搬家。"K.说。那俩人当然不同意，他们正吃饱喝足，心情愉快，想活动活动呢。直到弗里达说："当然，你们留在这里。"他们才屈服。"你知道我要去哪儿吗？"K.问。"我知道。"弗里达说。"那么你不再阻止我了吗？"K.问。"你会遇到很多阻碍，"她说，"我的话又有什么意义呢！"她吻别了K.，给了他一包她从楼下带来的面包和香肠，因为他还没有吃午饭，她提醒他之后不要再来这里，而是直接去学校，然后她把手放在他的肩膀上，陪着他走出了门。

八

等待克拉姆

最初，K.很高兴自己逃离了那温暖房间里拥挤的女仆和助手所带来的纷扰。现在外面有点冻住了，雪地也变得更坚实了，这使得行走也变得轻松了。只是天色已经开始变暗，于是他加快了步伐。

那座城堡的轮廓已经开始逐渐模糊，它像往常一样静谧无声地坐落在那里。K.从未在那里见到过丝毫生命的迹象，也许从这么远的地方根本不可能看到什么，可是他的眼睛却无法容忍这种寂静，总想看到些什么。当K.看着城堡时，他有时会觉得他仿佛在观察着一个安静坐着、凝视着前方的人，但这个人并不是沉浸在思考中，因此与一切隔绝，而是自由而无忧无虑的；就好像他是独自一人，并没有人在观察他；然而，他势必会意识到自己正被观察，但这丝毫不影响他的平静，事实上——人们不知道这是他平静的原因还是结果——观察者的目光因而无法坚持下去而移开了。今天因为天黑得早，这种印象更为强烈了，K.看得越久，就越看不清楚，一切就更深地陷入了暮色之中。

当K.来到尚未点灯的贵族庄园时，一楼[1]的一扇窗户正好打开了，一位穿着皮大衣的、年轻的、胖乎乎的、脸上刮得干干净净的绅士正探出身子，接着停在了窗口，K.跟他打招呼，但他似乎连最轻微的点头回应都没有。在走廊和酒吧里，K.也没有遇到任何人，酒吧里陈旧的啤酒味道比上次更糟糕了，这种事情在桥头客栈里可能不会发生。K.立刻走到上次观察克拉姆的那扇门前，小心翼翼地按下门把手，但门被锁住了。接着，他试图摸索出窥视孔的位置，但锁孔可能因安装被隐藏得非常好，他无法用这种方法找到位置，于是他点燃了一根火柴。这时，一个尖叫声吓了他一跳。在门和餐橱之间的角落里，靠近炉子的地方，一个年轻女孩正蜷缩在那里，她用勉强睁开的带着睡意的眼睛盯着他，火柴的光亮照在她脸上。她显然是弗里达的接班人。她很快镇定了下来，拧亮了电灯，脸上的表情还带着些不悦，这时她认出了K.。"啊，土地测量员先生，"她笑着说，伸出手来，并向他介绍自己，"我叫佩皮。"她个子小小的，皮肤红润，身体健康，丰盛充盈的头发编了一条红色的辫子，那辫子非常粗壮，此外，她的脸庞周围的头发还十分卷曲。她穿着一件很不合身的由灰色亮面料子做成的直筒裙，裙子下端用一条丝带系起，束了个蝴蝶结，这系法有些孩子气且十分不正式，还因为过紧而让她行动不便。她打听起了弗里达的现状，还问她是否不久后会再回来。这个问题几乎带有恶意。"在弗里达离开后，"她接着说，"我被匆忙叫来了这

---

[1] 相当于中国的二楼。

里，因为这儿的工作并不是随便雇用一个人就行的，我之前是打扫房间的女仆，但换的这个工作并不好。干这个活得经常在夜晚工作，这让人非常疲惫，我可能无法忍受，弗里达放弃了这份工作，我倒是一点也不惊讶。""弗里达在这儿可是非常满意的。"K.说，以便让佩皮终于注意到她和弗里达之间的区别，而她忽略了这些区别。"别相信她，"佩皮说，"弗里达善于控制自己，这不是别人容易做到的。她不想承认的事，她就不承认，而且人们根本不觉得她有什么需要承认的。我已经和她一起在这里工作好几年了，我们总是睡在一张床上，但我和她并不亲密，我敢肯定她今天已经不会再想到我了。她唯一的朋友也许就是那个桥头客栈的老货，那个老板娘，这已经很能说明她的特色了。""弗里达是我的未婚妻。"K.说道，并同时在门上寻找窥视孔的位置。"我知道，"佩皮说，"所以我才说这些。否则对您来说，这些都毫无意义。""我明白了，"K.说，"您的意思是我应该为赢得这样一个内向的女孩而感到自豪。""是的。"她说，并满意地笑了，好像针对弗里达这个人，她已经和K.达成了一种秘密的共识。

然而，让K.分心，使他稍微停下的，其实并不是她说的话，而是她的出现和她出现的这个地方。她当然比弗里达年轻得多，几乎还是个孩子，而且她的衣着也十分可笑，显然，她是出于自己对一个酒吧女侍应的重要性的一些夸张想象，才这么穿戴的。而她这种想法在某种程度上也是对的，因为这个职位根本还不适合她，这个职位对她来说可能是出乎意料的，并不是她所应得的，而只是暂时分配给她的，甚至连弗里达总是挂在腰带上的皮质小袋子,也没有交付给她。而她所谓的对职位的不满,也只不过是狂妄自大罢了。[14]然而,尽管她有着孩子般的无知,她却也可能和城堡有些关系,毕竟,如果她没有说谎的话,她曾是一个女仆,而她在这里也过了些日子,却没有意识到这其中的价值。但要是把这个微胖和有点驼背的身体拥入怀中,虽然不能从她手中夺走那些有价值的关系,却能触碰到它们,并在这条艰难的道路上鼓舞一下自己。那么,这跟和弗里达在一起也许并没有两样?哦,当然不同。只需想想弗里达的眼神,就能明白这一点。K. 永远不会碰一下佩皮。但是,现在他还是得暂时遮住自己的眼睛,因为他望向她的眼神是如此贪婪。

"现在不一定要开灯,"佩皮说着又关掉了灯,"我只是因为您吓到了我,这才开的灯。您到底想要什么?弗里达是不是忘了什么?""是的,"K. 说道,指着门,"在隔壁房间里,有一张白色的编织桌布。""哦,她的桌布。"佩皮说,"我记起来了,是张漂亮的手工编织桌布,她做的时候我还帮过忙。不过,桌布应该不在这个房间。""弗里达觉得就在这儿。谁住在这里?"K. 问。"没人。"佩皮回答,"这是个属于城堡老爷们的房间。这里是老爷们用餐和喝酒的地方,也就是说,这个房间是为这个目的而设的,但大多数的老爷都待在楼上他们自己的房间里。""要是我知道现在隔壁没人,我很愿意进去找那张桌布。但问题是我并不能确定,比如克拉姆就经常待在那儿。""克拉姆现在肯定不在那儿,"佩皮说,"他马上就要离开了,雪橇已经在院子里等着了。"

K.一句话也没有解释,就立刻离开了酒吧,他在走廊里没有转向出口,而是转向了房子内部,几步之后就来到了院子里。这里是多么安静美丽啊!一个四方形的院子,三面被房子环绕,面向街道的一面被一道高高的白墙围住,墙上还有一扇巨大沉重的门,现在正打开着。在院子这一侧,房子似乎比从正面看上去更高,至少第一层是已经完全扩建过的,并且看上去更为壮观,因为这一层都被一条木制的回廊环绕着,仅在眼睛高度处留下了一条窄缝。在K.的斜对面,有一道通往房子内部的入口,是敞开的,没有门,这个入口还属于主楼,但是已经位于对面的侧翼和主楼连接的角落处了。入口前有一辆黑色的、由两匹马拉着的雪橇。现在一片暗色,K.也只能猜测车夫正站在那儿,并不能清晰地认出他。而在他站的地方直到车夫处的这段区间里,他什么都没有看见。

K.把双手插在口袋里,小心地环顾了四周,然后他紧贴着墙,绕过了院子的两侧,走到了雪橇跟前。车夫是不久前那些在酒吧里的农民中的一个,他裹在皮毛大衣里,冷漠地看着K.靠近,就好像看着一只猫的行走轨迹一样。即使K.站在他身边,向他问好,甚至连那两匹马都因为从黑暗中出现的人而略有些不安时,他仍然无动于衷。这让K.非常高兴。他倚着墙,拿出了自己的食物,心怀感激地想起了弗里达——她把他照顾得非常周到——同时向房子里面窥视。一条像直角般折叠的楼梯通向楼下,在下面又跟一条低矮而又看似深邃的走廊相互交叉,一切都是干净的,被粉饰成了白色,又界线分明。[15]

等待的时间比K.预想的要长。他早就吃完了东西,感到寒冷难耐,矇眬的黄昏已经转变成完全的黑暗了,而克拉姆仍然没有出现。"还要等很长时间。"一个粗犷沙哑的声音突然在K.附近响起,吓得他跳了起来。那是车夫,他像是刚刚醒来似的,伸了个懒腰,打了个哈欠。"什么事要很长时间?"K.问道,他并不因为这种打扰而心怀厌恶,因为这持续的沉默和紧张已经令人生厌了。"在你走之前。"车夫说。K.没听明白他的意思,但也没有再问,他认为用这种方式最能让这个高傲的人说话。在黑暗中不回答问题简直是令人生气。果然,过了一会儿,车夫问道:"你想喝点白兰地吗?""好啊。"K.毫不犹豫地答道,因为这个提议实在是太诱人了,他感到身体有点发冷。"那么就请你打开雪橇吧,"车夫说,"在侧袋里有几瓶,你拿一瓶,喝几口,然后再递给我。因为穿着这件毛皮大衣,我爬下去太麻烦了。"K.讨厌这样替他效劳,但既然他已经跟车夫说上话了,他就顺从了,就算冒着在雪橇旁被克拉姆发现的风险。他还是打开了宽敞的车门,本可以直接从挂在车门内侧的口袋里拿出瓶子,但既然车门已经打开,他忍不住想要进入雪橇内部,只想在里面坐一会儿。他溜了进去。雪橇里的温暖令人难以置信,尽管K.不敢关紧车门,依然敞开着,但依旧很暖和。他根本感觉不到自己是坐在长凳上,因为周围到处都是毯子、枕头和皮草;无论往哪个方向扭动或伸展,都能感受到柔软和温暖。K.伸开双臂,把头靠在枕头上,从雪橇里望向黑暗的房子。克拉姆为什么还不下来呢?在雪地里站了那么久之后,现在被雪橇里的温暖搞得昏昏沉沉的K.希望克拉姆赶紧出现。他只是模糊地意识到,他现在的这个情况最好不要被克拉姆看到，这个念头浮现在他脑海中，却只是一种微弱的干扰。而他对这念头的健忘也得到了车夫行为的支持，他明明知道K.在雪橇里，却让他待在那里，甚至不向他要白兰地。这种体贴让人心情舒畅，但K.确实想为他效劳一下；他没有改变姿势，笨拙地伸出手，想去拿侧袋，但不是在离他太远的那扇已经打开的门上，而是在他身后那扇关着的门上，嗯，这些都无所谓，因为这个袋子里也有瓶子。K.拿了一瓶出来，拧开了盖子，闻了闻，就情不自禁地笑了起来。这酒的气味是如此甜美，如此谄媚，就像听到一个自己非常喜欢的人的称赞和好话，却不知道到底是因为什么事情，也不想知道，只是意识到是这么个人在说这些话，因而感到幸福。"这是白兰地吗？"K.怀疑地问自己，出于好奇尝了一口。没错，它果然是白兰地，以某种奇怪的方式，它燃烧着，让人觉得温暖。在喝它的时候，它几乎是从一种只带着甜美香气的东西变成了适合车夫们的饮料。"这是怎么回事？"K.问自己，似乎是在责备自己，接着又喝了一口。

正当K.在大口大口地喝白兰地的时候，眼前突然变得明亮了，电灯亮了起来，楼梯上、走廊里、门厅和入口外都亮了起来。可以听到有人下楼的脚步声，K.手中的瓶子掉了下来，白兰地洒在了一张皮草上，K.从雪橇里跳了出来，刚刚来得及关上门，车门发出了砰的一声巨响，就有一位男士缓缓走出了房子。唯一值得安慰的似乎是，这人并不是克拉姆，还是说这正是值得遗憾的事呢？这是K.之前在一楼窗户里看到的那位绅士。一位年轻的先生，非常英俊，皮肤白皙红润，但非常严肃。K.也阴沉着脸看着他,但他认为这阴沉的眼神是冲着他自己的。早知道他宁愿派自己的助手来,就像他之前那样行事,他们也做得到。在他面前,那位先生还沉默着,好像在他宽大的胸膛里还没有储存足够的空气,让他来说出接下来要说的话。"这太可怕了。"他说,并把帽子稍微往额头上推了推。怎么了?这位先生大概还不知道K.待在雪橇里的事情,但他似乎已经发现了什么可怕的事情?难道是K.闯进院子里这件事吗?"您是怎么到这里来的?"那位先生接着问,声音已经小了些,已经吐出了一口气,好像已经接受了无法改变的事实。这是些什么问题?又要怎么回答?难道K.还需要明确地向这位先生证实他充满希望开展的道路都是徒劳吗?K.没有回答,而是转向了雪橇,打开了它,取回他遗忘在里面的帽子。他不安地注意到,白兰地正一滴滴地落在踏板上。

然后他又转向了那位先生。现在他也不再顾忌让这位先生知道自己曾在雪橇里的事,这也不是最糟糕的事情。如果被问到——当然只有在被问到的情况下——他也不想隐瞒是车夫让他打开雪橇门的事实。但真正糟糕的是,那位先生的突然出现,让他没有足够的时间躲起来,然后可以不受干扰地等待克拉姆;也许是他的头脑不够清醒,没有坚持留在雪橇里,在那里关上门等待克拉姆,或者至少在这位先生还在附近的时候待在那儿。当然,他不可能知道马上过来的这人是不是克拉姆本人,如果是这样的话,在雪橇外面迎接他当然会好得多。是的,这里有很多事情需要考虑,但现在他什么都不需要考虑了,因为一切都结束了。

"请您跟我来吧。"那位先生说,虽然不是明确的命令,但这命令并不在于这句话,而在于伴随说出这句话时做出的简短而又刻意漠不关心的挥手姿势。"我在这里等一个人。"K.说,他不再抱有任何成功的希望,仅仅是出于原则而这样说。"请跟我来。"那位先生再次说道,一点也不受他的影响,好像想要表明,他从未怀疑过K.在等待某人一样。"但我会错过我等的人。"K.说,他的身体还抽搐了一下。尽管发生了这么多事情,他仍然觉得自己迄今所取得的成果是一种收获,他虽然只能在表面上紧紧抓住,但也不需要在任意命令下就交出去。"无论您是等待还是离开,都会错过他。"那位先生虽然在表述观点时显得生硬,但却十分宽容地顺着K.的思路说话。"那么我宁愿在等待中错过他。"K.倔强地说,他绝对不会让这位年轻先生用几句话就把他从这里赶走。这位先生带着一种优越的表情,将头稍微向后仰,闭上了眼睛,好像要把自己从K.的不可理喻中拉回到自己的理智中,他用舌尖舔了舔略微张开的嘴唇,然后对车夫说:"把马卸下来吧!"

车夫顺从于这位先生的吩咐,却恶狠狠地瞥了K.一眼,他现在不得不穿着大衣下来,开始磨磨蹭蹭地把马和雪橇往后拉,好像他并不期待那位先生会改变主意,而是期待着K.会改变想法一样。他把马和雪橇拉到了靠近房子侧翼的地方,那里显然有一个大门,里面是马厩和车棚。K.看到自己被孤立在那里,一边是雪橇的离开;另一边是那位年轻的先生的离开,他也消失在K.来时的那条路上,他们都走得非常慢,好像想向K.表明,他还有权力把他们召回来。[16]

也许他有这个权力，但这权力对他也没有任何帮助；把雪橇召回意味着把自己赶走。所以他就静静地站在那儿，作为唯一坚守阵地的人站在那儿，但这是一场没有带来欢乐的胜利。他轮番地看着那位先生和车夫。那位先生已经走到了K.第一次进入院子的那扇门，他再次回头看了看，K.觉得他在摇头，对K.此种顽固表示不解，随后，他终于果断地迅速转身，走进了门廊，很快消失在了其中。车夫在院子里待得更久些，他因为雪橇还有很多工作要做，他必须把沉重的马厩门打开，倒退着把雪橇放回正确的位置，解开马身上的马具，把它们领到食槽那里去，他做这一切时都显得很严肃，全神贯注，已经不再希望不久后能马上出车了；这是种沉默的忙碌，他不再瞥K.任何一眼，但对K.来说，这似乎是比那位先生的态度更严厉的责备。当车夫在马厩里完成了所有工作后，他以缓慢摇晃的步伐横穿过院子，关上了大门，然后又走了回来，一切都进行得很缓慢，又很正式，他只关注他在雪地里留下的足迹，然后把自己关在马厩里，现在所有的电灯都熄灭了——谁还需要它照亮呢？只有上面木头回廊的缝隙还有亮光，这稍微吸引了K.漫无目的又迷茫的目光。那时，K.觉得所有与他有关的联系都被断绝了，现在他当然比以往任何时候都更自由，可以在这个通常禁止他出入的地方等着，想等多久都行，他为自己争取到了这种自由，几乎没有其他人能获得他这样的自由，没有人敢碰他，也没有人赶他走，甚至没有人能与他交流，但是——这种信念至少同样强烈——仿佛也没有什么比这种自由、这种等待、这种不受侵犯更毫无意义，更令人绝望。

九

对审讯的抗争

K.挣脱了束缚,又回到了房子里,他这次没有贴着墙走,而是直接穿过了雪地中央,他在走廊里遇到了客栈老板。他默默地向K.致意,并指了指酒吧的门,K.听从了他的动作示意,因为他感到很冷,而且他也想见见其他人,但他大失所望,他看到那位年轻的先生坐在一张小桌子旁——那张桌子似乎是特地摆放在那里的,因为平时那里只有酒桶——而他的对面站着一个令K.沮丧的女人,她正是桥头客栈的老板娘。佩皮骄傲地扬着头,脸上总是带着笑,一副自以为了不起的样子,每次转身都甩一下自己的辫子,她忙碌地跑来跑去,一会儿拿来啤酒,一会儿拿来墨水和羽毛笔,因为那位先生已经把文件在桌上摊开了,正在比较日期,他时而看看这份文件,时而又看看桌子另一头的一份文件,现在他想动手写了。老板娘站得很高,她的嘴唇稍微噘起,似乎是在休息,她就这么静静地俯瞰着那位先生和文件,好像她已经说过所有要说的话,而这些话也都已经被接受了。"土地测量员先生,您终于来了。"那位绅士在K.进来时短暂地抬头看了看,旋即又只专注于自己的文件了。老板娘只是用漠不关心、毫不惊讶的目光扫了K.一眼。而直到K.走到酒吧柜台前点了一杯白兰地，佩皮似乎才注意到他。

K.倚着柜台，把手按在眼睛上，不关心任何事情。然后，他抿了一口白兰地，因为味道难以忍受，又把杯子推了回去。"老爷们都喝这个。"佩皮简短地说，把剩下的倒掉，洗了洗杯子，又放回了架子上。"老爷们还有更好的。"K.说。"也许吧。"佩皮说，"但我没有。"她就这样结束了和K.的交谈，重新投入为那位先生服务的工作中去了，但他似乎并不需要什么，而她也只是在他身后来回走动，尝试着从他的肩膀上看一眼桌上的文件；然而，这些只是无关紧要的好奇心和装模作样，甚至连老板娘都皱着眉头表示不赞同。

突然，老板娘竖起耳朵，全神贯注地凝视着空中。K.转过身，他没有听到什么特别的声音，其他人似乎也没有听到，但老板娘踮着脚尖大步地跑到后面通往院子的那扇门口，从钥匙孔里往外看，然后转向了其他人，她的眼睛瞪得大大的，神情十分激动，用手指示意他们到她那儿去，接着他们轮流看了看，老板娘虽然占据了大部分时间，但也总是让佩皮看一眼，而那位先生相对来说是最不在乎的。佩皮和那位先生很快就回来了，只有老板娘仍然吃力地透过钥匙孔看着，她低头弯腰，几乎跪在了地上；这让别人几乎留下了这样的印象——认为她现在只是恳求那个钥匙孔放她出去，因为可能早就已经看不到什么了。后来，她终于站起身来，用双手抚摸着脸颊，整理了一下头发，深深地吸了一口气，好像现在又得让眼睛重新适应这个房间和这里的人，而且还带着一丝不情愿似的。这时K.开了口,不是为了向别人证实他已经知道的事情,而是为了避免可能会受到的攻击,他现在是如此脆弱:"所以克拉姆已经离开了?"老板娘默默地从他身边走过,但那位先生从桌子那儿说:"是的,当然。既然您放弃了在那儿站岗等他,那么克拉姆就可以离开了。奇怪的是,那位先生竟然如此敏感。老板娘,您注意到克拉姆有多么不安地张望四周了吗?"老板娘似乎没有注意到这一点,但那位先生继续说:"现在,幸运的是已经什么都看不到了,车夫还把雪地里的脚印扫得一干二净。""老板娘什么都没注意到。"K.说,但他说这话并非出于任何希望,而只是被那位先生的断言刺激到了,他的话听起来如此绝对而且不容置疑。"也许我当时正好不在锁眼旁边。"老板娘先说了这句话,以维护那位先生,但随后她又为克拉姆辩护一下,于是补充说道,"不过,我确实不相信克拉姆如此敏感。我们当然为他担忧,也试图保护他,因此假设克拉姆有这么敏感。这样做当然好,肯定也符合克拉姆的意愿。但实际情况如何,我们并不知道。不错,如果克拉姆不想理谁,他肯定不会和那个人谈话,无论那个人付出多大的努力,如何令人难以忍受地往前挤,但仅仅因为克拉姆永远不会和他说话,永远不会让他出现在自己的面前,这就足够了,为什么还要说他在现实中无法忍受看到这个人呢?至少这一点是无法证明的,因为永远不会有检验的机会。"那位先生热切地点点头。"当然,这基本上也是我的看法,"他说,"如果我表达得稍微有些不同,那只是为了让测量员先生能够理解。不过,克拉姆走出室外时,确实曾左右转头、四下张望。""也许他在找我。"K.说。"有可能，"那位先生说，"我没有想到这一点。"所有人都笑了，尤其是佩皮，她几乎没懂这整个对话，却笑得最大声。

"既然我们现在待在一起十分愉悦，"那位先生接着说，"我恳请您，土地测量员先生，提供一些信息来补充我的档案。""这里似乎写了很多东西。"K.说，从远处看着档案。"是的，本地人的一个坏习惯，"那位先生说着又笑了起来，"但也许您还不知道我是谁。我是莫穆斯，克拉姆在村里的秘书。"听到这些话，整间房都显得肃静了起来；尽管老板娘和佩皮显然都很了解那位先生，但在听到他提到那个名字和头衔的时候，她们还是感到有些震惊。甚至那位先生自己，好像也觉得自己说得太多，甚至超过了他本身的接受能力，不适合在之后的谈话中再谈论这些，于是他投身于那些档案中，写了起来，整个房间里除笔尖写字的沙沙声外，什么也听不到。"村里的秘书是做什么的？"K.过了一会儿问道。莫穆斯认为，在自我介绍之后，他本人再去解释这样的事情是不合适的，于是老板娘说："莫穆斯先生就像克拉姆的任何一个秘书一样，但他的办公地点——如果我没有记错的话，还有他的职权范围——"莫穆斯停下了书写，激动地摇了摇头，老板娘于是纠正道，"只是他的办公地点限于这个村庄，而不是他的职权范围。莫穆斯先生负责处理克拉姆在村里必须完成的文书工作，并作为第一接收人，他会接受村里所有向克拉姆提出的申请。"由于K.还沉浸在这些事情上，因此只是睁着眼睛空洞地看着老板娘，她于是有点尴尬地补充说："就是这么安排的，城堡里的所有老爷在村里都有他们的秘书。"莫穆斯比K.更专注地听着老板娘的话,他补充说:"大多数村里的秘书只为一位先生工作,而我为两位先生工作,克拉姆和瓦拉贝内。""是的,"老板娘这时也想起来了,转向K.说,"莫穆斯先生为两位先生工作,克拉姆和瓦拉贝内,所以他是双料的村庄秘书。""竟然是双料秘书。"K.说着,向莫穆斯点了点头,就像是对一个刚刚听到表扬的孩子一样。莫穆斯几乎完全弓着身子,正抬起头看他。K.的举动带着一种轻蔑,这轻蔑要么没被看到,要么正是对方所需要的。正是在K.这么个甚至不配被克拉姆偶然看到的人面前,他们详细地描述着克拉姆身边的一个手下的功绩,目的显而易见,正是想博得K.的认可和赞美。然而K.并没能领会他们举动的深意;他竭尽全力想要让克拉姆看自己一眼,却并不看重莫穆斯这种人的地位,这人在克拉姆的眼皮底下生活,K.对他既无敬意,也无嫉妒之情,因为对他来说,令人向往的并不仅仅是靠近克拉姆,而是让他自己——K.,只是他一个人,而不是其他人——带着要求去接近克拉姆,并不是为了和他纠缠不清,而是为了越过他,继续前进,进入城堡。

他看了一下手表,说:"现在我得回家了。"情况立刻变得对莫穆斯有利了。"好的,当然,"他说,"校役的职责在召唤您。但您还得再给我一点时间。只有几个简短的问题。""我没兴趣。"K.说,想朝着门走去。莫穆斯拍了拍桌子上的文件,站了起来:"我代表克拉姆要求您回答我的问题。""代表克拉姆?"K.重复道,"我的事情难道和他有关吗?""关于这个问题,"莫穆斯说,"我没有发言权,而您更没有,所以我们两个都安心地交给他处理吧。但是以克拉姆赋予我的职位之名，我要求您留下来回答问题。""土地测量员先生，"老板娘插了一句，"我不敢再给您出主意了，我到目前为止的建议，那都是最好的建议，却被您以前所未有的方式拒绝了。而且，我来找秘书先生——我没什么可隐瞒的——只是为了让他了解您的行为和意图，并确保自己以后免于接纳您再在我家的客栈留宿，这就是我们之间的关系，这种关系应该不会再有任何改变了。所以，当我现在说出我的看法，并不是为了帮助您，而是为了减轻一点秘书先生和您这样的人交涉的沉重任务。尽管如此，正因为我完全的开诚布公——要不是开诚布公，我也无法和您交流，当然即使是这样，我也觉得十分勉强——您也可以从我的话中为自己获取利益，只要您愿意。在这种情况下，我现在要提醒您，通往克拉姆的唯一途径就是通过这位秘书先生的记录。但我也不想夸大其词，也许这条路并不直通克拉姆，也许在距离他很远的地方就终止了，这取决于秘书先生的判断。但无论如何，这是唯一一条至少能带您通往克拉姆方向的道路。而您为什么要放弃这唯一的途径呢？仅仅是出于您的固执吗？""哎，老板娘，"K.说，"这既不是通往克拉姆的唯一途径，也不比其他途径更有价值。而您，秘书先生，您会决定我在这里说的话是否能传到克拉姆那里。""当然，"莫穆斯说，骄傲地低着眼睛左右张望，但周围根本没什么可看的，"否则要我这个秘书做什么呢？""那么您看，老板娘，"K.说，"我需要的不是通往克拉姆的路，而是通往秘书先生的路。""我本来是想为您打开这条路的，"老板娘说，

"我今天上午不是提议了将您的请求转达给克拉姆吗？这本来就是要通过秘书先生来完成的。但您当时拒绝了我的提议，现在您别无选择，只有这条路可以走了。当然，在您今天的表现之后，在您在试图突袭去见克拉姆之后，成功的可能性就更小了。但这最后一丝微弱的、实际上根本不存在的希望却是您唯一的希望。""老板娘，"K.说，"您一开始时拼命努力地阻止我接近克拉姆，但现在却如此认真地对待我的请求，似乎认为我的计划失败就意味着我会一无所有。如果一个人曾真心地劝告我根本不要试图去追寻克拉姆，现在又怎么可能同样真诚地把我往通向克拉姆的道路上推呢？而且就算是您，也承认这条路根本就通不到克拉姆那儿去。""我推动您走这条路？"老板娘说，"如果我说，您的尝试是徒劳的，这就是在推动您吗？如果您真的想就这样把责任推到我身上，那简直是狂妄至极。也许是由于秘书先生在场，让您产生了这种想法？不，土地测量员先生，我没有推动您做任何事情。但是，我得承认一点，当我第一次见到您时，也许确实高估了您。您迅速地拿下了弗里达，这把我吓坏了，我不知道您还会做出些什么，我想阻止进一步的悲剧，我以为唯一的办法就是试图通过恳求和威胁来改变您的想法。不过，现在我对整件事情已经有了更为冷静的思考。您可以做任何您想做的事情。您的这些举动也许会在外面院子里的雪地上留下深深的脚印，但除此之外什么也不会留下。""虽然我觉得您并未将之前的矛盾之处完全讲清楚，"K.说，"但您注意到了这个矛盾，我也满足了。现在，我请您，秘书先生，告诉我，老板娘的观点是否正确，即您想同我补充做的记录，能否让我得到被克拉姆召见的结果。如果这是真的，那我已经准备好了，会回答所有的问题。在这件事情上，我什么都愿意做。""不，"莫穆斯说，"并不存在这样的联系。对我来说，我只是要在克拉姆的村庄记录簿上详细记录今天下午的所有事情。这份记录已经准备好了，只需要您再填补两三个空白就行了，只是规矩，并没有其他目的，也不可能实现其他目的。"K.默默地看着老板娘。"您看着我做什么？"老板娘问，"难道我说了什么别的话吗？他总是这样，秘书先生，他总是这样。他篡改了别人给他的信息，然后声称得到了错误的信息。我从一开始就告诉他，现在和以后我也会这样说，他没有任何机会被克拉姆接见，那么，既然没有机会，他也不会因为这份记录而获得机会。有什么比这更明显的吗？此外，我还说，这份记录是他与克拉姆之间唯一真正的官方联系，这也非常明确，毋庸置疑。但如果他不相信我，而仍然希望——我不知道这是为什么，他有什么目的——能接近克拉姆，那么，按照他的思路，只有他和克拉姆的这唯一真正的官方联系，也就是这份记录，才能帮助到他。我只是说过这些，谁要是声称些别的什么，那就是恶意歪曲我的话。"

"如果是这样的话，老板娘，"K.说，"那么我要向您道歉，我误解了您，因为我以为您之前的话，对我来说还存在着极小的希望，但现在这个想法被证实是错误的。""当然，"老板娘说，"这的确是我的看法。您又曲解了我的话，只是这次是在相反的方向上。按照我的看法，确实存在着这么一种希望，而这种希望恰恰建立在这份记录之上。但这并不意味着您可以通过简单地问'我如果回答了问题，就可以见到克拉姆吗'这种问题，来让秘书先生措手不及。如果一个孩子这样问，我们会笑；但如果一个成年人这样做，就是对当局的一种侮辱。秘书先生只是通过他婉转的回答宽容地遮掩了您的问题。我所说的希望，就是通过这份记录，您可能会与克拉姆建立某种联系，或者说某种形式的联系。这难道还不够吗？如果您问您做了什么功绩来让您有资格拥有这么一个希望，您又能提出什么呢？当然，关于这个希望不能说得很明确，特别是秘书先生在他的官方身份下，绝不会对此做出哪怕是最微小的暗示。对他来说，正如他所说，这只是为了记录今天下午的情况，出于规矩，即使您现在就用我的话问他，他也不会透露更多了。"

"那么，秘书先生，"K.问，"克拉姆会读这份记录吗？"

"不，"莫穆斯说，"为什么会呢？克拉姆不可能阅读所有的记录，他甚至根本不读任何记录，他常说：'别用你们的记录来烦我！'"

"土地测量员先生，"老板娘抱怨道，"您这样的问题让我筋疲力尽。克拉姆是否真的需要，或者说是否值得期待他去阅读这份记录，从而逐字逐句地了解您生活中的琐事？难道您不觉得更应该谦卑地请求别人在克拉姆面前隐藏这份记录吗？尽管这样的请求同样不合理，因为没有谁能在克拉姆面前隐藏任何东西，但至少这样的请求能表现一种更加讨人喜欢的性格。而且，对于您所说的希望，这真的是必要的吗？您不是自己说过，只要有机会和克拉姆交谈，即使他不看您，也不听您说话，您就会满足了吗？通过这份记录，您不是至少达到了这一点，甚至还有可能实现更多吗？"

"更多？"K.问，"用什么方式？"

"您别总像个孩子那样，"老板娘喊道，"总想要什么都立刻吃到现成的。谁能回答这种问题呢？您已经听到了，这份记录会被存入克拉姆的村庄档案，这就是确定无疑的事实。但除此之外，您了解这份记录、秘书先生和村庄档案的全部意义吗？您知道秘书先生对您的问询意味着什么吗？也许，甚至很可能，他自己都不知道。他就坐在这里，安静地履行他的职责，正如他所说的，出于规矩。但请您考虑一件事，是克拉姆任命了他，他是代表克拉姆来工作的，即使他所做的事情从未传到克拉姆那里，也从一开始就得到了克拉姆的同意。而一件得到克拉姆同意的事情又怎么会不包含着他的精神呢？我并不是想用这种粗俗的方式来奉承秘书先生，他自己也会对此表示反感，但我说的不是他作为一个独立的个体，而是当他拥有克拉姆同意的时候，就像现在这样。这时，他就是克拉姆手中操控的一个工具，那些不服从他的人，都会大祸临头。"

老板娘的威胁并没让K.产生恐惧，他已厌倦了她试图用希望来捉弄他。克拉姆离得很远，曾经有一次，老板娘把克拉姆比作一只鹰，这在K.看来很是可笑，但现在他不再这么想了，他想到了克拉姆的遥远，想到了他那难以攻克的住所、他的沉默，也许只有从未被K.听过的尖叫声，才能打断他，他那无法证实、无法反驳的俯视目光，他在上方正按照无法理解的规则画圈子，只在瞬间可见，K.从下方根本没法破坏——这一切都是克拉姆与鹰的共性。但这些肯定和这份报告无关，而此刻，莫穆斯正掰开一块咸的碱水八字结面包，用它搭配啤酒，面包上的盐和茴香撒满了那些档案。

"晚安，"K.说，"我对任何审讯都很反感。"然后他就真的朝门口走去了。"他真的要走了吗？"莫穆斯几乎恐慌地对老板娘说。"他不敢这么做。"老板娘说，K.没有听到更多的话，他已经走到走廊了。[17]天气很冷，风很大。客栈老板从对面的门里走了出来，似乎他一直在从那里的一个窥视孔监视着走廊。他的大衣袍子在风中被吹得到处飞扬，他不得不按住大衣的下摆。"土地测量员先生，您这就要走了吗？"他说。"您感到惊讶吗？"K.问。"是的。"客栈老板说，"难道您没有被审问吗？""没有。"K.说，"我没让他们审问我。""为什么？"客栈老板问。"我不明白，"K.说，"为什么我要接受审讯，为什么我要屈服于一种嬉戏或当局一时的心情？也许其他时候我也会出于嬉戏或一时心情而这么做，但不是今天。""嗯，当然。"老板说，但这只是他出于礼貌的说法，而非真心的赞同。"我现在得让仆人们去倒酒了，"他接着说，"早就该让他们进去了。我只是不想打扰审讯。""您觉得它那么重要？"K.问。"哦，是的。"客栈老板说。"那么，我本不该拒绝？"K.问。"是的，"客栈老板说，"您本不该这么拒绝。"由于K.的沉默，他补充道，不知是为了安慰K.，还是为了尽快脱身："嗯……嗯，但这也并不意味着天上马上会下硫黄雨。""不会的，"K.说，"天气看起来并不像是要下硫黄雨。"然后他们笑着分开了。

十

在街道上

K.走上被狂风吹得凌乱的台阶,向黑暗中望去。天气很恶劣,非常恶劣。不知为何,这让他想起了客栈老板娘如何努力地让他屈服,去做记录,但他还是坚持住了。当然,这并非一番公开的努力,在暗中,她同时试图将他从那份笔录中拉开,到了最后,他也不知道自己是坚定不屈了,还是妥协了。她是一个阴谋家,似乎一直在毫无目的地努力,就像风一样,遵循着遥远的陌生命令行事,而这些命令是人们永远无法窥探到的。

他才在乡间道路上走了几步,就看见远处有两道摇晃的灯光;这生命的象征让他十分欣喜,他急忙向它们走去,而它们也朝着他飘过来。他也不知道为什么,当他认出来人是他的两位助手时,会如此失望,他们是朝着他走来的,很可能是弗里达派来的,而那些将他从周围的黑暗中解救出来的灯笼也是他自己的财产,尽管如此,他还是失望了,他期待的是陌生人,而不是这些已经成为他负担的老朋友。但来的还不仅仅是助手们,在他们两个中间,巴拿巴从黑暗中走了出来。"巴拿巴，"K.喊道，并伸出手来，"你是来找我的吗？"再次相见的惊喜让K.暂时忘记了巴拿巴曾经给他带来的烦恼。"是来找你的，"巴拿巴像往常一样友好地说，"这是一封克拉姆的来信。""克拉姆的来信！"K.说着，把头仰了起来，迅速地从巴拿巴的手中拿过了信。"请拿灯过来！"他对紧紧挤在他左右的助手们说，他们举起了灯笼。K.必须把这张很大的信纸折得非常小，以防被风吹走。接着他读道："致桥头客栈的土地测量员！您迄今所做的测量工作得到了我的认可。助手们的工作也很值得称赞；您很懂得如何让他们努力工作。请不要松懈！好好地完成您的工作！要是停工，会让我非常恼火。此外，请放心，报酬的问题将很快得到解决。我会密切关注您。"K.一直没有抬起头来看信，直到他听到比他阅读速度慢得多的两位助手为了庆祝这个好消息，已经挥舞着灯笼，高声欢呼了三次。"安静！"他说，然后对巴拿巴说，"这是一个误会。"巴拿巴没明白他的意思。"这是一个误会。"K.重复了一遍，下午的那种疲惫感又袭击了他，通往学校的路还很遥远，而巴拿巴的背后似乎浮现出他全家的身影，助手们仍然紧紧地挤在他身边，以致他不得不用胳膊肘推开他们；弗里达怎么会想到派他们来迎接他的？明明他已经下过命令，让他们留在她身边。回家的路他自己也能找到，而且他一个人还比跟这样一群人在一起更容易找到。现在，其中一个助手在脖子上围着一条围巾，围巾的尾巴在风中飘扬，有好几次打在了K.的脸上，虽然另一个助手总是用他那又长又尖的手指迅速地把围巾从K.的脸上拿走，但这并没有让事情变得容易。他们两个甚至似乎对这种来来回回的动作感到高兴,就像狂风和夜晚的骚动也让他们感到兴奋一样。"走开!"K.喊道,"既然你们已经出来迎接我,为什么不把我的手杖带来?让我用什么把你们赶回家?"他们躲在巴拿巴的身后,但并不是那么害怕,并未害怕到不敢把他们的灯笼分别放在他们保护者的肩膀上,尽管巴拿巴立刻把灯笼甩落了。"巴拿巴。"K.说,他感到心情沉重,因为显然巴拿巴并没有理解他的意思,在平静的时刻,巴拿巴的夹克外套闪闪发光,但当事情变得严重时,在他身上得不到帮助,只有无声的抵抗,那是无法对抗的抵抗,因为他本身就无能为力,只有他的微笑是闪耀的,但那毫无帮助,就像天上的星星对这里的狂风暴雨毫无帮助一样。"你看看这位老爷给我写了些什么,"K.说着,把信摊在巴拿巴的眼前,"这位老爷被误导了。我并没有进行测量工作,你自己也看到了这两个助手的能力。而且,我根本没有做的工作,我当然也无法中断,甚至连引起这位老爷的不快也做不到,又怎么能赢得他的赞赏呢!而且,我永远不能放心。""我会转告他的。"巴拿巴说,这整段时间里他根本没有看那封信,其实他根本也无法阅读,因为那封信离他的脸太近了。"哦,"K.说,"请你答应我,你一定会转告他,但我真的能相信你吗?我现在非常需要一个值得信赖的信使,比以往任何时候都更需要!"K.咬住嘴唇,不耐烦地说道。"先生,"巴拿巴说,他的脖子柔软地低垂曲着——K.差点又被这个动作引诱得去相信巴拿巴了——"我一定会转告他的,你上次交给我的任务我也一定会办到。""什么!"K.叫道,"你还没有转达那个口信吗?难道你第二天没有去城堡吗？""没有，"巴拿巴说，"我亲爱的父亲已经老了，你也见过他，当时他有很多工作要做，我必须帮他。但是现在我很快又会去城堡了。""但是你究竟在干什么，难以理解的人！"K.喊道，他拍着自己的额头，"难道克拉姆的事情不比其他任何事情都重要吗？你担任着信使这个重要的职位，但你却如此糟糕地处理这些工作？谁关心你父亲的工作？克拉姆在等着消息，而你，不但没有殚精竭虑地完成这些工作，反而去清理马厩的粪便。""我的父亲是鞋匠，"巴拿巴岿然不动地说，"他接到了布伦斯维克的订单，而我是我父亲的学徒。""鞋匠——订单——布伦斯维克。"K.愤怒地喊道，好像他永远不会再用到每个词，"在这些永远空荡荡的道路上，谁还需要穿靴子？而且，我关心的是整个鞋匠的事吗？我把一条信息托付给你，不是让你把它忘在鞋匠的工作台上的，而是让你立刻把它带给那位老爷的。"K.想到克拉姆这段时间也许一直不在城堡，而是在贵族庄园里，这才稍微平静了一些，但巴拿巴又开始复述K.的第一条消息，试图证明他记得很清楚，这又激怒了K.。"够了，我不想再听了。"K.说。"别生气，先生。"巴拿巴说，似乎他在无意中想要惩罚K.，于是他把目光从K.身上移开，低下了眼睛，但其实因为K.的喊叫让他十分惊愕。"我没生你的气，"K.说，现在他的焦虑转回了自己身上，"我没有生你的气，但对我来说，这么重要的事情，只有这样一个信使来替我传达，这是非常糟糕的。"

"你看，"巴拿巴说——好像为了捍卫他的信使荣誉，他说了不该说的话似的——"克拉姆并不是在等这个消息，甚至当我来的时候，他还很烦躁，有一次他说：'怎么又有新的消息？'他这么说过一次，而且大多数时候，当他看到我从远处走过来，他就会站起来，走进隔壁的房间，并不接见我。而且也没有规定我必须马上去传达每一个消息，如果有这样的规定，我自然会立刻行动，但并没有这样的规定。所以即使我永远不传达消息，也不会因此而受到提醒。我带去的每一条消息，都是出于自愿。"

"好了。"K.说，他一边观察巴拿巴，一边刻意地不去看那两位助手。他们轮流从巴拿巴的肩膀后面慢慢出现，就像从剧院的活动地面里升起来那般，然后仿佛被K.的目光吓到，伴随着一阵轻微的、似乎是模仿风声般的哨音，又迅速地缩了回去，消失不见。他们这样玩了很长时间。"至于克拉姆那里的情况，我是不知道的；我也怀疑你能否准确地了解他那儿的一切，即使你能做到，我们也无法改善这些事情。但是，你可以传递一条消息过去，这是你能做到的，所以我也请求你去做。只是一条非常简短的消息。你能否明天就把它带过去，并在明天告诉我答复，或至少告诉我，你是如何被接待的吗？你能做得到吗？也愿意这样做吗？这对我来说会非常有价值。也许我还会有机会好好感谢你，或者你现在就有了一个我可以满足的愿望。""我一定会执行好这个任务的。"巴拿巴说。"你努力把任务尽可能地完成好，把消息转达给克拉姆，再从克拉姆那里得到回复，而且一切都在明天完成，就在上午，你愿意吗？"

"我会尽力的，"巴拿巴说，"不过我一向都很尽力。""我们现在不要再争论这个问题了,"K.说,"这个口信就是:土地测量员K.请求主任先生允许他拜访,他愿意事先接受可能附加在这次许可上的任何条件。他之所以被迫提出这个请求,是因为迄今所有的中间人都彻底失败了。他可以举例为证,即他迄今尚未进行过任何测量工作,并且根据村长的消息,他永远也不会进行任何测量工作;他因此怀着绝望的羞愧阅读了主任先生最近的那封信,认为只有当面拜访主任先生才能解决这个问题。土地测量员知道这个要求不太得体,但他会努力尽可能地让主任先生不觉得受到打扰,他愿意接受任何时间限制,甚至如果有必要,他也愿意遵循谈话中所规定的可使用词汇的数量,他认为只用十个词就可以表述一切。他怀着深深的敬意和迫不及待,等着主任先生的决定。"K.说得越发忘我,就好像他正站在克拉姆的门前和门卫交涉一样。"这个口信比我想的要长得多,"他接着说,"但是你还是得口头传达,我不想写信,信只会跟其他的文件一样,陷入无穷无尽的传递。"

于是,K.让一个助手打着灯笼照亮,在另一个助手的背上给巴拿巴写了一张小纸条,不过K.已经能按照巴拿巴的口述来书写了,因为巴拿巴已经记住了所有的内容,像个学生一样准确地背诵了出来,甚至没受到两个助手错误提示的影响。"你真是记忆力非凡,"K.说,并递给了他纸条,"但现在,请在其他方面也表现出非凡的能力。还有,那些愿望呢?你还有愿望吗?说实话,如果你有的话,我对这个口信的命运倒是会稍感安慰。"起初,巴拿巴沉默着,然后他说:"我的姐妹们向你问好。""你的姐妹们,"K.说,"哦,那两个高大强壮的女孩子。""她们都向你问好,但尤其是阿玛利亚,"巴拿巴说,"你的这封信还是她今天从城堡里带给你的。"K.不顾一切地抓住了这个消息问:"那她不能把我的口信带到城堡里去吗?或者你们两个不能都去试试运气吗?""阿玛利亚不能进办公室,"巴拿巴说,"否则她肯定很愿意这么做的。""我明天可能会去你家拜访你们,"K.说,"不过你得先把答复带给我。我会在学校等你,也替我向你的姐妹们问好。"K.的承诺似乎让巴拿巴非常高兴,在道别握手之后,他还轻轻地碰了一下K.的肩膀。K.感觉这一切就像当初巴拿巴第一次在一群农民中走进乡村酒馆时展现出的光辉一样,K.微笑着,觉得这种触碰是一种荣誉。在回程的路上,K.的脾气变得温顺了一些,他让助手们随心所欲地做他们想做的事。

十一

在学校里

K.到家时,全身都冻得冰凉,屋子里到处一片漆黑,灯笼里的蜡烛也熄灭了。助手们已经熟悉了这里,在他们的带领下,K.摸索着走进了一间教室——"这是你们第一个值得称赞的功劳。"说着他又想起了克拉姆的信。在安静的角落里,弗里达半梦半醒地喊道:"让K.好好睡一觉!别打扰他!"K.是如此这般占据了她的全部思想,即使她已被睡意压倒,无法再等着K.。现在,虽然点了灯,但由于煤油所剩无几,灯也不能被调得太亮。这个新家里还有很多不足之处。虽然已经加了炭火,但这个还作为体操室的大房间——到处都摆放着健身器材,有些器材还从天花板上悬挂下来——现在所有的柴火储备已经用尽了,他们向K.保证,这房间原本是温暖宜人的,但现在又冷透了。虽然在一个木棚里还有很多柴火,但是这个木棚被锁住了,而钥匙在男教师那里,他只允许在上课期间取用柴火取暖。如果有可供避难的床,这本来是可以忍受的。但这屋子里只有一张干草垫,再没有别的东西了;值得称赞的是,上面整齐地铺着一条弗里达的羊毛披肩,没有羽绒被,只有两条粗糙的、硬邦邦的毯子，几乎不保暖。助手们也贪婪地盯着这个可怜的稻草垫，但他们当然不敢奢求能够躺在上面。弗里达紧张地看着K.；她在桥头客栈已经证明，即使是最简陋的房间，她也有布置好它的能力。但在这里，她却什么也做不了，巧妇难为无米之炊。"我们房间里唯一的装饰就是这些健身器械了。"她含泪勉强地笑着说。但关于两个最大的缺陷，即睡眠条件太差及供暖不足，她也明确承诺了会从第二天开始改进，并请求K.耐心地等到那时候。虽然K.很清楚，是他把她从贵族庄园和桥头客栈里拉了出来，让她面对这一切，但她却没有说一个字，没有暗示，也没有任何表情表示出她心中对K.有丝毫的怨恨。因此，K.也努力让自己觉得一切都还能够忍受，这对他来说并不是那么困难，因为他的思绪已经随着巴拿巴飘走了，正一遍一遍地重复着他的口信；但重复的方式不是像他交代给巴拿巴的那样，而是像他想象它在克拉姆面前听起来的那样。与此同时，他也确实期待着弗里达用酒精炉为他煮的咖啡，他靠在冷却的炉子旁，看着她在讲台桌子上快速、熟练地摆放一切：铺上了一张必不可少的白色桌布，在上面放上了一个印有花朵图案的咖啡杯，旁边摆放着面包、熏肥肉，甚至还有一罐沙丁鱼。现在一切都准备好了，弗里达也还没有吃饭，而是在等着K.。那儿有两把椅子，K.和弗里达坐在桌子旁，助手们坐在他们脚边的讲台上，但他们永远也无法安静下来，即使在吃饭时也来打扰他们；尽管他们已经得到了足够的食物，还远远没有吃完，但他们还是不时地站起来，看看桌子上还有多少食物，他们是否还能分到更多。K.不在乎他们，是弗里达的笑声让他注意到了他们。他抚摸着她放在桌子上的手，轻声问她为什么对他们那么宽容，甚至对他们的不良习惯也表示友好。这样做是永远摆脱不了他们的，而要是通过一种在某种程度上强势的、跟他们行为方式相匹配的处理方式，也许可以控制他们，或者更有可能，也更好的是，让他们厌倦这个职位，最后也许他们会自己逃跑。在学校里的居住情况似乎不会很愉快，不过反正也不会在这儿住很长时间了，但如果助手们走了，他们俩单独待在这个安静的房子里，那么所有的不足之处也许就不会这么引人注意了。她难道没有注意到助手们一天比一天更狂妄吗？仿佛是弗里达的在场和他们的期望使他们变得如此大胆，认为K.在她面前不会像平时那样严厉。话说回来，也许有一些简单的方法可以立即摆脱他们，也许弗里达就知道这些方法，毕竟她对这里的情况非常了解。而且，对助手们来说，离开可能也是在帮助他们自己，因为他们在这里生活得并不怎么舒适，即使他们迄今一直享受的无所事事的日子会部分终结——他们将不得不工作，而弗里达在经历了过去几天的紧张之后也必须休息，而他，K.，将忙于寻找摆脱困境的出路。然而，如果助手们离开，他会感到如释重负，在能够轻松地完成所有其他工作的同时，搞定校役的所有工作。

弗里达认真地听着，轻轻地抚摸着他的胳膊，说这些都是他的看法，但他也许把对助手们的不良行为看得过于严重了，他们都是年轻人，开朗且有点头脑简单，是第一次为陌生人效力，能够从严苛的城堡生活中解脱出来，他们总是有些兴奋和惊讶，处于这种状态时，他们就会做一些傻事。虽然因为他们生气也是十分合理的，但更明智的做法是一笑了之。她有时就忍不住笑话他们。尽管如此，她完全同意K.的观点，最好的办法是让他们离开，让她和K.两个人独处。她靠近了K.，把脸埋在他的肩膀上。以这个姿势，很难听清楚她接下来要说的话，因此K.不得不俯下身倾听，她说她不知道要如何对付助手们，她担心K.提议的一切都会失败。据她所知，是K.自己要求他们来的，现在他们来了，他就得一直留着他们。最好的办法是轻松地对待他们，因为他们本身就是这样的人，这才是忍受他们的最佳办法。

K.对这个回答并不满意，他半开玩笑、半认真地说，她似乎和他们是一伙的，或者至少对他们很有好感。他们确实都是帅气的小伙子，但只要有心，没有人是无法摆脱的，他会用这两个助手的事向她证明这一点。

弗里达说，如果他成功了，她会非常感激他。从现在开始，她不再笑他们了，也不会和他们说多余的话。她也觉得他们并不好笑，总是被两个男人盯着可不是什么小事，她已经学会用K.的眼光去看待那两个人。确实，当助手们再次站起来时——一是为了检查剩下的食物，再者是为了弄清楚他们不断轻声耳语的内容——她确实被吓了一跳。

K.充分利用了这个机会，让弗里达讨厌这两个助手，他把弗里达拉到自己身边，他们紧紧地依偎在一起吃完了这顿饭。现在本该去睡觉了，大家都很累，一个助手甚至在吃饭时睡着了，这让另一个助手觉得很有趣，他想让主人们看看睡着的那个助手的傻相，但没成功，K.和弗里达冷漠地坐在椅子上。

在越来越无法忍受的寒冷中,他们还在犹豫是否要去睡觉。最后,K.表示非得再生火不可,否则根本无法入睡。他问起有没有斧子,助手们知道有一把,于是就拿了过来。然后,他们就去了放柴火的木棚。没过多久,那扇单薄的门板就被撬开了。助手们兴高采烈,仿佛从未经历过如此美妙的时刻,他们互相追逐、推搡,开始动手把柴火搬进教室。很快,教室里就堆满了柴火,他们开始生火。大家都围在炉火旁睡下,助手们得到了一条毯子裹在身上,这对他们来说已经够用了,因为他们已经商量好了,他们两人中总要有一个人值班,给炉子添火,很快炉子旁就变得十分暖和了,根本不再需要毯子了。灯也被熄灭了,K.和弗里达在温暖和宁静中,高兴地伸舒展着身体,安然入睡了。

那天夜里,K.被某种声音惊醒了,他第一反应是摸索着去找弗里达,但他发现弗里达没躺在他身边,她原本的位置现在躺着一个助手。这让他经历了迄今为止在村子里受到的最大的惊吓,也可能是因为突然被惊醒的敏感。他半跳起来、大声尖叫着,失去理智地给了助手一拳,打得助手哭了起来。不过整件事很快就被弄清楚了。弗里达是因为——至少她是这么认为的——某只巨大的动物而暂时从他身边离开了,可能是一只猫跳到了她的胸口上,然后又立刻跑开了。她起身拿着蜡烛在整个房间里寻找那只动物。一个助手就趁机来享受了一会儿草垫子上的舒适,但现在他也为此付出了惨痛的代价。然而,弗里达什么也没找到,也许那只是幻觉而已,她回到了K.身边,在路过那个蜷缩在地上抽泣的助手时,她好像忘了晚上和K.的谈话，安慰地抚摸了一下他的头发。K.对此没有说什么，只是命令助手停止生火，因为所有搬来的木头都快烧完了，房间里已经变得很热了。

　　清晨，第一批上学的孩子已经来到了教室，正好奇地围在他们的床铺周围，他们这才醒来。情况十分尴尬，因为屋里太热，大家都脱得只剩内衣了，而现在已经接近早晨，温度又降到了令人不适的状态。就在他们开始穿衣服时，吉莎，那位女教师，一个身材高大的金发姑娘，长相美丽又略显僵硬，出现在门口。显然她已经知道了新来的校役的事，并且可能已经从另一位教师那里得到了相关指示，因为她刚踏进教室门槛就说："这种情况是我无法容忍的。这也太不像话了。你们只是被允许在教室里睡觉，而我却没有义务在你们的卧室里上课。校役一家直到上午还躺在床上。真恶心！"对此，K.心想，尤其是所谓的一家人和床的问题，其实有很多可以反驳的点。然而，他和弗里达——助手们此时派不上用场，他们俩正躺在地板上，惊讶地看着教师和孩子们——匆忙地把双杠和鞍马推过来，用毯子盖住它们，从而形成一个可以遮挡住孩子们视线的小空间，至少可以在里面穿好衣服。可是他们连片刻都不得安宁。首先，女教师因为洗脸盆里没有干净水而大发雷霆——就在K.刚刚想把洗脸盆拿来给自己和弗里达用时，于是他暂时放弃了这个打算，以免进一步激怒女教师，但这种放弃并没起到什么作用，因为不久之后他就听到了一声巨响。很不幸的是，他们忘了把剩余的晚餐从讲台上清理干净，女教师用一把尺子一扫，所有东西都落在了地上；沙丁鱼罐头的油和咖啡渣洒得到处都是，咖啡壶也摔破了，但女教师并不关心这些，因为校役马上就会打扫。K.和弗里达还没有穿好衣服，他们就这么靠在横木上，看着他们那小小的财产遭到了破坏，而那两位助手显然根本没想着要穿衣服，这让孩子们非常高兴，他们从毯子下面偷偷看着。最让弗里达痛心的是损失了那个咖啡壶，直到K.安慰她说，他马上会去找村长，保证她获得赔偿，她才稍稍振作了起来，只穿着内衣和衬裙，就跑出隔间拿那张桌布，以防止它再被弄脏。尽管女教师为了吓唬她，用尺子不停地砸着桌面，让人烦躁不安，但她还是成功地拿到了桌布。当K.和弗里达穿好衣服时，他们不仅得命令、催促助手们穿衣服，甚至还要亲自动手给他们穿一部分衣服，因为他们似乎被刚刚发生的事情弄得晕头转向了。接着，当所有人都准备好后，K.分配了接下来的工作，两个助手要去拿木柴生火，但首先要给另一间教室烧火，因为那位男教师可能已经在那里了，那儿可能会有更大的危险。弗里达要清洗地板，K.会去打水并整理其他地方，至于早餐，暂时还不能考虑。为了大致了解女教师的情绪，K.决定先出去，其他人要等到他叫他们时再跟着出去。他这样安排，一方面是因为不想让助手们的愚蠢行为从一开始就使局势恶化；另一方面是因为他想尽量保护弗里达。因为她雄心勃勃，而他没有；她很敏感，他却不敏感；她只想着眼前的种种令人恶心的小事，而他却想着巴拿巴和未来。弗里达完全遵循了他的所有安排，眼睛几乎从不离开他。当K.走出去时，女教师在孩子们的笑声中叫道："啊，睡饱啦？"从那时起，这笑声基本上就没停下。K.没有理会这个问题，因为它并不是什么真正的问题,他径直朝洗手台走去,这时女教师问:"你们对我的猫咪做了什么?"一只又大又肥的老猫正懒洋洋地躺在桌子上,女教师正在检查它显然受了点伤的脚掌。所以弗里达果然是对的,这只猫虽然没有跳到她身上,因为它显然已经跳不动了,但从她身上爬了过去。猫对这个空荡荡的房子里突然出现了人类感到惊恐,想赶紧躲起来,结果在这种不习惯的匆忙中受了伤。K.试图平静地向女教师解释这一切,但女教师却只关心结果,她说:"好吧,所以你们弄伤了它,你们刚来就这么干。您看看吧。"她把K.叫到讲台上,给他看了看猫的爪子,在他反应过来之前,她就用爪子在他的手背上挠了一道。虽然爪子已经钝了,但教师这次并没再顾及猫了,而是使劲地抓着猫爪,从K.的手背上划过,留下了几道血痕。"现在去做您的工作吧。"她不耐烦地说,并重新低下头看猫。弗里达和助手们站在双杠后面观察着这一切,并在看到血迹时尖叫了起来。K.把手展示给孩子们看,说:"你们看,这是一只邪恶狡猾的猫抓的。"当然,他说这话并不是给孩子们听的,孩子们的尖叫和笑声已经变得理所当然,因此不再需要任何进一步的诱因或刺激也会发笑,说什么都不能穿透或影响他们。然而,女教师也只是短暂地瞥了他一眼来回应这句侮辱的话,跟着就继续去关心猫的情况了,看来她最初的愤怒已经因为这流血的惩罚而得到了满足,于是K.叫来了弗里达和两位助手,开始工作了。

当K.提着一桶脏水出去,又拎了干净水回来,打算开始打扫教室时,一个大约十二岁的男孩从课桌旁走了过来,他碰了碰K.的手,说了一句什么话,但是在吵闹声中完全听不清楚。

突然，所有的噪声都停止了。K.转过身，整个早晨一直害怕的事情终于发生了。门口站着一位男教师，这个小个子的男人用两只手分别抓住了两位助手的衣领。看来可能是在他们去取柴火时他截住了他们，因为他用力地喊道，并在每个词后停顿了一下："谁敢闯入放柴火的棚子？那个家伙在哪里？我要让他粉身碎骨！"弗里达从地上站了起来，她刚刚在女教师脚下努力地擦洗着地板，她看了看K.，好像想从他那里汲取力量似的，然后她的目光和姿态恢复了一些从前的优越感，说道："是我做的，老师。我没有别的办法。早上要给教室烧火供暖，就必须打开柴火棚，但我不敢在夜里去找您要钥匙，我的未婚夫那时在贵族庄园，有可能他整夜都待在了那里，所以我必须自己做决定。如果我做错了，请原谅我的无知，当他看到发生了什么事后，我已经被我的未婚夫骂惨了。是的，他甚至禁止我一早就生火，因为他认为您之所以锁上了柴火棚，就是因为您不想在您自己到学校之前就生火。所以没有生火是他的错，但是闯入柴火棚是我的错。""谁砸开了柴火棚的门？"教师问那两个助手，他们仍在试图从他手中挣脱出来，但没有成功。"是这位先生。"两人一起回答，为了避免产生任何怀疑，还用手指着K.。弗里达笑了起来，她这一笑似乎比她的话更具有说服力。然后她开始把擦地板的抹布在水桶里拧干，好像经过她的解释，这场纷争已经结束了，而助手们的指证只是一种事后玩笑。直到她又重新跪下准备工作时，她才说："我们的这两个助手还是孩子，尽管年纪已经这么大了，但仍然还应该坐在这些椅子上听听课。事实上，是我昨天晚上用斧头独自砸开了门，这很简单，我不需要助手们的帮忙，他们只会到处添乱。然后，我未婚夫在夜里回来了，在他出去查看损坏情况并尽可能地进行修复时，助手们跟着跑了出去，可能是因为害怕独自留在这里，他们看到我的未婚夫正在砸坏的门那儿工作，所以他们现在说——嗯，他们还是孩子。"尽管助手们在弗里达解释期间不停地摇头，继续指着K.，并努力通过无声的脸部表情想让弗里达改变主意，但他们没有成功，最后还是顺从了，把弗里达的话当成了命令，对男教师的再次提问没有作答。"原来是这样，"男教师说，"这么说你们撒了谎？或者至少轻率地指责了校役？"他们仍然保持沉默，但他们的颤抖和恐惧的目光似乎暗示着自己的内疚。"那么，我现在就要好好教训你们。"男教师说，并派一个孩子去另一个房间取藤条。当他举起藤条时，弗里达喊道："助手们说的是实话。"她绝望地把抹布扔进水桶里，让水溅得很高，然后她跑到双杠后面躲了起来。"一群说谎的人。"女教师说，她刚刚完成了猫爪子的包扎工作，把它抱在怀里，那只猫胖得让她几乎抱不住。

"那么，还是校役先生干的喽。"男教师说，他把两位助手推开，转身对K.说，在整个过程中，K.一直靠着扫帚听着。"这位校役先生，因为懦弱，就这么任凭有人因为他的卑劣行为而去冤枉其他人。""嗯，"K.说，他清楚地意识到，弗里达的介入确实缓和了男教师最初抑制不住的愤怒，"如果助手们挨了一点打，我并不会觉得难过，他们如果在十个应当被惩罚的场合被宽恕了，那么也可以在一个不该挨打的场合挨点打来赎罪。不过撇开这一点不谈，如果能避免我和您之间的直接冲突，我也是很高兴的，也许您也会很高兴。现在，既然弗里达为了那两个助手牺牲了我——"在这里K.停了一下，可以在寂静中听到弗里达在毯子后面抽泣——"那现在自然要把事情弄清楚。""这太无法无天了。"女教师说。"我完全同意您的看法，吉莎小姐。"男教师说，"您，作为校役，当然会因为这个令人发指的失职事件而被立即解雇，我会保留之后对您进行惩罚的权力，但现在请您立刻带着所有东西离开这里。这对我们来说将是一种真正的解脱，终于可以开始上课了。所以赶快！""我不会离开这里，"K.说，"您是我的上司，但并非提供我职位的人，那个人是村长，我只接受他的解聘。然而，他给了我这个职位，不是让我和我的家人冻死在这里的，而是——正如您自己所说——为了阻止我做出鲁莽的绝望的举动。现在突然解雇我，恰恰违背了他的意图；除非我亲耳听到他对此说出反对意见，我才会相信。顺便说一下，如果我不听从您轻率的解雇通知，这可能对您非常有利。""所以您不听从吗？"男教师问。K.摇了摇头。"您好好考虑一下，"男教师说，"您的决定并不总是最好的，想想昨天下午，比如，您拒绝接受审讯的事。""您为什么现在提起这件事？"K.问。"因为我愿意，"男教师说，"现在我最后再重复一次：滚出去！"然而，这也没有产生任何作用，男教师便走到讲台旁，和女教师低声商议；女教师主张叫警察，但男教师拒绝了，最后他们达成一致，男教师要求孩子们到他的教室里去，他们将与其他的孩子一起合班上课，这种变更让所有人都很高兴，很快，孩子们在欢笑和尖叫声中离开了教室，男教师和女教师跟在最后。女教师拿着班级的点名簿，上面还趴着一只无动于衷的猫。男教师本想把猫留在这里，但女教师以K.的残忍为由坚决地拒绝了这个暗示，这样一来，除那些烦恼的事情之外，K.还得在男教师那儿因为猫的事背上锅。这可能也影响了男教师在门口对K.说的最后几句话："女老师和孩子们被迫离开了这个教室，正是因为您顽固地拒绝我的解聘通知，谁也不能要求她这样一个年轻女孩子在您肮脏的家务活中授课。所以您就一个人留在这里吧，可以不被体面观众的反感打扰，在这里随心所欲。但这情况不会持续太久的，我可以保证。"说完，他砰地关上了门。

十二

助手们

大家刚一离开，K.就对助手们说："出去！"面对这个出乎意料的命令，他们疑惑地离开了，但当K.在他们身后锁上门时，他们又想进屋来，在外面哀号着，敲着门。"你们被解雇了，"K.喊道，"我再也不会聘用你们了。"他们当然不愿意接受这个命运，用双手和双脚砰砰地敲着门。"我们要回到你身边去，先生！"他们喊道，好像他们即将被洪水淹没，而K.是他们的陆地似的。但K.并不同情他们，他不耐烦地等着这噪声使男教师因难以忍受而被迫采取行动。很快，这情况就发生了。"让您那些可恶的助手进去！"男教师大喊道。"我已经解雇他们了。"K.喊了回去，这无意中向男教师展示了意想不到的后果，让他看到如果一个人足够强硬，不仅能够解雇别人，还能够执行这解雇。男教师现在试图安抚助手们，让他们在这里安静地等着，最终K.还是会让他们进去的。然后他走了。也许原本他们会安静下来，如果K.不是又开始对他们大喊，他们现在已经被彻底解雇了，再也没有重新录用的希望了。所以，他们又开始像之前那样吵闹。于是男教师又来了，但现在他也不再和他们商量了,而是用那可怕的藤条把他们赶走了。

但很快他们又出现在了体操教室的窗户外,敲打着窗户,尖叫着,但已经听不清楚他们在喊些什么了。然而他们在那里也没有待很久,在焦躁不安中,他们想要跳来跳去,但在厚厚的积雪中无法自由跳跃。因此他们赶紧跑到学校的栅栏边上,跳上了栅栏的石头基座,在那里虽然他们只能从远处看到房间,但视线更好一些。他们紧紧地扶着栅栏,在那儿来回奔跑,然后又停下来,双手合十向K.恳求着。他们这样努力了很久,也不管他们的努力毫无用处;他们仿佛被蒙蔽了理智,即使K.拉下窗帘,免得看见他们,他们也不罢休。

在此刻昏暗的房间里,K.走到双杠那儿去看弗里达。在他的注视下,她站了起来,整理了一下头发,擦干了脸,沉默地开始煮咖啡。尽管她已经知道了一切,K.还是正式地告诉她,他已经解雇了助手们。她只是点了点头。K.在一张课桌后面坐了下来,观察着她疲惫的动作。她过去总是带着一股清新的活力和果敢,这让她那贫乏的身体变得美丽,但现在这种美已经不复存在。和K.共度的短短几天就足以让她变得如此衰颓。在酒吧工作并不轻松,但可能更适合她。或者说,离开了克拉姆才是使她憔悴的真正原因?克拉姆的陪伴让她显得如此迷人,借着这种迷人,她将K.紧紧地抓住了,而现在她在他的怀抱中枯萎了。

"弗里达。"K.说。她立刻停下了磨咖啡,来到了K.的课桌旁。[18]"你生我的气了吗?"她问。"不,"K.回答道,

"我想你也是不得不如此。你在贵族庄园时过得称心如意。我应该让你留在那儿的。""是的,"弗里达说,她眼神忧郁地望着前方,"你应该让我留在那里。我不配跟你一起生活。摆脱了我,你也许能够实现你想要的一切。由于顾虑我,你屈服于那个暴虐的教师,接受了这个可怜的职位,费劲地去寻求和克拉姆对话的机会。所有这一切都是为了我,但我却没有好好报答你。""不,"K.说,安慰地搂住了她,"这些都是小事,不会伤害到我。而且,我想见克拉姆也不仅仅是因为你。再说你为我做了多少事!在认识你之前,我在这里完全迷失了。没有人接纳我,而我去强求的人也很快就把我拒之门外。如果说我能在谁那儿找到安宁,那又是些我得逃离的人,比如巴拿巴一家——""你已经逃离了他们,不是吗?亲爱的!"弗里达兴奋地插话道,在K.犹豫了一下,说了一声"是的"之后,又陷入了疲惫之中。但K.也不再坚决地想去解释他因为与弗里达的关系,获得了哪些好处。他慢慢地松开了搂着她的胳膊,他们静静地坐了一会儿,然后弗里达似乎是因为K.的胳膊给了她温暖,而现在她再也不想失去这种温暖了,于是她说:"我会无法忍受在这里的生活。如果你想留住我,我们得移民,去哪儿都行,去南法,去西班牙。""我不能移民,"K.说,"我到这里来,就是想在这里待下去的。我会留在这里,我将留在这里。"这里带着一种他根本没想费力去解释的矛盾,他像是在自言自语地补充道:"除了想要留在这里的渴望,还有什么能吸引我来到这个荒凉的地方呢?"然后他说:"但你也想留在这里吧,这里是你的家乡。只是因为你失去了克拉姆,这才让你产生了绝望的想法。""你说我是因为失去了克拉姆?"弗里达说,"这里的克拉姆实在太多了,这里有太多的克拉姆;就是为了逃离他,我才想离开。我缺少的不是克拉姆,而是你。为了你,我想要离开;因为在这里,我无法完全占有你,所有人都在拉扯我。只要能和你一起安宁地生活,我宁愿失去那张漂亮的面具,宁愿让我的身体憔悴。"K.从这番话中只听出了一件事。"克拉姆还在跟你保持联系吗?"他马上问,"他召唤你了?""关于克拉姆,我一无所知,"弗里达说,"我现在说的是别人,比如说那两个助手。""啊,那两个助手,"K.惊讶地说,"他们纠缠你了吗?""你难道没发现吗?"弗里达问。K.回答说:"没有,我努力回忆起了一些细节,他们可能是一些黏人而且好色的年轻人,但我没有注意到他们胆敢靠近你。""没有吗?"弗里达说,"你没有注意到他们在桥头客栈的房间里不肯离开,他们嫉妒地监视着我们的关系,其中一个最近还躺在我的稻草垫上,他们现在指控你,想把你赶走,毁掉你,然后和我独处。你没有注意到这一切吗?"K.看着弗里达,没有回答。这些指控助手们的话可能是对的,但也可以更无辜地去解释这一切,因为他们两个人本性幼稚可笑、浮躁又不羁。而且,无论K.去哪里,他们都一直努力地跟着他,而不想留在弗里达身边,这难道不是反驳这些指责的证据吗?K.提到了这些事情。"虚伪,"弗里达说,"你没有看穿这一切吗?那么,如果不是因为这些,为什么你又把他们赶走呢?"她走到窗前,稍微拉开窗帘,向外看,然后叫K.过去。那两个助手仍然在外面的栅栏旁边;尽管他们已经明显疲惫不堪了,但还是不时地振作起精神,伸出手臂对着学校乞求着。其中一个人为了不用一直紧紧抓住栏杆,把他的外套从背后套在了一根栅栏上。

"这俩可怜人!这俩可怜人!"弗里达说。"我为什么赶走了他们?"K.问,"最直接的原因就是你。""我?"弗里达问,但没有把目光从窗外移开。"你对助手们过于友好的态度,"K.说,"宽恕他们的恶习,对着他们笑,抚摸他们的头发,总是不断地同情他们,现在你又说'可怜的人,可怜的人',最后是早上的那件事,为了让助手们免受鞭打,竟然以抛弃我作为代价。""正是这样,"弗里达说。"我说的就是这个,这正是让我痛苦不堪的地方,让我无法接近你,尽管我并不知道有什么事情比一直跟你在一起更幸福,一直跟你在一起,没有中断,没有尽头;但是在我的梦想中,我们在这个世界上找不到一个宁静的地方来安置我们的爱情,无论是在村子里还是在其他地方,所以我想象有一座坟墓,又深又窄,我们在那里紧紧相拥,像用钳子被夹在了一起一样,我把我的脸藏在你怀里,你把你的脸藏在我的怀里,再也没有人看得到我们。但在这里——看看那些助手!他们双手合十的时候,求的不是你,而是我。""而且他们看的不是我,"K.说,"而是你。""没错,是我,"弗里达说,几乎有些生气,"我一直在说的就是这个;否则,这两个助手又为何要一直纠缠我呢?即使他们是克拉姆的使者——""克拉姆的使者。"K.说,这个称呼虽然合情合理,但仍然让他感到非常吃惊。"克拉姆的使者,当然,"弗里达说,"即使他们是克拉姆派来的,但他们同时也是幼稚可笑的孩子，还需要挨打来接受教育。他们长得又丑又黑，他们的脸像成年人，举止却幼稚荒谬，这之间的对比是多么令人厌恶。你以为我看不出来吗？我真替他们害臊。但这正是问题所在，他们并不让我厌恶，而只是让我为他们感到害臊。我总是不由自主地去看他们。要是有人因为他们生气，我就会笑出声。当我应该打他们时，我却想抚摸他们的头发。当我在夜里躺在你身边时，我无法入睡，忍不住越过你去看他们。他们其中的一个紧紧地裹着被子睡着了，另一个却跪在敞开的炉门前烧火，我忍不住弯下身子向前，却差点把你弄醒。吓到我的并不是那只猫[19]——哦，猫我见多了，我也习惯了酒吧里的那种不安宁，总是受打扰的浅睡——所以并不是那只猫吓到我，而是我自己吓到了我。甚至不需要那只巨大的猫的存在，我也会被最轻微的声音惊醒。有时我害怕你会醒来，一切都将结束，然后我又会突然跳起来，点燃蜡烛，好让你快点醒来保护我。""我对这一切一无所知，"K.说，"只是隐隐约约有所意识，这才把他们赶走了，现在他们走了，或许一切都会好起来的。""是的，他们终于离开了，"弗里达说，但她的表情显得很痛苦，并不愉快，"只是我们不知道他们究竟是谁。克拉姆的使者，我在脑海里闹着玩地这么称呼他们，但或许他们真的就是他的使者。他们的眼睛，那些单纯而又闪亮的眼睛，总会让我想到克拉姆的眼睛，是的，就是这样，我时不时地感受到克拉姆的目光就这样穿过我的身体。所以，当我说我为他们感到羞愧时，这并不正确。我虽然知道，在其他地方和其他人面前，这种行为是愚蠢和令人反感的，但在他们身上并非如此,我怀着尊敬和赞赏的目光看着他们的愚蠢行为。但是如果他们是克拉姆的使者,又有谁能帮助我们摆脱他们呢?而且,摆脱他们真的是好事吗?你难道不应该赶紧把他们叫回来,如果他们还愿意来的话,你不是应该感到高兴吗?"

"你想让我把他们再叫进来?" K.问道。

"不,不,"弗里达说道,"我最不愿意的就是这个。如果他们现在冲进来,看到他们又见到我而高兴的样子,他们像孩子一样跳来跳去,又像男人一样伸出双臂,我可能根本无法忍受。但是,当我再次想到,如果你继续以这种强硬的态度对待他们,也许就意味着拒绝让克拉姆自己来找你,那我必须想尽一切办法避免让你承受这件事的后果。那么,我会希望你让他们进来。那么,赶紧把他们带进来吧。不要顾及我,我又算什么呢?我会尽我所能保护自己,如果我输了,那么,就让我输吧,至少我会知道所做的一切都是为了你。"

"你只是加强了我对于这两个助手的判断," K.说,"他们永远不会在我的同意下进来。我把他们弄了出去,这就证明了在某种程度上你可以控制他们,从而进一步证明了,他们与克拉姆无关。昨天晚上我才收到了一封克拉姆的信,从中可以看出,克拉姆得到的关于这两个助手的信息完全是错误的,由此可以推断出,他对他们完全是无所谓的态度,要不然的话,他本可以获得更准确的消息。至于你在他们身上看到克拉姆的影子,也并不能证明什么,因为你仍然受到了老板娘的影响,觉得到处都是克拉姆的影子。你仍然是克拉姆的情人,还远没有成为我的妻子。有时这让我非常沮丧,我觉得我好像失去了一切，我有种刚刚来到村子时的感觉，但又不是像我当时真正到这儿时满怀希望，而是意识到，等待我的只有失望，我将一次接一次地失望，备尝痛苦。""然而，这种情况只有偶尔才会发生，"当K.看到弗里达听了他的话后的沮丧时，他笑着补充道，"这其实也证明了一件好事，那就是你对我是多么重要。而现在，如果你要让我在你和助手之间做出选择，那么助手们就已经输了。要我在你和助手之间做出选择，这是多么荒谬的想法。现在我要彻底摆脱他们。顺便说一句，谁知道我们俩的这种虚弱无力的状态，是不是因为我们还没有吃早饭呢。""有可能。"弗里达疲惫地笑着说，然后又开始忙她的工作了。K.也重新拿起了扫帚。

十三

汉斯

过了一会儿,有人轻轻地敲了敲门。"巴拿巴!"K.大喊了一声,并扔下了扫把,只跨了几步就迅速跑到了门边。弗里达看着他,好像没什么能比这个名字更让她吃惊的了。K.的双手都在颤抖,他无法立刻打开那把旧锁。他一直重复着"我正在开门",却没问敲门的究竟是谁。然后他不得不看着门被打开,然而走进来的却不是巴拿巴,而是那个之前就曾想与K.搭话的小男孩。但K.并不愿意再想起他。"你来这里干吗?"他说,"教室在隔壁。""我就是从那边过来的。"小男孩说,他用那双大大的棕色眼睛平静地望着K.,他站得笔直,双臂紧贴着身体。"那你想干吗?快说!"K.说,然后他稍稍地弯下了腰,因为小男孩说话的声音很低。"我能帮你吗?"小男孩问。"他想帮助我们。"K.对弗里达说,然后又对小男孩说:"你叫什么名字?""汉斯·布伦斯维克,"小男孩说,"我是四年级的学生,是玛德莱纳巷的制鞋名师傅奥托·布伦斯维克的儿子。""哦,你姓布伦斯维克。"K.对他说,并对他更友好了。原来汉斯看到了女教师在K.的手上划出的血痕,这让他十分难过，他当即就决定要支持K.了。他现在冒着遭受严厉惩罚的危险，像个逃兵一样擅自从隔壁的教室溜了出来。驱使他这样做的可能主要是他年幼无知的想象。他所做的一切都透露出一种与这种想象相符的严肃。起初，他因为羞涩感到有些拘束，但很快就适应了与K.和弗里达相处。当喝上了热腾腾的美味咖啡后，他变得活泼起来，对他们俩的信任感也倍增；他急切地问了一系列切中要害的问题，仿佛他想尽快了解最重要的信息，以便能自己判定什么是对K.和弗里达最好的。他的性格中也含有某种颇具领导气质的特性，但这些气质与孩子般的天真混合在一起，让人愿意半真半假地服从他。无论如何，他吸引了所有的注意力，K.和弗里达的所有工作都停止了，早午餐的时间也拖得很长。尽管他坐在一张课桌后面，K.站在讲台上，而弗里达坐在旁边的一把椅子上，但看起来就像汉斯才是男教师，好像他在检验并评估答案。他柔软的嘴边浮现出轻巧的笑容，这似乎在暗示着他知道这只是个游戏，但除此之外，他在整件事上非常严肃；也许那根本不是微笑，而是童年的幸福就这么在他的嘴边流露了出来。奇怪的是，他很久才承认自己见过K.，因为他曾经去过拉瑟曼的家。对此，K.感到很高兴。"那时候你在那个女人脚边玩耍吗？"K.问道。"是的，"汉斯说，"那是我妈妈。"然后他不得不讲述了他母亲的事，但他十分犹豫，只是在反复催促下才谈起。现在显而易见，他还只是个小男孩，尽管有时在他的提问中夹杂着对未来可能的预感；也可能只是因为作为听众的焦虑紧张而产生的错觉，使人觉得眼前这个说话的小男孩有时候似乎是一个充满活力、聪明、眼光深远的成年人。但紧接着，他又会毫无过渡地突然变回一个小学生，根本无法理解一些问题，甚至对有些问题理解错误，他由于稚气十足又毫无顾忌，说话声音总是太小——尽管他已经多次被提醒过这个缺陷——但最后也许是出于倔强，在面对某些紧迫的问题时，他也沉默不回应，而且完全不感到尴尬，这是一个成年人永远无法做到的。总的来说，他好像认为只有他自己才有权提问，而别人的提问会打破某种规定，浪费时间。这时，他可以长时间保持静止地坐着，身体挺直、头低垂、下唇稍微翘起。弗里达很喜欢看他这样，所以她经常向他提问，希望这能让他保持沉默。有时候她也能成功，但这却让K.很恼火。总的来说，他们了解到的情况很少，汉斯的母亲有点虚弱，但具体是什么病症并不清楚，那天布伦斯维克太太怀里的孩子是汉斯的妹妹，名叫弗里达（这与向他提问的这位太太同名，汉斯感到不太高兴）；他们都住在村子里，但并不和拉瑟曼住在一起，他们那天只是去那里做客，为了洗澡而已。因为拉瑟曼有个大浴盆，小孩子们（但不包括汉斯）特别喜欢在里面洗澡和玩水。关于父亲，汉斯提起他有时充满了敬意，有时又充满了恐惧，但只有在没提到母亲的情况下才如此，相较于母亲，父亲的价值显然较小。此外，无论K.如何措辞提问，所有关于家庭生活的问题都得不到回答。关于父亲的职业，他们了解到他是村子里最好的鞋匠，没有人能与他相媲美，这一点在回答其他问题时他也经常重复，他甚至给其他鞋匠，如给巴拿巴的父亲分配工作，在这最后的例子中，布伦斯维克这样做可能只是出于特别的恩典，至少汉斯骄傲地转过头的做法，正暗示了这一点，这个动作使弗里达跳下来亲吻了他一下。关于他是否去过城堡的问题，被重复问了好几次后，他回答说"没有"；至于那些关于他母亲的问题，他根本不回答。最后，K.都问累了，他觉得问什么都没有用，在这一点上，他也觉得这个男孩做得对，而且试图通过无辜的孩子来探寻家庭秘密的做法也实在令人感到羞愧，尤其是还什么都没问出来，这实在让人加倍羞愧。当K.最后问这个男孩，他打算在哪方面提供帮助时，汉斯说他只是想在这里帮忙干活，这样的话，男教师和女教师就不会再和K.争吵了，K.对他的说法也不再感到奇怪了。K.向汉斯解释说，这种帮助是没有必要的，争吵或许是男教师天性的一部分，即使工作做得再精确，也无法完全避免；工作本身并不难，只是出于偶然的原因，他今天才耽误了，而且，对K.来说，这种争吵并不像对一个学生的影响那么大，他能够摆脱它，对他来说无所谓，而且他还希望很快就能完全摆脱男教师。所以，虽然汉斯想针对男教师给他提供帮助，但他表示非常感谢，说汉斯可以回去了，希望他不会受到惩罚。尽管K.并没有强调，也只是无意间暗示了他不需要针对男教师的帮助，而没有提到关于其他帮助的问题，但汉斯还是清楚地听了出来。他问K.是否需要其他帮助，他非常愿意帮助K.，即使他自己无法提供帮助，也会向他的母亲求助，这样就一定能帮到他。他父亲有烦恼的时候，也会向母亲寻求帮助。而且母亲也曾经问起过K.，她自己几乎不出门，那次去拉瑟曼家只是例外；他，汉斯，却经常去那儿和拉瑟曼的孩子们一起玩，有一次母亲问他，土地测量员是否又去过那儿。因为母亲现在又虚弱又疲惫，不能向她提什么无所谓的问题，所以他只是简单地回答，说他没有在那里看到土地测量员，而他们也就没有再谈论这个问题；但现在他在学校里找到了K.，他忍不住向他提问，以便之后向母亲报告。因为母亲最喜欢的就是没提出明确的要求，就有人满足她的愿望。于是K.在短暂的思考后说，他不需要帮助，他已经拥有了他所需要的一切，但汉斯愿意帮助他真是非常好心，他很感谢汉斯的好意，也许以后他会需要一些东西，那时他会向汉斯寻求帮助，地址他也已经有了。这次也许他，K.，倒是可以提供一点帮助，他很遗憾汉斯的母亲生病了，显然这里没有人了解她的病痛；在这种被忽视的情况下，本身轻微的病痛往往会变得很严重。现在他，K.，倒是有一些医学知识，更重要的是，他在治病上还有些经验。有些医生做不到的事情，他却能成功做到。在家里，人们因为他的医术高超，总是称他为"苦药草"。无论如何，他愿意去看看汉斯的母亲，并与她交谈。也许他能给出一个好的建议，他愿意为了汉斯去做这件事。一听到这个提议，汉斯的眼睛就开始闪闪发光，这使K.变得更加热切，但结果却不太令人满意，因为汉斯在回答各种问题时都表示，母亲不能接待陌生人的拜访，因为她非常需要休息；尽管K.那时几乎没有和她说过话，但事后她还是在床上躺了几天，不过这种情况经常发生。那时父亲曾因为K.而十分生气，说绝不允许K.去拜访母亲；事实上，他当时还想去找K.，惩罚他的行为，只是母亲阻止了他。但最重要的是，母亲通常不愿意和任何人说话，她问起K.的事并不代表她打破了这个规则。相反，在提到他的时候，她本可以表达想见他的愿望，却没有这么做，这也明确表示了她的意愿。她只想听到关于K.的消息，但不想和他交谈。另外，她所患的并不是什么实质性的疾病，她非常清楚自己状况的原因，有时还暗示过，可能是这里的空气让她难以忍受，但为了丈夫和孩子们，她又不愿离开这个地方，而且她现在的身体状况已经比以前好多了。这大概就是K.了解到的情况。汉斯在保护母亲免受K.伤害方面，思维能力明显增强，他本来声称要帮助K.，但为了达到让K.远离母亲的目的，他在很多方面甚至与自己之前的说法相矛盾，比如关于生病的事情。尽管如此，K.现在还是能感觉到汉斯对他仍然友善，只是在提到母亲的时候，他忘记了一切其他事情；无论是谁在他母亲的对立面，这个人都是不对的，现在这人是K.，但也有可能是他父亲。K.想试问后者的情况，于是说，汉斯父亲保护汉斯母亲免受干扰无疑是非常明智的，他如果那天对此有所了解，肯定不敢去打扰汉斯母亲，并在事后请汉斯转达他对家里人的道歉。然而，他不太能理解的是，既然病痛的原因已经如汉斯所说的那样明确，为什么他父亲不让汉斯母亲去别的地方恢复疗养呢？人们一定会说是他父亲阻止了她，因为她只是为了孩子和他才没有离开，但她可以带着孩子离开，甚至不必离开很长时间，也不必走得很远；连城堡山上的空气都是完全不同的。他的父亲应该也不必忧虑这样一次旅行的费用，毕竟他是村里最大的鞋匠，而且他和汉斯母亲肯定在城堡里也有亲戚或熟人，他们会愿意接待他们。他为什么不让她离开呢？他不应该低估这样的病痛，K.虽然只是短暂地瞥见过汉斯母亲，但正是她引人注意的苍白和虚弱使他决定去和她谈谈；他当时就奇怪，为什么他父亲会把病弱的妻子留在那间普通浴室和洗衣房里糟糕的空气中，而且也并不克制自己说话的音量。K.猜想汉斯的父亲或许并不知道这究竟是怎么回事；当然近来她的病情或许已经有所好转，但这种病情总是多变的，而最终，如果不加以治疗，它会积蓄力量再次袭来，到那时就再也无法治愈了。如果K.不能和汉斯母亲交流，那么或许让他和汉斯父亲谈谈，提醒他注意这一切，会是个好办法。

　　汉斯全神贯注地听着，大部分内容他都理解了，也强烈感受到了那些难以理解的内容中带有的威胁。尽管如此，他还是说，K.不能去和父亲交谈，因为父亲对他有偏见，他可能会像男教师那样对待K.。汉斯说这些话，在提到K.时脸上露出了羞涩的笑容，提到父亲时是面露痛苦和悲伤。不过他补充说，K.也许还是可以和他母亲谈谈，只是不能让父亲知道。然后汉斯目不转睛地沉思了一会儿，他的样子像一个女人，既想做被禁止的事情，又想寻找一个不受惩罚的方法；他说，后天晚上或许有可能，因为父亲会去贵族庄园，他在那儿有个会，那时他，汉斯，会在晚上过来，带K.去见母亲，当然这是在母亲同意的前提下，而这一点仍然非常不确定。首先，她绝不会违背汉斯父亲的意愿，在所有事情上，她都会顺从他，即使是在一些汉斯自己都认为明显不合理的事情上也是如此；其实汉斯现在正是在K.这里寻求帮助以对抗父亲，看起来好像是他自己弄错了，因为他原先以为他想帮助K.，但事实上他是想探寻一下，既然在过去的环境里没人能帮助他，那么这个突然出现的，甚至被母亲提到的陌生人是否有能力帮助他。这个男孩像是无意地、近乎狡猾地隐藏了自己的想法，到目前为止，从他的外貌和言辞中几乎无法得出这一点，只有从那些事后、偶然和故意透露出来的话中才能察觉到这一点。现在他和K.花了很长时间谈论这些需要克服的困难，即使是在汉斯期望的最好情况下，这些困难也几乎无法克服。他一边沉浸于思考，一边又求助地一直看着K.，不安地眨巴着眼睛。在父亲离开之前，他不能告诉母亲这件事，否则父亲就会知道，一切就都不可能了，所以他只能稍后再提起，但因为顾忌母亲，也不能仓促地提起这事，而要慢慢地，在适当的时候提起，这才能向母亲请求同意，然后才能去接K.；但那时会不会已经太晚了？父亲要是回来了，这又是一个潜在的威胁。是的，这的确是不可能的。然而K.却证明这并非不可能。他们不必担心时间不够，一次简短的谈话，一次简短的相处就足够了，而汉斯也不必去找K.。K.会在房子附近的某个地方藏起来等着，一旦汉斯发出信号，他就会立刻过来。不行，汉斯说，K.不能在房子附近等待——一涉及母亲，他又变得十分敏感——在母亲不知情的情况下，K.不能去那里，他不能和K.达成这样一个对母亲保密的协定，他必须从学校里接K.，而且这只能在母亲知道并允许的情况下。好吧，K.说，那么这件事确实有危险，父亲有可能会在家里撞见他，即使这情况不会发生，母亲也会因为害怕这种情况而根本不让K.过去，所以一切还是会因为父亲而失败。汉斯却又反驳了这个观点，于是争论就这样持续了下去。

　　K.早就把汉斯从课桌旁叫到了讲台上，把他拉到了自己的膝盖之间，时不时安慰地抚摸他。尽管汉斯偶尔还会反抗，但这种亲近有助于他们达成一致的意见。最后，他们达成了如下共识：首先汉斯会把全部真相告诉母亲，但为了更容易取得她的同意，他会补充说K.也想和布伦斯维克谈谈，当然不是谈母亲的事，而是他自己的事情。这也是实情，就在谈话过程中，K.想到，尽管布伦斯维克可能是一个危险的坏人，但他实际上并不是他的敌人，因为至少根据村长的叙述，他曾经是那些要求任命一名土地测量员的人的领导者，哪怕这只是出于政治原因。因此，K.到村子里来，布伦斯维克应该是欢迎的；然而，如果是这样的话，K.第一天受到的令人生气的招待，以及汉斯所说的他父亲对K.的厌恶就几乎让人费解了，也许布伦斯维克恰恰是因为K.没有首先求助于他而感到受伤，也许还存在着其他的误会，只需要几句话就能澄清。如果这样，K.就可以在布伦斯维克那里得到对抗男教师，甚至是对抗村长的支持了，整个官僚系统的欺骗性昭然若揭——除此之外还能是什么呢？——村长和男教师用这种欺骗阻止了他去见城堡当局，并逼迫他成了学校的校役，这一切都可以被揭穿。如果布伦斯维克和村长再次因为K.展开争斗，布伦斯维克势必会把K.拉到他这边，K.将成为布伦斯维克家的客人，布伦斯维克的权力手段将为他所用，向村长示威，谁知道他会走到哪一步；而且无论如何，他会经常与这位女士在一起——他就这样沉浸在梦想中，而梦想也在与他共舞。与此同时，汉斯正一心想着母亲，担心地观察着沉默的K.，就像人们在面对一个陷入沉思的医生时所做的那样，医生正在思考为一个严重的病例找到一个解决办法。关于K.的提议，即他想与布伦斯维克谈谈关于土地测量员的职位的事，汉斯表示了同意，当然，这只是因为这样做可以保护他的母亲免受父亲的伤害，而且这只是一个紧急措施，但愿他不需要采用这种方式。他只问了一句，K.打算如何向父亲解释这么晚了还要登门访问，最后汉斯虽然脸色略微阴沉，但还是满意K.的说法，即他无法忍受学校校役的职位，以及男教师对他的羞辱性对待，这使得他突然陷入了绝望，忘记了所有顾虑。

既然以这种方式预先考虑了所有事情，就能看到，至少成功的可能性不再被排除，从思考的重担中解脱出来的汉斯变得更加愉快，先是像个孩子一样与K.闲聊了一会儿，然后又和弗里达聊天，后者一直陷在别的思考中，现在才重新开始参与谈话。她问了汉斯很多事，包括问他想成为什么样的人，他没有多想，说他想成为一个像K.一样的人。当然，当他被问及原因时，他不知道如何回答，而且，被问及是否想成为一名学校校役时，他断然否认了。直到进一步询问，才了解到他是怎么拐弯抹角地产生这个愿望的。虽然目前K.的处境一点也不值得羡慕，反而令人悲伤和备受轻视，汉斯也非常清楚这一点，要看出这一点，他甚至不需要去观察其他人，他自己就很想在K.的每一个目光和话语前保护母亲。尽管如此，他还是来寻求K.的帮助，并在K.同意时感到幸福，他认为在其他人那里也会看到类似的情况，尤其是母亲自己也提起过K.。正是出于这种矛盾，他相信虽然现在K.还地位低微、令人敬而远之，但在几乎无法想象的遥远未来，他将超越所有人。正是这种近乎愚蠢的遥远，以及通往未来的傲人发展吸引了汉斯；作为代价，他甚至愿意接受现在的K.。这个愿望带着特别孩子气的老成，因为汉斯俯视着K.，就像在看一个年幼的人，似乎K.的未来比自己的还要漫长，甚至比他这个小男孩的未来延伸得还要远。当他被弗里达反复询问，不得不谈起这些事情时，他也表现出一种几乎忧郁的严肃。最后是K.让他振作了起来，K.说他知道汉斯羡慕他什么，是他那根漂亮的手杖，那根放在桌子上的手杖；汉斯在谈话中一直心不在焉地把玩着它。好吧，K.擅长制作这样的手杖，如果他们的计划成功，他会给汉斯做一根更漂亮的手杖。但现在已经不太分得清楚，汉斯是否真的羡慕这根手杖，因为他对K.的承诺感到非常高兴，并愉快地向K.告别，还紧紧握住K.的手说："那么，后天见。"

十四

弗里达的责备

汉斯离开得正是时候，因为没过多久，男教师就猛地拉开门，当他看到K.和弗里达还安静地坐在桌子旁时，就大喊道："原谅我打扰了！但请告诉我，这里什么时候能收拾干净。我们在那边挤成一团，教学也受到了影响，而你们却在这宽敞的体操教室里伸展四肢，你们甚至把助手们都赶走了，只为了腾出更多的空间。现在至少请站起来动一动！"然后他只对K.说："你现在去桥头客栈给我把早午餐拿来。"

这些话都是愤怒地喊出来的，但措辞还算温和，即使用了本来有点粗鲁的"你"。K.立刻准备服从，但为了试探男教师，他又说："我不是被解雇了吗？""不管解雇了还是没有，你都得去给我把早午餐拿来。"男教师说。"那到底是解雇了还是没有呢？我就想知道这个。"K.说。"你在胡说什么？"男教师说，"你明明没有接受解雇通知。""这就足以使它无效吗？"K.问。"对我来说不够，"男教师说，"这点你可以相信我，但对村长来说是够的，这真令人费解。现在你快去吧，否则你就真的要被赶出去了。"K.满意了，这说明男教师已经和村长谈过了，或者根本没有谈，只是为自己推测出了村长可能的意见，而这个意见对K.是有利的。现在K.想立刻去取早午餐，但男教师从走廊上再次把他叫了回来，或许这是因为他只是想试试K.的服从程度，以便以后有所参照，又或者是因为他心血来潮，又重新喜欢发号施令了，想看到K.急忙地跑出去，然后又听从他的命令像个服务员一样急忙返回。K.自己知道，过于逆来顺受，他就会变成男教师的奴隶和替罪羊，但在一定程度上，他现在愿意忍受男教师的任性，因为即使事实已经证明，男教师不能合法解雇他，但他肯定可以让他的工作变得痛苦到无以复加。但现在K.比之前更急于保住这份工作。与汉斯的谈话给了他新的，虽然不太可能也毫无根据，却再也无法忘记的希望，这希望甚至盖过了巴拿巴带来的。他如果追随这些希望，那就别无选择，只能把所有力量都集中在这上面，不去操心别的事，不去管吃饭、住房、村里的官员，甚至连弗里达也无法顾及；而事实上，这一切都只与弗里达有关，因为其他的事情只有在与她有关时，他才会关心。因此，他必须努力保住这个职位，为弗里达提供一些安全感，而且出于这个目的，他也不应该后悔自己比平时更为容忍了男教师的行为。所有的这一切并不算太痛苦，它们属于生活中不断出现的小痛苦，与K.所追求的目标相比，这一切都算不了什么，他来到这里并不是为了过上一种备受尊敬又平静的生活。

于是，就像他刚才本想马上跑到客栈去一样，现在他也立刻准备按照修改后的命令，先整理好这间教室，以便女教师和她的一班学生能再回来。但他必须很快就把房间整理好，在这之后K.还是要去取早午餐，因为男教师表示自己又饿又渴。K.保证，一切都会按照他的意愿进行；男教师看了一会儿，看着K.一边匆忙地收拾床铺、整理体操器材，一边飞奔着扫地；弗里达则在擦拭讲台。男教师似乎对这种勤奋感到满意，他还提醒说，门前准备了一堆木头供取暖用——他似乎不想让K.再去劈柴了——然后带着威胁的口气说，很快会再回来查看，随后就回到了孩子们那里。

在沉默地工作一会儿之后，弗里达问K.为什么现在如此顺从男教师。这似乎是一个充满同情和担忧的问题，但K.想到弗里达原本承诺，要保护他免受男教师的命令和暴行，但她并没有做到多少，于是只简短地说，既然他已经成了学校的校役，那么他就必须尽到这个职位的责任。然后他们又恢复了沉默，直到K.在短暂的谈话中想起来，弗里达已经陷入烦恼的思考中很久了，实际上在他和汉斯的整个谈话过程中她都是如此；于是他现在一面把木头搬进来，一面直接问她到底在想什么。她慢慢地抬起头看着他，回答道，也没什么特别的事，只是在想老板娘和她说过的一些话的真实性。直到K.逼问她，她拒绝了几次后，才给出了更详细的回答，但在这个过程中，她并没有放下手头的工作，她这样做并非出于勤奋，因为她的工作根本没有任何推进，她只是以此为借口而不必被迫看着K.。现在她说，她最初是如何平静地听着K.和汉斯的谈话，然后她被K.的某些话吓了一跳，开始更敏锐地捕捉这些话的意思；从那时起，她就不停地在K.的话语中，感到来自客栈老板娘的警告一再被证实，尽管她从来都不愿意相信这种警告是有所根据的。K.对这些含糊的话语感到恼火,甚至面对她眼泪汪汪的哀怨声,感到的更多是愤怒,而不是感动——尤其是客栈老板娘现在又重新介入了他的生活,至少在他心里是这样想,即使她本人到目前为止几乎没能成功——他把手中的木头扔到地上,坐在上面,用严肃的语气要求弗里达把话完全说清楚。弗里达开始说:"从一开始,客栈老板娘就努力让我对你产生怀疑。她并没有声称你在撒谎,相反,她说你为人非常坦率,但你的本性与我们如此不同,因此我们即使在你坦率说话时,也很难相信你;要不是有个好朋友提前救了我们,我们只能通过痛苦的经历,才会逐渐相信你。就连她这么一个对他人有敏锐洞察力的人,也几乎上了你的当。但她在最后一次与你在桥头客栈的谈话后,她——我只是重复她那些恶毒的话——已经看穿了你的把戏,现在你再也骗不了她了,即使你努力隐藏你的意图。'但他根本没有隐藏什么。'她一再这样说,然后她又说,'你应该找机会尽量认真听听他说的话,不仅仅是流于表面地听,而是真正地用心去听。'她只是做到了用心听你说话,然后她就听出了关于我的如下内容:你勾引我——她用了这个低俗的词——只是因为我碰巧出现在你面前,你并不讨厌我,而且因为你错误地认为一个酒吧女招待是任何伸出手的客人都可以预订的牺牲品。此外,你还想在贵族庄园过夜,正如她从贵族庄园的女老板那儿所了解到的,而出于某种原因,这个想法只能通过我来实现。这些都足以让你成为我在那个夜晚的情人,但你希望有更多的收获,而这个收获就是克拉姆。老板娘声称并不知道你想要从克拉姆那里得到什么,她只是说,你在认识我之前和认识我之后都一样急于见到克拉姆。唯一的区别在于，你以前是绝望的，但现在你认为通过我，有了一个可靠的手段，能够真正、迅速，甚至带有优越感地接近克拉姆。当你今天说，在认识我之前，你在这里迷失了方向时，我是多么惊慌——但这只是短暂的，没有更深层的原因——因为你所说内容的含义也许和老板娘所说的是一样的，她也说，自从你认识我以来，你才变得有目标。这是因为你认为你已经征服了克拉姆的情人，从而拥有了一件只能用最高代价才能赎回的抵押品。就这个价格与克拉姆谈判，就是你唯一的追求。由于你不在乎我，而只看重价格，在我的事情上你愿意多做让步，在价格方面你却丝毫不让。因此，你并不在乎我失去在贵族庄园的工作，也不在乎我不得不离开桥头客栈，更不在乎我将不得不承担繁重的男教师助手的工作。你对我已经没有温柔了，甚至连时间都不留给我。你把我交给助手们，也丝毫不会嫉妒。对你来说，我的唯一价值就是我曾是克拉姆的情人。由于你的无知，你竭尽全力让我不要忘记克拉姆，这样我最后不会太过于抵触，当决定性时刻来临时，你也会与老板娘对抗，你相信只有她能够把我从你身边夺走。因此，你和她爆发了巨大的争执，只为了必须和我一起离开桥头客栈；如果事情取决于我，那么在任何情况下，我都属于你，对此你毫不怀疑。你把与克拉姆的谈话看作一笔生意，一笔现金生意。你考虑到了所有可能性；只要你能得到那个价格，你任何事情都愿意做。如果克拉姆想要我，你会把我交给他；如果他要我留在你身边，你会留下我；如果他要你抛弃我，你会抛弃我。但是你也准备好了演戏，如果这样做是有利的，你会假装爱我，试图通过强调你的无足轻重，通过你接替了他的这个事实来使他羞愧，或者你会把我对他的爱意表白（我确实这么做过）传达给他，请求他再接受我，不过他当然要支付那笔价钱。如果没有别的方法，那么你会以K.夫妇的名义去乞求。然而当你发现自己在所有事情上都弄错了，你的假设和希望，以及你对克拉姆和我之间关系的想象都不正确时，老板娘说，那么我的地狱模式就将开始了，因为那时我才会成为你唯一能真正依赖的财产，同时也是被证明毫无价值的财产，你会相应地肆意对待我，因为你对我没有别的感觉，只是我的一个拥有者罢了。"

K.抿着嘴巴紧张地听着，他坐的木头滚动起来，他差点就滑到了地上，但他也没有注意到，直到现在他站了起来，坐在讲台上，握住弗里达的手，她虚弱地试图挣脱，然后他说："在你的这番话里，我总不能够区分是你的意思还是老板娘的意思。""这只是老板娘的意思，"弗里达说，"我仔细地听了她所有的意见，因为我尊敬老板娘，但这是我人生中第一次完全拒绝她的意见。她说的一切在我看来都是那么可悲，她完全不能理解我们两人的关系。我认为事实应该是与她说的完全相反才对。我想起了我们共度了第一夜之后的那个阴沉的早晨，当你跪在我旁边，带着一种仿佛失去了一切的眼神。然而后来事情也的确如此，尽管我竭尽全力，也并没能帮助你，反而阻碍了你。因为我，老板娘成了你的敌人，一个一直被你低估的强大敌人；因为你必须照顾我，你不得不为你的职位而战，在面对村长时处于劣势，还不得不屈服于男教师，被那两个助手摆布。但最糟糕的是：或许因为我，你已经得罪了克拉姆。现在你总是想接近克拉姆，但这实际上只是一种无力的挣扎，试图以某种方式同他和解罢了。我告诉自己，老板娘肯定比我更了解这一切，她跟我说这些悄悄话，是试图让我免于过于痛苦的自责。她是出于善意，但确实是一番多余的努力。我对你的爱会帮助我度过一切，最终也会带着你前进，如果不是在这个村子里，就是在别的地方，它的力量已经被证明，它在巴拿巴一家面前拯救了你。"K.说："这么说，当时你是持和老板娘相反意见的，从那之后，又有什么发生了变化吗？""我不知道，"弗里达看着K.的手，这只手紧紧地握着她的手，她继续说，"也许什么都没有改变；当你和我靠得这么近，还如此平静地询问我时，我觉得什么都没改变。然而事实上——"她从K.手中抽回自己的手，坐直身子面对他，哭泣着，却没有掩面；她毫无遮拦地让他看着这张泪流满面的脸，仿佛她不是为自己哭泣，而是为了K.的背叛而哭泣，因此无须掩饰，他也该为她悲伤的模样承受些痛苦，"——事实上，自从我听到你和那个小男生的谈话以后，一切都变了。你是如此无辜地开启了这场谈话，询问他的家庭情况，问起这个那个，我觉得就像你刚刚来到酒吧那样，亲切、坦诚，用孩子般的热情寻找我的目光。这次也与那时并无二致，我只希望老板娘在这里，听听你的话，看她是否还会坚持她的看法。然后突然，我不知道是怎么回事，我意识到了你和那个男孩说话的目的。通过关切的话语，你赢得了他不容易获得的信任，然后毫无阻碍地朝着你的目标前进，而我越来越清晰地认识到了这个目标。就是那个女人。

从你对她表现出的关心之词中，只透露出你对你自己的事的关心。在你赢得那个女人之前，你就欺骗了她。从你的谈话中，我不仅听到了我的过去，还听到了我的未来，就好像老板娘就坐在我旁边，向我解释着一切，我尽全力将她推开，但又清楚地看到这样的努力是多么无望，而且实际上，我已不再是被欺骗的那个人，这次是那个陌生的女人，我甚至连被骗的份儿都没有了。当我振作起来问汉斯他想成为什么样的人，他说他想变得像你一样时，他就已经完全属于你了，现在他这个善良的孩子就在这儿被利用了，和我当初在酒吧的时候又有多大的区别呢？"

K.说："你说的一切，在某种意义上都是对的，他们并非不真实，只是带有敌意。就算你认为这些是你自己的想法，但这些其实是老板娘的想法，这让我感到安慰，她是我的敌人。但这些想法是有教育意义的，我们还可以从老板娘那里学到很多东西。她自己并没有告诉我这些，尽管她对我并不宽容，但显然她把这个武器托付给你，是希望你在一个对我特别糟糕或是决定性的时刻使用它；如果说我利用了你，她也同样在利用你。但现在，弗里达，请你想一想：即使这一切都像老板娘说的那样，也只有在一个情况下它才会非常严重，那就是你并不爱我。那么，那时候确实是我用诡计赢得了你，然后用你作为财产来牟利。或许那时的事情也已经是我的计划的一部分了，为了骗取你的同情，我和奥尔加手挽手地走到你面前，而老板娘却忘了把这一点列入我的罪行清单。但如果不是像她说的这么严重，不是一个狡猾的掠夺者把你抢走了，而是你朝我走来，就像我朝你走去，我们找到了对方，都忘记了自己，那么，弗里达，情况又是怎么样的呢？那么，我为我的事情而努力，就像为你的事情而努力一样，这里没有区别，只有敌人才能找到差别。这适用于所有情况，包括汉斯的事情也一样。顺便说一句，在评价和汉斯的谈话时，你因为心情敏感而夸大了许多事实，因为即使汉斯和我的意图并不完全一致，但这并不意味着它们之间存在对立，而且汉斯对我们的不和并非全不知情，如果你相信他不知道，那你就大大低估了这个谨慎的小家伙，而且即使他什么都不知道，我希望也不会因此给任何人带来痛苦。"

"要弄清楚所有的情况真的很困难，K.，"弗里达说，她叹了口气，"我对你当然没有怀疑，如果有类似这样的事情从老板娘那里传到我身上，我会很高兴地摆脱它，跪在你面前请求你的宽恕，就像我这段时间以来一直在做的那样，即使我说过再多恶毒的话。但事实是，你仍然对我保留了许多秘密；你来来去去的，我却不知道你从哪里来，要到哪里去。那时候汉斯敲门，你甚至喊了巴拿巴的名字。你要是曾经这么深情地喊过我一次就好了，就像当时你出于我无法理解的原因，喊出了那个让人憎恶的名字。如果你对我不信任，我怎么可能不产生怀疑呢？那么我就会完全被老板娘掌控，而你的做法岂不是完全证实了她的话？不是在所有事情上，我不想说你在所有事情上都证实了她的话，毕竟，你不是为了我赶走了那些助手吗？哦，你不知道，我多么渴望在你所做和所说的一切中，找到一个对我有益的核心，即使它会折磨我。""首先，弗里达,"K.说,"我没有向你隐瞒任何事情。你知道老板娘多么憎恨我,她是如何努力地试图把你从我身边夺走,她用了多么可鄙的手段来做到这一点,而你向她妥协,弗里达,你向她妥协。告诉我,我向你隐瞒了什么?你知道我想接近克拉姆,你也知道你无法帮助我实现这一目标,因此我必须靠自己去实现,你也知道我到目前为止还没有成功。我现在要通过讲述这些无用的尝试,这些在现实中已经让我备受侮辱的尝试,再来让我受到双重屈辱吗?我难道要为了在克拉姆的雪橇前冻得直发抖,在一个漫长的下午徒劳地等待而感到自豪吗?当我不再需要思考这些事情时,我幸运地来到了你身边,但现在从你身上又重新感受到了这一切的威胁。巴拿巴?当然,我在等他。他是克拉姆的信使,这不是我安排的。"弗里达叫道:"又是巴拿巴,我无法相信他是一个好信使。"K.说:"你或许是对的,但他是唯一被派来的信使。"弗里达说:"这更糟糕,你更应该提防他。"K.笑着说:"可惜他迄今还没有表现出让我提防他的理由,他来得很少,而他带来的消息也无足轻重;只是因为这些消息直接来自克拉姆,才使它们变得珍贵。""但你看,"弗里达说,"现在克拉姆甚至不再是你的目标,这或许让我最为不安;你总是试图越过我接近克拉姆,这很糟糕,但现在你似乎开始离开克拉姆,这更加糟糕,这是连老板娘都没有预料到的事情。根据老板娘的说法,当你最终意识到对克拉姆的希望是徒劳的那一天,我的幸福就会结束,虽然那是一个有待商榷却也非常真实的幸福。然而现在你甚至不再等待那一天,一个小男孩突然走了进来,你就开始和他为了他的母亲而争斗,就好像你在为你呼吸所需的空气而战一样。"K.说:"你正确地理解了我和汉斯的谈话,确实是这样。难道你已经遗忘了你过去的全部生活(当然除老板娘以外,她是无法被抛弃的),以致你不再明白,为了进步必须如何奋斗,特别是当你从最底层开始向上爬时,一切能带来希望的东西,都必须加以利用?这个女人来自城堡,她亲自告诉过我,就在我第一天误入拉瑟曼家时。我求她给我建议,甚至帮助我,这有什么不妥呢?如果老板娘非常了解所有阻止接近克拉姆的障碍,那么这个女人可能知道一条通向克拉姆的路,因为她自己曾经沿着这条路走过。"弗里达问:"通向克拉姆的路?""是的,不通向克拉姆,还能通向哪里呢?"K.说。然后他跳了起来:"现在是时候去取早午餐了。"弗里达极力请求他留下来,就好像只有他留下来,才能证实他刚刚所说的一切安慰她的话。但K.提醒她,男教师马上就会回来,他指了指随时可能会被砰砰敲开的门,承诺自己很快回来,甚至她都不用去生火,他自己会处理。最后,弗里达默默地接受了。当K.走在外面的雪地里时——那条路早该被铲完雪了,真奇怪,工作进展得如此缓慢——他看到在栅栏上,一个助手疲惫地靠着栅栏。只有一个,另一个助手又在哪儿呢?K.至少打破了其中一个的耐心吗?留下来的那个当然还在非常卖力地坚持,当他看到K.的身影时,立刻又开始伸出手臂,流露出渴望的眼神。K.对自己说:"他的坚持确实值得称道,"但又不得不补充,"再坚持下去,你就会在栅栏旁冻僵了。"然而,面对那个助手,K.只是用拳头威胁,不让他以任何理由接近,助手甚至还因为害怕而退后了一大步。这时，弗里达打开了一扇窗户，就像和K.商量过的那样，在烧火前先通风。助手立刻放弃了K.，他抵挡不住诱惑，悄悄地走向窗户。她因为一边对助手表示友善，一边又对K.苦苦哀求，脸都变得扭曲了，她从窗户上方挥了挥手，也弄不清楚她这是在抗拒还是在打招呼，但助手并没有因此而停止靠近。于是，弗里达赶紧关上了外面那扇窗户，但她仍站在窗户后面，把手放在窗把上，头微微侧过，眼睛瞪得很大，露出了一个僵硬的微笑。她知道这样做对助手更像是诱惑而非警告吗？但K.没有再回头看，他宁愿赶紧去办事，然后尽快回来。

十五

在阿玛利亚那儿

　　终于——天已经黑了,现在已是傍晚时分——K.终于清理完了花园小径,把积雪高高地堆积在了小径两侧,并将其压实,这样一天的工作终于完成了。他站在花园门口,四周一片寂静。几个小时前,他就赶走了那个助手,还一直追赶了很长一段路,随后助手在花园和小屋之间的某个地方藏了起来,再也找不到了,从那以后也没有再出现过。弗里达在家里,要么已经在洗衣服,要么还在给吉莎的猫洗澡;吉莎把这项工作交给弗里达,无疑是出于对她极大的信任,尽管这是一项令人厌恶且不合时宜的工作,平时K.肯定不会允许她接受这项工作,[20]但在经历了各种各样的疏忽之后,利用一切机会使自己得到吉莎的欢迎是非常必要的。吉莎满意地看着K.从阁楼上搬来一个幼儿浴盆,看着他给水加热,然后小心翼翼地把猫放进浴盆里。后来吉莎把猫完全交给了弗里达,因为施瓦泽来了,就是K.在第一天晚上认识的那个人,他用一种混合着恐惧和无尽轻蔑的方式向K.问好,那种恐惧是从第一天晚上就根植了的,而被轻蔑则是作为一个学校里的助手所应得的,然后他和吉莎一起走进了另一个教室。两人仍然在那里。正如人们在桥头客栈给K.讲述的那样，施瓦泽，尽管他是一个城堡副管事的儿子，却因为对吉莎的爱早已在村子里生活了很长时间。他通过关系，使自己被任命为代课教师，然而，他主要是通过这样一种方式来履行这一职务的：他几乎不会错过吉莎的任何一堂课，要么坐在学生们中间，要么按他更喜欢的方式，直接坐在吉莎的讲台下面。他的做法也并不令人困扰，孩子们早已习惯了这种情况，或许他们也很容易适应，因为施瓦泽对孩子们既不亲切，也不尝试理解他们，他几乎不跟他们说话，除了接手了吉莎的体操课，其他时间则满足于在吉莎附近待着，生活在她呼吸的空气中和存在的温暖中。他最大的乐趣就是坐在吉莎旁边，和她一起批改学生的作业。今天他们也在忙着改作业，施瓦泽带来了一大沓作业本，男教师也总是把自己的作业本交给他们，当天还亮着时，K.就看到他们在窗边的一张小桌子旁边工作，头靠头，一动不动，现在那里只有两支蜡烛在闪烁。这是一种严肃、沉默的爱情，将这两人紧密地联结在了一起，而吉莎正是引导这种爱情的人。她笨拙的性格有时会变得狂野，突破所有界限，但她绝不允许其他人在别的时间也这样做。因此，活泼的施瓦泽也不得不屈从，慢慢地行走，慢慢地说话，更多地沉默，但他因为吉莎简单、安静的陪伴而得到了丰厚的回报，这一点显而易见。然而，吉莎可能根本不爱他，至少她那圆圆的、灰色的、几乎从不眨动的，但瞳孔似乎一直在旋转的眼睛对这样的问题没有答案。她毫无抵抗地容忍着施瓦泽，但她显然无法理解并珍视一个城堡副管事之子爱上她的这种荣誉。不管施瓦泽的目光是否追随着她,她都波澜不惊地带着那丰满、优雅的身体走来走去。相反,施瓦泽为了她却在持续牺牲,他留在了村子里。他父亲派来的使者曾多次来接他,他都恼怒地拒绝了他们,仿佛这些使者让他短暂地回忆起城堡和他作为儿子的责任,这对他的幸福已经是一种敏感、无法弥补的干扰。然而,他实际上还有很多空闲时间,因为吉莎通常只在上课和批改作业的时候才和他在一起,这当然不是出于算计,而是因为她追求舒适,尤其看重独处,当她可以在家里完全自由地躺在沙发上时,可能是她最幸福的时刻,旁边是那只不会打扰她的猫,因为它几乎不能动了。因此,施瓦泽一天的大部分时间都无所事事地闲逛,但他也喜欢这种生活,因为他总是有机会去吉莎居住的狮子巷,然后爬上她住的那间顶楼的小房间,在那总是锁着的门口偷听,然后在发现房间里总是毫无意外地呈现出一片他完全无法理解的绝对寂静后,他就会匆忙离开。尽管如此,这种生活方式有时也会在他身上显现出一些影响,但他从不会在吉莎面前表现出来,比如他会在瞬间恢复官僚的傲慢,尽管这种傲慢与他现在的职位并不相称;事实上,结果通常不是很好,正像K.经历的那次一样。

[21]唯一令人惊讶的是,在桥头客栈,当人们谈论施瓦泽时,至少都带着一定的敬意,即使谈论更多的是一些可笑的,而并不是什么值得尊敬的事,吉莎却能分享人们的这种敬意。然而,当施瓦泽认为自己这个代课老师比K.要优越得多时,这种想法是错误的,这种优越并不存在。对于教师群体,尤其是对于像施瓦泽这样的人来说,一个校役是非常重要的人物,

不能随便忽视，如果因为社会地位的相关利益而无法放弃这种轻视，那么至少要用相应的回报来弥补。K.决定在适当的时候想想这个问题，而且从第一个晚上开始，施瓦泽就欠他一个人情，虽然接下来的几天发生的事情，证明了施瓦泽的接待方式是正确的，这份亏欠也并没有因此而变得更小。因为不能忘记的是，那次接待可能为之后发生的一切指明了方向。当时的K.对整个村子里来说还完全是个陌生人，没有熟人，也无处避难，正由于长途跋涉而疲惫不堪地躺在稻草垫上，但由于施瓦泽的关系，K.就完全不合理地吸引了官方的全部注意力。本来只要过了一晚，一切都会变得完全不同，可以用一种平静的、半隐于幕后的方式运作。至少没人会注意到他，没人会怀疑他，至少会不必犹豫收留他这个漫游的匠人在自己家待上一天，人们会看到他的实用和可靠，这会在邻里间传开，他很可能很快就会找到某个地方当个用人。当然，他无法逃脱官方的监视。但这里有一个本质的区别，一种情况是在深夜，整个中央办公室因为他变得十分慌乱，无论当时是谁在电话那头，都被要求立即做出决定，虽然提要求的人表面上显得谦卑，却带着让人讨厌的坚决，而且很可能上面对施瓦泽不满；另一种情况则与现在发生的一切截然不同，K.在第二天的办公时间去敲开村长家的门，按规矩，作为一个陌生的漫游匠人去报到，告知他自己已经在某个村民那里找到了住处，很可能明天就会离开，除非发生极不可能的情况，即他竟然在这里找到了工作，当然只是做几天，因为他无论如何都不想再多待。如果没有施瓦泽，事情就会变成这样或类似的情况。官方也会继续关注这个事情，但会以平静、官方的方式进行，不受到他们特别厌恶的当事人的焦躁干扰。现在，K.在所做的一切中都并未犯错，都是施瓦泽的过错，但施瓦泽是一位城堡副管事的儿子，而且从表面上看他的行为是正确的，所以只能让K.来承担这一切。而这一切荒谬的起因是什么呢？也许就是那天吉莎的心情不好，使施瓦泽在夜晚失眠，为了弥补自己的痛苦，他在夜里游荡，最后把气撒在了K.身上。当然，从另一个角度来说，K.也要感谢施瓦泽的这种行为。只有通过这种方式，才有可能实现K.一个人永远无法做到，也不敢去尝试的事情，而官方也几乎从不承认这一点，即从一开始，只要有可能，他便毫无伪饰地、坦诚地面对官方。然而，这是一个糟糕的礼物，虽然它让K.省去了很多谎言和秘密行动，但它也让他几乎变得毫无防备，至少在斗争中处于劣势；他不得不承认，官方和他之间的力量差距如此巨大，以致他所能设想的所有谎言和诡计都无法将这个差距显著地缩小到对他有利的程度，而只能相对地、令人察觉不到地保持下去。然而，这只是K.用来安慰自己的想法，施瓦泽仍然欠他一个人情；既然施瓦泽当时对K.造成了伤害，也许下一次他就可以提供帮助，K.仍然需要帮助，即使是在最微小的事情、在最基本的前提条件上，因为看起来巴拿巴又要让人失望了。

因为弗里达的关系，K.整整一天都在犹豫，要不要去巴拿巴家问问情况；为了避免当着弗里达接待他，K.现在在屋外工作，工作结束后仍然待在这里等巴拿巴，但巴拿巴并未出现。现在别无选择，只能去找巴拿巴的姐妹们，只是稍作停留，站在门槛上问一问情况,他很快就回来。于是他将铁锹插入雪中,奔跑起来。他气喘吁吁地来到巴拿巴家,短暂地敲了敲门后便猛地将门打开,不顾屋里的情况,问道:"巴拿巴还没回来吗?"这时他才注意到奥尔加并不在场,两位老人又坐在远离门口的桌子旁,一副昏昏欲睡的样子,还没弄清楚门口发生了什么,只是慢慢地转过脸,而阿玛利亚则裹在毯子里躺在火炉边的长凳上,她被K.的出现吓了一跳,扶着额头试图让自己镇定下来。如果奥尔加在场,她本来会立刻回答K.的问题,这样K.就可以离开了。然而,现在他至少需要走上几步去找阿玛利亚,跟她握手,她默默地握了握,然后K.请求她阻止受惊的父母到处走动,她也用几句话就照办了。K.得知奥尔加正在院子里砍柴,阿玛利亚因为精疲力尽(她并没有提到原因)不久前不得不躺下休息,而巴拿巴虽然还没有回来,但一定很快就会回来,因为他从不在城堡过夜。K.对她的这些信息表示感谢,现在他可以离开了。然而,阿玛利亚问他是否要等奥尔加回来,但可惜他已经没有时间了。接着阿玛利亚问他是否已经和奥尔加交谈过,他惊讶地否认了,又问奥尔加是否有什么特别的事情要告诉他。阿玛利亚似乎有些恼怒地噘起嘴,默默地对K.点了点头,显然是在告别,然后又躺了回去。她躺着用安静的姿势打量着K.,似乎奇怪他为什么还在这里。她的目光一如既往的冷淡、明亮又呆滞,不是直接望向她观察的东西,而是稍稍地、几乎察觉不到地,但无疑是从旁边看了过去。这似乎并非因为某种弱点、局促不安或不诚实,而是源于一种一直占据主导地位的对孤独的渴望,也许只有通过这种方式,才能让她意识到这一点。K.记得那天晚上他就是被这样的目光所吸引，甚至可以说，当时这个家庭给他留下了如此恶劣的印象，都是因为这个目光。这个目光本身并不让人讨厌，反而显得骄傲，虽然十分封闭，却又很真诚。

"你总是显得如此忧郁，阿玛利亚，"K.说，"有什么令你烦恼吗？你能说出来吗？我从未见过像你这样的乡村姑娘。直到今天，直到现在，我才真正注意到这一点。你是这个村子的人吗？你是在这里出生的吗？"阿玛利亚点点头，好像只回答了K.的最后一个问题，然后她说："那么你还要等奥尔加吗？""我不知道为什么你总是问同样的问题，"K.说，"我不能再待下去了，因为我的未婚妻在家里等我。"

阿玛利亚撑起胳膊，她不知道K.有未婚妻的事。K.说出了那个名字，阿玛利亚并不认识她。她问奥尔加是否知道这次订婚的事，K.认为奥尔加应该知道，因为奥尔加曾见过他和弗里达在一起，而且这种消息在村子里传播得很快。然而，阿玛利亚向他保证，奥尔加并不知道，而且这将让她非常难过，因为她似乎喜欢K.。显然她并没有说起过这件事，因为她太害羞了，但是爱意总会在不自觉间出卖了她。K.觉得阿玛利亚弄错了，阿玛利亚微笑了起来，这个微笑虽然很悲伤，却照亮了那张阴郁、皱起的脸，这让她的沉默也有了表达的意图，让陌生也变得熟悉；这是泄露一个秘密，交出了一件迄今为止被保护的财产，这件东西也许还能再度被收回，但永远无法完全再被收回。阿玛利亚说，她肯定没弄错，而且她还知道更多，她知道K.也对奥尔加有好感，他的来访虽然表面上是为了巴拿巴的某些消息，实际上却只是为了奥尔加。但现在，既然阿玛利亚已经知道了一切，他就不必再那么严格了，可以多来几次。她只是想告诉他这一点。K.摇了摇头，提醒她，他已经订婚了。阿玛利亚似乎对这一订婚也没怎么放在心上，她更关心的是眼前独自站在她面前的K.，这对他来说是决定性的直接印象。她只是问了一下，K.是什么时候认识那个女孩的，毕竟他在村子里才待了几天。K.讲述了那天晚上在贵族庄园的事，阿玛利亚只是简短地说，她一直反对让他去贵族庄园。她还叫来奥尔加做证，奥尔加正拿着一捆柴火走进来，因为室外冷空气的刺激，她的脸颊红扑扑的，显得活泼有力，与她平时站在房间里的沉重样子形成了鲜明对比。奥尔加扔下柴火，毫不拘束地跟K.打招呼，然后马上问起了弗里达。K.和阿玛利亚对视一眼，但她似乎并不觉得自己被驳倒了。因此，K.有些恼火，和平时不同，他详细地讲述了弗里达的事情，描述了她怎样在学校艰难的环境下，还设法维持着一种家庭生活。他急着讲述——因为想尽快回家——竟在告别时邀请姐妹俩去拜访他。然而，现在他吓了一跳，说不下去了，因为阿玛利亚立刻接受了邀请，甚至没有给他说别的话的时间。奥尔加也只得紧跟着接受邀请。K.在阿玛利亚的目光下感到不安，又一直在想着必须赶紧告别的事情，因此没有犹豫，他毫不掩饰地承认，那个邀请完全是未经考量的，只是受个人感情的驱使而随意发出的，他很遗憾地说不能坚持这个邀请，因为在弗里达和巴拿巴一家之间存在着一种很大的、虽然他完全无法理解的敌意。

"这不是敌意，"阿玛利亚说，她从长凳上站了起来，把毯子扔在了身后，"这件事情没有那么严重，她只是追随着大家的意见罢了。现在你走吧，去找你的未婚妻，我看得出你的急切。你也不用担心我们会过去，我一开始就是开玩笑的，存心捉弄你。不过，你可以多来我们这里，这应该没有什么阻碍，你可以一直以要问巴拿巴消息为借口。我还能让事情变得更容易，因为我要告诉你，即使巴拿巴从城堡给你带来消息，他也不能再跑到学校去通知你了。他不能总是这样跑来跑去，这个可怜的孩子，他在工作中已经精疲力竭了，所以你得自己过来取信。"K.从来没有听过阿玛利亚说这么多话，而且她说话的语气也与往常不同，其中带着一种高贵的气质，这不仅是K.感觉到的，显然连习惯了妹妹说话方式的奥尔加也感觉到了。奥尔加站在一边，双手放在膝盖上，又恢复了她平时那种双腿分开、微微驼背的姿势，她的目光一直盯着阿玛利亚，而阿玛利亚只看着K.。"你弄错了，"K.说，"你弄错了，如果你认为我等巴拿巴的事不是当真的，那就是一个大错误。在当局那儿处理好我的事情，是我最大的，实际上也是唯一的愿望。巴拿巴应该帮助我实现这个愿望，我对他寄予厚望。虽然他已经让我失望过一次，但那次更多是我的错，而不是他的错，那时我初到这里，感到困惑，我当时以为只要散个步就能解决所有问题，而后来发现不可能的事情果然是不可能的，我就把这个怪罪在他身上。甚至在对你们家族的评价上，对你们的评价上，这件事也影响了我。那已经过去了，现在我觉我更了解你们了，你们甚至比我目前认识的其他村民要好——"K.寻找着合适的词汇，没能马上找到，只能随口说了一个，"——也许你们更善良。但现在,阿玛利亚,你又让我困惑了,因为即使不是他的职务,你也在贬低你哥哥的职务对我来说的重要性。也许你对巴拿巴的事并不知情,那样的话很好,我会让这件事情顺其自然地过去。但是,也许你是知情的——我倒是有这种印象——那么情况就糟糕了,因为这意味着你哥哥在欺骗我。""放心吧,"阿玛利亚说,"我并不知情,没有什么能让我去了解他的职务,没有什么能让我去了解的,甚至是对你的关心都不能,尽管我愿意为你做很多事,因为就像你说的,我们是善良的。但是我哥哥的事情只关乎他自己,我对它们一无所知,除了那些违背我意愿,却被我偶然听到的零星消息。不过,奥尔加可以告诉你一切,因为她是他的知己。"阿玛利亚走了,先是去和她的父母低声交谈,然后进了厨房。她没有跟K.告别就离开了,好像她知道他还会待很久,所以不需要告别。

十六

（无题）

K.略带惊讶地停下了脚步，奥尔加看到他这个样子就笑了起来，并把他拉到炉子旁的长椅上，现在能和他独自坐在这里，她似乎真的很高兴，但这是一种平静的幸福，绝对没有被嫉妒玷污。正是这种远离嫉妒，因此也远离任何严厉的氛围，让K.感到舒服，他很愿意看着她那双蓝色的眼睛，既不引诱人，也不霸道，而是十分害羞，害羞却又坚定。弗里达和客栈老板娘的警告似乎让他没能立刻接受这里的一切，反而变得更加敏感，更加警觉机敏。他和奥尔加一起笑起来。她感到惊讶，为什么他刚才会说阿玛利亚善良，阿玛利亚有很多特质，但她其实并不善良。K.解释说，这个赞美当然是针对奥尔加的，但阿玛利亚如此霸道，她不仅把别人在她面前说的一切都据为己有，而人们也会自愿地把一切都给她。"这是真的，"奥尔加变得更严肃了，"比你想象的还要真实。阿玛利亚比我年轻，也比巴拿巴年轻，但她却是家里的决策者，在好事和坏事上都是如此，当然，她承担的也比其他人要多，无论是好事还是坏事。"K.认为这有些夸张，刚才阿玛利亚还说比如她就不关心哥哥的事情，而奥尔加却知道关于这件事的所有始末。"我如何解释呢？"奥尔加说，"阿玛利亚既不关心巴拿巴，也不关心我，事实上她除关心父母以外，什么都不关心，她日夜照顾他们，现在又要去问他们要吃什么，然后就去厨房给他们做饭，她因此克服了起身的困难，她从中午开始就不舒服了，一直躺在长椅上。尽管她不关心我们，我们还是依赖她，就像她才是家里最大的那个，如果她给我们的事情提建议，我们肯定会听她的，但她并不这样做，我们对她来说是陌生的。你毕竟有很多人生经验，你来自异乡，她对你来说不也显得特别聪明吗？""她给我感觉特别忧伤，"K.说，"但是，比如巴拿巴做这些信使工作，阿玛利亚不赞成，甚至可能还瞧不起他。这又如何让你们尊重她呢？""如果他知道他还能做什么，他会立刻放弃那种让他不满意的信使工作的。""他不是一个学成的鞋匠吗？"K.问。"当然，"奥尔加说，"他还在布伦斯维克那儿兼职，如果他愿意的话，他可以日夜工作，赚取丰厚的收入。""那么，"K.说，"这么说来他是有替代信使工作的选择。""替代信使工作？"奥尔加惊讶地问，"他接受它难道是为了钱吗？""也许吧，"K.说，"但你提到了他对此并不满意。""他对此并不满意，原因有很多，"奥尔加说，"但这毕竟是城堡的工作，至少是一种城堡的工作，至少人们会这么认为。""什么？"K.说，"甚至在这一点上你们也有疑虑吗？""嗯，"奥尔加说，"其实并没有，巴拿巴进入办公室，与仆役们交往，从远处观察一些官员，收到相对重要的信件，甚至被委托口头传递消息，这些工作很多，他如此年轻，就取得了这样的成就，我们本应为他骄傲。"K.点点头，现在他不想回家的事了。"他有自己的制服吗？"他问。"你是指那件夹克吗？"奥尔加说，"不，那是阿玛利亚在他当信使之前就给他做的。但你就快要接近他的痛处了。城堡里已经很久没有制服了，但他早就应该得到一套办公室的西装，别人也这样向他保证过，但在这方面，城堡里的人动作非常慢，糟糕的是，你永远不知道这种缓慢意味着什么；这可能意味着事情已经进入了当局的程序，但也可能意味着事情尚未开始，比如说，人们可能仍在考验巴拿巴，最后，它也可能意味着当局的程序已经结束，出于某种原因取消了承诺，巴拿巴永远也得不到那套西服。关于这一点，你无法得到更确切的信息，或者只能在很长时间后才能得到。这里有一句俗话，也许你听过：'官方决定就像害羞的少女。'""这是很好的一种观察，"K.说，他比奥尔加更认真地看待这句话，"这是很好的一种观察，当局的决定也许还有其他与少女共有的特质。""也许吧，"奥尔加说，"我不知道你是什么意思。也许你还带有夸奖吧。但是说到官方套装的问题，这正是巴拿巴的烦恼之一，而且因为我们共同承担这些烦恼，也是我的烦恼。为什么他得不到官方套装呢？我们白费心思地问自己。但这整个事情并不简单。例如，官员似乎根本没有官方套装；据我们所知道的，以及巴拿巴所讲述的，官员们穿着普通的，但也还算漂亮的衣服到处走动。顺便说一下，你已经见过克拉姆了。现在，巴拿巴当然不是一个官员，连最低级别的官员也不是，他也并不想成为一个官员。但是，根据巴拿巴的叙述，即使是高级的仆役，他们也没有官方套装，而在这个村子里我们根本无法见到他们；这在一开始可能会让人觉得有些安慰，但这种安慰是虚假的，因为巴拿巴究竟算是一个高级仆役吗？不，无论我们多么喜欢他，我们都不能说他是一个高级仆役，他会来村子里，甚至住在这里，这就证明他不是。高级仆役比官员们还要矜持，也许这是理所当然的，也许他们甚至比某些官员地位还高，有些证据可以证明这一点，他们的工作量更少，而根据巴拿巴的说法，看着这些挑选出来的高大强壮的男人慢慢地穿过走廊，那景象真是十分养眼，巴拿巴总是蹑手蹑脚地在他们周围徘徊。简而言之，我们不能说巴拿巴是一个高级仆役。那么，他可能是一个低级仆役，但这些低级仆役确实都有官方套装，至少在他们到村子里来的时候，虽然不是真正的制服，但至少可以立刻从衣服上分辨出他们是来自城堡的仆役，你在贵族庄园里见过这样的人。这些衣服最引人注目的地方，在于它们通常很紧身，农民或工匠是无法穿这样的衣服的。现在，巴拿巴并没有这样的衣服，这不仅仅是丢脸或是羞辱，这些还是可以忍受的，但它让我们在低落的时候对一切产生怀疑，巴拿巴和我有时候会这样想。他所做的到底是不是城堡的工作？我们问自己；当然，他去了办公室，但办公室是真正的城堡吗？即使办公室属于城堡，巴拿巴能进入的是哪些办公室呢？他进入了一些办公室，但这只是所有办公室的一部分，那儿还有一道道的栅栏，栅栏后面还有其他办公室。人们并没有明确禁止他继续前进，但当他已经找到了他的上级，他们处理完他的事情并把他赶走时，他又怎么能继续前进呢？而且那里总是有人在监视，至少人们是这么认为的。即使他继续前进，如果他在那里没有正式的工作，只是一个闯入者，又有什么用呢？你也不能把这些栅栏想象成一条明确的界线，巴拿巴也一直提醒我这一点。在他去的办公室里也有栅栏，所以他也越过了一些栅栏，它们看起来和他还没有越过的那些栅栏也没有什么不同，因此也不能从一开始就认为，在这些栅栏后面的办公室与巴拿巴已经去过的那些本质上有什么不同。人们只有心情阴郁的时候，才会相信这一点，认为它们是不同的。然后怀疑就会继续下去，人们无法抵抗。巴拿巴与官员们交谈，也会接收到一些消息。但是这些官员，这些消息是什么呢？现在，正如他所说，他被分配到克拉姆那儿，并亲自从他那里接受任务。嗯，那本来算是不得了了，即使是高级仆役也无法达到这种程度，这荣耀简直太大了，这才是令人不安的。想想看，直接被分配到克拉姆那儿，与他面对面交谈。但事实就是这样了吗？嗯，是这样的，但为什么巴拿巴会怀疑在那儿被称为克拉姆的官员不是克拉姆呢？""奥尔加，"K.说，"你不是在开玩笑吧？对克拉姆的外貌怎么会有疑问，大家都知道他长什么样子，我自己都见过他。""当然不是开玩笑，K.，"奥尔加说，"这不是玩笑，而是我最严肃的忧虑。但我告诉你这些，并不是为了让自己的心情轻松些，让你的心情变得沉重，而是因为你问起了巴拿巴，阿玛利亚让我讲讲这些事情，而且我认为对你来说，了解更多的细节也是有益的。我也是为了巴拿巴，这样你就不会对他寄予太高的期望，他不会让你失望，而他自己也因让你失望而倍感痛苦。他非常敏感，比如昨晚他就没睡觉，因为你昨天晚上对他表达了不满，你说，对你来说，有一个'像巴拿巴这样的信使'真是太糟糕了。这话让他整夜无法入睡，你自己可能没有察觉到他有多激动，因为城堡里的信使需要保持克制。但他的工作并不轻松，和你相处也不轻松。在你看来，你当然没对他提过多的要求，你有一些对于信使服务的固定观念，并根据这些观念来衡量你的要求。但是在城堡里，人们对信使服务有着不同的看法，他们与你的看法无法调和，即使巴拿巴完全献身于这项服务，他也无法实现，尽管有时他似乎真的愿意这么做。我们只能顺从，不能有任何反抗，只有当我们质疑他的工作是否真的是信使时，问题才会出现。在你面前，他当然不能表达任何疑虑，这对他来说意味着破坏他自己的存在，粗暴地违反那些他认为自己仍然受制于其的法律，甚至在我面前，他也不敢畅所欲言，我必须设法哄着他、亲亲他，让他放下他的疑虑，即使是这样，他仍然拒绝承认这些疑虑是真的疑虑。他的血液里有阿玛利亚的特质。尽管我是他唯一的知己，但他肯定没有告诉我所有的事情。不过，我们有时候会谈起克拉姆，我还没有见过克拉姆，你知道，弗里达不太喜欢我，从来不愿让我见到他的样子，但在村子里，他的外貌当然是众所周知的，有些人见过他，所有人都听说过他，因此从直接的目睹、传闻及一些别有用心的描述中，形成了一个克拉姆的形象，这个形象在基本轮廓上应是正确的。但仅仅是基本轮廓。除此之外，它是不断变化的，或许它甚至没有克拉姆的真实外貌那么多变。据说他来到村子时和离开村子时看起来就截然不同，喝啤酒前和喝啤酒后也不太一样，清醒时和睡醒后亦有不同，独自一人和与人交谈时也有所不同。据此可以了解，在城堡里，他几乎也会是完全不同的一个人。甚至在村子里，据报道，他的形象也有相当大的差异，这些差异涉及他的身高、姿态、体型和胡须。幸运的是，关于衣着的描述相对一致，他总是穿着同样的衣服，一件下摆很长的黑色短上衣。当然，所有这些差异并非源于什么魔法，而是非常容易理解的——它们是由观察者当时的心情、兴奋程度及处于无数等级的希望或绝望所产生的，而这些观察者通常只能瞥见克拉姆一下。我这是把巴拿巴经常向我解释的一切告诉了你，一般情况下，如果不是直接参与其中的人，听了这些就能让自己安心了。但我们不能这样做，对巴拿巴来说，是否真的与克拉姆交谈是一个生死存亡的问题。""对我来说同样如此。"K.说。他们在炉边的长凳上靠得更近了。

奥尔加带来的所有的这些不利消息虽然让K.感到震惊，但他在很大程度上认为，与那些看起来与他有非常相似遭遇的人相遇，至少可以弥补他的这些损失。他可以与这些人结盟，与他们在很多方面达成共识，而不仅仅是与弗里达在某些方面达成共识。虽然他逐渐失去了对巴拿巴传话成功这件事的希望，但巴拿巴在城堡里的境况越糟糕，在这村里，他就越容易与他亲近。K.从未想过，在村子里竟然会有巴拿巴和他的姐妹们这样不幸的挣扎。当然，这件事还远远没有解释清楚，最终可能会演变成相反的情况，不能因为奥尔加的无辜样子就立刻相信巴拿巴的真诚。"对于克拉姆外貌的报告，"奥尔加继续说，"巴拿巴非常了解，他收集了很多，也进行了比较，或许了解得太多了。他曾经在村子里隔着马车窗户看到过克拉姆，或者他认为他看到过克拉姆，所以他已经做好了能认出克拉姆的充分的准备。然而，当他来到城堡的一间办公室，人们在几个官员中指出一个给他看，并告诉他那个人就是克拉姆时，他却没能认出来。即使在那之后很长的一段时间里，他也无法适应那个人是克拉姆。这又要如何解释呢？可是你现在问巴拿巴，那个人与我们对克拉姆的普遍认识有什么不同时，他又回答不出来。相反，他描述了城堡里的那位官员，但这个描述与我们所知道的关于克拉姆的描述完全吻合。我说：'那么，巴拿巴，为什么你要怀疑，为什么要折磨自己？'接着，他在明显的困境中开始列举城堡里那位官员的特点，但他似乎是在编造，而不是在报告这些特点，而且这些特点微不足道——比如说一种特别的点头的样子，或者仅仅是解开的马甲，以致人们不可能认真地看待它们。我认为更重要的是克拉姆与巴拿巴的相处方式。巴拿巴曾多次向我描述，甚至还画出了这种方式。通常，巴拿巴会被带到一个大的办公室，但那不是克拉姆的办公室，甚至根本不是什么人的办公室。这个房间在长度上被一个从一面墙延伸到另一面墙的斜面式大桌子一分为二：有一个狭窄的部分，两个人在那里只能勉强擦身而过，这是官员的空间；另有一个较宽敞的部分，那是当事人、观众、仆役和信使的空间。大桌子上摊开着一本挨着一本的大书，在大多数的书旁，都有官员站着阅读。然而，他们并不总是站在同一本书旁，而是交换位置，却不是交换书。他们如何能在这种空间狭窄的情况下相互挤过去，这是最让巴拿巴感到惊讶的。在桌子前面有低矮的小桌子，那里坐着抄写员，如果官员需要，他们会根据口授进行书写。巴拿巴总是对这种做法感到惊讶。并没有明确的命令，也没有大声口授，人们几乎注意不到口授的存在，相反，官员似乎像以前一样在阅读，只是同时他还在低声说话，而抄写员却能听到。有时官员说得如此轻，坐着的抄写员根本听不到，于是他必须不断地跳起来，拦截住口授的内容，再快速坐下记录下来，然后再跳起来，如此反复。这是多么奇怪啊！这几乎是无法理解的。当然，巴拿巴有足够的时间观察这一切，因为他在观众厅要站好几个小时，甚至有时要站好几天，才能等到克拉姆再次看向他。即使克拉姆已经看到他了，巴拿巴也站得笔直，但这仍然什么都说明不了，因为克拉姆可能会再次转向书籍，又忘记他，这经常发生。然而，这种不重要的信使服务又算什么呢？每当巴拿巴一大早说他要去城堡的时候，我都感到一阵惆怅。这可能又是白跑一趟，会白白浪费一天，很可能是徒劳的希望。这一切都是为了什么？这里积压着的鞋匠活，却没人去做，而布伦斯维克却又催着要。""好吧，"K.说，"巴拿巴必须等很久才能接到任务。这可以理解，看来这里似乎有很多雇员，而不是每个人每天都能接到任务，你们不应该抱怨这一点，这可能会发生在每个人身上。不过最后巴拿巴还是能接到任务的，他已经给我送来两封信了。""也许我们没理由抱怨，"奥尔加说，"尤其是我，这一切我只是听说而已，而且作为一个女孩子，我也不可能像巴拿巴那样了解所有事，再说他还有一些事情没有告诉我。但现在来听听关于信的那些事吧，比如那些给你的信。他并没有直接从克拉姆那里拿到这些信，而是从抄写员那里拿到的。在随便哪天的一个随便时间——尽管这项服务看起来很轻松,但实际上却非常耗人,因为巴拿巴必须时刻保持警惕——抄写员想起了他,然后向他招手。克拉姆似乎并没有故意这么做,他安静地读着书,不过有时候,当巴拿巴来的时候,他正好在擦眼镜,也许会看着他,前提是他在没有眼镜的情况下也能看得见,巴拿巴对此表示怀疑,克拉姆那时眼睛几乎闭上了,他似乎在睡觉,只是在梦里擦眼镜。与此同时,抄写员从桌子下的许多文件和信件中找出一封给你的信,因此这不是他刚写的一封信,相反,从信封的外观来看,这是一封已经存在了很长时间的旧信。但是,如果这是一封旧信,为什么让巴拿巴等这么久呢?也许你也等了很久吧?最后,这封信现在可能已经过时了。而这使巴拿巴被认为是一个差劲的、送信很慢的信差。抄写员倒是很轻松,把信交给巴拿巴,说:'这是克拉姆给K.的。'然后就让巴拿巴退下。再后来巴拿巴气喘吁吁地回到家里,那封终于到手的信紧贴着赤裸的身体藏在衬衫里,之后我们就像现在这样坐在长凳上,他讲给我一切,然后我们逐一分析检查所有的细节,再评估他能达成什么样的成果,最后发现能达成的很少,而且那些能达成的少部分,还是有问题的,巴拿巴把信放在一边,没兴趣去投送了,也没兴趣睡觉,于是拿起鞋匠的活,一夜不眠地坐在那个凳子上做鞋。这就是所有的情况,K.,这就是我的秘密,现在你应该不会奇怪,阿玛利亚为什么完全不想谈它们了。""那封信呢?"K.问。"那封信?"奥尔加说,"过了一段时间,当我催够了巴拿巴的时候——这期间可能已经过去了几天甚至几周——他才拿起了信去投递。在这些外在的小事上,他还是很听我的。因为当我听了他的讲述,克服了第一印象后,就重新振作了起来,而他却不能,可能是因为他知道得更多。所以我总是跟他说类似的话:'你到底想要什么,巴拿巴?你在梦想什么样的职业,什么样的目标?你是不是想爬到高位,以致你必须完全抛弃我们,抛弃我?这难道不是你的目标吗?我怎么能不这么认为呢?因为否则我就无法理解,你为什么对已经达成的成果如此不满意?看看你周围的邻居,有谁已经达到了你这个程度?当然,他们的处境与我们不同,他们没有理由除自己家的家计之外,还要寻求别的出路,但即使不进行比较,也必须承认,在你这里,一切都在顺利进行。困难是存在的,也有疑问、失望,但这只意味着一些我们早已知道的事实,即没有什么东西是免费的,你必须为每一件小事而战,这更应该让你骄傲,而非沮丧。再说,你不是也在为我们而战吗?这对你来说意味着什么?这难道不能给你新的力量吗?有这样一个弟弟,我幸福得几乎感到骄傲,这难道不能给你信心吗?实际上,让我失望的不是你在城堡所达成的事,而是我在你身上取得的成就。你可以进城堡,成为常客,与克拉姆在同一个房间度过整整一天,成为公认的信使,有权要求官方套装,负责传递重要文件,这一切都是你的,这一切都是你可以做的,但当你下山回来看到我时,所有的勇气似乎都离你而去,你对一切都产生了怀疑,只有鞋楦能吸引你,而这封信,这封能对我们的未来有所保证的信,你却放在了一边。'我对他这样说,当我重复了好几天之后,他终于叹了口气拿起信走了。但这很可能并不是我的话产生的效果，而是他又被驱使着想回到城堡，而如果没有执行任务，他是不敢去的。""但是你对他所说的一切都是对的。"K.说，"你总结得非常好。你的思维多么清晰啊！""不，"奥尔加说，"这是在欺骗你，也许我也欺骗了他。他到底达成了什么成就呢？他可以进入一间办公室，但那甚至不像是一间办公室，更像是办公室的前厅，也许甚至连前厅都不是，也许是一个专门的房间，用来阻止不被允许进入真正办公室的人。他和克拉姆交谈，但那真是克拉姆吗？还是更像一个类似克拉姆的人？也许是一个秘书，如果走运的话，他可能有点像克拉姆，努力表现得让自己更像他，然后以克拉姆那种半梦半醒、睡眼惺忪般的方式炫耀自己的重要性。这部分个性是最容易模仿的，许多人都在尝试，当然，他们明智地远离了他天性中其他的特质。一个像克拉姆这样经常被渴望见到，却很少被真正见到的人，在人们的想象中很容易呈现出不同的形象。例如，克拉姆在这里有一个名叫莫穆斯的村庄秘书。你认识他，是吗？他也非常保守，但我已经见过他好几次了。是个年轻又身强力壮的绅士，对吧？所以他可能根本不像克拉姆。然而，你在村里可以找到一些发誓说莫穆斯（而并非其他人）就是克拉姆的人。人们就是这样把自己搞迷糊的。城堡里会不会也是这样呢？有人告诉巴拿巴，那个官员就是克拉姆，事实上，两者之间确实存在一定的相似性，但这种相似性一直被巴拿巴质疑。而一切都证明了他的怀疑是对的。克拉姆竟然要在一个公共空间里，挤在其他官员中间，把铅笔夹在耳朵后面？这实在是极不可能的。巴拿巴有时候会有点孩子气地说：'那个官员看起来确实很像克拉姆，如果他坐在自己的办公室里，坐在自己的办公桌前，门上还有他的名字的话——我就不再怀疑了。'这是孩子气的说法，但也算在理。不过，要是巴拿巴在那个时候，多向几个人打听一下事情的真相，那会更明智。根据他的说法，房间里应该有很多人。即使他们的说法并不比那个未经询问就向他指出克拉姆是谁的人更为可靠，但至少从他们多种多样的回答中，也可以找到一些参照点、比较点。这并非我的想法，而是巴拿巴的想法，但他不敢去执行。因为害怕无意中触犯了某些未知的规定，从而失去自己的职位，他不敢跟任何人搭话；他感到如此不安；这种实际上可怜的不安比所有的描述都更清楚地表现出了他的处境。当他连一个无关痛痒的问题甚至都不敢问时，那么那里的一切对他来说是多么令人怀疑、充满威胁啊！当我考虑到这一点，我就埋怨自己不该让他独自待在那些未知的房间里，甚至是连他这样胆大而并不懦弱的人，看到那里的情况也可能因为恐惧而颤抖。"

[22]"我认为你已经谈到问题的关键了。"K.说，"就是这样。根据你所讲述的一切，我相信现在已经看得很清楚了。巴拿巴对这项任务来说还太年轻。他所说的一切都不能完全当真。因为他在那里害怕得要死，所以他无法观察。而你们又强迫他在这里讲述，结果得到的就是令人困惑的荒诞故事。我并不奇怪这一点。对权威的敬畏在你们这里是天生的，而且在你们的一生中，以各种不同的方式，从各个方面不断地灌输给你们，而你们也竭尽所能地助纣为虐。然而，我并没有完全反对这一点；如果这个权威是好的，那么为什么不敬畏它呢？只是

你们不能把一个没有受过教育的，像巴拿巴这样的年轻人，突然就送到城堡里去，然后希望他能提供真实的汇报，对他说的每一个字都像神示般地做注解，并把自己的幸福寄托在这些注解上。没什么比这更错误了。当然，就像你一样，我也被他带来的消息所困扰，对他寄予了希望，也因他而承受了失望，而这些希望和失望都只是建立在他的话上，因此几乎没什么根据。"奥尔加沉默了。"要让你对你弟弟的信任产生动摇，对我来说并不容易，"K.说，"因为我看得到，你是多么爱他，对他寄予了多大的期望。然而，这是必须做的，不仅是因为你的爱和期望。因为你看，总有一些东西——我不知道是什么——阻止你去看清，不是巴拿巴达成了什么，而是他获得了什么。他可以进入办公室，或者如果你愿意，进入一个前厅，现在就算是一个前厅，但是那里有通往更远处的门，有可以穿过的栅栏，如果你有这个能力的话。比如说，对我来说，这个前厅至少暂时是完全无法进入的。巴拿巴在那里和谁交谈，我不知道，也许那个抄写员是最低级的仆役，但他即使是最低级的，也可以引领你去找到下一个较高级别的人，如果他不能引领你去找这个人，那么他至少可以说出这个人的名字，如果他不能说出这个人的名字，那么他至少可以指出一个能说出这个人名字的人。那个所谓的克拉姆，可能和真正的克拉姆一点共同之处都没有，也许只是因为巴拿巴兴奋得盲目了，这才觉得他们相似，他可能是最低级的官员，甚至可能根本不是官员，但他在那个书桌旁肯定有某种任务，他在那本大书里肯定读到了什么，他肯定对抄写员低声说了什么，当他的目光在经历了很长时间的游离，最后偶尔落在巴拿巴身上时，他肯定在想些什么，即使这一切都不是真的，他和他的行为都毫无意义，但总有人把他放在了那里，而且是出于某种目的才这样说的。我想说的是，那里总有些东西，巴拿巴总是被提供过某些东西，至少是有过些东西，而他不能用这些东西实现任何事，除了怀疑、恐惧和绝望，那只能说是巴拿巴的过错。而且我还是从最不利的情况出发，事实上这种情况甚至都极不可能。因为我们手里有两封信，虽然我对它们不怎么信任，但我相信它们胜过巴拿巴的话。就算那些信都是旧的，是毫无价值的，是从一堆同样毫无价值的信中随意挑选出来的，而且挑选时所用的智慧也不比集市上算命的金丝雀更多，就像是它们从一堆纸条中随意挑选出某人的命运，即使事情是这样，这些信至少与我的工作还有着某种关系，显然是为我准备的，尽管可能对我没有什么好处，但正如村长和他的妻子证实的那样，它们是克拉姆亲手写的，而且根据村长的说法，它们虽然只是私人的信件，意思含混不明，却具有重大意义。""村长是这么说的吗？"奥尔加问道。"是的，他是这么说的。"K.回答道。"我会告诉巴拿巴的，"奥尔加迅速说道，"这会让他非常振奋的。""但他不需要振奋，"K.说，"鼓励他，就等于告诉他，他的做法是对的，他只需要按照他目前的方式继续下去就行，但恰恰是这种方式，让他永远不会取得任何成就。你可以鼓励一个蒙上眼睛的人尽量透过布料瞪大眼睛，但他永远也看不到任何东西；只有当你把布料拿掉时，他才能看见。巴拿巴需要的是帮助，而不是鼓励。只要想想，上面城堡里的权力部门庞大得让人无法理解——我在来到这里之前，曾以为我对这个机构略有一些理解，但那是多么幼稚的想法——那儿就是巨大的权力部门，而巴拿巴与它迎面相对，除他之外，没有其他人这么做，只有他，一个可怜孤独的人，如果他不用消磨一辈子的时间藏身在办公室的一个黑暗角落里，那对他来说已经够光荣了。""K.，你别以为，"奥尔加说，"我们低估了巴拿巴承担的任务的艰巨性。我们对权力部门充分敬畏，这一点你也说过。""但那是误导性的敬畏，"K.说，"敬畏的对象是错误的，这种敬畏贬低了它应有的尊严。当巴拿巴利用进入那个房间的机会，无所事事地消磨他的时光时，或者当他回到这里，怀疑并贬低那些刚刚让他恐惧的人时，或者在绝望和疲惫中没有立即送出信件、转达交给他的信息时，我们还能称之为敬畏吗？这已经不再是敬畏了。我还要继续责备，也要责备你，奥尔加，我不能不告诉你，尽管你以为自己对权力部门充满敬畏，但你还是派年轻、软弱、孤独的巴拿巴去了城堡，或者至少没有阻止他去。"

[23]"你对我的这些指责，"奥尔加说，"我也一直在责备我自己。当然，不是我把巴拿巴送到城堡去的，这点不应该指责我，我没有送他去，是他自己要去的，但我本应该用一切手段，劝说、谋划，甚至用武力把他留下。我本应该留住他，但如果今天是那个决定性的日子，假如我今天也像当时那样感受到巴拿巴的困境、我们家庭的困境，而巴拿巴在明白了所有的责任和危险后，依然微笑着、温柔地从我身边离去，我今天也不会拦住他，尽管在此期间，我们又经历了这么多，但我认为，即使是你，站在我的位置上也不能不这么做。你不了解我

们的困境,所以你错怪了我们,尤其对巴拿巴很不公平。当时我们还有比现在更多的希望,但即使那时,我们的希望也不大,我们的困境才是最大的问题,而且一直如此。弗里达没有告诉你关于我们的事情吗?""只是稍有暗示,"K.说,"没有说具体的事情,但你们的名字就足以让她激动。""客栈老板娘也没有说吗?""不,什么都没说。""其他人呢?""没有人说什么。""当然,谁能说些什么呢!每个人都知道关于我们的一些事情,要么是他们所能了解到的真相,要么至少是听说的或者大部分是自编自演的谣言,每个人都会更多地想象着我们,这其实是多此一举,但没有人会直接讲出来,他们都害怕把这些事情说出口。他们这么做是对的。即使是向你,K.,讲述这些事情也很困难,而且,难道听过之后,你就会离开,不再想知道我们的事情吗?尽管这似乎与你关系不大。那么我们就会失去你,我承认,现在你对我来说,几乎比巴拿巴迄今在城堡的工作更重要。但是,这个矛盾一整晚都在折磨我,你必须知道这件事,否则你就无法了解我们的处境,而且,这会让我特别痛苦,你对巴拿巴的不公平看法会一直存在,我们之间会缺乏必要的完全一致,你既无法帮助我们,也无法接受我们的帮助,那些非官方的特殊帮助。但还有一个问题:你真的想知道吗?""为什么问这个?"K.说,"如果有必要,我想知道,为什么这么问?""因为迷信,"奥尔加说,"你会被无辜地卷入我们的事情中,而你的罪过也不大,就跟巴拿巴差不多。""快说吧,"K.说,"我不害怕。你这样会把事情弄得比实际情况更糟,这只是女人的恐惧罢了。"

十七

阿玛利亚的秘密

"你自己判断吧,"奥尔加说,"这事虽然听起来很简单,但别人一时还真不明白它有什么重要意义。城堡里有个官员叫索尔提尼。""我听说过他,"K.说,"他参与了聘任我的这件事。""这我不相信,"奥尔加说,"索尔提尼在公共场合很少露面。你是不是把他和索尔蒂尼,那个名字里有个'd'的人搞混了?""你说得对,"K.说,"是索尔蒂尼。""是的,"奥尔加说,"索尔蒂尼非常出名,是最勤奋的官员之一,人们常常谈起他,而索尔提尼则非常低调,对大多数人来说是陌生的。三年多以前,我第一次也是最后一次见到他。那是七月三日,在一个消防队的庆祝活动上,城堡当局也参与其中,捐赠了一辆新的消防车。据说索尔提尼也兼任管理一部分消防事务,但也可能是代理其他人——官员们经常互相代理,所以很难确定哪个官员究竟负责什么事务——他参加了消防车的移交仪式,当然还有其他人也从城堡来参加,包括官员和仆役们,而索尔提尼则一如既往地待在幕后。他是个瘦弱的沉思者,所有注意到他的人都发现,他的额头皱纹很特别,所有的皱纹——尽管他肯定还不到四十岁，但皱纹已经很多了——从额头延伸至鼻根，像扇子一样散开，我从未见过如此奇特的相貌。好吧，这就是那次庆祝活动。我们——阿玛利亚和我，已经期待这个活动好几个星期了，星期天穿的衣服有些已经重新改造装点过了，尤其是阿玛利亚的裙子，非常漂亮，白色衬衣前身高高地凸起，是一层又一层的蕾丝，母亲把所有的蕾丝都借给了她。我那时很嫉妒，在庆祝活动前的半夜哭个没完。直到早晨，当桥头客栈的老板娘来看我们——""桥头客栈的老板娘？"K.问。"是的，"奥尔加说，"她对我们非常友好，所以她来了，她不得不承认阿玛利亚占了上风，于是为了安慰我，她借给了我她自己的石榴石项链，是波希米亚产的。当我们准备好要出门时，阿玛利亚站在我面前，我们都在夸奖她，父亲说：'今天，记住我的话，阿玛利亚会找到一个未婚夫。'那时，不知道为什么，我取下了项链——我的骄傲——戴在了阿玛利亚身上，一点也不嫉妒了。我臣服于她的胜利，我觉得每个人都应该臣服于她；也许她看上去与平时不同，那时我们都惊讶于这一点，因为她其实并不漂亮，但她那阴郁的目光——从那以后她就保持了这种目光——高傲地越过了我们，让人确实几乎不由自主地在她面前低下了头。所有人都注意到了这一点，包括拉瑟曼和他的妻子，他们来接我们。""拉瑟曼？"K.问。"是的，拉瑟曼，"奥尔加说，"我们当时的地位很高，比如说，如果没有我们，那场庆祝活动就无法顺利开始，因为我们的父亲是负责消防演习中排名第三的负责人。""当时你父亲精力充沛吗？"K.问。"我父亲？"奥尔加问，似乎不太明白，"三年前他可以说还是个年轻人，例如，在贵族庄园发生的一场火灾中，他背着一个重要的官员——那个很重的加拉特——跑了出来。我亲眼看到的，当时虽然没有火灾的危险，只是炉子旁边的干木头开始冒烟，但加拉特害怕极了，在窗户上喊救命，消防队来了，我父亲不得不把他背出去，尽管火已经被扑灭了。总之，加拉特是个行动不便的人，在那种情况下必须小心。我说起这些事只是因为父亲，从那以后不过才三年多的时间，现在看看他坐在那里的样子。"K.此刻才看到阿玛利亚已经回到了屋子里，但她离得很远。她正在桌子旁喂母亲吃东西，她母亲因为风湿，一只手臂已经不能动弹了，并告诉父亲，让他等一会儿再吃饭，她马上就会过来喂他。然而，她的劝告并没有成功，因为父亲迫不及待地想喝自己的汤，他克服了身体的虚弱，试图把汤从勺子上吸掉，或者直接从盘子里喝。当他发现这两种尝试都没能成功时，他非常生气地嘟嚷着，勺子在到达他嘴边之前就已经空了，而他的嘴巴永远也没能伸进盘子里，只有向下垂的胡子能沾到汤，汤汁朝着各个方向滴落、飞溅，只是没能进他的嘴里。"三年就把他变成了这个样子？"K.问道，但他仍然对两位老人和那边整张家庭餐桌没什么同情，只有厌恶。"三年，"奥尔加慢慢地说，"或者更准确地说，是一场庆典的那几个小时。庆典活动在村子外面的一片草地上举行，靠近小溪，当我们到达时，已经人山人海，附近的村子也来了很多人，嘈杂声让人感到困惑。首先，我们当然被父亲带到了消防水枪那里，看到水枪时，他高兴得笑了出来，一台新水枪让他很开心，他开始摸索着向我们解释，不容许别人反驳和阻拦，如果有什么在水枪下面值得一看，我们都得弯腰，甚至几乎要钻到水枪下面去，那时巴拿巴因为反抗还挨了打。只有阿玛利亚对水枪不感兴趣，她穿着漂亮的裙子站在一边，没有人敢说她什么，我有时跑过去抓住她的胳膊，但她一言不发。直到今天，我还无法解释，为什么我们在水枪前站了那么久，直到父亲离开水枪，我们才注意到索尔提尼呢，显然他这段时间一直靠在水枪后面的一个水枪杆上。那时确实有一片骇人的喧嚣声，不仅是因为庆典本身的喧闹；城堡还送给了消防队几只特殊的喇叭，只需很小的力气，甚至是一个孩子，也能吹出最狂野的音乐；听到那声音，人们会以为土耳其人来了，而且无法适应这种声音，每次有人吹奏，人们都会被吓得跳起来。而且因为是新喇叭，每个人都想试试，又因为这是个民间庆典，也允许大家这样做。有几个这样的吹奏者就在我们附近，也许是阿玛利亚把他们吸引过来的，这时本来就很难集中精神，还要按照父亲的要求去关注水枪，那简直是极限了，所以索尔提尼在我们面前逗留了这么久，我们才发现他，而在那之前，我们根本就不认识他。终于，拉瑟曼在我旁边小声地对父亲说：'那是索尔提尼。'父亲深深地鞠了个躬，并激动地示意我们也要鞠躬。虽然这之前没有见过他，但父亲一直以来都非常敬仰索尔提尼在消防事务方面的专业知识，并在家里多次提起过他，所以现在真正见到索尔提尼，对我们来说充满了惊喜，意义重大。然而，索尔提尼却并未理会我们，这并非索尔提尼的特点，许多官员在公共场合似乎都显得冷漠，而且他也很疲倦，只是他的职责使然，他才会待在这里。并不是最差劲的官员才觉得这些代表当局的职责尤为繁重，其他官员和仆役既然已经来了，就会与民众混在一起，而他却留在水枪旁，任何靠近他试图请教或奉承的人，都被他的沉默击退了。因此，他注意到我们的时间比我们注意到他的还晚。直到我们恭敬地鞠躬，父亲试图为我们向他道歉，他才看向我们，逐个审视着我们，显得十分疲惫，仿佛为这一个接着一个需要他打量的人而叹息，直到目光停留在阿玛利亚身上，他不得不抬头看她，因为她比他高得多。他愣住了，跳过了车杠，想靠近阿玛利亚，我们一开始误解了他的意图，全都在父亲的带领下想靠近他，但他举手制止了我们，然后示意我们离开。就是这样。后来我们总是戏弄阿玛利亚，说她真的找到了一个未婚夫，那天下午我们一直很开心，因为我们都不明就里，而阿玛利亚却比以往任何时候都更沉默。'她简直疯狂地、深深地爱上了索尔提尼。'布伦斯维克说，他总是有点粗鲁，对像阿玛利亚这样的性格无法理解，但这次我们却觉得他的话似乎是正确的，那天我们根本就都疯了，除了阿玛利亚，大家都喝得有点晕，直到午夜才回家。""那索尔提尼呢？"K.问道。"是的，索尔提尼。"奥尔加说，"在那个庆祝活动期间，我还多次见到了索尔提尼。他坐在车轴上，双臂交叉放在胸前，一直待到城堡的马车来接他。他甚至没有参加消防演习，而父亲那时候非常希望索尔提尼会去观看，所以在演习中表现得比他的同龄人都要优秀。""你们之后没再听到过他的事吗？"K.问，"你似乎对索尔提尼非常崇拜。""是的，崇拜。"奥尔加说，"是的，我们也确实再次听说了他的事。

第二天早晨，我们被阿玛利亚的尖叫声从酒后的梦中惊醒了，其他人立刻又倒回床上睡去了，我却完全清醒了，跑去找阿玛利亚。她站在窗前，手里拿着一封刚刚有人递给她的信，那人还在等着她回信。阿玛利亚已经读完了那封短信，信就这么悬在她无力下垂的手中；当她如此疲惫时，我总是特别喜欢她。我跪在她身边，读了那封信。我刚读完，阿玛利亚就瞥了我一眼，又拿起了信，但再也没有勇气读下去，她撕碎了信，把碎片扔到了窗外那人的脸上，然后关上窗户。那就是那个决定性的早晨。我称之为决定性的，可是前一天下午的每一个时刻也同样具有决定性。""信上写了什么？"K.问。"哦，我还没说。"奥尔加说，"那封信是索尔提尼写的，收信人是那个戴石榴石项链的姑娘。至于信的内容，我无法复述。信上要求她去贵族庄园，而且阿玛利亚必须立刻去，因为半小时后索尔提尼就要离开。这封信的措辞极其粗俗，我从未听过，只能从上下文中猜出大概一半。如果有人不认识阿玛利亚，只读了这封信，就会认为这个姑娘已经名誉扫地，尽管她可能根本没有被任何人碰过一下。信里没有一句恭维的话，也不是一封情书。相反，索尔提尼很生气，阿玛利亚的出现让他分心，妨碍了他的工作。后来我们推测，索尔提尼可能本想当天晚上就回到城堡，但因为阿玛利亚而留在村里，早上起来，对于他一整晚都没能忘记阿玛利亚而感到愤怒，于是写下了这封信。面对这封信，即使是最冷静的女人也会感到愤怒，其他人可能会因为信中恶劣的威胁语气而感到害怕。而阿玛利亚只是愤怒，她从不害怕，无论是为了自己还是为了别人。当我再次爬回床上，不停地重复那句没写完的话：'你必须立刻过来，否则——！'阿玛利亚则坐在窗台上，望着窗外，仿佛在等待更多的信使，并准备像对待第一个那样对待他们。""这就是那些官员。"K.犹豫地说，"在他们当中，也有这样的例子。你的父亲是怎么做的？我希望他曾向有关部门针对索尔提尼提出过严重的抗议，如果他没有选择去走贵族庄园这条又短又安全的捷径的话。这个故事中最丑恶的部分并不是对阿玛利亚的侮辱，那是很容易修补的一部分，我不知道为什么你特别强调这一点；为什么索尔提尼用这样一封信，就会永远地使阿玛利亚遭受羞辱，从你的叙述中，我们会这么认为。但这其实是不可能的，为阿玛利亚讨回公道很容易，几天之后这件事就会被遗忘，是索尔提尼羞辱了自己。我害怕的是索尔提尼这样的人，害怕他有这样滥用权力的可能性。在这个案例中，因为事情说得清清楚楚、明明白白，而且阿玛利亚是一个卓越的对手，所以他未能成功，但在其他千百种稍微不那么有利的情况下，这种滥用权力的情况完全可能会成功，并且可以躲过每个人的目光，包括受害者的目光。"

奥尔加说："安静，阿玛利亚看过来了。"阿玛利亚已经喂完了父母，现在正在给母亲脱衣服，她刚刚解开母亲的裙子，把母亲的胳膊搂在脖子上，稍微抬起了她一点，脱掉了她的裙子，然后轻轻地放她坐下。父亲总是对母亲先被照顾感到不满，但显然这只是因为母亲比他更无助，也许还为了惩罚女儿，在他看来，她总在拖延，所以他试图自己脱衣服，尽管他从最不必要和最容易的东西开始脱，就是那双特大拖鞋，他的脚只是松松地塞在里面,但他还是无论如何也无法脱掉它们,只好在沙哑的喘息声中放弃了,又僵硬地回到椅子上。

"你没有认识到关键所在,"奥尔加说,"你在其他方面或许是对的,但关键是阿玛利亚没有去贵族庄园。她对待信使的态度或许还可以接受,这本可以掩盖过去;但由于她没有去,我们家族就被诅咒了,她对信使的态度也变得不可原谅,甚至在公众眼中被推到了明显的位置。""什么!"K.惊呼道,立刻降低了声音,因为奥尔加举起双手祈求,"你,作为她的姐姐,难道说阿玛利亚应该跟随索尔提尼去贵族庄园吗?""不,"奥尔加说,"但愿我能免于这种怀疑,你怎么能相信这个呢?除了阿玛利亚,我还不认识任何一个像她那样的人,做所有的事情都是如此坚定不移。如果她去了贵族庄园,我当然也会同样支持她;但她没有去,这是英勇的。至于我,我向你坦白,如果我收到这样一封信,我是会去的。我无法承受还未发生的事情所带来的恐惧,只有阿玛利亚才能。有很多方法可以解决问题,比如,另一个女生可能会打扮得非常漂亮,这要花一点时间,然后去贵族庄园,但发现索尔提尼已经离开了,也许他在派信使之后就离开了,这甚至非常有可能,因为贵族的心情是多变的。但阿玛利亚没有这么做,也没有做类似的事情,她受到了深深的侮辱,毫不犹豫地做出了回答。如果她只是表面上顺从,只是恰好在那个时候跨过贵族庄园的门槛,厄运本可以避免,我们这里有很聪明的律师,他们能够无中生有地创造出任何我们想要的东西。但在这种情况下,甚至连有利的无中生有都做不到。相反,还会被说成蔑视索尔提尼的信件,侮辱信使。""但到底是什么厄运呢?"K.说,"什么样的律师?总不能因为索尔提尼的犯罪行为,来指控或者惩罚阿玛利亚吧?""确实可以,"奥尔加说,"他们会这么做的,当然不是通过正规的审判程序,他们也不是直接惩罚她,而是通过另一种方式惩罚了她,还有我们整个家族。这种惩罚有多严重,你现在可能也开始意识到了。你认为这是不公正的、令人难以置信的,这在村子里是一个完全孤立的观点,这对我们来说非常有利,应该让我们感到安慰;如果你的这种看法不是明显源于误解,就会让我们感到安慰。我可以轻易地证明这一点,如果我提到弗里达,请原谅我,但在弗里达和克拉姆之间,除最后的结果之外,与阿玛利亚和索尔提尼之间的事情非常相似,然而你现在已经认为这是正确的,即使最初你可能会感到惊讶。这并不是习惯,习惯无法让人在简单的判断中变得如此迟钝;这只是摆脱错误观念。""不,奥尔加,"K.说,"我不知道为什么你要把弗里达牵扯进这件事,情况完全不同,请不要混淆如此截然不同的两件事情,你继续讲吧。""请原谅,"奥尔加说,"如果我坚持做比较,请不要对我恶言相向,关于弗里达的事情,如果你认为必须捍卫她,因而来反驳这个比较,那么这也是残存的错误观念。她根本无须谁来为自己辩护,只需要赞美。当我比较这些案例时,我并不是说它们是相同的,它们就像黑与白一样,而白色的是弗里达。在最糟糕的情况下,人们可以嘲笑弗里达,就像我在酒吧里的无礼做法——我后来为此感到非常后悔——但即使有人嘲笑她,也是出于恶毒或嫉妒,不管怎么样,人们还是可以笑的。而对阿玛利亚呢，如果不是和她有血缘关系，别人只能鄙视她。所以，虽然正如你所说，这是两个截然不同的案例，但它们还是有相似之处。""它们也并不相似，"K.说，不耐烦地摇了摇头，"别把弗里达扯进来。弗里达没有像阿玛利亚那样，从索尔提尼那里收到那样卑鄙的信，而且弗里达真的爱克拉姆，谁怀疑的话可以去问她，她现在仍然爱着他。""但这些算什么很大的不同吗？"奥尔加问，"你认为克拉姆不会给弗里达写信吗？当那些绅士离开办公桌的时候，他们就会如此；当他们在世界上找不到自己的位置时，他们就会心不在焉地说出最粗鲁的话，虽然不是所有人，但很多人都是这样。阿玛利亚收到的信可能只是他在思考时在纸上草率写下的，甚至没注意到写下了什么内容。我们怎么知道那些绅士的想法呢！你有没有亲耳听说，或者听别人讲述过，克拉姆和弗里达相处时是什么样子的？关于克拉姆，众所周知，他非常粗鲁，据说他常常一连几个小时什么都不说，然后突然说出一句非常粗俗的话，让人不寒而栗。关于索尔提尼，倒是不知道有没有这种情况，总之他一直都很神秘。实际上，关于他，我们唯一了解的，就是他的名字和索尔蒂尼的名字很相似，如果不是这个名字与其有相似之处，人们可能根本就不会认识他。作为消防专家，人们可能也把他和索尔蒂尼混淆了，后者才是真正的专家，他利用名字的相似之处，把特别是应酬性的义务推给索尔提尼，这样他就能在工作中不受打扰。当索尔提尼这样一个不谙世事的人突然爱上了一个乡村女孩时，其形式自然与隔壁木匠的助手坠入爱河不同。还必须考虑到，一位官员和一个鞋匠的女儿之间确实存在很大的差距，这个差距必须用某种方式来弥合。索尔提尼尝试用这种方式，其他人可能会用其他方式。尽管说我们都属于城堡，不存在距离，也无须弥合，这在平常情况下也许是对的，但遗憾的是，我们有机会看到，正是在关键时刻，这种说法就完全不成立了。无论如何，在了解了所有的这些之后，索尔提尼的行为对你来说应该变得更加容易理解，不再那么骇人听闻了。事实上，与克拉姆的行为相比，索尔提尼的行为确实要容易理解得多，即使是与此事相关的人，也觉得他的举动更容易被接受。如果克拉姆写了一封温柔的信，那会比索尔提尼最粗俗的信更令人尴尬。请正确理解我的意思，我不敢对克拉姆下判断，我只是在比较，因为你反对做这个比较。克拉姆就像女人们的指挥官，时而命令这个、时而命令那个去他那儿，哪个女人他都容忍不了太久，他命令别人来，也同样命令别人离开。哦，克拉姆甚至都不屑于写信。那么与此相比，一个过着非常隐居生活的索尔提尼，他与女人的关系至少是未知的，他肯坐下来一次，用他漂亮的官方字迹写一封虽然令人讨厌但仍然字体漂亮的信，这还算骇人听闻吗？如果在这种比较中，没有任何有利于克拉姆的差别，反而是相反的情况，那么弗里达的爱应该产生什么作用呢？相信我，女人与官员之间的关系是非常难以评判的，或者说，总是非常容易评判的。在他们之间，爱从不缺席。官员们并不会情场失意。在这方面，当有人说一个女孩子（在这里我并非指弗里达）只是因为她爱他，就委身于一个官员，这并不值得称赞。她爱他，把自己献给了他，事情就是这样，但这里没有什么值得称赞的。然而，你会反驳说，阿玛利亚并不爱索尔提尼。是的，她并不爱他，但也许她还是爱他的，谁能下定论呢？甚至她自己都不能。她怎么能相信自己不曾爱他，又如此坚决地拒绝了他，让他承受了从未有官员遭受过的拒绝？巴拿巴说，直到现在，有时他仍然因为三年前她砰地关上窗子的举动而颤抖。这也是事实，所以不能问她；她已经和索尔提尼断绝了一切关系，除此之外她什么都不知道；她是否爱他，她也不知道。但我们知道，女人们在官员向她们示好时，别无选择，只能去爱官员，是的，她们在此之前就已经爱上了官员，尽管她们想要否认。而索尔提尼不仅对阿玛利亚示好，而且在看到阿玛利亚时，他甚至越过了马车的车轴。但你会说，阿玛利亚是一个例外。是的，她是一个例外，她在拒绝去找索尔提尼时证明了这一点，这就足够表明她是个例外了；但是，除此之外，要说她还不曾爱过索尔提尼，这就例外得过了头，简直无法理解。那天下午我们当然是受到了蒙蔽，但我们当时仍然透过所有的迷雾，看到了阿玛利亚恋爱的迹象，这或许显示出我们还有一些清醒。然而，当你把所有这些都考虑在内时，弗里达和阿玛利亚之间还有什么区别呢？唯一的区别就是，弗里达做了阿玛利亚拒绝做的事。""也许如此，"K.说，"但对我来说，主要区别在于弗里达是我的未婚妻，而阿玛利亚，我对她的关心本质上只因为她是巴拿巴的妹妹，是城堡信使的妹妹，而且她的命运也许与巴拿巴的职务有关。如果一个官员对她做了如你所说的那种极端不公的事情，那么这件事会让我十分关注，但即使如此，它对我来说也更像是一个公共事务，而非阿玛利亚的个人痛苦。然而，你的叙述使整幅画面发生了变化，虽然我还不是很明白整件事，但既然是你说的，我还是能够相信的。所以，我非常乐意完全忽略这件事，我又不是消防员，索尔提尼与我何干呢？然而，我确实关心弗里达，所以让我感到奇怪的是，你这个我完全信任，并且愿意一直相信下去的人，却通过阿玛利亚，不断地攻击弗里达，并试图让我怀疑她。我不认为你是故意的，更不要说有恶意了，否则我早就应该离开了。你并非故意这样做，是情况诱使你这么做的。因为你爱阿玛利亚，你想把她的形象树立得高高在上，高过所有女人。而由于你在阿玛利亚身上找不到足够值得称赞的东西，于是只能通过贬低其他女人来抬高她。阿玛利亚的行为很奇怪，但你对她的这种行为说得越多，就越不能决定它是伟大还是渺小，是明智还是愚蠢，是英雄还是懦弱；阿玛利亚把她的动机锁在胸中，没人能从她那里问出它们。相比之下，弗里达并没有做什么引人注目的事，她只是按自己的内心做事。任何怀着善意关心这件事的人都会明白这一点，每个人都可以去核实，也没有可被闲言碎语的。然而，我既不想贬低阿玛利亚，也不想为弗里达辩护，我只想让你明白我对弗里达的态度，以及任何针对弗里达的攻击，都是在攻击我的生活。我是出于自愿来到这里的，也是出于自愿在这里扎根的，但从那以后发生的一切，尤其是我未来的前景——尽管它们可能非常暗淡，但它们仍然存在——这一切都要归功于弗里达，这是无可辩驳的。虽然我在这里被任命为土地测量员，但那只是表面上的，人们戏弄我，把我赶出每间房子，甚至现在也还在戏弄我，但情况要复杂得多，可以说，我已经在某种程度上取得了进展，这确实意味着一些东西。尽管这一切都微不足道，但我已经有了一个家、一个职位和真正的工作，我有一个未婚妻，当我处理其他事务时，她会帮我分担我的本职工作。我将和她结婚，成为村里的一员。除了正式的关系，我还与克拉姆有一段尚未发挥作用的私人关系。这难道还不算很多吗？当我来找你们时，你们迎接的是谁？你把你家的故事讲给了谁？你希望从谁那里得到帮助，即使是微小的、不太可能的帮助？你希望得到的帮助，显然不是来自一周前还被拉瑟曼和布伦斯维克从他们的房子里赶出去的那个土地测量员，而是那个已经拥有某种权力手段的人。然而，正是弗里达让我拥有了这些权力手段，她如此谦虚，如果你试图向她询问这类事情，她肯定是完全不感兴趣的。然而，从这一切来看，弗里达似乎在她的纯真中做到的比阿玛利亚在她的傲慢中做到的更多，因为你看，我有这样的印象，你在为阿玛利亚寻求帮助。从谁那里呢？实际上，除弗里达之外，没有别人。""我真的说过关于弗里达的很难听的话吗？"奥尔加说，"我当然不想这么说，也不认为我说过，但这是有可能的，我们的处境是这样，我们与全世界都疏远了，我们一旦开始抱怨，就会情不自禁，我们不知道会去哪里。你说得也对，现在我们和弗里达之间的差距确实很大，强调这一点是好的。三年前，我们还是好人家的女孩，弗里达却是孤儿，在桥头客栈当女仆。我们从她身边走过时，甚至不用眼神瞥她一眼，我们肯定太傲慢了，但我们就是被这样教育的。那天晚上在贵族庄园，你可能已经看清了现在的情况：弗里达手里拿着鞭子,而我则混在那堆仆役中。但事情还要更糟糕。弗里达可能会鄙视我们,这符合她的地位,现实情况逼迫着她这么做。但是,谁不鄙视我们呢?谁决定鄙视我们,就会立刻跻身最高层次的社交圈。你认识弗里达的继任者吗?她叫佩皮。我前天晚上才认识她,之前她是个客房女仆。她对我的鄙视无疑已经超过了弗里达。她从窗户里看到我去取啤酒,就跑到门口把门锁上,我不得不恳求她很久,并答应给她我头发上的发带,她才肯开门。但当我把发带给她时,她立刻把它扔到了角落里。嗯,她可以鄙视我,部分原因是我确实需要她的好意,而且她在贵族庄园里当酒保,当然,这对她来说只是暂时的,她肯定没有长期在那里工作的必要素质。你只需听听老板怎么和佩皮说话,然后跟他之前和弗里达说话的方式做个比较,就一目了然。但这并不妨碍佩皮也鄙视阿玛利亚,阿玛利亚的目光足以让小小的佩皮连同她的辫子和发带都从房间里消失,而她自己的短腿绝对无法完成这样的事情。昨天,我又不得不忍受她对阿玛利亚的恼人闲话,直到最后客人们来关心我,当然,使用的是你已经见过的那种方式。""你看起来很害怕。"K.说,"我只是把弗里达放在了她应在的位置,并不是想贬低你们,就像你现在理解的那样。对我来说,你们家族确实有一些特别之处,我并没有隐瞒这一点;但我不明白这个特别之处怎么会引起鄙视。""哦,K.。"奥尔加说,"我恐怕你最终也会明白的;难道你无法理解阿玛利亚对索尔提尼的行为,是这种鄙视的第一个原因吗?""这实在太奇怪了。"K.说,"人们可以因此欣赏或谴责阿玛利亚,但怎么会鄙视她？即使出于我无法理解的情感，他们真的鄙视阿玛利亚，又为什么要将这种鄙视扩展到你们这个无辜的家庭呢？例如，佩皮对你的鄙视实在是太过分了，如果我再去贵族庄园，我会让她好看的。""K.，"奥尔加说，"如果你想让所有鄙视我们的人改变看法，那将是一项艰巨的任务，因为一切都来自城堡。我还清楚地记得那个早晨之后的上午。和之前的每天一样，布伦斯维克来了，他当时是我们的伙计，父亲给了他一些工作并让他回家去，我们在吃早餐，除了阿玛利亚和我，其他人都非常活跃。父亲一直在讲述庆典活动，他对消防队有各种计划，因为在城堡里有一支独立的消防队，他们还派了一支代表团来参加庆典，和我们一起讨论了一些事情，城堡里的绅士们看到了我们消防队的表现，非常赞赏，还与城堡消防队的表现做了比较，结果对我们非常有利，还谈到城堡的消防队的组织形式需要更新，因此需要几名村里的教练来指导，虽然有几个人已经被纳入了考虑范围，但我父亲还是很有希望被选中的。他谈论着这些，并以他喜欢的方式在餐桌上伸展着四肢，他张开双臂占据了半张桌子，当他从开着的窗户向天空仰望时，他的脸看起来是如此年轻，带着满怀希望的喜悦。我之后再也没有见过他这样的表情。然后阿玛利亚用一种我们不曾见过的优越感说，不能太相信绅士们的话，在这种情况下，绅士们喜欢说些让人开心的话，但它们没什么意义，或者压根儿就没意义，说完它们就被永远遗忘了，当然，在下一次的机会中，仍有人会相信他们的话。母亲批评了她的话，父亲只是对她的老成和丰富多彩的想法笑了笑，但接着他愣了一下，似乎在寻找某个东西,而且是现在才意识到了它的缺失,但其实什么也没少,然后他说,布伦斯维克说了有关信使和一封被撕碎的信的事,问我们是否知道什么,它涉及谁及情况如何。我们沉默不语,当时像小羊一样年轻的巴拿巴说了些特别愚蠢或特别冒失的话,大家谈论了些别的事情,这件事就被遗忘了。"

十八

阿玛利亚受到的惩罚

"然而不久之后,我们就从四面八方收到了有关信件事件的问题,几乎被淹没了,朋友和敌人、熟人和陌生人纷至沓来,但是没人在我们这待很久,最好的朋友是最先和我们告别的。拉瑟曼——他平日里慢条斯理、严肃端庄,他也来了,来的时候就像只是想检查一下房间的大小,环顾一下四周就走了;看起来就像在玩一场可怕的儿童游戏,拉瑟曼匆匆在前面逃跑,父亲摆脱了其他人,紧跟在他身后,一直追到大门口才止步。布伦斯维克也来了,他很坦白地告诉父亲,他打算自己创业,他头脑聪明,懂得如何利用时机。顾客们纷纷来到父亲的库房,寻找他们送来修理的靴子,起初父亲还试图劝说顾客改变主意——我们都尽我们所能地支持他——后来父亲放弃了,默默地帮助顾客们寻找他们要的。订单簿上的记录都被一行一行地划掉了,顾客们把他们在我们这里的皮革存货都拿走了,还清了债务,一切都没有争执,进行得很顺利,只要能够迅速彻底地与我们解除关系,他们即使有损失也无所谓,这都无所谓。最后，这也本可以意料得到，消防队长塞曼[1]出现了。当时的那个场景我现在仍历历在目，塞曼高大而强壮，但患有肺病，身体佝偻，他总是很严肃，从来不苟言笑，他当时站在我父亲面前，他一直钦佩我父亲，曾在私下向他暗示，要提他当副队长，现在却告诉他，协会将解雇他，并要求他归还证书。正与我们在一起的人们都放下了手头的事情，聚成一圈围着这两个男人。塞曼什么也说不出口，只是不断地拍打着父亲的肩膀，好像要把他应该说但找不到合适表达的话拍出来似的。他一直在笑，似乎想让自己和大家稍稍平静下来，但因为他本来就不会笑，而且别人还从未听过他的笑声，所以没人觉得他是在笑。然而，那天父亲已经太疲惫、太绝望了，也无法帮助塞曼，他甚至似乎太累了，这让他无法思考这一切到底是怎么回事。我们当时都同样感到绝望，但因为我们还年轻，所以无法相信崩溃会来得如此彻底，我们总是想着，在这么多访客中，总会有人最后来制止这一切，迫使一切重新回到原点。在我们的无知懵懂中，我们觉得塞曼似乎特别适合这个角色。我们紧张地等待着，在这持续的笑声中，最终会有一个清晰的词脱颖而出。现在究竟有什么好笑的，不就仅仅是我们所遭受的这件愚蠢不公的事吗？队长先生，队长先生，请您赶紧告诉大家吧，我们这样想着，向他挤了过去，但这只让他做出了奇怪的转身动作。最后，他终于开始说话了，倒不是为了满足我们的秘密愿望，而是为了回应人们鼓励或恼怒的呼喊。我们仍

---

[1] 卡夫卡为消防队长选用了"Seemann"（塞曼）这个姓氏，德语直译为"海上的男人"，与其消防队长的职业十分契合。

然怀抱希望。他以对父亲的高度赞誉作为开场，称他为消防协会之光，是年青一代无法企及的榜样，是一个不可或缺的成员，他的离去几乎会摧毁协会。这一切都说得非常好，要是他就此打住就好了。但他却继续说了下去。尽管如此，协会仍然决定暂时请父亲辞职，大家一定会明白促使协会做出此决定的重要理由。要是昨天的庆典上父亲没有表现得这么出色就好了，事情可能不会发展到这个地步，但正是这些成绩引起了官方关注，协会如今成了众人瞩目的焦点，必须比以前更加关注自身的纯洁性。然后发生了侮辱信使的事件，协会别无选择，他，塞曼，承担了这个艰巨的任务，向父亲传达了这个消息。希望父亲不要让这件事变得更加艰难。说完这番话，塞曼非常高兴，甚至不再过分谦恭，他指着挂在墙上的证书，用手指示意。父亲点了点头，走过去取下了证书，但因为手颤抖得厉害，无法从钩子上取下证书，于是我爬上椅子帮了他。从那一刻起，一切都结束了，父亲甚至没有把证书从相框里拿出来，而是连同框一起交给了塞曼。然后他在一个角落里坐了下来，一动不动，也不再和任何人说话，我们只能尽力去应付那些人。""那么，你凭什么说这是受城堡的影响呢？"K.问道，"暂时还没有。你到目前为止所讲的，只是人们毫无思考的恐惧、对他人的幸灾乐祸、不可靠的友谊，这些东西随处可见，而在你父亲方面——至少在我看来——也确实也存在一些狭隘的地方，那张证书算什么呢？它证明了他的能力，而他仍然保留了这些能力。如果这让他变得不可或缺，那就更好了。要是他在队长说出第二句话时，就把证书扔在队长的脚下，那才是真正让他难堪呢。特别值得注意的是,你根本没有提到阿玛利亚;阿玛利亚,这个导致一切问题的罪魁祸首,她可能就站在后面,静静地观察着这一切的毁灭。""不,不,"奥尔加说,"谁也不能指责其他人,谁也无法做得更好,这些都是城堡的影响。""城堡的影响,"阿玛利亚在无人察觉的情况下从院子里走了进来,父母早已上床睡觉,"还在讲城堡的故事吗?你们还坐在一起吗?你,K.,不是本来打算马上告辞的吗?现在都快十点了。你真的关心这些事吗?这里有些人以这样的故事为生,他们聚在一起,就像你们现在这样,互相折磨。但你似乎不属于这些人。"K.回答道:"不,我确实属于这些人。相反,那些自己不关心这些故事,只让别人操心这些事的人,我却觉得不怎么样。""好吧,"阿玛利亚说,"但是人们的兴趣是多种多样的。我曾听说过一个年轻人,他日夜都在想城堡的事,把其他一切都抛诸脑后。人们担心他的日常神志,因为他的全部神志似乎都集中在了城堡里。最后,事实证明,他并非真的关心城堡,而只是关心城堡一间办公室里清洁女工的女儿。他最后确实得到了那个女人,然后一切就都恢复正常了。""我想我会喜欢那个男人的。"K.说。"我怀疑你是否会喜欢那个男人,"阿玛利亚说,"但也许你会喜欢他的妻子。现在我就不打扰你们了,我要去睡觉了,因为我得关灯,虽然我的父母很快就睡着了,但一个小时后,他们就会醒来,那时候哪怕是最微弱的光线,也会打扰他们。晚安。"果然,房间顿时变得黑暗了,阿玛利亚在地板上找了个地方,靠着父母的床铺弄好了她的床铺。"她刚才提到的那个年轻人是谁？"K.问道。"我不知道，"奥尔加说，"也许是布伦斯维克，尽管也不完全像他，也许是另一个人。要完全理解她是不容易的，因为你很难知道她是在反讽还是认真说话。大部分时候她是认真的，听起来却像在反讽。""别再解释了！"K.说，"你是如何变得如此依赖她的呢？这种依赖关系是在那场大祸之前就存在了吗？还是在那之后才产生的？你有没有想过摆脱对她的依赖？这种依赖有什么合理的依据吗？她是家里最小的，应该听其他人的话。无论她有罪或无罪，都给家庭带来了灾难。她本应每天向你们每个人重新请求宽恕，她却高傲得比你们所有人都厉害，除了勉强照顾父母，她什么都不关心，不愿被告知任何事情。当她终于和你们说话时，虽然'大部分时候她是认真的，听起来却像在反讽'。或者她凭借着美貌来统治你们吗？你有时倒是会提到她的美貌，你们三个都长得非常相像，但她与你们两个人的区别却绝对对她不利。我第一次见到她时，她那愣头愣脑、毫无爱意的眼神就让我退避三舍。虽然她是最小的那个，但从她的外表丝毫看不出来这一点。她有那些几乎不会老去的女人的容貌，但她们也几乎从未真正年轻过。你每天都看着她，根本没有注意到她脸上的严肃。因此，当我仔细想想，我甚至无法认真对待索尔提尼对她的倾慕，也许他写那封信只是想惩罚她，而不是真的召唤她。""关于索尔提尼，我不想评论，"奥尔加说，"在城堡的那些绅士面前，一切皆有可能，无论是为了最美丽的女孩还是最丑陋的女孩。然而除此之外，你对阿玛利亚的看法完全是错误的。你看，我没有理由特意让你喜欢阿玛利亚，即使我尝试这样做，也只是为了你。阿玛利亚确实以某种方式导致了我们的不幸，这是肯定的，但即使是父亲——他受这场灾祸的打击最大——有时也无法在言辞上保持克制，尤其是在家里的时候，也从未对阿玛利亚说过一句责备的话。这并不是因为他赞同阿玛利亚的做法；他怎么可能赞同呢？作为索尔提尼的崇拜者，他根本无法理解这一切，他甚至愿意为索尔提尼牺牲一切，当然，并不是像现在这样，在索尔提尼可能的愤怒情况下。可能愤怒，因为我们再也没能从索尔提尼那里得到任何消息；如果说在这之前他一直是个孤僻的人，但从那时起，就好像他根本不存在一样。[24]而现在你真该再看看那段时间的阿玛利亚。我们都知道，不会有明确的惩罚降临。人们只是离我们远去。这里的人们，还有城堡里的。虽然人们自然会注意到他们的离去，但城堡却丝毫没有察觉到这一点。我们以前也没觉察到城堡的关怀，现在又怎么能注意到这种变化呢？这种平静是最糟糕的。人们对我们的疏离远远不是最糟糕的，他们并不是出于某种信念这样做的，也许他们对我们根本没有什么严重的反感，今天我们受到的蔑视那时还不存在，他们只是出于恐惧而这样做，现在他们正等着看接下来会发生什么。当时我们也不必担心生活上的困难，所有的债务人都已经付了款，我们还获得了有利的结算方式，亲戚们也秘密地帮助我们解决食物短缺的问题，那很容易，因为当时正是丰收的季节，尽管我们没有田地，也没有人让我们一起去工作，于是我们第一次在生活中几乎被迫地无所事事。我们在七月和八月的炎热天气里，关上窗户，待在一起。什么事情也没有发生。没有传唤，没有消息，没有通知,没有人来拜访,什么都没有。"K.说:"既然什么事情都没有发生,也没有什么明确的惩罚需要等待,你们在害怕什么?你们这些人真让人不理解!"[25]"我该怎么向你解释呢?"奥尔加说,"我们并不害怕将来会发生什么事情,我们已经受够了现在所遭受的,我们正身处在惩罚之中。村里的人们只是等着我们去找他们,等着父亲重新开设他的工作室,等着阿玛利亚重新接订单,她非常擅长缝制漂亮的衣服,尽管只是为上层人士,所有人都为他们所做的事情感到抱歉;当村里一个体面的家庭突然被彻底排除在外时,每个人都会因此受到某种损害;当他们与我们断绝来往时,他们只是认为在履行他们的职责,我们如果处于他们的位置,也不会做得更好。他们并不确切知道发生了什么事情,只是那个信使,手里拿着一堆纸片,回到了贵族庄园,弗里达看见他出去,然后又回来,跟他说了几句话,她所得到的信息就立刻传播开来了,但这并不是出于对我们的敌意,而只是出于职责,正如在同样情况下每个人的职责一样。现在,正如我已经说过的,人们最希望看到整个事件得到一个圆满解决。如果我们突然带来一个消息,说一切已经解决了,比如说,这一切只是一个已经完全澄清的误会,或者说确实曾有过失,但已经借由行动弥补了,或者——甚至这样也足以让人们满意——我们通过在城堡里的联系人成功平息了这件事——人们肯定会张开双臂欢迎我们回来,会有亲吻、拥抱和庆祝,这样的事情我在别人身上见过好几次。但是甚至不需要这样的消息,我们如果只是摆脱了束缚,坦荡地提出要恢复旧有联系,而对那封信的事情只字不提,这就足够了。所有人都会高兴地放弃讨论这件事，毕竟除害怕之外，主要还是因为这件事太过尴尬，才使得人们与我们划清了界限，他们只是希望不必听到这件事，不谈论它，不想它，不以任何方式受到它的影响。弗里达泄露了这件事，并不是为了从中得到乐趣，而是为了保护自己和所有人，让所有村民注意到这里发生了一件需要极力远离的事情。在这里，我们这个家庭在这件事上并不重要，重要的是这件事，我们只是卷入了这件事而已。所以，如果我们重新站出来，让过去的事情成为过去，通过我们的行为表明我们已经解决了这个问题，不管是通过什么方式，使公众确信，这件事无论曾经是什么样子的，都不会再被提及，这样一来，一切就都会好起来的；我们又会发现到处都是过去那些乐于助人的人，即使我们没能完全忘记这件事，人们也会理解，并帮助我们彻底忘记它。然而，我们却待在家里。我不知道我们在等什么，可能是等待阿玛利亚的决定，那时，在那个早晨，她把家族的领导权抢到了自己手上，并紧紧抓着不放。她没做什么特别的安排，没有命令，没有请求，几乎只是通过沉默来领导我们。当然，我们其他人有很多事情要商议，从早到晚都在不停地窃窃私语，有时父亲会突然变得很焦虑，叫我过去，而我就在床边待了半夜。或者有时候，我和巴拿巴一起蹲着，他之前对整个事情了解得还很少，总是热切地要求我解释，总是重复着同样的问题，他知道那些无忧无虑的岁月，其他和他年纪相仿的人期待的无忧的岁月，对他来说也不存在了，所以我们当时就像现在咱们俩一样坐在一起，忘记了夜晚已经过去，忘记了早晨已经来临。母亲是我们所有人中最脆弱的一个，可能因为她不仅承受着全家共同的痛苦，还承受着每个人单独的痛苦，所以我们惊恐地发现她身上发生了一些变化，看到这些变化，我们预感到我们全家都将面临这些。她最喜欢的地方是沙发的一个角落，我们已经很久不再拥有它了，它现在被放在布伦斯维克的大房间里，她就坐在那里——我们并不确切地知道她在做什么——或许是在打盹儿，或者是像她不停蠕动的嘴唇在暗示的那样，进行着漫长的自言自语。我们不停地谈论着信的事，各种确切的细节和所有不确定的可能性，总是在想办法解决问题，这是自然而然的，也是不可避免的，但结果却并不理想，因为我们正是通过这种方式越来越深入那个我们想逃避的困境。而这些再出色的点子又有什么帮助呢？没有阿玛利亚，谁都无法执行，一切都只是预先讨论，因为它们的结果根本没有传达给阿玛利亚，即使传达了，也只会遭遇她的沉默。现在，幸运的是，我比那时更能理解阿玛利亚了。她比我们所有人承受的都要更多，真是无法理解她是如何忍受那些，并且至今仍然生活在我们中间的。母亲或许承担了我们所有人的痛苦，她承受这些痛苦，是因为痛苦突然降临到了她的头上，她并没有承受很长时间；不能说她至今仍在承受痛苦，那时她的意识就已经混乱了。然而阿玛利亚不仅承受了痛苦，而且还有智慧去洞察一切，我们只看到了结果，而她看到了原因，我们希望依靠某些小手段，她却知道一切都已经决定了，我们得低声交谈，她却只需沉默，她直面真相，正视真相，依然生活着，并忍受着这种生活，那时是这样，现在还是这样。在我们所经历的困境中，我们还是过得比她好得多。当然，我们不得不离开我们的房子，布伦斯维克搬了进去，我们被安置在这个小屋里，我们用手推车把我们的家当搬到这里，巴拿巴和我拉着车，父亲和阿玛利亚在后面帮忙，母亲，我们一开始就把她带到了这里，她坐在一个箱子上，一边迎接我们，一边轻声地抱怨着。但我记得，即使在最艰苦的搬运过程中——这些搬运过程也非常令人羞愧，因为我们经常遇到收获庄稼的马车，车上的人看见我们就沉默起来，避开了我们的目光——我记得，在这些行程中，巴拿巴和我有时候也禁不住讨论我们的担忧和计划，我们在谈话中有时会站住，停下来，直到父亲在后面喊叫，才提醒我们回到自己的职责。但是，这些所有的讨论在搬迁之后也并没有改变我们的生活，只是我们逐渐开始感到了贫困。亲戚们的补助停止了，我们的资源也几乎耗尽，正是在那时，对我们的轻视才蔓延开来，正如你所了解的那样。人们注意到，我们没有能力摆脱那封信的纠缠，他们对此非常恼火，他们并没有低估我们命运的沉重，尽管他们并不完全了解，如果我们克服了困难，他们也会相应地高度尊敬我们，但由于我们没有成功，他们对我们彻底践行了他们迄今为止做的那些事，最终将我们排除在了所有圈子之外。现在，人们不再把我们当作人类来谈论，我们的姓氏不再被提及；当人们不得不谈论我们时，他们用巴拿巴的名字来称呼我们，他是我们中最无辜的人；甚至我们的小屋也受到了诋毁，如果你扪心自问，你会承认，当你第一次进入我们家时，你也认为这种轻视是有道理的；后来，当有人偶尔再来我们家时，他们会对一些无关紧要的事情皱起眉头，比如说，小油灯挂在桌子上方这种事。但油灯除了挂在桌子上方还能挂在哪里呢？但对他们来说，这似乎是无法忍受的。然而，即使我们把灯挂在别的地方，他们的反感也不会有任何改变。我们和我们所有的一切都受到了同样的轻视。"

十九

求情

"而我们在这期间做了什么呢?我们做了所有能做的最糟糕的事,我们做的那些事,使得我们比实际受到的待遇更应受到轻视——我们背叛了阿玛利亚,我们抛弃了她那沉默的命令,我们无法再这样生活下去,没有希望的生活让我们无法承受,于是我们开始用各种方式请求或冲击城堡,希望它能原谅我们。我们知道我们无法弥补任何损失,我们也知道唯一让我们能有希望与城堡产生联系的人就是索尔提尼,这位对我们的父亲十分亲切的官员——正是这些事件使我们无法接近他,尽管如此,我们还是开始了行动。父亲率先开始,他毫无意义地四处向主管、秘书、律师、书记员祈求宽恕,大多数时候他都无法获得接见,如果他通过计谋或偶然的机会得到接待——我们在听到这样的消息时多么欢欣鼓舞,摩拳擦掌——他又会非常迅速地被驳回,再也无法获得接待。要回答他实在太容易了,城堡做事总是这么轻松。他想要什么?他遭遇了什么?他想要因为什么得到谅解?城堡里什么时候有谁对他伸出过一根手指?不错,他变得贫穷了,失去了顾客,但这些都是生活中的常有现象，是手艺人和市场的事，难道城堡要为所有事情操心吗？实际上，它确实操心着一切，但它不能粗暴地干预事情的发展，仅仅为了满足一个人的利益。难道它应该派出官员去追踪父亲的顾客，然后用武力把他们带回来吗？然而，父亲反驳道——我们事前事后都在家里详细讨论了这些事情，躲在角落里，好像远离了阿玛利亚的视线，尽管她已经察觉到了一切，但她并没有阻止——父亲接着说，他并不是因为变穷而抱怨，他在这里失去的一切都可以轻易地再次得到，这些都是次要的，只要能得到原谅就行了。但是，他们回答说，他需要得到谅解的是什么呢？到目前为止，还没有收到过任何投诉，至少在记录中还没有出现过，或者至少不在律师公开可查阅的记录中，因此，在他们能查到的范围内，既没有对他采取过任何措施，也没有正在进行的事务。他能否说出针对他颁布的官方指令？父亲回答不出来。或者，官方机构是否已经介入进行了干预？父亲也不知道。那么，如果他什么都不知道，什么都没有发生，他想要什么呢？他能得到的谅解是什么？最多就是现在无缘无故地骚扰各种机构，但恰恰这一点是不可原谅的。然而父亲没有放弃，那时他身体还很好，被迫的闲居让他有了充裕的时间。'我将为阿玛利亚赢回荣誉，这用不了太久。'这话他每天都要对巴拿巴和我不时地说上好几次，但声音很小，因为不能让阿玛利亚听到；尽管如此，这句话仅仅是为了阿玛利亚而说的，因为实际上他根本没想过赢回荣誉，只想着得到原谅。然而，为了得到原谅，他首先必须确定自己的罪行，而这个罪行在各部门中却都被否认了。他有了一个想法——这说明他的智力已经有所减退了——他们是因为他没有支付足够的钱，才向他隐瞒罪行。到那时为止，他总是只支付了规定的费用，至少对我们当时的经济条件来说，这些费用已经足够高了。然而，他现在认为他应该支付更多，这当然是错误的，因为在我们这儿的机构里，虽然为了省事会接受贿赂，以避免不必要的口舌。但实际上并不能通过贿赂获得任何东西。不过既然这是父亲的希望，我们也不想打破他的幻想。我们卖掉了我们剩下的东西——几乎只剩下生活中不可或缺的东西——只为了给父亲提供资金进行调查，在很长一段时间里，我们每天早上都十分满足，因为当父亲早上出门时，他的口袋里总归还能有几枚硬币叮当作响。当然，我们在白天会饥肠辘辘，而通过筹集资金唯一能实现的，就是让父亲保持一点希望。但这几乎算不上什么优势。他在外面奔波劳累，而如果没有那些钱，本来很快就会结束的事情，却被拖得越来越久。由于实际上别人也无法为了那多支付的钱而做出什么非凡的成果，有时候某个抄写员会试图至少做些表面上事情，比如承诺进行调查，暗示已经找到了一些线索，但他们不是出于职责，而是为了让父亲满意——但父亲听了这些话，非但没有起疑心，反而越发深信不疑。

"他带着这样一个明显毫无意义的承诺回来，却好像已经给家里带来了满满的祝福，他总是站在阿玛利亚的背后，带着扭曲的笑容、瞪大着眼睛指着阿玛利亚，试图让我们明白，由于他的努力，对阿玛利亚的拯救即将到来，这将会让她自己比任何人都更为惊讶，这都是因为他的努力，但这一切都还是秘密，我们要严格保密。如果不是我们最后完全无法再给父亲提供资金的话，这样的情况肯定还会持续很长时间。虽然巴拿巴已经在多次请求后被布伦斯维克雇为助手了，不过他只被允许在天黑以后去取回任务，再在天黑以后交还做好的活——必须承认，布伦斯维克在其中确实承担了一定的风险，但他给巴拿巴的工资非常低，而巴拿巴的手艺是无懈可击的——然而，他的工资仅仅使我们能免于彻底饿死。在谨慎的准备、长时间的思考之后，我们告诉父亲，将停止对他提供金钱支持，但他接受得非常平静。他的神志已经无法理解，自己的打算是毫无希望的，但他终究还是厌倦了持续的失望。虽然他说——他不再能像以前那样口齿清楚地说话了，他以前说话总是说得太过清楚——他只需要一点钱，明天或今天就能知道一切，现在一切都白费了，只是因为没有钱而失败，诸如此类的话，但他说这些话的语气表明，他并不相信这一切。此外，他立刻就有了新的计划。既然他没有成功证明自己的罪行，因此在官方途径上也无法取得任何成果，他必须完全依赖求情，亲自去找那些官员。他们当中肯定也有些人又善良又富有同情心，尽管在职务上不能大发慈悲，但在非工作场合，如果在适当的时候打动他们，他们是会展现出善良的。"

K.一直聚精会神地听奥尔加的话，此时他却打断了她，他问道："你不认为这个想法是对的吗？"尽管接下来的讲述就会回答这个问题，但他现在就想知道。

"不，"奥尔加说，"根本就谈不上什么同情之类的事情。尽管我们还年轻，也没有经验，但我们知道这一点，父亲当然也知道，但他已经忘记了，就像他忘记了绝大多数事情一样。他想出了一个计划：在城堡附近的乡间道路上站着，因为官员们的马车会经过那里，如果有可能的话，他会向他们请求宽恕。说实话，这个计划毫无道理，即使不可能的事情发生了，这请求真的传到了一个官员的耳朵里，单独一个官员难道就能宽恕我们吗？这最多也只有整个机构才能做到，但即使是这个机构，它可能也无法宽恕，只能给人定罪。但是，一个官员，即使他想下车处理这个问题，难道听了父亲这个可怜、疲惫的老头子嘟嘟囔囔的话，就能理解这件事吗？官员们都受过很好的教育，但都只是片面的，一个官员在自己的领域里，可能只要听一句话就能洞悉整件事的思路，但对于其他部门的事情，你可能花几个小时给他解释，他也只会礼貌地点点头，而一句话也听不懂。这一切都是理所当然的，即使是你试着去理解那些与自己有关的琐碎的小小的官方事务，它们对于一个官员来说，可能只是耸一耸肩就能解决的小事，但你如果试图深入了解它们，就会发现一辈子也无法弄明白。但即使父亲遇到了一个有权处理此事的官员，这个官员也不能在没有事先了解的情况下，就就地解决问题，尤其是在乡间的道路上。他不能宽恕，只能按照职责处理，为此只能让你重新回到官方途径上，而父亲在官方这条路上已经完全失败了。父亲已经走到了何等地步，使得他想通过这个新计划来取得突破。如果这种可能性真的存在，那么乡间道路上肯定会挤满了祈求者，但由于这是不可能的事情，受过基本教育的人就能明白，因此那里空无一人。也许这也让父亲更加坚定了他的希望，他从任何地方都能为这个希望找到养分。其实，一个头脑健全的人根本不需要涉及那些复杂的思考，光从最表面的事物中，就能清楚地看到这是不可能的。当官员们进入村庄或返回城堡时，他们可不是在观光游玩，无论是在村庄还是城堡，都有工作等着他们，因此他们的车都以最快的速度行驶。他们根本不会想到要从车窗望出去，看看有没有祈求者，而是在车里塞满了文件，供这些官员审阅。"

"不过，"K.说，"我看到过一辆官员的马车，那里面没有文件。"奥尔加的故事向他展示了一个如此广阔、几乎令人难以置信的世界，他忍不住拿自己的小小经历来触动一下它，以便更清楚地确认这个世界的存在，以及他自己的存在。

"那是有可能的，"奥尔加说，"但那情况会更糟，那说明这位官员手头的事务非常重要，由于文件太过珍贵或者数量太过庞大，他无法带在身边，这样的官员通常会快马加鞭地赶路。总之，对于父亲，他们没有多余的时间。而且，通往城堡的道路有好几条。有时一条道路很受欢迎，大多数人都会走那里；有时另一条道路受欢迎，人们就会涌向那边。这种变化遵循的规律尚未被发现。比如早晨八点，所有的马车都在一条路上，半小时后又会全部在另一条路上，十分钟后又在第三条路上，半小时后可能又回到了第一条路上，然后在那里待上一整天。但是，变化的可能性却时刻存在。虽然在靠近村庄的地方，所有通往城堡的道路都会汇聚在一起，但所有到那里的马车都会飞驰而过，而在靠近城堡的地方，马车的速度还会稍稍慢一些。然而，马车的数量也和出行选择的道路一样具有不规律性，也难以预测。有时一连几天根本看不见马车，但接下来马车们又会成群结队地驶过。现在想象一下我们的父亲在这一切面前的样子。每天早晨，他穿着最好的衣服——不久之后那就是他唯一的一套衣服了，在我们的祝福声中离开家。他带着一个小的消防队徽，其实他不应该保留这个徽章，但一出村子，他还是把它戴在身上，在村里时，他不敢露出这个徽章，尽管它很小，两步之外就几乎看不见了，但据父亲的看法，这个徽章会有可能引起路过的官员对他的关注。离城堡入口不远处，有一个出售蔬菜的菜园子，它属于一个叫贝尔图赫的人，他为城堡提供蔬菜，在菜园栅栏的狭窄石柱上，父亲找到了个座位。贝尔图赫容忍了他，因为他以前和父亲是朋友，也曾是他最忠实的客户；他的脚有点畸形，认为只有父亲才能给他制作合适的靴子。于是，父亲就在那里坐了一天又一天，那是一个阴郁多雨的秋天，但他对天气漠不关心，早上到了固定的时间，他的手就搭在门把手上，向我们挥手告别，晚上他回来后，似乎变得越来越佝偻，浑身湿透，径直扑倒在角落里。起初，他还能向我们讲述他遇到的小事情，比如贝尔图赫因为同情和出于旧日的交情，从栅栏上给他扔过来一条毯子；或者他认为在路过的马车里认出了某个官员；又或者有时候已经有马车夫认出了他，开玩笑似的用鞭子轻轻地拍他一下；等等。后来，他不再讲述这些事情了，显然他已不再抱有在那里取得任何成果的希望了，他认为去那里度过一天只是他的责任，他无聊的职业。从那时起，他开始有了风湿的病痛，冬天临近了，雪又下得早，在我们这里，冬天来得非常早，于是他在那儿有时坐在雨水打湿的石头上,有时又坐在雪中。夜里,他因疼痛而叹息,早晨有时会犹豫是否应该出门,但最后还是克服了困难,离开了。母亲紧紧地跟在他身后,不愿放手,他或许因为四肢不再听使唤而变得害怕,就允许她跟着他一起去,于是母亲也开始被疼痛折磨。我们经常去看他们,带去食物,只是去看看他们,或者想劝说他们回家,我们常常在那里找到他们,发现他们蜷缩在狭窄的座位上,相互倚靠,裹在一条薄毯子里,周围除了雪和灰色的雾气,什么都没有,那广袤无垠的地方,几天都看不见人或马车,K.啊,那是怎样一幅景象!直到有一天早晨,父亲无法把僵硬的双腿从床上挪下来;他感到绝望,在轻微的发烧所引起的幻觉中,他看到一辆马车停在了贝尔图赫那地方,一位官员下了车,在栅栏上寻找父亲,然后失望地摇了摇头,生气地回到了马车上。父亲大叫着,好像他想从这里向山上的官员发出信号,解释他的缺席是无辜的,不是他的错。而他缺席栅栏的时间也变得很长,他根本没再回到那里,因为他不得不在床上待了好几个星期。阿玛利亚接手了照顾他、护理他、治疗他的一切工作,直到今天,除了偶尔的休息,她还一直在做这些事情。她知道哪些草药可以缓解疼痛,她几乎不需要睡觉,也从不惊慌,从不害怕,从不失去耐心,她为父母做了所有的工作;而我们却在一旁焦急得团团转,什么忙也帮不上,而她不管发生了什么,都能保持着冷静和平和。但是等到最坏的情况过去了,父亲在左右有人搀扶的情况下可以小心地慢慢下床了,阿玛利亚就立刻撒手不管了,把他交给了我们。"

二十

奥尔加的计划

"如今还需要为父亲找一份他能胜任的工作，至少让他相信这有助于替我们一家摆脱罪责。找到这样一份工作并不困难，做任何事情都比坐在贝尔图赫的菜园子前符合这个目的，不过我找到的事甚至给我带来了一些希望。无论何时，无论是在各种办公室、抄写员那里，还是在其他地方，只要谈到我们的罪过，总是只提到侮辱了索尔提尼的信使，于是谁也不敢再深究。因此，我告诉自己，如果舆论，哪怕只是表面上，只知道侮辱信使这件事，那么，哪怕只是表面文章，只要能够安抚信使，就能弥补一切。既然没有收到举报，如大家所说，那么这件事就还没有落到官方手中，因此信使有权以他个人的名义原谅我们，而且这件事只涉及他个人。所有这些当然不具备决定性意义，只是表面现象，但这会让父亲高兴，也许可以借此让那些曾经折磨过他的知情者稍感窘迫，让父亲感到满意，毕竟他们折磨他也折磨得够多了。首先，当然要找到信使。当我把计划告诉父亲时，起初他非常生气，因为他变得非常固执，部分原因是他在生病期间逐渐相信，我们总是阻止他取得最后的成功，先是通过停止资金支持，现在则是把他留在床上，另一部分原因是他已经无法完全理解别人的想法。还没等我把话讲完，他就拒绝了我的计划，他认为他应该继续在贝尔图赫的菜园里等待，而且无疑，因为他现在也不能每天自己走去那里，所以我们必须用手推车把他送过去。但我不肯放弃，渐渐地让他接受了这个想法，只是在这件事上有一点让他不安，那就是他得完全依赖于我，因为当时只有我见过那个信使，他并不认识他。当然，仆役们的样子也都差不多，而且我也不能完全确定我能再认出那个人。然后我们开始到贵族庄园去，在那里的仆役中寻找那个人。虽然那人是索尔提尼的一个仆役，而且索尔提尼已经不再来村子了，但是老爷们经常更换仆役，我们很有可能在另一个老爷的仆役里找到他，即使找不到他本人，也可以从其他仆役那里打听到他的消息。为此，我们必须每天晚上都去贵族庄园，可是我们到哪里都不受欢迎，在那样的地方，尤其是在那样的地方；我们也不能作为付费客人待在那儿。但是，我们发现他们还是需要我们的；你知道，对弗里达来说，仆役们是多么让人头疼，他们原本都是些安静的人，但被轻松的工作惯坏了，变得笨拙，'愿你活得像仆役那样'，这是老爷们的一句祝福语，事实上，就生活舒适度而言，仆役们才是城堡里真正的主人，他们也知道珍惜这一点，在城堡里，在城堡的法则之下，他们表现得安静而庄重，这在很多方面都得到了证实，即使在这些仆役中，人们也能找到这方面的痕迹，但只是痕迹而已。在村子里，由于城堡的法规不再完全适用于他们，他们就变得如同换了一个人似的，变成了一群狂野、不守规矩，被他们无法满足的欲望所驱使的人。他们已经无耻得毫无底线，对村子来说，幸好他们只有在收到命令时才能离开贵族庄园，在贵族庄园里，人们不得不设法与他们相处。对弗里达来说，这非常困难，所以她很高兴能利用我来安抚仆役们，两年多来，我每周至少在马厩里与仆役们共度两个晚上。从前，当父亲还能跟着去贵族庄园时，他会在酒吧里随便找个地方睡觉，等着我一早带给他消息。但消息总是寥寥无几。直到今天，我们还没有找到那个信使，他应该还在为索尔提尼服务，索尔提尼非常珍视他，当索尔提尼退去较远的办公室时，他也跟随着去了。大多数仆役也和我们一样，很长时间没有再见过他了，如果有人在此期间确实见过他，那可能是个误会。所以，我的计划实际上是失败的，但也并非完全失败，虽然我们没有找到那个信使，而且不幸的是，父亲由于去贵族庄园，而在路上来回奔波，还要在那里过夜，甚至还要加上对我的同情（如果他还有同情的能力的话），这一切让他精疲力竭，终于累垮了。他已经处于你所见到的那种状态将近两年了，而他的情况可能还比母亲的好一些，我们每天都在担心母亲离我们而去，只因为阿玛利亚超人的努力照顾，才让这一天迟迟没有到来。然而，在贵族庄园里，我确实取得了一定的成果，我与城堡建立了某种联系；当我说我不后悔所做的一切时，请不要鄙视我。你可能会想，这是和城堡什么了不起的联系呢？你是对的，这并不是什么了不起的联系。虽然我现在认识很多仆役，认识几乎所有近年来到村子里来的老爷的仆役，如果有一天我去城堡，我在那里不会感到陌生。当然，他们在村子里只是仆役，在城堡里却完全不同，可能在那里他们不会再认识任何人，尤其是在村子里和他们打过交道的人，即使他们在马厩里千百次地发过誓，他们很期待在城堡里跟我再见面。顺便说一句，我也已经亲身体验到了这些承诺是多么微不足道。但这并不是最重要的。我不仅通过仆役们与城堡建立了联系，而且通过这样一种方式，希望有人从上面看到我，以及我所做的事情——当然，管理庞大仆役队伍确实是官方工作中非常重要且令人烦恼的一部分——那么，观察我的这个人可能会对我做出比其他人更宽容的判断，他可能会认识到，尽管我的方式很可怜，但我也在为我的家庭而战，在延续父亲的努力。从这个角度来看，也许人们会原谅我接受仆役们的钱，并用它来养活我们一家人。此外，我还取得了其他成果，但你也会认为这是我的过错。我从仆役们那里了解到很多情况，比如如何用旁门左道的方法，而不是通过困难且长达数年的公共招聘程序就能得到城堡的职位。虽然这样的人并非正式官员，只是一个秘密的且被半容忍的人，既没有权利也没有义务，而没有义务反而是更糟糕的一点，但他们有一样好处，那就是他们离一切都很近，他们可以看准并利用有利的机会。他们不是雇员，但偶然可能有某项工作，没有雇员在手边，有人呼喊一声，他们就会赶紧过去，他们就会变成刚刚还不是的人，成为雇员。只不过这样的机会何时会出现呢？有时候很快，才刚刚到那里，刚刚环顾四周，机会就已经来了，甚至并不是每个人都有这样的机智，作为新手就能马上抓住它，但另一些时候，这又要比公共招聘程序多花几年的时间，而一个半被允许的人根本无法被正式公开录取。这里确实有很多顾虑；但相对于公开招聘过程中非常严格的选拔，一个来自某个名声不佳的家庭的人，从一开始就被排除在外了，相较这一点来看，也就没什么顾虑了；比如说，一个来自这种家庭的人报名参加了这个程序，因为结果而战战兢兢数年，而从第一天开始，人们就会惊讶地问他为什么敢于尝试这种无望的事情，但他还是抱有希望，否则他怎么生活，然而在多年以后，也许作为一个老人，他得知了被拒绝的消息，得知一切都失去了，他的一生都付诸东流了。当然，这里也有例外，这就是为什么人们会轻易地受到诱惑。有时候，恰恰是那些名声不好的人最后会被录取，有些官员实际上确实是违背自己意愿的，就喜欢这种野生的气味，在录取考试中，他们在空气中嗅来嗅去，扭曲着嘴巴，翻着白眼，这样的人对他们来说似乎是极具吸引力的，他们必须紧紧依靠法律书籍来抵抗这种诱惑。有时候，这并不能帮助这个人被录取，而只是使录取过程无休无止地被延长，直到这个人死去，过程才终止。因此，无论是合法的录取还是另一种途径，都充满了明显或隐蔽的困难，在投身于这样的事情之前，最好把一切都仔细地考虑一番。总之，巴拿巴和我都没有忽略这一点。每次我从贵族庄园回来，我们就坐下来交谈，我讲述我所了解到的最新消息，我们会讨论好几天，巴拿巴会放下手中的活，这使得他交活的日期常常被耽搁得很久。在你看来，我也许有罪。我知道，仆役们的叙述不可靠。我知道他们从来不愿意告诉我关于城堡的事情，总是努力地转移话题，每个词都需要哄骗，他们才能说出来，但当他们开始谈论时，他们又会滔滔不绝地说胡话、互相吹嘘和捏造事实，显然在那黑暗马厩的无休止的喧嚷中，最多只能包含一些关于真相的微弱暗示。然而，我将我所记得的一切都如实地告诉了巴拿巴，而他，由于我们家庭的处境，对这些事情几乎是如饥似渴，他还没有能力辨别真伪，只能全身心地投入其中，热切地追求更多信息。事实上，我的新计划正是基于巴拿巴。在仆役们那里已经无法取得更多成果。无法找到索尔提尼的信使，也永远找不到。索尔提尼和信使似乎退得越来越远了，他们的容貌和名字经常被遗忘，我不得不花很长时间来描述他们，然而这样做除让人勉强记起他们之外，却也无法获得关于他们的任何信息。至于我的生活与仆役们的关系，我自然无法影响其他人对我的评价，只能希望他们会接受我的所作所为，并因此为我们的家族减轻一些罪责，但我并未收到任何外在的证据。然而，我仍然坚持做着，因为我认为，这是我在城堡能为我们家争取到一些利益的唯一途径。而对于巴拿巴而言，我却看到了这种可能性。从仆役们的讲述中——如果我有兴趣的话，而我对此正充满了兴趣——我可以推断出，一个进入城堡服务的人可以为他的家庭做很多事。当然，这些故事有多少可信度呢？这无法确定，只有一点很清楚，那就是可信度很低。例如，有一个仆役——我可能再也不会见到他了，或者即使我以后还能见到他，也很难再认出他的样子——郑重地向我保证，要帮助我的弟弟在城堡里找到一份差事，或者至少，如果巴拿巴能够以其他方式进入城堡的话，会给予他支持——比如说，给他提供鼓励，因为根据仆役们的讲述，有些申请职位的人在漫长的等待过程中，可能会昏厥或困惑，这时如果没有朋友照顾他们，他们就会一败涂地——当我听到这些以及其他许多事情时，这些很可能是合理的警告，但随之而来的承诺却是毫无意义的空话了。巴拿巴却并不这么想，虽然我警告他别再相信这些承诺，但我把这些话告诉他，就已经足够让他接受我的计划了。我自己提出的那些理由，对他的影响较小，主要还是仆役们的话对他产生了影响。因此，实际上我完全只能靠自己，除阿玛利亚之外，谁也无法与父母沟通，我越是按照自己的方式推行父亲的旧计划，阿玛利亚就越是疏远我，她在你或其他人面前会和我说话，但不再单独和我说话，这两年来，我在贵族庄园的仆役们面前就像一个玩具，他们试图愤怒地摧毁我，我与他们中的任何人都没说过一句真诚的话，只有花言巧语、谎言或者疯狂的言辞，所以我只剩下巴拿巴了，而巴拿巴还很年轻。当我给他讲那些事时，看到他的眼中闪烁着光芒，我感到惊恐，但又无法停下来，因为我觉得事情太过重大，而这道光芒从此就留在了他眼中。当然，我没有我父亲那些空洞而宏伟的计划，我没有男人的那种果断，我还停留在弥补对信使的侮辱这件事上，甚至希望人们把我的这种谦逊视为一种功绩。但是，我想通过巴拿巴以另一种方式实现那些我一个人无法完成的事情。我们侮辱了一个信使，把他从前面的办公室赶了出去，那么最容易理解的做法，就是把巴拿巴送去当这个新的信使，让巴拿巴去完成那位受到侮辱的信使的工作，这样那位被侮辱的人就能安心地待在远方，待多久都可以，直到他忘记那次侮辱为止。我虽然也注意到，这个计划在谦逊的表面下也带有一些傲慢，它可能会给人一种印象，好像我们想要对当局发号施令，告诉他们应该如何安排人事问题，或者我们怀疑当局是否有能力自己做出最好的安排，甚至在这件事上我们想到可能需要做些什么之前，他们就已经安排好了一切。然而，我又觉得当局不可能如此误解我，或者他们如果真的这么做了，那一定是有意为之，也就是说，从一开始就不会对我所做的事情进行仔细调查，一切都会被否定。因此，我没有放弃，而巴拿巴的雄心壮志也发挥了作用。在这段准备时间里，巴拿巴变得非常傲慢，他觉得自己这个未来的办公室职员根本不屑于做鞋匠的工作，甚至敢在阿玛利亚对他说话时（她很少和他说话），彻底地反驳她。我很愿意让他短暂地快乐一下，因为从他第一天进入城堡的那一刻起，正如人们可以轻易预见的那样，他的快乐和傲慢立刻消失了。这时他就开始做那种我告诉过你的表面上的职务。令人惊讶的是，巴拿巴第一次进入城堡没有碰到任何困难，或者更准确地说，他就这么进入了那个办公室，而后来这已经成了他的工作场所。当时这个成功让我兴奋得几乎发疯，当巴拿巴晚上回家悄悄告诉我这个消息时，我跑到阿玛利亚那里，一把抓住她，把她按在角落里，用嘴唇和牙齿吻她，让她在疼痛和惊恐中吓哭了。我激动得说不出话来，而且我们已经很久没有说过话了，我把这个事情推迟了几天才告诉她。然而，在接下来的几天里，我们却没有什么可说的了。这种快速做到的事情，收获也就到此为止。两年来，巴拿巴过着这种单调而令人心痛的生活。仆役们完全失信，我给了巴拿巴一封小信，信里我把他推荐给仆役们，并提醒他们曾经的承诺，每当巴拿巴看到一个仆役时,他就把信拿出来,展示给他看,即使他有时遇到的是不认识我的仆役,他也一言不发给人看信——因为他在上面不敢说话——这种做法对于那些认识我的人来说,实在令人恼火,然而没有人帮助他毕竟还是很可耻,有一个仆役,也许信已经被强加给他好几次了,他把它揉成一团扔进了废纸篓。但这也是一种解脱,而这种解脱我们自己也做得到,而且本来早就可以自己做到。我想到,他在揉信时几乎可以说:'你们处理信件的方式也常常是如此。'然而,尽管这段时间在其他方面几乎一无所获,但对巴拿巴却产生了好的影响,如果愿意称之为好影响的话,那就是他过早地变得老成,过早地成了一个男人,甚至在某种程度上,他已经超越了成熟的男人的严肃和睿智。看着他,我常常感到很悲伤,无法不把他和两年前还是个孩子的时候相对比。而且,我甚至没能得到他作为一个男人能提供的安慰和支持。如果不是我,他可能根本就不会进入城堡,但他自从进入城堡以来,就不再依赖我了。我是他唯一的知己,但他一定只告诉了我他小部分的心事。他告诉了我很多关于城堡的事情,但从他的叙述和他透露的小部分事实中,我根本无法理解为什么这一切会改变他这么多。尤其无法理解的是,为什么他作为一个男人,在城堡里时却完全失去了年轻时的勇气,这让我们所有人都感到绝望。当然,这种毫无用处的战栗和等待,日复一日,一次又一次地重新开始,而且完全没有任何改变的希望,会让人疲惫不堪,充满怀疑,甚至最后无法做任何事情,除了这种令人绝望的战栗。但为什么他早前也根本没有进行任何反抗呢?尤其是当他很快就意识到，我是对的，在那儿并没有让他实现雄心壮志的可能，但或许有希望改善我们的家庭处境。因为在那儿，除仆役们的任性之外，一切都进行得十分简单。巴拿马曾怀着雄心壮志在工作中寻求满足，但在这过程中，由于事务本身无比重要，雄心壮志就完全消失了，而那里没有空间留给孩子气的愿望。不过，正如巴拿巴告诉我的，他确信他看到了，那些获准他进入其办公室的官员，即使颇为可疑，但所握有的权力和知识也是如此之大。他看着他们口授，迅速地说话、半闭着眼睛、做出短暂的手势，只用一根食指，不说任何话，就把那些嘟嘟嚷嚷的仆役打发走了，这时候，仆役们会喘着粗气，幸福地笑着，或者当他们在书中找到重要的部分，会把书猛地敲在桌子上，在狭小的空间里，尽可能地召集其他人过来，伸长了脖子去看。这些事情和类似的事情，让巴拿巴对这些人产生了很大的敬意，他觉得如果他能被他们注意到，并且能和他们说上几句话，不是作为一个陌生人，而是作为一间办公室的同事，即使是最低级的那种，那么对我们的家庭来说，也可能会达到意想不到的效果。然而，这种情况尚未发生，而且巴拿巴也不敢去做任何能让他接近这个目标的事情，他已经清楚地知道，在我们的家庭中，由于不幸的境遇，他尽管年轻，但已经升为了责任重大的一家之主。

"现在，我还要承认最后一件事：一周前，你来到这里。我在贵族庄园里听到有人提起了这事，但我并没有在意；一位土地测量员来了，我甚至不知道那是什么。然而，第二天晚上，巴拿巴比往常回来得早——平时我一般会在固定的时间走一段路去接他，他看到阿玛利亚在房间里，于是把我拉到街上，把脸压在我的肩膀上，哭了好几分钟。当遇到一件无法应对的事情，他又变回了从前的那个小男孩。就好像他面前突然出现了一个全新的世界，他无法承受这个新世界的幸福和烦恼。然而，除接到一封要送给你的信之外，他没有遇到其他任何事情。当然，这是他第一封信，也是他迄今为止接到的第一项工作。"

奥尔加说到这里停住了。除她父母沉重的、有时候夹杂着喘息的呼吸声之外，一切都很安静。K.只是轻描淡写地说，像是在补充奥尔加的故事："你们在我面前伪装了自己。巴拿巴像一个繁忙的老信使一样给我送来了信，而你和阿玛利亚（这次她和你们保持一致）也装得好像送信和信使工作只是一件顺便的事情。""你必须区分我们之间的差异，"奥尔加说，"巴拿巴因为这两封信又变成了一个幸福的孩子，尽管他对自己的工作有很多疑虑。他只是对自己和我有这些疑虑，在你面前，他却试图表现得像个真正的信使，就像他想象中真正的信使那样，在这里找到他的荣誉。例如，虽然现在看来，他得到一套官方套装的可能性更大了，但我还是不得不在两个小时内替他改好裤子，让它看起来至少像是官方套装的紧身裤，这样他才能在你面前看起来像模像样（在这方面你当然还是很好骗的）。这就是巴拿巴。但阿玛利亚确实看不上信使这个职务，而现在，由于他似乎取得了一些成果，这一点她可以轻易地从巴拿巴和我身上，以及我们坐在一起窃窃私语的状态中看出来，在这之后，她比以前更加看不起这个职务。所以她说的是实话，千万不要因为怀疑而被欺骗。但是，如果我，K.，有时贬低了信使这个工作，那并不是为了欺骗你，而是出于恐惧。这两封信，是我们家族在过去三年里收到的第一个恩典的象征，虽然这个象征仍然充满了疑虑。但这个转折（如果它是一个转折而不是幻觉的话——幻觉比转折更常出现）与你的到来有关，我们的命运对你产生了一定程度的依赖关系，也许这两封信只是一个开始，巴拿巴的工作将不仅限于和你有关的送信工作，而会扩展开来——只要我们还被允许这么希望的话——但目前一切都集中在你身上。在那上边，别人分配给我们什么，我们必须满足地接受，而在这里，我们或许还可以自己做点什么，也就是说：博得你的欢心，或者至少使我们免受你的厌恶，或者最重要的是，尽我们所能，根据我们的经验来保护你，以免你失去与城堡的联系——也许我们可以依靠这联系来生活。现在要怎样才能最好地着手做这一切呢？那就是在我们接近你时，要让你不对我们产生怀疑，因为你在这里是陌生人，所以肯定对所有方面都充满了怀疑，充满了合理的怀疑。另外，我们受人鄙视，而你受到了大家的观点的影响，尤其是受到你未婚妻的影响，我们该怎么接近你，才能比如说不至于和你的未婚妻对立，从而伤害到你呢？至于那两封信，在你收到之前我已经仔细阅读过——巴拿巴没有读过，作为信使，他不允许自己这么做。乍一看这两封信似乎并不是很重要，已经失去了时效性，因而本身也失去了重要性，因为它要你去见村长。在这种情况下，我们应该如何对待你呢？我们如果强调其重要性，就会让自己变得可疑，大家会怀疑我们高估了这些不重要的事情,我们自己作为传递这些消息的人,在你面前自我吹嘘,试图实现我们的目的,而不是你的目的,这样一来,我们甚至可能会因此降低你眼中这些消息的价值,从而非常不情愿地欺骗了你。但是,我们如果不把这些信看得很重要,同样会变得可疑,因为如果是这样,为什么我们还要忙于传递这些不重要的信件呢?为什么我们的行动和言辞是相互矛盾的?为什么我们不仅欺骗了你这个收信人,还欺骗了我们的委托人,他们把这些信委托给我们,肯定不是为了让我们在收信人那儿贬低信件的价值。而要在这两种极端之间保持中庸,也就是正确地评估信件,这实际上是不可能的,因为它们自己也在不断地改变自己的价值,它们引起的思考是无止境的,而我们在这思考过程中的哪里停下来,只是由偶然决定的,因此意见也是偶然的。而当我们对你的担忧也加入其中时,一切都变得混乱了。你不应该过于严苛地对待我的话。例如有一次,巴拿巴带来了一个消息,说你对他的信使工作不满意,他在最初的惊吓中——很遗憾他也不缺乏其他信使的敏感性——主动提出了要辞去这个职务。那时,我为了弥补错误,确实就会去坑蒙、撒谎、欺骗,做所有坏事,只要能有所帮助。但我这样做,至少在我看来,是为了你的利益,也是为了我们的利益。"

这时有人敲门。奥尔加跑到门口打开了门。一束光从一盏提灯中射出,照进了黑暗。

那个深夜访客低声提问,并得到了低声的回答,但他并不满足于此,还想闯进房间来看看。奥尔加可能无法再阻止他,于是叫来了阿玛利亚，她显然希望阿玛利亚为了保护父母不被吵醒，竭尽全力地把访客赶走。果然，她立刻赶了过来，把奥尔加推到一边，走到街上，随后关上了门。只过了一会儿，她又回来了，奥尔加觉得不可能的事情，她一下子就做到了。

之后K.从奥尔加那里得知，这次探访是为了自己，那是弗里达派来的一个助手，正在寻找他。奥尔加想保护K.免受助手的打扰；如果K.想之后向弗里达承认他拜访过这里，他大可以这样做，但不应该被助手发现这件事；K.同意了这一点。然而，当奥尔加建议他在这里过夜，并等巴拿巴回来时，他拒绝了；他或许本可以接受这个提议，因为现在已是深夜了，而且他觉得，无论他是否愿意，他和这个家庭的联系如此紧密，如果出于其他原因在这里过夜，或许会令人尴尬，但考虑到这种联系，这儿对他来说，已经是整个村子最适合过夜的地方了，尽管如此，他还是拒绝了，助手的来访让他警觉起来，他无法理解弗里达（尽管她知道他的意愿）和已经害怕他的助手们是如何再串通一气的，使得弗里达不惜派一个助手来找他，而另一个助手则留在她身边。他问奥尔加是否有鞭子，她说没有，但她有一根很好的柳条，于是他拿起了那根柳条；然后他问，是否有另一个出口可以离开房子，确实有一个出口通向院子，但还需要翻过邻居花园的围栏，穿过花园才能到街道上。K.想走这条路。当奥尔加带着他穿过院子、来到围栏时，K.迅速安慰她不用担心，解释说他并不会因为她在讲述中提到的一些小手段而生气，反而非常理解她，并感谢她对他的信任——通过她的讲述，她也展示了这些信任——同时要求她在巴拿巴回来后，立即派他去学校，即使是在夜里也要去找他。虽然巴拿巴的消息并非他唯一的希望，但他也绝不想放弃它们，他想要紧紧守住这希望，否则他的处境会很糟糕，同时他也不会忘记奥尔加，因为对他来说，比那些消息更重要的几乎是奥尔加本人，她的勇敢、谨慎、智慧以及对家庭的奉献。如果让他在奥尔加和阿玛利亚之间做选择，他是不会花费太多时间去思考的。当他已经爬上邻居花园的围栏时，他还热情地握了握她的手。

当他走到街道上时，在朦胧的夜色中，他看到在巴拿巴家的房子前面，那个助手仍在来回走动，有时他会停下来，试图透过被窗帘遮住的窗户，把光照进屋子里。K.叫住了他；他并没有明显地受到惊吓，他放弃了监视房子，走向了K.。"你在找谁？"K.问，一边在大腿上试了试那根柳条的弯曲度。"在找你。"助手走近时说。"那你到底是谁？"K.突然问，因为他似乎不是那个助手。他看起来更老、更疲惫，脸上的皱纹更多，但脸部也更丰满，他走路的样子也与助手们那种灵活，仿佛关节充满电的步伐完全不同，他走得很慢，还有些跛，有点贵族般的虚弱。"你认不出我啦？"那个男人问，"我是杰里米亚斯，你的老助手。""是吗？"K.说，又稍微拉出了一点他已经藏在背后的柳条，"可你看起来完全不一样。""这是因为我现在独自一人，"杰里米亚斯说，"当我独自一人时，那快乐的青春也就消失了。""那么阿图尔呢？"K.问。"阿图尔？"杰里米亚斯问，"那个小宝贝？他已经离职了。你对我们实在是太苛刻了。他那脆弱的灵魂无法承受。他回到城堡去了,并要对你提出控诉。""那你呢?"K.问。"我可以留下来,"杰里米亚斯说,"阿图尔也会代表我提出控诉。""你们要控诉什么呢?"K.问。"我们控诉的是,"杰里米亚斯说,"你不懂开玩笑。我们做了什么?开了一点玩笑,笑了一笑,逗弄了一下你的新娘。而且都是按照任务来的。当加拉特派我们到你这儿来的时候——""加拉特?"K.问。"是的,加拉特,"杰里米亚斯说,"当时他代理克拉姆的职位。当他派我们来找你时,他说——我记得很清楚,因为我们就是以此为依据的——你们去当土地测量员的助手。我们说:'但我们不懂这项工作。'他回答:'这并不是最重要的;如果有必要,他会教你们的。但最重要的是,你们要让他开心一点。据我所知,他对所有事情都看得很重。他现在到村子里来了,就觉得这是一件大事,实际上却什么也不是。你们要教会他这一点。'""那么,"K.说,"加拉特说得对吗?你们完成了任务吗?""我不知道,"杰里米亚斯说,"在这么短的时间里,这是不可能的。我只知道你非常粗暴,我们因此而控诉你。我不明白,你作为一个职员,甚至不是城堡的职员,怎么就不能理解,这样的差事是艰苦的,而像你所做的,故意地、几乎是孩子气地给工作人员增加工作难度,这是非常不公正的。你对我们如此冷酷无情,让我们在围栏边冻得要死,或者用拳头狠狠地打阿图尔,而他是会为了一句恶言痛苦好几天的人,你几乎把他打死在床垫上,又或者像那天下午,你让我在雪地里东奔西跑,让我花了一个小时才从那场劳累中恢复过来。我可不再年轻了!""亲爱的杰里米亚斯,"K.说,"你说得对,但你应该把这些问题告诉加拉特。是他自己派你们来的，我并没有向他提出请求。而且既然我没有要求你们来，我也可以把你们送回去，我宁愿和平地这么做，而不是用武力，但显然你们不想这样。话说回来，你们最初来找我的时候，为什么你没有像现在这样坦率地说话呢？""因为我在执行任务，"杰里米亚斯说，"这不是理所当然的吗？""现在你不再执行任务了？"K.问。"现在不执行了，"杰里米亚斯说，"阿图尔在城堡里辞去了职务，或者这至少是一个正在进行中的程序，这最终将使我们摆脱这个差事。""但你现在找我，就像你还在执行任务一样。"K.说。"不，"杰里米亚斯说，"我来找你，是为了安慰弗里达。你为了巴拿巴家的姑娘而离开了她，她非常难过，倒不仅仅是因为失去了你，更因为你的背叛，尽管她早就预见到了这一切，也已经因此受了很多痛苦了。我正好又走到了学校的窗户前，想看看你是不是已经变得更理智了些。但你并不在那里，只有弗里达在，她坐在教室的长椅上哭泣。于是，我走到她身边，我们达成了一致。一切都已经安排妥当。我在贵族庄园里当个客房服务员，直到我的事情在城堡里得到解决，而弗里达则又回到酒吧工作。对弗里达来说，这是更好的选择。成为你的妻子对她来说是不理智的。而且，你也不懂得尊重她为你付出的牺牲。不过，善良的弗里达还是始终有些担心你是不是受到了委屈，也许你并没有真的去巴拿巴家。尽管你去了哪里其实毫无疑问，但我还是决定走一趟，一劳永逸地查明真相；因为在经历了这么多波折之后，弗里达理应安稳地睡个好觉，当然，我也是。所以我就去了，不仅找到了你，而且还看到了那些姑娘如何紧跟在你身后。特别是那个黑头发的女孩,像一只真正的野猫,为你拼命。不过,每个人都有自己的喜好。无论如何,你没有必要绕道去邻居的花园,我知道那条路。"

二十一

（无题）

现在看来，预料之中但又无法避免的事情终究还是发生了。弗里达离开了他。这件事并不意味着永远的结束，情况并没有那么糟糕，他还可以再把弗里达夺回来。因为她很容易受到外人的影响，尤其是这些助手，他们认为弗里达的地位与他们相似，现在他们既然已经辞职，就会劝说弗里达也这么做。但K.只需站在她面前，让她记起所有对他有利的事，她就会满心懊悔，重新成为他的人。甚至，如果他能够证明去拜访那两个姑娘很有必要，多亏了她们他才能有所收获，那情况就更好了。尽管他试图用这些想法缓解自己对弗里达的事的焦虑，但是他仍然感到不安。就在不久前，他还在奥尔加面前夸耀弗里达，称她是他唯一的依靠。但现在看来，这个依靠并不那么牢靠，甚至不需要一个有权势的人来插手，一个相貌平平的助手就能抢走K.的弗里达，而助手这具肉体吧，有时真让人怀疑是不是真的还活着。

杰里米亚斯已经转身离去了，K.叫住了他。"杰里米亚斯，"他说，"我想对你坦诚相待，请你也诚实地回答我一个问题。我们现在已经不再是主人和仆役的关系了，这一点不仅让你高兴，也让我高兴，所以我们没有理由欺骗彼此了。当着你的面，我折断了原本要用来教训你的鞭子，我之所以选择穿过花园的路，并不是因为害怕你，而是为了让你措手不及，进而好好地教训你一顿。现在，请不要再对我怀恨在心了，这一切都已经过去；如果你不是官方强加给我的仆役，而只是我的熟人，我们一定会相处得很好，即使你的外貌有时让我有点不舒服。而在这一点上，我们也还可以弥补这一切的过错。""你认为呢？"助手说，他打着哈欠，累得眼睛也疲惫不堪，"我本可以向你详细解释这件事，但我没有时间了，我得去找弗里达，她正等着我呢。她还没有开始工作，酒吧老板听从了我的劝告——她自己可能是想要忘记一切，所以想立刻投入工作中——给了她一点休息时间，我们至少想一起度过这段时间。对于你的提议，我确实没有理由向你撒谎，但也同样没有理由向你倾诉。因为我的情况和你不同。只要我和你处于雇佣关系，你对我来说当然是一个非常重要的人物，不是因为你的特质，而是因为你的职责，我会为你做任何你想要做的事情，但现在你对我来说已经无足轻重了。即使你折断了那根柳条，也不能打动我，它只会让我想起我曾经拥有一个多么粗暴的主人；并不能让我对你产生好感。""你这么跟我说话，"K.说，"就好像你非常确定你以后再也不必怕我了。但实际上情况并非如此。你可能还没有完全摆脱我，这儿处理事情并不会那么迅速。""有时候还会更快。"杰里米亚斯插话说。"有时候，"K.说，"但没有任何迹象表明这一回会是这样的，至少你和我都没有拿到书面的处理结果。由此可见程序才刚刚开始,我还没有通过我的关系来进行干预,但我会的。如果结果对你不利,那么你并没有做出很多努力,让你的主人对你产生好感,甚至可能我折断那根柳条都是多余的。至于弗里达,你确实把她带走了,这让你变得非常狂妄,但是在尊重你这个人的前提下——即使你已经不再尊重我——我知道,只要我对弗里达说几句话,就足以撕碎你俘获她的谎言。而且,只有谎言才能让弗里达离开我。"

"这些威胁吓不到我,"杰里米亚斯说,"你根本不想让我做你的助手,你害怕我成为你的助手,你害怕助手们,正是出于恐惧,你才打了可怜的阿图尔。""也许吧,"K.说,"这样一来,打得就不那么疼了?也许我还会以这种方式更多次地向你展现我的恐惧。当我看到你并不对助手的身份感到高兴时,这反而会让我想克服一切恐惧,非常愉快地强迫你给我做助手。而且,这次我会尽量让你单独为我效力,而不是和阿图尔一起,这样我就可以给你更多的关注。""你认为,"杰里米亚斯说,"我对这一切有丝毫恐惧吗?""我想,"K.说,"你肯定有些恐惧,你如果聪明的话,会更害怕。否则你为什么还没去找弗里达呢?告诉我,你是不是真的爱她?""爱?"杰里米亚斯说,"她是个聪明的好女孩,是克拉姆曾经的情人,所以无论如何都值得尊敬。而且,如果她一直请我救她以摆脱你,那么我何乐而不为呢?尤其是这样做也不会伤害到你,因为你已经在可恶的巴拿巴姐妹那儿找到安慰了。""现在我看到你的恐惧了,"K.说,"一种非常可悲的恐惧,你试图用谎言来蒙骗我。弗里达只有一个请求，那就是让她摆脱疯狂的、狗一般好色的助手们，可惜我没有时间完全满足她的请求，是我的疏忽造成了现在这样的后果。"

"土地测量员先生！土地测量员先生！"有人在巷子里喊道。那是巴拿巴。他气喘吁吁地跑来，但没忘记在K.面前鞠躬。"我成功了。"他说。"什么成功了？"K.问，"你把我的请求转告给克拉姆了吗？""那倒是办不到的，"巴拿巴说，"我非常努力，但那是不可能的。我一直挤在前面，整天都站在大桌子旁边，虽然没有人叫我这么做。我挡住了某个抄写员的光线，他有一次甚至一把就把我推开了。当克拉姆抬头时，我违反了规定，举手报告。我留在办公室的时间最长，甚至最后那里只剩下我和那些仆役。我又一次看到克拉姆回来，但并不是因为我。他只是想在一本书里快速查阅什么东西，然后就走了。最后，仆役们看我还是一动不动，差点就用扫帚把我从门里扫出去。我向你坦承这一切，以免你再次对我的表现感到不满。""你所有的勤奋，巴拿巴，"K.说，"如果完全没有成果，对我又有什么用呢？""但我有成果，"巴拿巴说，"当我走出我的办公室时——我称之为我的办公室——我看到一位先生慢慢地从深深的走廊里走过来，其他地方已经空了，那时已经很晚了，我决定等他，这是一个继续待在那里的好机会。我最喜欢留在那里，免得给你带去坏消息。但等待那位先生也是值得的，他是埃朗格。你认识他吗？他是克拉姆的首席秘书之一。他是一位虚弱矮小的先生，有点跛。他立刻认出了我，他以记忆力好和洞察人心而闻名。他只要皱起眉头，就能认出每个人，甚至那些他从没见过，只是听说过或读到过的人，比如说我，他就几乎从未见过。尽管他可以立刻认出每个人，但他还是会先问一下，好像他不确定似的。他对我说：'你不是巴拿巴吗？'然后他问：'你认识那个土地测量员吧？'接着他又说：'那真是太好了。我现在要去贵族庄园。土地测量员应该去那儿拜访我。我住在十五号房间。但他得现在就过去。我在那儿只有几场谈话，早上五点就要搭车回来。告诉他，我很重视和他的谈话。'"

杰里米亚斯突然跑了出去。迄今为止，巴拿巴由于激动几乎还没有注意到他，于是问道："杰里米亚斯想干什么？""抢在我之前去见埃朗格。"K.说，他跟在杰里米亚斯后面，追上了他，抓住他的胳膊说："是对弗里达的渴望突然俘获了你吗？我同样也渴望见到她，所以我们就以相同的速度过去吧。"

在黑暗的贵族庄园前，站着一小群男人，有两三个正手提着灯笼，因此能清晰地看到一些面孔。K.只认识一个熟人，就是车夫格尔施塔克。格尔施塔克问候他说："你还在村子里吗？""是的，"K.说，"我来这里是为了长期待下去的。""我可不关心这个。"格尔施塔克说，他用力地咳嗽了一声，转向了其他人。

原来大家都在等着埃朗格。埃朗格已经到了，但在接待这些人之前，他还得和莫穆斯谈谈。大家都在埋怨他们不能在屋里等待，而必须站在雪地里等他的这个问题。虽然天气并不是很冷，但让大家在房子外面待上几个小时还是很无礼的。当然，这不是埃朗格的错，他相当宽容，几乎不知道这件事，如果有人向他报告,他肯定会非常恼火。这是贵族庄园老板娘的错,她因为过度追求精致,已经变得有些病态了,她不愿意让太多人同时来到贵族庄园。她常说:"如果非得来,那么看在上帝的分上,请一个一个地来。"于是她成功地让大家从最初在走廊上等,后来退到了楼梯上等,再后来在门厅里等,到最后干脆被退到大街上等待。但即使是这样,她还是不满足。用她的话说,在自己的房子里总是被"围攻",对她来说是难以忍受的。她无法理解为什么有当事人要来这儿交流。有一次,一个官员听她问到这个问题时,可能是因为恼火,就回答说:"就是为了把门前的台阶弄脏。"她觉得这个回答非常合理,还经常引用这句话。她希望在贵族庄园对面建一座楼,以供当事人在里面等候,这倒也符合当事人的愿望。她最希望的是把接见当事人,以及审问的过程也移到贵族庄园之外进行,但官员们反对这个想法,当然如果官员们坚决反对,她自然也无法说服他们,尽管在次要问题上,她凭借不懈的热情和女性的温柔,可以实现一种小小的"专制暴政",但是老板娘估计还得继续在贵族庄园里忍受这些接见和审讯,因为城堡里的那些人拒绝在村里处理公务时离开贵族庄园。他们总是很匆忙,只是勉强来到村子里,但除必要之外的事情,他们没有丝毫兴趣在这里逗留,因此不能要求他们为了贵族庄园的清净,就暂时把所有的文件搬到街对面的其他房子里,从而浪费时间。官员们最喜欢在酒吧或自己的房间里处理公务,尽可能在吃饭时、在睡前,或者早晨,当他们太累了不想起床,还想在床上伸展一下的时候。然而,建立一座等候大楼的问题似乎渐渐将要获得一个有利的解决方案,不过,这对老板娘来说是一种敏感的惩罚——人们对此觉得有些好笑——因为正是建造等候大楼的事需要大量的讨论,这使贵族庄园的走廊几乎没空过。

在等待的人群中,大家都在小声讨论着这些事情。K. 注意到,虽然大家都对此表示不满,但没有人反对埃朗格在半夜召集大家。他问了一下,得到的回答是,人们甚至应该非常感激埃朗格。因为他愿意到村子里来,完全是出于他的好意和对职务的高度敬业,他要是愿意的话,他可以——这甚至可能更符合规定——派一个下级秘书来,让他做记录。但他通常拒绝这样做,想亲自看看、听听这些事,为此不得不牺牲自己的夜晚,因为他的工作计划里提前安排了来村子里的时间。K. 反驳道,可是克拉姆白天也到村子里来,甚至会在这里待上好几天;那么,埃朗格,他只是个秘书,难道在上面的城堡里反而更加不可或缺吗?几个人友好地笑了,另一些人则默默无言,后者占了多数,几乎没有回答K. 的问题。只有一个人犹豫地说,当然,克拉姆是不可或缺的,无论是在城堡还是在村子里。

就在此时,大门打开了,莫穆斯出现在两个提着灯笼的仆役之间。他说:"最先被允许去见秘书埃朗格的是:格尔施塔克和K.。这两个人在这儿吗?"他们报了到,但在他们之前,杰里米亚斯说了声"我是房间服务员",就溜进了房间,莫穆斯还微笑着拍了拍他的肩膀,表示欢迎。K. 心想:"我得更加注意杰里米亚斯了。"同时他意识到,比起在城堡里与他作对的阿图尔,杰里米亚斯可能要相对安全得多。也许让他们这样当助手，继续折磨自己，比起让他们这么不受控制地到处游荡，反而是更聪明的做法，因为他们似乎有特殊的才能，能够自由地实施这些阴谋诡计。

当K.经过莫穆斯时，后者似乎现在才认出K.是土地测量员。他说："啊，土地测量员先生！那个不愿意接受审讯的人，现在却急着硬要参加审讯。当时在我这里本来会简单些。不过，要挑选正确的审讯当然是很困难的。"当K.因为这番话而停下来时，莫穆斯说："走吧，走吧！当时我需要您的回答，现在却不再需要了。"尽管如此，K.还是因为莫穆斯的举动而激动地说："你们只考虑自己。我不回答问题，并不是因为职务，无论是当时还是现在。"莫穆斯说："那我们还能考虑谁呢？除了我们，这里还有谁呢？您去吧！"

在走廊里，一个仆役接待了他们，沿着K.已经熟悉的路引领他们穿过院子，然后穿过了门，进入了那条稍微向下倾斜的通道。显然，只有高级官员们才能住在楼上的几层，秘书们则住在这个通道的两边，包括埃朗格，尽管他是他们中的最高级别的秘书之一。仆役熄灭了他的灯笼，因为这里有明亮的电灯。这里的一切都小巧精致。空间都被尽可能地充分利用了。通道勉强能让人直立行走。走廊两侧几乎是门挨着门。两边的侧墙并没有延伸到天花板，这可能是出于通风的考虑，因为在这条深入地下室般的通道中，这些小房间大概是没有窗户的。墙壁没有被完全密封的缺点是，走廊和房间里的嘈杂声不可避免地会被同步。许多房间似乎都有人住，大多数房间里的人还没睡，可以听得到说话声、锤击声和玻璃碰杯的声音。然而，这里并没有给人特别快乐的感觉。那些说话声都很低沉，人们只能偶尔听到一个词，这些并不像是闲聊，很可能只是有人在口述或朗读什么，正是从那些传来玻璃和盘子声响的房间里，听不到任何说话声。而锤击声让K.想起了他在某个地方听到的一个故事，有些官员为了从持续的脑力劳动中恢复，会暂时从事木工、精细机械之类的工作。走廊本身空荡荡的，只有一扇门前坐着一个面色苍白、又高又瘦的男士，他穿着皮大衣，从里面可以看到他露出的睡衣。可能是房间里的空气太闷热了，所以他坐在外面阅读报纸。但他看得并不专心，他时不时地打着哈欠，停下阅读，俯身向前看着走廊，也许他在等待他传唤的当事人，而这个人却迟迟未到。当他们从这位男士身边经过时，仆役对格尔施塔克说道："那是平茨高尔！"格尔施塔克点了点头，说："他已经很久没到楼下来了。""确实很久了。"仆役证实道。

最后，他们来到了一扇门前，它看起来与其他的房门并没有什么不同，仆役告诉他们，这是埃朗格的房间。仆役让K.把他举起来，从上面的空隙往房间里看。仆役下来后说："他正躺在床上呢，虽然穿着衣服，但我觉得他在打盹。有时候在村子里，由于生活方式的不同，他会突然感到疲倦。我们得等一等。他醒来时会按铃的。不过，确实曾经发生过这样的情况，即他在村子里待的整段时间都在睡觉，一醒来就得立刻回到城堡。他在这里的工作本来就是属于自愿的。"格尔施塔克说："要是他这次能一直睡到头就好了，因为如果他醒来后还有一点时间工作，他会很不高兴自己睡着了，会急于把所有事情都处理完,那么我们就几乎无法好好说话了。"仆役问:"您来是为了建筑施工的运输工作分配事宜吗?"格尔施塔克点点头,把仆役拉到一边,悄悄地跟他说话,但那仆役几乎没有听,因为他比格尔施塔克高出了不止一个头,于是他的目光越过了格尔施塔克望着别处,同时用手认真地、缓慢地抚摸着自己的头发。

二十二

（无题）

当K.漫无目的地环顾四周时，他在遥远的走廊拐角处看到了弗里达；她假装没有认出他，只是呆呆地看着他，手里还拿着一只托盘，上面放着一个空杯子。他告诉那个仆役，他会马上回来——尽管仆役根本没理他——他话说得越多，仆役似乎就越心不在焉，然后跑向了弗里达。他来到了她身边，抓住了她的肩膀，好像重新拥有了她，他问了她一些无关紧要的问题，同时试图在她的眼中寻找答案。然而，她僵硬的姿态几乎没有放松，她心不在焉地尝试着挪动托盘上的餐具，说："你到底想要什么？你去找那些——你知道她们叫什么的人吧，你刚刚才从她们那里来，我看得出来。"K.立刻改变了话题；他们不应该这么突然地展开谈话，也不应该从最糟糕的、对他最不利的地方开始谈起。"我以为你在酒吧里工作呢。"他说。弗里达惊讶地看着他，然后用她空闲的一只手轻轻地抚摸着他的额头和脸颊。好像忘记了他的样子，想通过这种方式重新唤回记忆，她的眼睛也流露出努力回忆时的模糊神情。"我被重新安排到酒吧工作了，"她缓慢地说，好像她说的这些并不重要，但在她的话中，她还在与K.进行另一场对话，这才是更重要的，"客房的工作不适合我，其他任何人都可以胜任；任何一个会铺床、面带微笑，不怕客人骚扰，甚至还能引发客人骚扰的女孩，都可以当客房女仆。但是在酒吧里，那可就不一样了。我也很快就重新被安排到酒吧工作了，尽管我当时离开的方式并不光彩，当然，现在我有了保护者。但是老板很高兴有人保护我，这让他能轻松地重新雇用我。他们甚至不得不催促我接受这个职位；如果你考虑到酒吧让我想起了什么，你就会理解。最后，我接受了这个职位。我只是在这里临时帮忙。佩皮请求我们不要让她立刻离开酒吧，这样她就不会受到羞辱，因为她确实很努力，尽她所能地工作，所以我们给了她二十四小时的离职宽限期。""这一切都安排得很好，"K.说，"但是你一度因为我离开了酒吧，现在我们即将结婚，你又回到了那里？""不会有婚礼了。"弗里达说。"因为我不忠？"K.问。弗里达点了点头。"弗里达，"K.说，"关于这所谓的不忠，我们已经谈过很多次了，每次你最后都不得不承认这怀疑是不公平的。但是从那时起，在我这儿没有任何变化，一切都保持着原来的清白样子，而且也不会有任何变化。所以，你那边一定发生了什么变化，可能是别人的教唆或其他原因。无论如何，你对我不公平，因为你看看，那两个女孩的情况是怎样的？一个是那个黑发女孩——她为自己不得不这样详细地辩护，我几乎感到羞愧，但你逼得我不得不这么做——那个黑发女孩让我感受到的不悦可能并不比对你的不悦程度少；我只要能尽量远离她，就会这么做，她也让这件事变得很轻松，没有人能像她那样矜持。""是的!"弗里达喊道,这话仿佛是违反了她的意志,被迫说出口的。K.很高兴看到她被分散了注意力,她的态度与她所希望的相反,"你认为她是矜持的,你把最无耻的那个女人称作矜持的女人,你是真心这么想的,尽管这听起来难以置信,但你并不会伪装,这一点我知道。桥头客栈的老板娘这样说过你:'我受不了他,但我也不能扔下他,就像看到一个还没学会走路的小孩子正冒险地迈大步走路时,你根本无法克制自己,必须介入管他。'""这次你就接受她的劝告吧,"K.笑着说,"但那个女孩,无论她是矜持还是无耻,我们都可以放在一边,我不想知道她的事。""但是为什么你认为她矜持呢?"弗里达坚持不懈地问,K.认为她的这种关注对他是有利的,"你是验证过这点,还是想借此来贬低别人呢?""两者都不是,"K.说,"我之所以认为她矜持,是出于感激,因为她很容易让我忽略她,而且即使她经常与我交谈,我也无法让自己再次回到她那里,这对我来说将是一个巨大的损失,因为你知道的,为了我们俩共同的未来,我必须去那里。因此,我也必须和另一个女孩谈话,尽管我看重她的能力、眼光和无私,却没有人会说她很有魅力。""助手们可不这么认为。"弗里达说。"在这一点上,也许在其他许多方面,我们的看法都不同。"K.说,"你是想从助手们的欲望中推断出我的不忠吗?"弗里达沉默不语,任由K.从她手中接过茶杯,放在地板上,用他的手臂挽住她的,和她在狭小的空间里慢慢地来回走动。"你不知道什么是忠诚,"她说,稍微抗拒着他的亲近,"你如何对待那些女孩,其实并不是最重要的;

你到那家去又再回来，衣服上还沾着他们家的气味，这对我来说已经是无法忍受的耻辱。你离开学校时，一句话也不说，甚至在他们家待了大半夜。当有人问起你时，你让那些女孩子矢口否认，尤其是那个无与伦比的矜持女孩。你还从一条秘密的小路偷偷溜出他们家，甚至可能是为了保护那些女孩的名声，那些女孩的名声！不，我们不要再谈论这个了！""这件事别再谈了，"K. 说，"但我们可以谈论别的事，弗里达。关于这件事也没什么可说的。你知道我为什么必须去那里。这对我来说并不容易，但我克服了自己。你不应该让我更加为难。今天我只是想去那里问问，看看巴拿巴是否回来了，他本来早就应该带着重要的消息过来了。他还没有来，但是，正如人们向我保证的那样，他一定很快就会来。我不想让他随后到学校里来找我，以免他的出现打扰到你。时间一分一秒地过去了，可惜他还是没来。然而，另一个我讨厌的人来了。我可不想让他监视我，所以我穿过隔壁的花园出去。但我也不想躲避他，于是我在街上直接走向了他，手里还拿着一根非常柔韧的柳条，这我承认。这就是全部，因此关于这个问题我们没有什么更多可说的了，但还有其他事情。你和那两个助手的关系是怎么回事呢？提起他们我就觉得恶心，就像我提起那家人时你的感觉一样，我理解你对那家人的反感，并且我也可以和你产生共鸣。我只是因为有事才去找他们，有时候我甚至觉得我对他们不公平，是在利用他们。然而，你和那两个助手却不同。你并没有否认他们在跟踪你，还承认自己被他们吸引。我并没有因此而生气，我明白这里涉及一些你无法抵抗的力量，你至少还在尝试抵抗，这已经让我很高兴了，我还帮助你进行抵抗。但是，就因为我在这件事上稍稍放松了几个小时，相信了你的忠诚，当然也希望我们房间肯定是上了锁的，助手们最后会被赶跑——恐怕我还是低估了他们——就因为我稍稍放松了几个小时，那个杰里米亚斯，仔细看上去其实是个年纪较大，又不太健康的小伙子，竟然有胆量走到窗前，仅仅因为这个，我就要失去你吗，弗里达，还要听到'不会有婚礼了'这样的问候？按理说，我不应该是那个提出指责的人吗？但我没有这么做，我始终没有这么做。"K.觉得此时再稍微转移一下弗里达的注意力，会是件好事，于是他请她给他拿点吃的，因为他从中午起就没再吃过东西了。弗里达显然也因这个请求而稍感轻松，她点了点头，跑去拿了些东西，但并没有朝着K.猜测的厨房的方向，继续沿着走廊往前走，而是从旁边下了几级台阶。她很快就端来了一盘切好的熟食和一瓶葡萄酒，但这看起来只是别人吃过的残羹剩饭，各种食物也是被匆忙地重新摆放过，试图掩盖过去的痕迹，甚至忽略了还放在里面的香肠皮，瓶子里的酒也只剩下了四分之三。然而，K.并没有说什么，而是津津有味地开始吃。他问道："你刚才去了厨房吗？"弗里达回答："不，我去了我的房间。我在楼下有一个房间。"K.说："你应该带我一起去的。我想去那里吃饭，稍微坐一下。"弗里达说："我给你拿把椅子。"她已经准备去拿了。K.说："谢谢。"他又把她拉了回来："我既不下去，也不需要椅子了。"弗里达不情愿地让他抓住自己的手，低着头，咬紧了嘴唇。她说："好吧，他就在楼下。你难道没想到吗？他正躺在我的床上，他在外面着了凉，正在发抖，几乎没吃什么。其实这一切都是你的错，如果你没赶走那两个助手，也没有跟在那家人后面跑出去，我们现在可以安安静静地待在学校里。是你毁了我们的幸福。你觉得杰里米亚斯在还在职的时候敢绑架我吗？那你就完全误解了这里的秩序。他想接近我，他一直在煎熬，一直在窥视我，但那只是一种游戏，就像饥饿的狗会玩耍，却不敢跳到桌子上一样。我也是这样。我被他吸引，他是我儿时的玩伴——我们曾一起在城堡山的山坡上玩耍，那是些美好的时光，你从来没有问过我过去的事——但只要杰里米亚斯受到职务的约束，这一切都不是决定性的，因为我知道作为你未来的妻子，我有我的义务。然而你赶走了助手，还为此感到自豪，好像这样做是为了我似的，从某种意义上说，这是真的。你的目的在阿图尔身上实现了，虽然只是暂时的，他很脆弱，没有杰里米亚斯那种不畏艰难的热情，而且你那晚用拳头打了他一下——那一击也是对我们幸福的打击——几乎毁了他，他逃到城堡里告状去了，尽管他很快就会回来，但无论如何，他现在离开了。然而，杰里米亚斯却留了下来。在职时，连主人的眼皮子抖一抖，他都会害怕。但离职后，他什么都不怕了。他来了，把我带走了；我被你抛弃，被他这个老朋友控制，我无法抵挡。我没有打开学校大门，他打碎了窗户，把我拉了出去。我们飞奔到这里，客栈老板尊敬他，而且对客人来说，有这样的一个房间服务员，也是求之不得，所以我们被接纳了。他不是住在我这儿，而是我们有一个共同的房间。""尽管如此，"K.说，"我并不后悔把那两个助手赶出去。如果情况如你所述，你的忠诚只是由于助手们的职务约束，那么让一切都结束也是好事。夹在两头屈服于鞭子下的猛兽之间的婚姻，是不会太幸福的。这样说来，我还要感谢那个无意中为我们的分开做出贡献的家庭。"他们沉默了一会儿，又一起来回走了几趟，谁先带的头已经无从分辨了。弗里达紧贴着K.，似乎生气他没有再把她搂在胳膊下。"这样一切都已经解决了，"K.接着说，"我们可以告别了，你去找你的主人杰里米亚斯吧，他可能之前因为在学校里感冒而着了凉，考虑到这一点，你已经把他单独留在一旁太久了。而我独自去学校，或者去其他地方，去找人收留我，既然没有你，我在那里也无事可做。然而，尽管如此，我仍然犹豫不决，因为出于充分的理由，我仍然对你所讲的事情有些怀疑。我对杰里米亚斯的印象恰恰相反。只要他还在职，他就会一直跟在你后面，我不相信长此以往，他的职务会阻止他认真地对你下手。但现在，自从他认为职务已经解除，情况就变得不同了。原谅我，如果我以如下方式解释的话。自从你不再是他主人的新娘，你对他的诱惑就已经不如以前那么大了。你可能是他童年的朋友，但是——我实际上只是在今晚与他进行了一次短暂的谈话——在我看来，他对这种感情上的事并不重视。我不知道为什么他在你眼中是一个充满激情的角色。他的思维方式在我看来更像是特别冷静。他从加拉特那里接受了一个关于我的任务，对我可能并不是很有利，他竭尽全力去执行这个任务，我承认他有一定的事业心——这在这里并不罕见——其中包括破坏我们的关系。他可能试图通过各种方式来实现这个目标，其中一种是试图用他淫荡、渴望的目光来引诱你，另一种是由于老板娘的支持，他谈论起我对你的不忠。他的计划成功了，这总让人想起克拉姆，这一点可能也对他有所帮助。虽然他失去了职位，但也许正是在他不再需要它的时候，他才丢掉了它。现在他正在收获努力的果实，把你从学校窗户拉出去，他的工作就完成了。一旦失去了事业心，他会变得疲惫。他宁愿成为阿图尔的替代品，阿图尔并没有在告状，而是赢得了赞誉和新的任务，但也需要有人留下来关注事态的进一步发展。给你提供照顾对他来说是有些烦人的责任。他对你的爱毫无痕迹，他向我坦言，作为克拉姆的情人，你在他眼中当然是值得尊敬的，住在你的房间里，感受一下自己是个小克拉姆，这滋味对他来说当然很好，但仅此而已，现在你对他已经没有什么意义了，把你安置在这里，只是他主要任务的后续而已。为了不让你感到不安，他也暂时留了下来，但只是暂时的，只要他还没有从城堡得到新的消息，还没有在你这里治愈他的感冒。""你竟然这样诽谤他！"弗里达说，她的两个小拳头砰砰地互相撞击。"诽谤？"K. 说，"不，我不想诽谤他。但是，也许我冤枉了他，这当然是有可能的。我刚才说的关于他的事情，并不是完全暴露在表面的，也许有另一种解释。但是诽谤？诽谤的唯一目的应该是反抗你对他的爱。如果有必要，而且如果诽谤是一个合适的手段，我会毫不犹豫地去诽谤他。没有人可以因此而谴责我，因为他的委托人使他在我面前占据了如此大的优势，而我只能完全靠自己，这使我也有权利对他进行一点诽谤。这将是一个相对无辜，最终也无能为力的防御手段。所以，放下你的拳头休息吧。"K.抓住了弗里达的手,弗里达想要把手从他手中抽出来,但她笑着,也并没有用很大的力气。"但是我没必要去诽谤他,"K.说,"因为你并不爱他,你只是以为你爱他,当我解救你摆脱这个错觉时,你会感激我的。看,如果有人想把你从我身边带走,不用暴力,而是通过尽可能精心的计算,那他就必须通过这两个助手来实现这一点。他们看起来善良、孩子气、有趣,又没有责任感,而且还带着从城堡吹下来的气息,以及一些童年的回忆,这些已经非常惹人喜爱了,尤其是当我可能正处于这些的对立面时,我总为了这些事务而奔波,这些事务你并不完全了解,还会让你感到恼火,让我与那些令你憎恨的人走在一起,尽管我很无辜,他们也会让我受到其中一些令人讨厌的东西的影响。这整件事只不过是恶意地,当然也是非常聪明地利用了我们关系中的缺陷。每一段关系都有缺陷,尤其是我们的关系;毕竟我们来自完全不同的世界,自从我们认识以来,我们每个人的生活都走上了一条全新的道路,我们感到不安,这一切实在是太新了。我不是在谈论我自己,这并不怎么重要,从根本上说,自从你第一次将目光投向我以来,我就一直在不断地接受赠予,而适应被赠予并不很困难。但是你,撇开其他不谈,从克拉姆那里被拽走,我无法衡量这意味着什么,但是我已经逐渐对此有所了解,一个人这时会踉跄,会找不到方向,虽然我一直准备好接纳你,但我并不总是在场,而当我在场时,有时你又被白日梦或更生动的东西所迷住,比如老板娘——总之,有时候你不再看着我,而是渴望着半明半暗、模糊不清的东西,可怜的孩子,在这些时候,只要在你视线的方向上摆放上适当的人,你就会被他们俘获,屈从于这种错觉,即使那只是瞬间的事物、幽灵般的存在、古老的回忆,实际上已经成为过去的、日渐消失的生活,这些也都是你现实的真实生活。这是一个错误,弗里达,这只不过是阻止我们最终结合的最后一道障碍,请正确地看待这可鄙的障碍吧。振作起来,找回自我。即使你认为那两位助手是克拉姆派来的——这根本不对,他们是加拉特派来的——而且即使他们借助这种幻觉成功地迷住了你,在他们的肮脏和淫秽中,你甚至也认为能找到克拉姆的痕迹,就像有人在粪堆里以为看到了曾经丢失的宝石,而实际上它即使真的在那里,也根本无法找到它——他们也终究只是像那些在马厩里的仆役一样的家伙,只不过他们没有那么健康,一点新鲜的空气就会让他们生病,让他们卧病在床,虽然他们确实知道如何以仆役般的狡猾去挑选床铺。"弗里达把头靠在K.的肩膀上,他们手臂相互交织着,一起沉默地走来走去。弗里达说:"要是我们当时,就在那个晚上立刻离开,我们可能会在某个安全的地方,永远在一起,你的手总是离我足够近,让我可以随时抓住;自从认识你以来,我是多么需要你的陪伴,离开你的陪伴又是多么孤独;请相信我,你的陪伴是我唯一的梦想,再没有别的了。"

这时从旁边的通道里传来了呼喊声,那是杰里米亚斯,他站在最低的台阶上,只穿着衬衫,但身上裹着弗里达的一条披肩。他站在那里,头发蓬乱,稀疏的胡须如同被雨淋过,眼睛正费力地睁大着,眼神带着恳求和责备,脸颊泛红而暗沉,却又如同是由过于松弛的肉构成的,赤裸的双腿因寒冷而颤抖,连披肩上的长流苏也跟着颤抖,他就像一名从医院逃出来的病人,人们面对他时,只想着要再把他送回床上。弗里达也是这么想的,她从K.身边挣脱出来,立刻到了杰里米亚斯身边。她靠近他,小心翼翼地把披肩拉紧,急切地想把他带回房间,这似乎让他稍微恢复了一些力气,现在他似乎才认出K.,说:

"啊,土地测量员先生。"他抚摸弗里达的脸颊,试图安抚她,不再让她说话,"请原谅我的打扰。我实在是感觉不舒服,这总该可以得到原谅吧。我觉得我发烧了,我得喝点茶,出点汗。那该死的学校里的栅栏,我还会记得的,现在,我已经感冒了,还得在夜里跑来跑去。一个人在不知不觉中牺牲了自己的健康,还是为了那些实在不值得的东西。不过,土地测量员先生,您不必因为我而受到干扰,到我们的房间里来吧,来探望一下病人,同时告诉弗里达还有什么要说的。当两个习惯了彼此的人分开时,他们在最后时刻当然会有很多话要说,而第三者根本无法理解,尤其是他还躺在床上,等待着那杯许诺给他的茶。不过,请进来吧,我会保持安静的。"

"够了,够了。"弗里达拉着他的胳膊说,"你还在发烧,根本不知道自己在说什么。而你,K.,不要跟过来了,我求你了。那是我和杰里米亚斯的房间,或者更确切地说,只是我的房间,我禁止你进去。唉,K.,你为什么要缠着我?我永远不会回到你身边了,当我想到这种可能性时,我会感到战栗。去找你的那些女孩吧;据说她们只穿着衬衣坐在炉边等着你,一旦有人来接你,她们就会翻脸。当然,那地方如此吸引你,你在那里会觉得自在。我总是设法阻止你去那里,尽管收效甚微，但总算是阻止过你了。但那些已经过去了，你现在自由了。你将过上美好的生活，但因为其中的一个女孩，你也许还得和那些仆役稍微争一争；而对于另一个，天上地下都没有任何人会嫉妒你的。你们的这个结合从一开始就得到了祝福。不要反驳，当然，你可以反驳一切，但到了最后，什么都不能被推翻。你想一想，杰里米亚斯，他推翻了一切！"他们俩点头微笑，表示相互理解。"不过，"弗里达接着说，"即使他真的反驳了一切，那又能怎样？我又怎么会在意？那些人之间的事情完全是她们和他的事，而不是我的。我的责任是照顾你，直到你恢复健康，恢复到就像你还没有因为我而被K.折磨的样子。"杰里米亚斯问："那么，土地测量员先生，您真的不跟我们一起去吗？"但是，弗里达最后把他拉走了，她甚至不再回头看K.。可以看到楼下有一扇小门，比走廊里的门还要矮，不仅杰里米亚斯，弗里达进去时也必须弯腰。房间里似乎明亮而温暖，还可以听到一点低语声，可能是弗里达温柔的劝说，她让杰里米亚斯上床去，然后门关上了。

二十三

（无题）

直到这时，K.才注意到走廊上变得多么安静，不仅是这个他和弗里达待过的，看起来似乎属于后勤区域的走廊，包括那条塞满了房间，曾经热闹非凡的长长的走廊也变得安静了。看来那些老爷终于睡着了。K.也很疲惫，也许是因为疲劳，他才没有像他应该做的那样去对抗杰里米亚斯。也许像杰里米亚斯那样行事会更加明智，他显然夸大了自己的感冒——他那副可怜的样子并非因为感冒，而是与生俱来的，任何健康茶都无法改变。K.完全效仿杰里米亚斯的做法，也展示出真正的、深深的疲倦，在走廊上躺倒下来，这本身就会让人感觉非常舒服，稍微打个盹儿，然后也许还会得到一些照顾。只是结果不会像杰里米亚斯那样顺利，后者在这场争取同情的竞争中无疑会胜出，这大概也是理所当然的，而且在任何其他斗争中也会如此。K.如此疲惫，他想，是否可以试着进入这些房间的任何一间？他确信其中一些是空的，在一张舒适的床上好好睡一觉。在他看来，这本可以弥补很多事情。他甚至还准备了一份助眠饮料。在弗里达留在地板上的托盘上，有一个装着朗姆酒的小瓶子。K.不怕劳累地返回,喝完了这一小瓶酒。

现在,他觉得自己至少有足够的力气去面对埃朗格了。他开始寻找埃朗格的房间,但由于仆役和格尔施塔克都不在了,而且所有的门都长得一样,所以他找不到那个房间了。不过,他记得门大约在走廊的哪个位置,于是决定打开他认为可能是自己要找的那扇门。这个尝试可能并不会太危险;如果是埃朗格的房间,他可能会接待K.;如果是别人的房间,他还可以道歉然后离开,而且客人如果睡着了——这种情况是最有可能的——K.的到访根本不会被注意到。只有当房间是空的时候,情况才会变得糟糕,因为那时K.会几乎无法抵抗诱惑,躺到床上睡个昏天黑地。他又往走廊的两边看了一眼,看有没有人来给他提供信息,让他不必冒险,但走廊依然安静、空旷。然后K.在门上听了一会儿,这里也没有任何声音。他轻轻地敲了一下门,声音小到完全不会惊醒睡觉的人,然后在门内没有任何反应的情况下,他极为小心地打开了门。但现在他听到了一声轻微的呼声。

这是一个小房间,一张宽大的床占据了一半多的空间,在床头柜上,一盏电灯还亮着,旁边还有一个旅行手提包。床上有个人,但完全把头藏在被子下面,他不安地动了动身体,从被子和床单之间的缝隙里低声问道:"谁在那儿?"现在K.不能再一走了之了,他不满地看着那张硕大的床,但可惜它并不是空着的,然后他想起了对方的那个问题,于是报上了自己的名字。这似乎产生了良好的效果,床上的人稍微把被子从脸上拿开了一点,但是心怀恐惧,准备好了一旦外面有什么不对劲,就立刻再次完全躲进被子。然后他毫不犹豫地掀开了被子，坐了起来。这肯定不是埃朗格。这是一个小个子的、相貌不错的先生，他的长相有一些矛盾之处，因为他的脸颊圆润得如同一个孩子，眼睛也透露出孩子般的快乐，但他有高额头、尖尖的鼻子，狭窄的嘴唇却几乎无法合拢，还有那几乎消失的下巴，一点都不像个孩子，而是流露出了优秀的思考能力。可能正是对此感到满意，对自己感到满意，这才使他保留了很大一部分健康的童心。"你认识弗里德里希吗？"他问道。K.摇了摇头。"但他认识你。"这位先生微笑道。K.点了点头，确实有很多人认识他，这甚至是阻碍他前进的主要障碍之一。"我是他的秘书，"这位先生说，"我的名字是布尔格。""对不起，"K.说着就伸手去抓门把手，"我不小心把你的房门和另一扇弄混了。因为我是受秘书埃朗格的召唤才来的。""真遗憾！"布尔格说，"我并不是说你被召唤到了别处，而是因为你把门弄混了。因为我一旦醒来，就肯定无法再入睡。嗯，不过这不应该让你太难过，这是我个人的不幸。为什么这里的门总是无法锁上呢？这当然是有原因的。因为按照一句古老的谚语，秘书的门应该永远敞开着。不过，对这个说法，也不必按照字面意思去理解。"布尔格用探询的眼光，好奇而快乐地看着K.，与他的抱怨相反，他似乎休息得很好，K.现在的这种疲惫的状态，是布尔格从来没有经历过的。"您现在究竟要去哪里呢？"布尔格问道，"现在已经四点了。无论您要去找谁，您都得把他叫醒，可并不是每个人都像我一样习惯被打扰，也不是每个人都能这么耐心地接受打扰，秘书可是个神经质的群体。所以，请您再待一会儿。五点钟左右，这里的人就开始陆续起床了，那时您再按照传召的要求去见他们最好。所以，请您放开门把手，找个地方坐下吧，这里的地方确实有些狭小，您最好坐在床边。您奇怪我这里为什么既没有椅子也没有桌子吗？嗯，我有选择，要么得到带一套完整家具的房间和一张狭窄的床，要么得到这张大床和除洗漱台外什么都没有的房间。我选择了大床，在卧室里，床毕竟是最重要的东西。哎，谁要是想舒舒服服地伸开四肢睡个好觉，那么这张床对一个好睡的人来说真是太美妙了。即使对我这样一个总是累得不行却又无法入睡的人来说，它也是很舒服的，我在床上度过了一天中的大部分时间，处理所有的书信往来，在这里询问诉讼当事人。这样做挺不错。当事人们固然没有地方坐下，但他们也不会介意，毕竟对他们来说，他们站着，让记录员感觉舒服，要比他们舒舒服服地坐着，却被人责骂要好得多。然后我能分配给他们床边的这个位置，但这不是一个办公的位置，只是用于夜间的谈话。可是，测量员先生，您为何如此沉默呢？""我很累。"K.说，他在被邀请后立刻粗鲁地、毫无尊重地坐在了床上，并靠在柱子上。"当然，"布尔格笑着说，"这里的每个人都累。例如，我昨天和今天已经完成了不小的工作量。但现在就让我入睡，几乎是完全不可能的，但如果这件最不可能的事情发生了，而且您在这里的时候我睡着了，那么请您保持安静，也不要开门。但是别担心，我肯定不会深睡，顶多只是睡几分钟。事实上，我之所以能够稍稍入睡，大概是因为我习惯了与当事人打交道，当有人陪伴时，我反而更容易入睡。""请

"您尽管睡吧，秘书先生，"K.说，对这个消息感到高兴，"如果您允许的话，我也稍微睡一会儿。""不，不，"布尔格再次笑道，"我可不能仅仅因为受邀就入睡，只有在谈话过程中才有可能入睡；谈话时我最容易犯困。是的，我们这行对神经的损害很大。例如，我是一名联络秘书。您不知道这是什么吗？嗯，我是弗里德里希和村子之间最强大的联结——"他说到这里情不自禁地欢快地揉了揉手，"——我在他城堡里和村里的秘书之间建立起联系，大部分时间我在村子里，但不是永久的，我必须随时准备好去城堡，您看到那个旅行包了吗？这是种不安定的生活，并不适合每个人。另一方面，我确实不能少了这份工作，所有其他的工作对我来说都显得平淡无味。那么，土地测量员的工作是怎样的呢？""我没有做这种工作，我没有被雇用为土地测量员。"K.说，他的思绪并不集中在这个问题上，实际上他只是渴望布尔格能快点入睡，但他这样想，也只是出于对自己的某种责任感，内心深处，他似乎知道，布尔格入睡的时刻还遥遥无期。"这真是奇怪，"布尔格使劲地摇着头，从被子下面拿出一个记事本，准备记下一些东西，"您是土地测量员，却没有做测量工作。"K.机械地点了点头，他把左臂搁在床头柱上，把头靠在上面；他已经尝试了几次，想让自己舒适一些，这个姿势是所有姿势中最舒服的，他现在也能更好地留意布尔格在说些什么。"我愿意，"布尔格接着说，"继续关注这个事情。在我们这里，肯定不会让一个有专业技能的人被闲置不用。而且，这对您来说也一定是痛苦的，您难道不受这个事情的困扰吗？""我确实受到了困扰。"K.慢慢地说，微笑着，因为此刻他其实一点也不觉得受到困扰。布尔格的提议对他来说影响并不大。这完全是业余的做法。他不了解K.被任命的情况，不知道他在村里和城堡里遇到的困难，也不知道K.在这里逗留的期间已经出现的或者预示出现的纠纷——他对这所有的一切都一无所知，甚至也不曾表现出对此至少稍有了解（这本来应该是一个秘书毫不费力就能了解的），他居然潇洒地用他的小记事本记录几笔，就提议能解决这些问题。"看来您已经失望过几次了。"布尔格说道，这句话倒是再次证明了他的洞察力。K.在进入这个房间后，时不时地提醒自己不要低估布尔格，但在他现在的精神状态下，很难公正地评价除自己的疲惫之外的其他事物。"不，"布尔格说，似乎是回答K.的一个想法，想体贴地为他省去说出口的麻烦，"您不能因为失望而感到气馁。在这里，似乎有很多事情是为了让人望而却步而存在的，当一个人刚来到这里时，会觉得这些障碍似乎是无法克服的。我不想探究这究竟是怎么回事，也许表象真的符合实际情况，但在我的职位上，我缺乏正确的距离来判断这一点。但请注意，有时候还是会出现一些机会，这些机会与整体状况几乎不相符，有时候，借由一个词、一个眼神、一个信赖的信号，就能比长时间耗尽心力的努力获得更多的成果。当然，这是事实。尽管如此，这些机会在某种程度上仍然与整体状况一致，因为它们从未被利用过。但为什么它们没被利用过呢？我一直在纳闷这个问题。"K.不知道答案，尽管他注意到，布尔格所谈论的事可能与他息息相关，但现在他对所有与自己有关的事情都产生了强烈的厌恶。他稍微挪动了一下头,好像这样就可以避开布尔格的问题,不再与它们接触了。"这是,"布尔格接着说,伸了伸胳膊,打了个哈欠,这与他话语中的严肃形成了令人困惑的矛盾,"秘书们经常抱怨,他们不得不在夜里进行村里大部分的审讯。但为什么要抱怨呢?是因为这让他们太累了吗?还是因为他们宁愿把夜晚用来睡觉呢?不,他们肯定不是因为这个才抱怨的。当然,在秘书中,也有勤奋的和不那么勤奋的,就像其他任何地方一样,但是他们中没有一个会抱怨过度劳累,更不用说公开抱怨了。那不是我们的风格。在这方面,我们并不会区分平常的时间和工作时间。这种区分对我们来说是陌生的。那么,秘书们为什么反对夜间审讯呢?难道是出于对当事人的顾虑吗?不,不是这个原因。秘书们对待当事人毫无顾忌,当然,他们对自己也没有一丝顾忌,只是恰好同样毫无顾忌。实际上,这种毫无顾忌,也是对职务的严格遵守和执行,这正是当事人所能期盼到的最大的体恤。在根本上,这一点得到了完全认可——只观察表面的人当然看不出来——比如说,在这种情况下,正是夜间审讯,更受到当事人的欢迎,我们没有收到过针对夜间审讯的抱怨。那么,秘书们为什么会反感夜间审讯呢?"K.也不知道,他一无所知,甚至分辨不出布尔格是真心地要他回答,还只是假意地做做样子。"如果你让我躺在你的床上,"K.想,"那么明天中午或者是晚上,我会更愿意回答你的所有问题。"但布尔格似乎没有注意到他,而只是过于用心地思考自己提出的问题:"据我所知,以及我自己的经验,秘书们对夜间审讯大约有以下顾虑。夜晚不适合与当事人进行谈判，因为在夜间很难或者根本无法保持谈判的官方性质。这并不是因为外在因素，在夜里当然也可以像白天一样严格遵守形式。所以不是这个原因，而是，在夜间，官方的公务评估会受到影响。人们会不由自主地从更私人的角度去评判事物，当事人的陈述在夜间比白天更具分量，甚至会掺杂一些与当事人无关的考虑，比如他们的处境、痛苦和忧虑。就算在表面上，当事人和官员之间的必要界限还无可挑剔地存在着，但在夜间，这种界限会变得松弛，在平常只应该一问一答的时候，有时似乎会发生一种奇怪的、完全不符合身份的交换。至少秘书们是这么说的，他们当然是因职业的关系而对这类事物具有非常敏锐的洞察力。但即便是他们——这一点在我们的圈子里已经被讨论过很多次了——在夜间审讯时也对那些不利影响察觉甚少，相反，他们从一开始就努力抵制这种不良影响，最后还以为自己已经取得了特别好的成绩。但是，稍后阅读记录时，人们常常对其中明显的弱点感到惊讶。这些错误，总是让当事人在某种程度上收获一些不太公平的收益，至少根据我们的规定，这些错误无法在通常的简短途径中获得弥补。当然，它们迟早会被某个监察机构纠正，但这只会对法律有益，而无法对那个当事人造成进一步的损害。在这种情况下，秘书们的抱怨难道不是非常有道理吗？"K.已经在半梦半醒中度过了一段时间，现在他又被惊醒了。"为什么说到这一切？为什么说这些呢？"他问自己，他从低垂的眼皮下看着布尔格，不把他看作一个与自己讨论棘手问题的官员，而只是把他当作某种阻止自己入睡的东西，而他无法弄清楚这东西的其他意义。然而，布尔格完全沉浸在了自己的思考过程中，微笑着，好像他刚刚成功地迷惑了K.。但他准备马上把K.带回正确的道路上。"好吧，"他说，"也不能毫无保留地说这些抱怨完全是有道理的。没有明确规定要进行夜间审讯，也就是说，如果试图避免它们，也并不违反任何规定，但现实状况是——由于工作繁重，城堡里官员的工作方式、他们难以离职的问题，还有规定要求当事人的审讯只能在其他调查完全结束后才能进行，所有的这一切以及其他更多的原因，使得夜间审讯成了一种不可避免的必要存在。然而，既然它们已经成为一种必要存在——我这么说——这至少间接地是规定的结果，那么对夜间审讯的本质吹毛求疵几乎就意味着——当然，我有点夸张，因此可以作为一种夸张的表达——几乎意味着对规定吹毛求疵。然而，我们可以允许秘书们在规定范围内，尽可能地避免夜间审讯，以及夜间只审讯那些可能只是表面上存在问题的案件。实际上他们也确实这么做了，并且在很大程度上也做到了，他们只允许询问那些在某种意义上最不容易引发问题的议题，在审讯前会仔细审查自己，如果审查的结果是要求他们取消所有询问，那么即使是在最后一刻，他们也会取消所有的询问，在真正处理一名当事人案件前，他们有时候要先召见十次，以增强自己的信心，才开始进行真正的审讯，他们很愿意让同事代替自己进行审讯，因为这些同事并不主管相关案件，所以可以更轻松地处理它，将审讯安排在夜晚刚开始或天快亮时，避免夜晚中间的几个小时——这样的措施还有很多；秘书们不容易对付，他们的抵抗能力几乎和他们的受伤程度一样。"K.睡着了，虽然这并不是真正的睡眠，他听到的布尔格的话可能比之前疲惫不堪的清醒时更加清楚，每个字都敲在他的耳中，但那烦人的意识已经消失了，他感觉自己解脱了，不再是布尔格控制着他，只是他偶尔还会去伸手探索一下布尔格，K.还没有进入深度睡眠，但已经进入了梦乡，没人能再剥夺他的睡眠了。而且，他觉得这样似乎赢得了一场伟大的胜利，已经有人在庆祝这场胜利了，他自己，或者是别人，正举起香槟酒杯为这场胜利干杯。为了让所有人知道这是怎么回事，这场斗争和胜利又重复了一次，或许根本没有重复，而是现在才发生，之前也早已庆祝过了，不停地庆祝是因为结果幸好是确定的。一个秘书，赤身裸体，非常像希腊神像，在与K.的斗争中受到了压迫。这很有趣，K.在睡梦中轻轻地笑了，看着那个秘书如何因为K.的突击而从他骄傲的姿态中惊醒，例如，他必须用抬起的手臂和握紧的拳头来迅速遮掩自己裸露的部分，但即使是这样，还是太慢了。这场战斗持续的时间不长，K.一步步地向前，步子很大。这真的是一场战斗吗？没有什么真正的障碍，只是偶尔听到秘书的尖叫声。这位"希腊神祇"的尖叫像一个被挠了痒痒的女孩一样。最后，他消失了；K.独自一人在一个大房间里，他仍在战斗状态下，转身寻找对手，但再也没有人了，庆祝的人群也散去了，只有香槟酒杯碎裂在地上，K.将它彻底踩碎了。然而，碎片刺痛了他，他又痉挛地再次醒来，感到很恶心，就像一个被弄醒的小孩。尽管如此，在看到布尔格赤裸的胸膛时，他仍然在梦中想起："这就是那位希腊神！把他从床上拉下来吧！""然而，"布尔格说，他抬起脸颊望着房间的天花板，若有所思地寻找着记忆中的例子，但没能找到，"尽管采取了所有的防范措施，但对于当事人来说，还是有可能利用秘书们在夜间的弱点——假设它是一个弱点的话。当然，这是一个罕见的，或者更准确地说，是几乎从未出现过的机会。这种机会就是：当事人在半夜里会未经通报就出现。也许你会感到惊讶，尽管这看起来似乎显而易见，但为什么这种情况很少发生呢？是的，你对我们的情况并不熟悉。但即使是你，也应该注意到了官方组织的严密性。正是这种严密性，使得每个要请愿的人，或者出于其他原因需要接受询问的人，都会立刻收到传唤通知，毫无耽搁，有时在他自己把事情厘清之前，甚至有时在他自己知道这件事之前就会接到传唤。这一次他还不会被传唤，通常还不会受到审问，事情还没发展到这个地步，但他已经收到了预先通知，也就是说，他不可能再完全出人意料地出现了，他顶多只能在不合时宜的时候来，那么，他就只会被提醒传唤的日期和时间，当他按约定的时间再次出现时，通常就会被打发走，不会再造成什么困难，当事人手中的传票和案卷中的预约记录，对于秘书来说却是防御武器，虽然并不总是够用，却很强大。当然，这只是针对负责这件事的秘书，其他人仍然可以在夜间突然找上门去。然而，几乎没有人会这么做，这几乎是毫无意义的。首先，这样做会让负责这件事的秘书非常恼火，我们秘书在工作方面虽然绝不会彼此嫉妒，因为每个人都承担着太多的工作量，而且是经过详细计算分配的，但面对当事人，我们决不能容忍管辖权的分配受到破坏。有些人已经输掉了一局，因为他们认为在主管这件事的部门中无法取得进展，就试图对非主管的部门进行突破。这种尝试显然必定会失败，那是因为一个非主管的秘书，即使他在夜间被措手不及地找上门，并且愿意提供帮助，也由于他并不负责此事，因而无法比任何一个律师做更多的事情，说不定能做的还要更少，因为即使他还能做其他事情，他毕竟比那些律师更了解法律的秘密途径，但对于自己不负责的事情，他根本就没有时间，也不能把任何时间花在这上面。那么，在这种希望渺茫的前景下，谁会用夜晚的时间去找那些不主管此事的秘书呢？而且，那些当事人也非常忙碌，他们如果想要在处理自身职务的同时，配合主管部门的传唤和暗示，那么会'忙碌得不可开交'，当然，这里的'忙碌'是就当事人而言，这显然与秘书们的'忙碌'相较甚远。"K.微笑着点了点头，他现在认为自己已经完全理解了一切，倒不是因为他在意这些事情，而是因为他现在确信，一会儿他就会彻底进入梦乡，这一次不会有梦境和其他人的干扰；一边是主管秘书，另一边是不负责此事的秘书，他夹在之间，面对那些忙碌的当事人，将陷入深深的睡眠，从而逃避所有的一切。他现在已经习惯了布尔格那轻柔、自鸣得意，为催促自己入睡（但显然徒劳）而努力工作的声音，这对他的入睡来说，却更多是促进而非干扰。"嘎吱嘎吱，磨坊啊，嘎吱嘎吱地转，"他心想，"你只是为了我才嘎吱作响的。""那么，"布尔格说，他用两根手指抚弄着下唇，瞪大了眼睛，伸长了脖子，好像在经过一段艰辛的旅程后，他正在接近一个令人陶醉的观景点，"那么，刚才提到的那个罕见的、几乎从未出现过的机会究竟在哪里呢？秘密就隐藏在关于职责划分的规定中。事实上，并没有条例规定每件事只由一个特定的秘书负责，这在一个庞大而充满活力的组织中是不可能的。只是有一个人负主要责任，许多其他人也在一定程度上承担着较小的责任。谁又能单独承担所有事务呢？谁又能独自搞得定手头所有事务的相互关系呢？即使是最出色的工作者也做不到。甚至连我刚才针对主要责任人所说的话，也有些言过其实。难道在最小的管辖权中不也包含了全部管辖权吗？是热情在这里起了决定作用吗？但热情不总是相同的、充满力量的存在吗？在所有方面，秘书之间可能存在差异，并且有无数这样的差异，但在热情上却没有差异，当有人要求他们去关注一个他们只承担最少责任的案件时，没有一个秘书会选择退缩。然而，对于当事人来说，必须建立一个有序的谈判机制，在公务上，当事人必须和这位特定的秘书对接，他们在官方事务中必须遵循这一点。但这位秘书并不一定是那个对案件负有最大责任的人，这主要取决于组织及其当下的特定需求。这就是实际情况。现在，请您考虑一下，尊敬的土地测量员先生，一名当事人在某种情况下，尽管存在着我已经向您描述过的，那些通常来说完全足够的障碍，仍然在深夜时分突然去探访一个对相关案件负有一定责任的秘书。您可能还没有考虑过这种可能性吧？我很愿意相信您。实际上，也没有必要去考虑这种可能性，因为这种情况几乎不曾出现。这样的当事人必须处于一个何等奇特且完全确定的形态，像一个小而灵巧的颗粒，才能穿过无与伦比的筛子。您认为这种情况根本不可能发生吗？您是对的，它根本不可能发生。但在某个夜晚——谁又能保证一切呢？——它还是发生了。在我的认知中，确实没有人曾经遇到过这样的事情；当然，这并不能证明太多，与这里涉及的数量相比，我的熟人范围是有限的，而且，一个秘书如果真的遇到了这样的事情，也不一定愿意承认，这毕竟是一件非常私人的事情，某种程度上与公务员的羞耻密切相关。然而，我的经验或许证明了这是一件如此罕见的事情，实际上只在传闻中存在，根本没有任何其他证据能够证实，因此害怕它是非常夸张的。即使它真的发生了，人们可能会认为，通过证明这个世界上根本没有适合它的地方，是非常容易的，可以使它变得无害。无论如何，如果出于对它的恐惧而躲在被子下，不敢探出头来，这是病态的。即使这种完全不可能的事情突然出现，有了形状，难道一切都已经完了吗？恰恰相反。一切都完了的可能性比发生最不可能的事情还要不可能。当然，如果当事人已经在房间里了，情况就非常糟糕了。这让人心里感到压抑。'你能抵抗多久呢？'一个人会这么问自己。但这人也知道，他根本不会去抵抗。您只需要正确地想象这种情况。那个从未见过的、一直期待的、热切期待的，并且总是理智地被认为是可望而不可即的当事人，就坐在那里。仅仅通过他无声的存在，就邀请你进入他可怜的生活，熟悉情况，就像是摸清自己的财产情况一样，并与他一起承受那无济于事的要求，陪着他受苦。这个在寂静的夜晚发出的邀请是迷人的。你答应了这个邀请，实际上已经不再是一位公职人员了。在这种形势下，事情很快就演变成无法拒绝任何请求的一种状况。确切地说，你是绝望的，更确切地说，你是非常幸运的。感到绝望，因为你无助地坐在这里，等待着当事人的请求，知道这个请求一旦被说出口，你就必须答应，就算这个请求会彻底撕裂官方的组织，至少在你自己看来会这样——这无疑是一个人在实践中会遇到的最糟糕的事情。尤其是 —— 撇开其他所有事情不谈——这也是一种超越一切想象的阶级提升，你在这一刻强行为自己争取了这种提升。按照我们的职位，我们实际上并没有权力实现这种请求，但由于在这个夜晚，求见的当事人就近在咫尺，我们也在某种程度上增加了职务权限，我们承担了超出我们职权范围的事情，是的，我们也会执行它们，在夜晚，当事人就像在森林里的强盗一样，迫使我们做出我们平时永远无法做到的牺牲——好吧，现在就是这样，当事人还在这里，给我们力量、迫使我们、激励我们，而一切都还在半昏睡的状态中进行，但之后会怎么样呢？当事情过去了，当事人得到了满足，无忧无虑地离开了我们，而我们站在那儿，独自一人，面对着我们滥用职权的情况而无法自卫，这简直无法想象。尽管如此，我们还是感到幸福。幸福得简直想要死掉。我们可以努力地向当事人隐瞒真实的情况。尽管他自己几乎不会察觉到什么。他可能只是出于某种无关紧要的偶然原因，疲惫不堪、失望、不顾一切地闯进了他原本想进入的房间，他坐在那里一无所知，如果他真的在思考什么的话，那也只是在思考自己的错误或者疲劳。难道不能任由他维持这种状态吗？我们不能。因为幸福的人总是话很多，我们必须向他解释一切。你必须毫无保留地详细向他说明发生了什么，以及为什么会发生这些事情，这是多么罕见、多么独特的机会。你必须说明，这个当事人虽然是在全然无助中碰到了这个机会，除当事人之外，没有其他人会这么无助，而现在，只要他愿意，土地测量员先生，他就能够控制一切，为此他什么都不用做，只需要以某种方式提出他的请求，人家早就等着去满足这个请求，是的，他的请求正在得到满足，这一切都必须得讲清楚，这是公务员的沉重时刻。然而，当你做完了这些，土地测量员先生，你该做的就已经做了，你就得感到满足，然后谦逊地等候下文。"

K.睡着了，没听到其余的话，他隔绝了眼前发生的一切。他的头之前靠在倚着床柱的左臂上，但睡着后滑了下来，现在悬在半空中，慢慢地越垂越低。上方支撑的左臂已经撑不住了，K.不由自主地用右手撑在被子上，找到了新的支撑，这时他恰好抓住了布尔格在被子下跷起的脚。布尔格看了看他，任由K.抓着那只脚，尽管他感到有点烦。

这时有人重重地敲击了几下墙板，K.吓了一跳，看着那面墙。"那边是土地测量员吗？"墙那头问道。"是的，"布尔格说，他的脚从K.手里挣脱了出来，他突然像一个小男孩，疯狂地伸展着四肢。"那让他现在就过来吧，"墙那头又说，完全没有考虑到布尔格，或者布尔格是否还需要K.。"那是埃朗格，"布尔格低声说道，似乎并不惊讶埃朗格就在隔壁房间，"你现在就去找他，他已经很生气了，你要试着安抚他。虽然他的睡眠很好，但我们的谈话还是太大声了，当谈到某些事情时，一个人就无法控制自己和自己的音量。您走吧，您好像根本无法从睡梦中挣脱出来。您走吧，您还在这里等什么呢？不，您不必为自己的困意道歉，何必呢？一个人的体力只能到达某个界限，偏偏这个界限在其他方面也很重要，这又有什么办法呢？不，没人能有办法。这个世界就是在这样的运行中自我纠正，保持平衡。尽管从一方面看，这是个极好的，令人难以想象的极好的安排，但从另一方面来看也是无尽的悲哀。现在您走吧，我不知道您为什么要这样看着我。如果您再犹豫不决地拖延，埃朗格就会来找我的麻烦，这是我非常不愿意看到的。所以您走吧，谁知道在那边等着您的是什么，这里的一切都充满了机会。当然，有些机会在某种程度上可能太大了，无法被利用；有些事情会失败，不是因为别的，只是因为自身。是的，这是值得惊讶的。顺便说一下，我现在确实希望还能稍微再睡一会儿。当然，现在已经五点了，很快那些噪声就会开始了。至少您现在可以走了吧！"

K.由于从深度睡眠中突然被唤醒，还是很想睡觉，全身上下都因那不舒服的姿势而疼痛不已。K.长时间无法下定决心站起来，他扶着额头，眼睛盯着自己的膝盖。即使布尔格不断地告别，也无法使他离开。只是意识到继续停留在这个房间里，对他毫无用处，这才慢慢地驱使他离开。这个房间给他的感觉是一片无法形容的荒凉。他不知道这里是刚刚变成这样，还是一直就是这样。甚至他想要在这里再次入睡，也办不到了。确信这一点成了决定性的因素，他微笑着站了起来，依靠着床、墙和门的支撑，只要是能用得上的都作为他的支撑，没有道别就走了出去，仿佛他早已和布尔格道过别了一样。

二十四

（无题）

如果埃朗格没有站在打开的门边，向他挥了挥手的话，K. 或许也会同样毫不在意地从埃朗格的房间前走过。埃朗格稍微地勾了一下食指。[26]他已经完全做好离开的准备了，他穿着一件黑色的毛皮大衣，领子紧紧地扣着。一个仆役正递给他手套，还拿着一顶毛皮帽子。埃朗格说："您早该过来了。"K. 想要道歉，但埃朗格疲惫地闭上了眼睛，表示他不需要。他说："事情是这样的，在酒吧里曾经有个名叫弗里达的女孩，我只知道她的名字，并不认识她，她也与我无关。这个弗里达有时给克拉姆送啤酒。但现在那里似乎换了个女孩。当然，这种变动是无关紧要的，对于每个人，甚至对克拉姆都是如此。但是，一份工作越重要，能应对外界的余力就越小，克拉姆的工作当然是最重要的，因此，即使是最不重要的事物发生的最微小变动，也可能引起极大的干扰。办公桌上最微小的变化，比如一直存在的一小块污渍被消除了，所有这些都可能造成干扰，同样，一个新的女侍也可能如此。当然，所有这些事情，即使它们会干扰其他任何人以及任何其他工作，也不会干扰到克拉姆，这是毫无疑问的。然而，我们有责任关注克拉姆的舒适，即使是那些不造成干扰的事物——很可能实际上根本没有什么能干扰他，我们也必须消除。我们消除这些干扰，并不是为了他，也不是为了他的工作，而是为了我们自己，为了我们的良知和心安理得。因此，那个弗里达必须立刻回到酒吧，也许她回去会带来麻烦，那么我们会再把她赶走，但现在她必须回去。据我所知，你们住在一起，所以请您立即安排她回去。在这件事上不能考虑私人感情，这是理所当然的，所以我也不会进一步讨论这件事。如果您在这件小事上表现良好，那么对您的职业发展可能会有所帮助，我提到这一点，已经是说得多了。这就是我要告诉您的全部内容。"他向K.点了点头就告别了，他戴上了仆役递给他的毛皮帽子，然后在仆役的跟随下，快速但有点跛地沿着走廊往下走。

有时候，这里会发布一些很容易遵守的命令，但这种轻松并没有让K.感到高兴。不仅是因为这个命令涉及弗里达，其本意虽然是一条命令，但在K.听来却像是在嘲笑，更重要的是，对K.来说，这个命令显露出他所有的努力都毫无用处。对他不利的和有利的命令都从他身上掠过，即使是有利的命令，也可能包含着不利的祸心，但无论如何，所有命令都从他身上掠过了，而他因为地位太低，根本无法干预这些命令，更别说让它们噤声，或是为他自己的声音争取到关注了。如果埃朗格示意让你走开，你能做什么呢？如果他没有示意让你走开，你又能对他说什么？虽然K.意识到，今天他的疲惫给他造成的伤害比所有不利的情况都要大，但他为什么不能忍受一下几个糟糕的夜晚和这个不眠之夜呢？为什么他在这里感到如此无法抑制的疲惫呢？还恰好是在这么个没有人感到疲惫，或者说每个人都感受到疲惫的地方，但这并不影响工作，甚至似乎促进了工作。由此可以得出结论，与K.的疲惫相比，这里的疲惫是一种完全不同的疲惫。这里的疲惫可能是愉快的工作中的疲惫，在表面上看起来像是疲惫，实际上却是无法破坏的平静和安宁。如果在中午感到有点累，那是一天快乐自然过程的一部分。K.心想，这些先生永远在过中午。

这个想法也与走廊两侧早上五点的活跃气氛十分吻合。房间里嘈杂的声音混杂着极度的欢愉。有时它们听起来像是孩子们为出游做准备时的欢呼声，有时又像是鸡舍里的骚动声，有时又似乎与初醒的黎明达成了完全的一致，甚至还有一位先生在什么地方模仿公鸡的叫声。尽管走廊里本身仍然空无一人，但这些房门已经动了起来，一扇又一扇的门不时地被打开一条缝，然后又被迅速关上，走廊里充满了开门、关门的声音，十分嘈杂。偶尔，K.还看到了早晨一些乱蓬蓬的脑袋从墙壁顶部的缝隙中冒出来，然后又立刻消失。远处有一个仆役推着一辆小车，慢慢地移动过来，车上装满了档案。另一个仆役走在车旁边，手里拿着一张清单，显然是在将门上的编号与档案上的编号进行对照。这辆小车在大多数门前都停了下来，这时门通常也会打开，然后对应的档案将被递进房间，有时只是递进一张纸——在这种情况下，房间里的人就会和走廊里的人展开一小段对话，很可能是在对仆役提出指责。如果门没有打开，档案就会被小心翼翼地堆积在门槛上。在这种情况下，K.觉得周围的门的活动似乎并没有减弱，反而增强了。尽管那些门那儿的档案已经被分发过了。也许其他人都在窥视着那些门槛上的档案，它们出于莫名其妙的原因仍然未被领取，他们无法理解，只需打开门就能得到档案，那些人为什么不这么做；甚至有一种可能，最终未被领取的档案之后会在其他人之间分发，所以他们现在就开始频繁地查看那些档案是否仍然在门槛上，以便确定他们之后是否还有希望。顺便说一下，这些被留在门槛上的档案通常是特别大的一捆，K.猜想，这可能是出于某种炫耀、恶意，也可能是为了激励同事们理由充分的骄傲，所以暂时将档案留在了地上。这个猜想使他更加确信，有时候——总是在他刚好没有注意的时候——这一包展示了足够久的档案就突然被迅速地拉进房间里去了，门又恢复了之前的静止状态；周围的门也平静了下来，可能是出于失望，或是对这个持续诱人的对象终于被清除了感到满意，但随后那些门又会逐渐动了起来。

　　K.不仅充满好奇地观察着这一切，而且还感到有些参与感。在这喧闹的环境中，他几乎感到惬意，他向四处张望，眼神跟随着那些仆役——尽管保持着适当的距离——看着他们分发档案的工作。那些仆役确实已经多次低垂着头，噘起了嘴唇，用严厉的目光回头看他。但随着工作的进行，这项工作变得越来越不顺利，要么是清单有误，要么是对仆役来说，档案不容易区分，要么是出于其他原因，老爷们提出了反对意见。不管怎样，有时候有些完成的分发不得不被撤销，然后小车子就得倒车，通过门缝协商让老爷们归还档案。这些谈判本身就非常困难，但是当涉及归还问题时，即使那些之前活动最为频繁的门，现在也无情地紧闭着，就像是它们压根儿不想知道这件事。接下来才是真正困难的开始。那些认为自己有权拿到档案的人非常不耐烦，在他们的房间里大闹、拍手、跺脚，不停地通过门缝喊出特定的档案编号。这样一来，小车子经常被完全抛下。一个仆役忙着安抚不耐烦的人，另一个则在紧闭的门前争取让老爷们归还档案。两人的处境都很艰难。通过尝试性的安慰，不耐烦的人通常会变得更加不耐烦，他已经无法再继续听仆役空洞的话语了，他不需要安慰，他需要档案。有一次，一位老爷甚至从门缝上方将一整洗脸盆的水泼在了仆役身上。另一位仆役显然级别更高，可是他遇到的困难也更大。如果有关的老爷愿意进行谈判，进行实质性的谈判，仆役就会参照他的清单谈判，而那位老爷则参照他的记录来谈判，有时还会援引那份他本应归还却暂时还紧紧握在手里的文件，导致仆役只能眼巴巴地看着，却几乎无法看到这些文件的一角。这时，仆役还得为了寻找新证据跑回小车子那里，那车子在稍微倾斜的走廊里总是会自动地向前滚一段距离，或者他得去找那位声称要拿到文件的老爷，用对方作为文件应持有人提出的反驳意见，来应对现文件持有人的新反对意见。这样的谈判会持续很久，有时双方达成了一致，那位老爷可能会交出部分文件，或是获得另一份文件作为补偿，因为之前只是混淆了文件。但也有这样的情况，即那位老爷不得不毫无保留地放弃他被要求交出的所有文件，无论是因为他被仆役的证据逼得走投无路，还是因为厌倦了持续不断的交涉。然而，这时他并不会把文件交给仆役，而是在下定决心后，突然将文件扔得老远，使得捆绑文件的线都崩开，纸张飞散，仆役们不得不费很大的劲才能将一切恢复原状。不过，相对来说，比起当仆役要求归还文件时根本得不到任何回应，这一切都还算简单，那时他就会站在紧闭的门前，恳求、起誓，甚至引用他的清单来援引规章，但这一切都是徒劳的，房间里的人一声不吭，而那位仆役显然也没有未经许可就进入房间的权利。这时，即使这位优秀的仆役也无法保持冷静，他走到小车子旁，坐在那堆文件上，擦去额头上的汗水，一时之间除无助地晃动双脚之外，什么也不做。周围对这件事的兴趣非常浓厚，到处都是窃窃私语，几乎没有一扇门是安静的，而且奇怪的是，那些脸孔几乎全用毛巾遮住了，正从墙头上观察着所有的过程，这些脸孔甚至没有一刻能保持待在同一个地方。在这种混乱中，K.注意到布尔格的门一直是关着的，而且仆役已经走过了这部分走廊，但布尔格并没有得到任何文件。也许他还在睡觉，不过在这种喧闹中，这意味着非常健康的睡眠，但为什么他没有得到文件呢？只有很少的几个房间，而且可能是无人居住的房间，才会以这种方式被忽略。相反，埃朗格曾住的房间已经迎来了一位新的、特别烦躁的客人，埃朗格一定是在夜里被他赶了出来；这与埃朗格冷静、老练的性格毫不相符，但他不得不在门槛上等着K.的事实却暗示着此事确实如此。

从这些侧面的观察中，K.总是很快又回到了对那个仆役的观察上；对于这个仆役来说，那些关于仆役们普遍懒惰、生活舒适和傲慢的说法显然是不适用的，这里也许有仆役中的例外，或者更有可能是在他们之间也存在着不同的群体，因为K.注意到，在这里有许多划分，而他之前几乎没有看到过这些划分的痕迹。他特别喜欢这个仆役坚定不移的性格。在与这些小而顽固的房间的斗争中——K.觉得这经常是一场与房间的斗争，因为他几乎看不到住在房间里的人——这个仆役也从不放弃。他虽然疲惫——谁不疲惫呢？——但很快就又恢复了精力，从小车上滑下来，挺直身子、咬紧牙关，昂首阔步地再次朝要征服的那扇门发起进攻。而且，他已经被击退了两三次了，尽管这种被击退的方式非常简单，仅仅是被那该死的沉默所击退，他却丝毫没有被打败。当他看到通过公开进攻无法取得任何成果时，他就尝试了另一种方式，比如说，就像K.理解的那样，通过诡计。他似乎放弃了那扇门，让它在某种程度上耗尽自己的沉默力量，转向了其他的门，但过了一会儿他又回来了，大声地、引人注目地叫来了另一个仆役，在紧闭的门的门槛上堆起了文件，好像是他已经改变了主意，没有什么东西要从那位老爷那儿拿走，反倒是有东西要分配给他。接着他继续向前走，但始终关注着那扇门，当那位老爷像通常那样小心翼翼地打开门，想把文件拉进来时，仆役就立刻跳过去，把脚伸进门和门框之间，这样至少迫使那位老爷得面对面地与他谈判，这种情况通常也会导致一个差强人意的结果。如果这样做不成功，或者在某个门口采用这种方法似乎不合适的话，他就会尝试其他方法。例如，他会找那位声称应该拥有这份文件的老爷。然后他把另一个只会机械工作的仆役推到一边，开始跟那位老爷说话，他们低声地、秘密地交谈，还会把头深深探进房间，可能是向他许诺，并保证在下次分配中给那位先生一个相应的惩罚，至少他经常指着对手的门，在他疲惫允许的范围内大笑。但是，还有一两种情况下，他确实放弃了所有尝试，但K.认为这只是表面上的放弃，或者至少是出于正当理由的放弃，因为他平静地继续走着，没有回头看那位受到不公平对待的老爷弄出的喧哗，只是偶尔会让眼睛闭上的时间更长，以显示出他正受到噪声的折磨。然而，那位先生也会逐渐平静下来；就像不间断的孩子的哭声逐渐变成越来越零星的抽泣，他的尖叫声也是如此，但即使在他完全安静下来之后，偶尔还是会发出一声孤立的尖叫，或者那扇门突然被打开又关上。无论如何，事实至少表明这个仆役的处理方式可能是完全正确的。最后只剩下一个老爷不肯平静下来了，他沉默了很久，但只是为了恢复体力，然后他又开始大叫，跟之前一样强烈。目前还不清楚为什么他会如此尖叫和抱怨，也许这根本与档案分发无关。与此同时，那个仆役已经完成了他的工作，只剩下了一个档案，其实只是一张纸片，一张便笺纸，因为那个助手的疏忽而被留在了小车上，现在不知道该把它分给谁。"这很可能就是我的档案。"K.心想。村长一直在说，这是个最小的案子。尽管K.在心底觉得自己的猜测未免武断和荒谬，他还是试图接近那个正若有所思地查看纸片的仆役；这并不容易，因为那个仆役并没有好好回报K.对他的好感；之前即使在最艰苦的工作中，他也总是能找到时间瞪一眼K.，带着恶意或是不耐烦，头部紧张地抽搐着。直到现在，在档案分配结束之后，他似乎才稍微忘记了K.，一如他在其他方面也变得更加冷漠，这也可以理解，因为他非常疲惫，他对那张纸片也没有花费太多精力，他可能根本没有细看它，只是装作读过的样子，尽管他在这个走廊上，无论把这张纸片分给哪个房间的老爷，都可能会让他们高兴，但他还是决定采取另一种做法，他已经厌倦了分配工作，他用食指抵住嘴唇，示意陪伴他的人保持安静，然后把那张纸——K.距离他还很远——撕成了小碎片，塞进了口袋里。这可能是K.在这儿的公务工作中看到的第一个不守规矩的做法，不过也有可能是他理解错了。即使这是一个不守规矩的做法，也是可以被原谅的，在这里的环境下，那个仆役无法做到完美无缺，一定会有积压的怒气和不安爆发出来，而如果这只表现为撕掉一张小纸片，那实在算不了什么。那位老爷的刺耳尖叫声仍在长廊里回响，而其他同事虽然在其他方面对彼此并不十分友好，但在噪声方面似乎完全持相同的看法，于是逐渐地，那位老爷似乎接过了代表所有人制造噪声的任务，其他人只是通过叫喊和点头来鼓励他坚持。但现在，那个仆役再也不关心这些了，他已经完成了他的工作，示意另一个仆役抓住小车的把手，于是他们像来时一样离开了，只是更加满意，而且速度如此之快，小车都在他们前面蹦跳起来。只有一次，他们还是吃了一惊，回头看了看，因为那位一直在尖叫的老爷似乎觉得尖叫已经无法解决问题，他可能发现了一个电铃的按钮，很可能为了就此轻松地解脱，他放弃了尖叫，开始不停地按铃。而此时，K.已经在他的门前徘徊了，因为他很想知道那位老爷到底想要什么。紧接着，其他房间也开始骚动起来，这似乎意味着他们的赞同，那位老爷似乎做了所有人早就想做，但出于未知原因必须忍耐的事情。那位老爷也许是想叫服务人员，也许是想叫弗里达？那他可能会等很长时间。弗里达正忙着用湿布把杰里米亚斯包住，即使他的病已经好了，她也没有时间，因为那时候她会躺在他的怀抱中。然而，铃声一响就立刻对此产生了影响。贵族庄园的老板立刻从远处赶来了，一如既往地穿着黑色衣服，扣子扣得紧紧的；但他似乎忘记了自己的尊严，他就那么跑着，半张开了双臂，仿佛发生了什么大祸，而他被召唤来抓住它，并立即将它摁在胸口加以扼杀；每当铃声稍有不规律，他都会短暂地向上跳起，并加快他的步伐。距离他后面一大段处，他的妻子也出现了，她也张开了双臂跑着，但她的步伐短小而矫揉造作，K.觉得她会赶不及，等她到时，老板可能已经把所有必要的事情都做好了。为了给跑过来的老板让路，K.紧贴着墙站立着。但是老板就停在了K.旁边，仿佛K.就是他的目标，贵族庄园的老板娘也立刻赶到了，两人都对他横加指责，由于匆忙和惊讶，K.无法理解他们的举动，尤其是那位老爷的铃声也介入进来，甚至其他人的按铃声也开始响了起来。现在按铃已经不再是出于需要，而只是为了好玩，因为他们都高兴得过了头。K.非常希望能好好弄明白他错在了哪儿，所以他十分同意贵族庄园的老板挽着他的胳膊，带着他离开了这片越来越嘈杂的噪声。他们身后——K.根本没有回头，因为老板和另一边的老板娘在一左一右地规劝他，而老板娘规劝得更厉害——现在门全都打开了，走廊变得熙熙攘攘，好像在一个热闹的狭窄小巷，大家展开了交流，他们面前的门显然都迫不及待地等着K.走过去，好让他们释放出那些老爷，而在这一切之中，那些摁铃声也响个不停，好像在庆祝一场胜利。现在终于——他们已经又回到了那个安静的白色积雪覆盖的庭院，有几辆雪橇正等在那儿——K.逐渐了解到发生了什么事。贵族庄园的老板和老板娘都无法理解，K.竟敢做出这样的事情。但他到底做了什么呢？K.反复询问，但长时间没有得到答案，因为对这两人来说，他的罪过实在太过明显，所以他们根本没有想到他是真的不知道。K.只是非常缓慢地认识到了一切。他出现在那个走廊里是不正当的，一般说来，他最多只能获得临时许可进入客栈，并且只能走到酒吧，而这种许可还是随时可以被撤销的。如果他被某位老爷传唤，他当然必须出现在传唤地点，但他必须始终意识到——他难道连最基本的常识都没有吗？——他其实是不应该出现在那里的，只是有一位老爷非常不情愿地叫他过去，因为公务需要不得不对此加以通融。因此，他应该迅速地出现、接受审问，然后尽可能更迅速地消失。在那个走廊里，他难道没有感到极度的不适吗？但如果他确实有这种感觉，他又怎么能在那里闲逛，就像牧场上的动物一样呢？他难道不是被传唤来参加一个夜间审讯的吗？他难道不知道夜间审讯的目的吗？夜间审讯——在这里，K.得到了一种新的解释——其实只是为了在夜间、在人造光线下迅速审问那些在白天让老爷们无法忍受的当事人，审问结束后，可以马上在睡眠中忘记所有的丑恶。然而，K.的行为却让所有的谨慎措施都显得苍白无力。即使是鬼魂到了早晨也会消失，但K.却一直待在那里，双手插在口袋里，仿佛在等待着，好像是因为他自己不离开，那么便期望整个走廊、连同所有房间的老爷都将会离开。而且，这事本来也是——这一点是可以确定的——绝对会发生的。因为这些老爷都十分体谅他人，没有人会赶走K.，甚至不会说那句理所当然的话，说他现在应该离开了；尽管K.在场时，他们可能会激动得发抖，而早晨——他们最喜欢的时光——就会这样被毁掉。但与其采取行动对付K.，他们宁愿选择忍受，当然其中也包括希望K.最终能逐渐认识到眼前显而易见的事实：看到那些老爷经历痛苦，而他自己也必须承受无法忍受的痛苦，因为他一清早就在走廊上如此明显地站着，是如此不合时宜。这个希望落空了。他们不知道，或者他们因为友善和屈尊而不愿意承认，这世界上也有一些不敏感、坚硬，无法被任何敬意软化的心。就连夜蛾这种可怜的动物，在白天来临时，不也是要寻找一个安静的角落，让自己平躺，最好消失得无影无踪吗？要是无法消失，就会因此而感到沮丧吗？然而K.却站在最显眼的地方，如果他能阻止黎明的到来，他会这样做。可是他无法阻止，但遗憾的是，他可以拖延和加重它。难道他没有观看档案分发的过程吗？而除直接的参与者之外，没有人应该看到这件事。就连贵族庄园的老板和老板娘，也都待在自己的房子里，以避免看到这个场景。他们只是听到了一些关于这件事的暗示，比如今天从那个仆役那里得到的信息。难道他真的没有注意到档案分发过程中遇到的困难吗？这本身就是件难以理解的事，因为每个老爷都只是为了公务，从不考虑自己的个人利益，因此他们必须竭尽全力地确保档案分发这项重要的基础工作能够快速、轻松且无误地进行。那么，K.难道真的没有隐隐感觉到所有困难的主要原因，就在于档案的分发必须在房门几乎关着的情况下进行，让那些老爷之间无法直接沟通，他们本来当然可以通过相互沟通，在瞬间达成一致，而通过仆役的中介调节，则需要数小时的时间，而且永远无法顺利进行，对于老爷们和仆役来说，都是一种持续的痛苦，并且很可能对后续的工作产生不良影响。那么，老爷们为什么不能相互沟通呢？难道K.还不明白吗？老板娘说她还不曾碰到过类似的事——老板也证实了这一点，说他不曾碰过——而他们明明已经与许多倔强的人打过交道。通常大家不敢说出口的事情，现在必须明明白白地告诉他，否则他连最基本的事情都无法理解。那么，既然这样必须说出口：就是因为他，纯粹就是因为他，老爷们才无法从房间里出来，因为早晨刚睡醒的他们太害羞、太脆弱了，无法面对陌生人的目光，尽管他们已经穿戴整齐，但仍然感到过于裸露，无法见人。也许这些永不停歇的工作者之所以害羞，仅仅是因为他们睡了一觉。但也许他们是更羞于见到陌生人，这比他们露面被人看到，更让人感到羞愧；借由夜间的审讯，他们免于遭受和那些难以承受的当事人面对面的困境，没想到在早晨，突然间，他们又措手不及地让这种自然真实的景象重新侵入了他们的生活。他们并不能应付这种情况。一个不尊重这一点的人会是什么样的人呢？嗯，那一定是像K.这样的人。这样一个无论是对法律，还是对最普通的人与人之间的体谅，都表现出一种迟钝的冷漠和疲惫不堪的人，他毫不在意自己的存在几乎让档案分发变得不可能，还损害了这家店的声誉，并且让那些绝望的老爷不得不采取措施自卫，这是前所未有的事情。他们在经历了普通人难以想象的自我克制后，摁下电铃求救，寻求帮助来驱逐无法以其他方式赶走的K.。是他们，是这些老爷在呼救！如果老板和老板娘，以及全体的工作人员胆敢不叫自来，在早晨出现在那些老爷面前，即使只是为了提供帮助，然后立即消失，那么贵族庄园的老板和老板娘以及他们的全体员工早就跑过来了。他们在走廊的另一头颤抖着等待，因为K.的举动而愤怒，又因为无能为力而感到沮丧，而实际上，那从未预料到的摁铃声对他们来说倒是一种解脱。现在最糟糕的事情已经过去了！他们只希望能瞥一眼那些终于摆脱了K.的束缚的老爷的欢快的喧闹就好了！当然，对于K.来说，这一切还并未结束，他肯定要为在这儿引发的一切承担责任。

  他们此刻已经来到了酒吧；尽管十分愤怒，为什么老板还是把K.带到了这里，原因并不十分清楚，也许他终究认识到，K.的疲惫使他暂时无法离开这个地方。没有等人请他入座，K.就几乎立刻瘫倒在了其中一个酒桶上。在黑暗中，他感到舒适。现在这个大房间里只有在啤酒龙头上方的一盏电灯，还散发着微弱的光亮。外面还是漆黑一片，似乎是雪夜。既然待在这温暖的室内，人们就必须心存感激，并采取预防措施，以免被赶出去。贵族庄园的老板和老板娘仍然站在他面前，好像他仍然意味着某种危险，好像由于他完全不可靠，并不能排除他可能会突然站起来，并试图再次闯入走廊。他们自己也因为夜间的恐慌和过早起床而感到疲惫，尤其是老板娘，她穿着一件丝绸般沙沙作响的、宽大的褐色裙子，扣子和系带都十分凌乱——她在匆忙之中是从哪儿找到的这衣服？——她的头好像折断了一样，靠在丈夫的肩膀上，用一块细腻的手帕轻轻地摁着眼睛，同时向K.投以孩子气的恶狠狠的目光。为了安抚这对夫妇，K.说，他们现在告诉他的一切，他之前都完全不知道，尽管如此，如果不是因为过度的疲劳，他也不会在走廊里待那么长时间，在那里他确实无事可做，也肯定没想要折磨任何人，而这一切都只是因为疲惫过度而发生的。他感谢他们终结了这令人尴尬的场景。如果要他对此负责，那他也是很乐意的，因为只有这样，他才能阻止他的行为被众人误解。这只是疲劳而导致的，除此之外别无他因。然而，他之所以这么疲劳，是因为他还不习惯于审讯的劳累。他在这里的时间并不长。一旦他在这方面有了一些经验，类似的事情就不会再发生。也许是他对审讯太过认真，但这本身并无不利之处。他不得不经历两次审讯，一次接着一次，先是在布尔格那里，另一次是在埃朗格那里，尤其是第一次让他筋疲力尽，尽管第二次并没有持续很长时间，埃朗格只是请他帮个忙，但两次叠加在一起，还是超过了他一次所能承受的。换了别人，比如说贵族庄园的老板，这也是难以承受的。实际上，他从第二次审讯中离开时，已经摇摇晃晃了。那几乎是一种醉态——他第一次见到了那两位老爷，头一回听到他们说话，并且还得回答他们的问题。据他所知，一切都进行得相当顺利，然后发生了那个意外，不过在发生了之前那些事的情况下，大概是很难将责任全归咎于他的。可惜的是，只有埃朗格和布尔格知道他的状况，他们肯定会照顾他，并阻止任何事情进一步发生，但是审讯结束后，埃朗格不得不立刻离开，显然是去城堡了，而布尔格可能也因为那次审讯而疲惫不堪——那么，K.又如何能毫发无伤地挺过审问呢？

甚至整个档案分发的过程他都还在睡。如果K.有类似的机会，他会很高兴地利用它，他愿意放弃看那些所有禁止他看的事，这样做尤为容易，因为实际上他根本无法看到任何东西，因此即使是那些最敏感的老爷，也可以毫无顾忌地在他面前现身。

提到这两次审讯，尤其是埃朗格的那次，以及K.谈到那些老爷时所表现出的尊重，使得贵族庄园的老板对他产生了好感。他似乎已经愿意满足K.的请求，在那些酒桶上放一块板子，至少让他在那里睡到天明。然而，老板娘显然反对这个主意，她不停地摇头，此刻才意识到了自己衣衫不整，于是在她那件杂乱的衣服上到处拉扯，眼看着一场显然是老生常谈的、关于保持房子清洁的争论又即将爆发。对于疲惫不堪的K.来说，夫妇俩的谈话变得意义非凡。要是从这里再次被赶走的话，对他来说似乎是比他之前经历的一切都更要严重和不幸。这是不能发生的。所以即使贵族庄园的老板和老板娘联合起来反对他。他也蜷缩在酒桶上，偷偷地看着他们俩。直到那位老板娘在她那异常的敏感中，突然让到了一边，K.早就注意到了她极其敏感，她突然从一边跳了出来——很可能她此时已经在和贵族庄园的老板谈论其他事情了——喊道："瞧他看着我的那副样子！快把他赶走吧！"但是，K.抓住了这个机会，现在他完全确信自己会留下来，甚至可以说是满不在乎了，他说道："我不是在看你，只是在看你的衣服。"老板娘激动地问："为什么看我的衣服？"K.耸了耸肩。老板娘对她丈夫说："走吧，他喝醉了，这个浑蛋。让他在这里睡一觉醒醒酒吧。"然后她还召唤了佩皮，佩皮听到了她的召唤，就从黑暗中现了身，她头发蓬乱，疲惫不堪，手里懒洋洋地拿着一把扫帚，老板娘让她随便给K.找一个枕头。

二十五

（无题）

当K.醒来时，他起初以为自己几乎没有睡过，房间里没有变化、空荡荡的，而且很暖和，所有的墙壁都笼罩在黑暗中，啤酒龙头上方的一个灯泡散发着微弱的光，窗外也是漆黑一片。但当他伸展身体，枕头掉落，木板和酒桶发出嘎吱声时，佩皮立刻走了过来，这时他才知道已经是晚上了，而且他已经睡了超过十二个小时了。白天，老板娘曾几次问起过他的情况，甚至连格尔施塔克也来过，早上K.和老板娘交谈时，他就在此处的黑暗中喝着啤酒等待着，但后来他不敢再去打扰K.。此外，据说弗里达也来过，曾在K.旁边站了一会儿，但她过来可能并非为了K.，而是她有好几件事要在这里做准备，因为晚上她要重新开始之前的工作。"她是不是不再喜欢你了？"佩皮一边端来咖啡和蛋糕，一边问道。但她不是带着她以前那种恶意的方式问的，而是带着一种悲伤，好像她已经认识到了世间的恶意，在这种恶意面前，自己所有的恶意都变得无济于事、毫无意义了；她对K.说话的方式就像是对待一个同病相怜的人。K.尝了尝咖啡，她以为他觉得咖啡不够甜，于是跑去给他拿来了满满一罐糖。她的悲伤并未妨碍她今天比上次更加精心地打扮自己；她在头发上编织了许多蝴蝶结和丝带，额头上沿着两侧太阳穴处的头发被精心烫卷了，脖子上挂着一串项链，一直垂到她开得很低的宽松衬衫的领口。当K.满足于终于睡了个饱觉，还能喝到一杯好咖啡时，他悄悄地伸手去摸了一下一个蝴蝶结，试图解开它，佩皮疲倦地说："别烦我。"然后她坐在了他旁边的一个酒桶上。而K.根本不需要问她的苦恼，她就自己讲了起来，用眼睛死死盯着K.的咖啡杯，仿佛在讲述的过程中需要什么来分散注意力，即使她忙于思考自己的痛苦，也不能完全沉浸其中，因为这超出了她的能力。首先，K.了解到，实际上是他造成了佩皮的不幸，但她并没有怪他。在讲述过程中，她不停地点头，不让K.有任何反驳的机会。起初，他把弗里达从酒吧带走，从而使佩皮得以升职。除此之外，想象不出有其他原因能促使弗里达放弃她的职位，她就像一只坐在网中的蜘蛛，到处都是只有她才熟悉的蛛丝；要在违反她意愿的情况下把她弄走，是完全不可能的，只有当她爱上一个地位低下的人，也就是一个与她的地位不相称的人，才能把她从那个位置上赶走。那么佩皮呢？她曾经想过为自己赢得这个位置吗？她是个客房女仆，担任着一个无足轻重、前景不大的职位，她和所有女孩一样有着对美好未来的梦想，梦想是无法被禁止的，但她并没有认真考虑过要继续前进，她对现状已经感到满意了。结果弗里达突然从酒吧消失了，事情发生得如此突然，老板一时找不到合适的替代者，他到处找，最终把目光落到了佩皮身上，而她确实也在这方面表现出了积极的态度。那时，她那样爱K.，胜过她以往爱过的任何人，她曾在那个狭小的黑暗房间里度过了几个月，还准备好了在那里度过数年，甚至在最不利的情况下，度过她的一生，而现在K.突然出现了，一个英雄，一个救赎少女的人，为她打通了通往上层的道路。当然，他对她一无所知，他也并不是因为她才这么做的，但这并不影响她对他的感激之情。在她被录用的前一夜——录用一事当时还不确定，但已经可能性非常大了——她花了几个小时与他交谈，对着他的耳朵，轻声诉说着她的感激之情。而他偏偏接下了弗里达这个重担，这在她眼中更是提高了他的行为价值，他为了让佩皮脱颖而出，甚至让弗里达成了他的情妇，弗里达，一个长相平平、年纪大，又瘦弱的女孩，她的头发短而稀疏，而且还是一个心机很重的女孩，总是有着各种秘密，这可能与她的外表有关；既然她的容貌和身材都显得如此可悲，那么她至少还得有点别的秘密，其他人无法查证的秘密，比如她声称的与克拉姆的关系。那时，佩皮甚至产生了这样的想法：难道K.真的爱弗里达吗？他是不是弄错了，或者他只是在欺骗弗里达，而这一切的唯一结果就仅仅是佩皮的升迁？当K.觉察到这个错误，或者不再想掩饰它时，他会不再看着弗里达，而是只看到佩皮。这并不是佩皮的痴心妄想，因为作为女孩与女孩之间的对比，她完全可以与弗里达一较高下，没有人会否认这一点。再说，主要也是弗里达的职位，以及她所展现出来的那个职位的光环，使K.一时被迷惑了。于是，佩皮梦想着，等到她获得了那个职位，K.就会来恳求她，而她将有选择权，要么答应K.，失去那个职位；要么拒绝他，继续升迁。她想好了，她会放弃一切，屈就于他，教会他真爱，那是他在弗里达那儿永远无法体验到的，是与世界上所有荣誉、地位都无关的爱。然而，事情却发生了变化。是什么原因呢？K.当然是罪魁祸首，当然还因为弗里达的狡猾。首先是K.，他到底想要什么？他是个多么奇特的人！他在追求什么，是什么重要的事情让他忘记了最近、最好、最美的东西？佩皮成了牺牲品，一切都是愚蠢的，一切都完了。而谁若有力量烧毁整个贵族庄园，把它完全烧毁、不留痕迹，像火炉里的一张纸一样焚烧掉，那他就是佩皮今天的挚爱。嗯，是的，佩皮是在四天前，在午餐前不久，来到酒吧的。这里的工作并不轻松，几乎是累死人，但收获也不小。佩皮以前也没有虚度时光，尽管她从未大胆地想过要为自己争取这个职位，但她却观察颇多，知道这个职位意味着什么，她并非毫无准备就接手了这个职位。若不是做好了准备，根本无法接手这个职位，否则要不了几个小时，就会丢掉差事。尤其若是想按照客房女仆的方式在这里工作的话，就更糟糕了。作为客房女仆，随着时间的推移，你会感到自己越来越迷失、被人遗忘，这是一项犹如在矿山中的工作，至少在秘书们的走廊上是这样，有时好几天都看不到人，除了少数几个白天来的当事人，这些人来去匆匆、根本不敢抬头，还有两三个其他的客房女仆，她们也同样满怀怨气。早晨，客房女仆们根本不被允许出房间，秘书们只想和自己人待在一起，餐食由厨房的仆役送来，客房女仆们通常无须参与。在用餐时间，也不允许她们在走廊露面。只有在老爷们工作时，客房女仆们才能去打扫、收拾房间，但当然不能是那些住人的房间，只能是暂时空置的房间，而且这项工作必须得非常安静，以免打扰到老爷们的工作。但是，怎么可能安静地打扫房间呢？当那些老爷已经在房间里住了好几天，再加上仆役们——那些肮脏的家伙，在房间里弄东弄西，当房间最后交给客房女仆时，已经是一团糟了，即使是洪水也无法将其冲刷干净。诚然，他们是高贵的老爷，但要收拾他们留下的房间，必须克服强烈的恶心感。客房女仆们的工作并不是特别多，却十分累人。永远都听不到好话，总是在被责备，尤其是这个责备，最让人痛苦也最常听见：有档案在打扫房间时丢失了。事实上，什么也没有丢失，每一张纸都被交给了老板，但确实有档案丢失，只是这并非客房女仆们的错。然后，调查委员会来了，客房女仆们必须离开她们的房间，调查委员会的人会翻遍床铺。客房女仆们并没有什么财产，她们仅存的一点东西一个背篓就放得下，但调查委员会还是会搜查好几个小时。当然，他们什么都找不到。档案怎么可能会出现在那里？客房女仆们对档案有什么兴趣？但结果总是相同的，只是失望的调查委员会的威胁和责骂，还是通过老板转达的。而且白天和晚上，永远得不到片刻安宁。半夜有噪声，一大早也有噪声。要是不必住在那里，也会好一些，但客房女仆们却必须住在那里，因为在休息时间，客房女仆们也得根据需求从厨房取来一些小东西，特别是在晚上。总是突然间有拳头砰的一声敲上客房女仆们的门，口述了要点的餐，女仆们就得跑下楼到厨房去，叫醒熟睡的厨房伙计，他们再把对方需要的东西放在客房女仆们房门外的托盘上，然后由仆役们来取走——这一切是多么悲哀。

但这还不是最糟糕的。最糟糕的是在没有人点餐的情况下,在深夜里,当大家都应该睡着了的时候,而且大多数人最后也真的入睡了,你有时会听到有人在客房女仆们的门前来来回回地走动。于是客房女仆们就会从她们的床上爬起来——床是一张叠在另一张上面的,房间里的空间非常有限,女仆们的整个房间实际上就像是一个有三层抽屉的大柜子——挤在门边偷听,跪下来,恐惧地拥抱着彼此。而门外那个人还在偷偷摸摸地徘徊。如果这人最后走进来,却什么都没有发生,大家都会感到很幸运。而在这种情况下,你必须承认,这也并不一定是有危险,也许只是有人在门外来回走动,考虑是否要点餐,但最后又不能做出决定。也许就是这样,也许又是因为完全不同的事情。实际上,女仆们根本不了解那些老爷,她们几乎没有见过他们。总之,里面的女仆们怕得要死,等到外面终于安静下来,她们靠在墙上,连重新爬回床上的力气都没有了。现在这样的生活又再次等着佩皮了,今天晚上她又要搬回到女仆房间里的床位上了。这一切都是为什么呢?因为K.和弗里达。她又要回到这种她刚刚逃离的生活中了,虽然她是在K.的帮助下,但也是在她自己极大的努力下,才逃离了这种生活。在那里的那种工作中,即使是那些平时最小心翼翼的女仆也会忽略自己。她们为谁而装扮呢?又没有人能看见她们,顶多就是厨房里的工作人员;如果她们觉得那样就足够了的话,那倒是可以打扮一下。但除此之外,她们总是待在自己的小房间里,或者是那些老爷的房间里,而进入这些房间,连穿着干净的衣服都是种浪费。而且一直待在人造光线和闷热的空气里——那儿总是在供暖——实际上也总是令人疲惫不堪。每周只有一个下午是空闲的，而度过这段时间最好的方式，就是在厨房的某个角落里安静地、无忧无虑地睡过去。那么，何必还要打扮呢？是的，她们几乎都不好好穿衣服。然后，佩皮突然被调到酒吧工作了，如果她想在那里站住脚，就需要做恰恰相反的事情：她总是处在众目睽睽之下，其中还包括一些非常挑剔、注重细节的老爷，因此她必须尽可能地让自己看起来又漂亮又迷人。这可是个大转变。而佩皮可以说，她没有一点疏忽。她对于事情之后的发展并不担忧。她知道自己拥有这个职位所需要的能力，对此她非常确定，就算是现在，她也还保持着这种信念，即使在今天这个失败的日子里，也没有人能够把这种信念从她心中抹去。困难之处只在于最初的那段时间里，她要如何证明自己的能力适合这个职位，因为她毕竟只是个贫穷的客房女仆，没有衣服和饰品，而那些老爷可没有耐心等待她成长，而是立刻就想要一个像样的酒吧女侍，否则他们就会转身离去。你可能会认为，他们的要求并不高，毕竟他们连对弗里达也很满意。但这种想法是错误的。佩皮经常思考这个问题，她还经常与弗里达见面，并且有一段时间甚至与她睡在一起。要弄清弗里达的真实面目并不容易，那些不太关注她的人——而哪些老爷会特别关注呢？——很容易就会被她误导。没有人比弗里达自己更清楚自己的样貌有多悲惨了；比如，当你第一次看到她把头发松下来时，会因为同情而双手合十，这样的女孩在正常情况下，甚至都不应该当客房女仆；她自己也知道这一点，有时候晚上会因此哭泣，紧紧依靠在佩皮身上，并把佩皮的头发缠绕在自己的头上。然而，当她开始工作时，所有的疑虑都消失了，她认为自己是最美的，而且她总能以正确的方式让每个人都相信她的这个观点。她了解那些人，这才是她真正的才能。而且她说谎说得又快，又容易让人相信，这样人们就没有时间仔细看她。当然，这种做法不能持久，因为人们总是有眼睛的，最终他们会看清楚真相。但当她察觉到这样的危险时，她已经准备好了另一种方法，比如最近看来，就是她与克拉姆的关系。她与克拉姆的关系！如果你不相信，你可以去核实，去找克拉姆问问。多么狡猾，多么狡猾啊。而如果你不敢因为这样的问题去找克拉姆，就算要问更重要的问题，都不一定会被接见，甚至克拉姆完全不会理你——只是不理你和你这样的人，因为比如说弗里达，她想去就随时可以进去找他——如果情况真是如此，你仍然可以核实这件事，你只需要等待。克拉姆对这样一个谣言，肯定无法长时间容忍，他一定非常关心人们在酒吧和客房里说了他什么，这对他来说非常重要，如果有谣言，他会立即澄清。

但他并没有澄清，那就说明没有什么可澄清的，这就是纯粹的事实。尽管我们只能看到弗里达将啤酒端到克拉姆的房间，并带着钱回来，但我们无法看到整个过程，这都是弗里达讲的，我们不得不相信她。她甚至也不会把这些事情讲出来，她不会泄露这样的秘密，不，在她周围，秘密会自己流传开来，既然它们已经被泄露了出去，她自己也就不再避而不谈这些事情，但她还是态度谦虚，并不宣称任何事情，而只是引用那些已经众所周知的事情。而且并非引用所有的事情，例如，克拉姆自从弗里达在酒吧工作以来，喝啤酒的量减少了，并没有减少很多，但明显是减少了，她并没有说过这个，这可能有各种原因，也许是因为克拉姆这阵子不太喜欢喝啤酒了，或者他甚至忘记了在弗里达面前喝啤酒。无论如何，虽然令人惊讶，但弗里达就成了克拉姆的情妇。但凡是能让克拉姆满足的东西，其他人怎么可能不惊讶呢？因此，转眼之间，弗里达就成了一个大美女，一个酒吧所需要的那种美人，甚至可以说她太美、太有能力了，酒吧已经几乎无法满足她了。事实上，人们觉得奇怪的是，她仍然在酒吧工作。成为一个酒吧女侍是一件了不起的事情；从这个角度来看，她与克拉姆的关系似乎非常可信。但是，既然酒吧女侍已经成了克拉姆的情妇，为什么他还让她在酒吧工作，甚至让她工作这么长时间呢？为什么他不让她升职呢？即使你告诉人们一千次，这里不存在矛盾，克拉姆有这样做的特定理由，或者弗里达的晋升可能会在不久的将来突然降临，这一切都不会产生太大的影响，但人们也有自己的想法，长时间以来，他们不会被任何技巧分散注意力。实际上，已经没有人再怀疑弗里达是克拉姆的情妇，即使那些显然已经知情的人也已经太累了，不再去怀疑了。他们想："那就成为克拉姆的情妇吧，但既然你已经是他的情妇了，我们就还希望看到你升职。"然而，没有任何变化发生，弗里达仍然像以前一样在酒吧工作，并在暗地里还庆幸能维持现状。但在那些人眼中，她就失去了一些威望，这一点自然不会被她忽视，因为她通常能在事情尚未发生之时就注意到。一个真正美丽、可爱的女孩，一旦适应了酒吧的生活，就不需要再施展什么技巧；她只要还美丽，就会一直是酒吧女侍，除非遇到特殊的不幸、意外。但像弗里达这样的女孩，却必须时刻担心她的工作，当然，她不会明确地表现出来。相反，她更可能在抱怨和诅咒这个职位。然而，私下里她却一直秘密地在观察人们的情绪。因此，她看到人们变得冷漠，弗里达的出现甚至不再值得人们抬眼看一看，甚至连仆役们也不再关心她，转而明智地去关注了奥尔加之流的女孩。从老板的行为中，她也注意到自己越来越变得并非不可或缺了。她也不能一直不断地编造和克拉姆有关的故事，一切都有极限。于是，这位好弗里达决定尝试新的事物。谁又能立刻洞察其中的秘密呢！佩皮预感到了这一点，但遗憾的是，她并没有看穿这个秘密。弗里达决定制造一桩丑闻，她，克拉姆的情妇，将随便把自己丢入谁的怀抱，甚至可能是一个最卑微的人。这将引起轰动，人们会谈论很长时间，在最后，到了最后人们将再次想起，她成为克拉姆情妇意味着什么，以及为了新爱情而冲动地抛弃这种荣誉又意味着什么。困难的是找到一个合适的男人，与之进行这场聪明的游戏。这个人不能是弗里达的熟人，甚至不能是其中的一个仆役，因为他可能会用大大的眼睛看着她，然后继续走开，尤其是他不能保持足够的严肃，无论弗里达再怎么能言善辩，都无法传播被他袭击、无法抵抗，最后在一个失去理智的时刻屈服于他的说法。即使是最卑微的人，也必须是一个可以让人信服的人，尽管他迟钝粗俗，却只对弗里达念念不忘，没有比——我的老天哪！——娶弗里达为妻的更高渴望了。但即使是一个卑微的男人，可能比一个仆役都要低贱，甚至比另一个仆役还要低贱得多，也是一个不会被每个女孩嘲笑的人，甚至可能还会有另一个有判断力的女孩觉得他很有吸引力。但到哪里去找这样一个人呢？一个别的女孩可能一辈子都找不到这么个人，弗里达的幸运在于，在她第一次想到这个计划的那个晚上，就有人把土地测量员带到了她的酒吧。那个土地测量员！是的，K.在想什么呢？他脑子里有什么特别的事情吗？他想要达到什么特殊的目的吗？找到一个好职位，得到一种荣誉？他想要这样的东西吗？那么，他应该从一开始就采取另一种方式。他现在什么都不是，看他的处境真是可悲。他是一个土地测量员，这也许算不上什么；他学过一些东西，但如果不知道如何运用，那也算不了什么。而且他还提出要求；在没有任何支持的情况下，他提出了要求，虽然不是直接提出，但人们注意到，他确实在提一些要求，这实在令人恼火。他难道不知道，即使是一个客房女仆，如果她跟他说话时间过长，也会有损尊严吗？然而，带着这些特殊的要求，他在第一个晚上就掉进了最粗俗的陷阱。他难道不感到羞愧吗？是什么让他如此迷恋弗里达呢？现在他可以承认了。这个瘦弱的黄脸女人真能讨他喜欢吗？哦，不，他根本没有看她，她只是告诉他，她是克拉姆的情妇，对他来说那还算是个新闻，于是他就迷失了。但是她现在必须离开，现在贵族庄园显然已经没有她的位置了。在她离开之前的那天早晨，佩皮还见过她，全体员工都聚集在一起，每个人都好奇地看着她。她的影响力如此之大，以至大家都为她感到惋惜，包括她的敌人也为她感到惋惜；她一开始就证明了她的算计是正确的；她把自己抛给了这样一个男人，众人都觉得难以理解，像是命运的打击，那些厨房里的小厨娘一直仰慕每一个女招待，她们甚至难过得要死。甚至佩皮也为此感动，即使她的注意力实际在别的事情上。她注意到弗里达实际上并不太悲伤。尽管她遭遇了如此可怕的不幸，她也表现得非常不幸，但这还不够，这种表演无法欺骗佩皮。那么是什么在支撑着她呢？难道是新恋情的幸福？不，这个考虑可以排除了。那么还有什么呢？是什么给了她力量，甚至在面对佩皮时，她仍然像往常一样冷静友好呢？当时佩皮并没有足够的时间去思考这个问题，因为她已经在忙着为新职位做准备了。她可能需要在几个小时内就开始工作，但她还没有漂亮的发型，没有优雅的衣服，也没有精致的内衣和合适的鞋子。所有这些都必须在短短几个小时内准备好，如果不能准备好，那就最好放弃这个职位，因为这样一来，在开始的半个小时内，她就肯定会失去这份工作。好吧，她成功了部分。她对弄发型有特殊的天赋，甚至有一次老板娘都请她去做发型，这是因为她天生手指灵巧，当然她浓密的头发也很好打理。至于衣服，也有人帮忙。她的两个同事忠实地支持了她，她们中的一个女孩成了酒吧女侍，这对她们来说也是某种荣誉，而且佩皮以后掌握了权力的话，她们也可以从中获得很多好处。其中一个女孩从很久以前就留着一块昂贵的布料，那是她的宝物，她常常让别人欣赏它，大概梦想着有一天会把它用在自己身上，做成一件了不起的艺术品，而现在佩皮需要它，她毫不犹豫地就献了出来。这是她做得非常好的事情。两个女孩都很愿意帮忙缝制，即使是给她们自己缝，她们也不会更卖力了。这甚至是一项非常愉快的工作。她们坐在各自的床上，一个坐在另一个上方，一边缝，一边唱歌，然后把成品和配件递给对方。当佩皮想起这些时，她觉得更加沉重，因为这一切都是徒劳的，她双手空空地回到了朋友们身边。这是多么不幸的事，这主要是由K.的轻率造成的。那时，所有人都为这件衣服感到高兴。它似乎是成功的保证，而且后来还在衣服上找到了一个位置，可以缀上一条丝带，于是最后的疑虑也消失了。这件衣服真的很美吗？虽然现在已经皱巴巴的，有点脏了，但佩皮只有这件衣服，不得不日夜穿着它，但人们仍然能看出它是多么美丽，甚至连巴拿巴家那个该死的丫头也无法做得更好。而且它的特点是，还可以随意拉紧和松开，无论是从衣服上面还是下面，所以虽然这只是一件衣服，却有如此多的变化，这是它的特殊优点，这其实是她们的发明。当然，给她缝制这件衣服也并不困难，佩皮并不是自夸，因为年轻健康的女孩子穿任何衣服都好看。更困难的是购买内衣和靴子，但失败就是从这里开始的。在这方面，她的朋友们虽然也尽力帮了忙，但能做的并不多。她们只能凑齐粗糙的内衣，并把它们缝在一起；但没有高跟靴子，只能穿着拖鞋，宁愿藏起来也不愿给人看到。人们安慰佩皮说，弗里达也没有穿得很好，有时候她穿得那么邋遢，客人宁愿让酒窖里的伙计来为他们服务，也不愿让她来。事实上的确是这样，但弗里达可以这么做，是因为她已经得到了宠爱和尊敬；如果一位贵妇偶尔穿着肮脏、疏忽的衣服露面，那反而更有吸引力，但对于像佩皮这样的新人，别人又会怎么想呢？而且，弗里达根本不会打扮，她完全没有品位；如果一个人肤色偏黄，那保留着黄色的肤色也是没办法的事，却实在不必像弗里达那样，穿上深V领的奶油色衬衣，这样满眼的黄色让眼睛都过载了。即使没有这个问题，她也太吝啬，不愿意好好打扮自己，她挣到的钱全都攒起来，谁也不知道是为了什么。在工作中，她不需要钱，她靠谎言和计谋生活，佩皮没法，也不愿效仿这个榜样，所以她有理由打扮自己，让自己漂漂亮亮地出现在大家面前，尤其是在一开始的时候。如果她能拥有更多的钱，花在这件事情上，尽管弗里达再狡猾，K.再愚蠢，她也一定会继续取得胜利。事实上，一切都开始得很顺利。她在此之前已经了解到了所需的一些技巧和知识。一进入酒吧，她就融入了这里的生活。在工作中，没有人再想起弗里达。直到第二天，才有一些客人问起，弗里达到底去哪儿了。没有出现任何错误，老板也很满意，第一天他因为担心，一直待在酒吧里，后来他只是时不时地过来看看，到最后，因为收银台上的账目也正好（收入甚至比弗里达在职时还多了一点），他就把一切都交给了佩皮。她引入了一些新东西。弗里达会监督那些酒窖里的伙计，至少是部分监督，特别是在有人看的时候，她这么做不是出于勤奋，而是出于吝啬、渴望权力，以及担心别人会剥夺她的权力；佩皮则完全把这项工作交给了酒窖的伙计，他们在这方面确实更胜一筹。这样一来，她就有了更多的时间为老爷们服务，客人们得到了迅速的服务，而她还能跟每个人都说上几句话，不像弗里达，她自称要完全为克拉姆保留自己，认为别人的任何话语、接近都是对克拉姆的侮辱。当然，这也是聪明的做法，因为当她真的让某人靠近自己时，那就是一种无法想象的恩宠。然而，佩皮却讨厌这种技巧，而且在刚开始工作时，它们也无法派上用场。佩皮对每个人都很友善，每个人也都以友善回报她。所有人显然也都对这种人事变化感到高兴；当劳累的老爷们终于可以坐下来喝一会儿啤酒时，那时用一个词、一个眼神、耸耸肩膀就可以彻底改变他们。大家都热切地抚摸着佩皮的卷发，使得她不得不一天整理发型十次，没人能抵挡得住这些卷发和发饰的诱惑，即使是平时心不在焉的K.也不例外。于是，紧张、繁忙但成功的日子过去了。要是它们没有那么转瞬即逝，要是再多一点时间就好了！尽管已经努力得累到筋疲力尽，但四天时间太短了，也许要有第五天就足够了，四天时间实在太少了，虽然佩皮在四天内已经赢得了赞助者和朋友们的支持。当她端着啤酒杯走过来时，她如果能相信所有人的目光，就仿佛置身在了友谊的海洋之中；一个叫布拉特迈尔的文员为了她神魂颠倒，送给了她这串项链和挂件，并将自己的照片放入了挂件中，虽然这样做是有些大胆，但这些事情和其他事情都已经发生了，仅仅在这四天之中，在四天里，佩皮如果全力以赴，也可以让人们几乎忘记弗里达，但也不可能完全忘记她，而她本就是会被遗忘的，也许还要不了四天，由于她提前准备，通过让人们口口相传这场大丑闻，保持了自己的地位，人们因此对她产生了新的兴趣，出于好奇心，他们倒希望再次见到她；对他们来说，这些曾令他们厌烦至极的事物，却因为原本毫不起眼的K.的功劳，又重新变得有趣起来，当然，他们不会为此放弃佩皮，只要她还站在那里，用她的存在来发挥作用。然而，这些通常是年纪较大的老爷，他们在习惯上总是慢吞吞的,在习惯新的酒吧女侍之前,即使这样的变动对他们非常有利,他们仍需几天时间适应;尽管这违背了老爷们自己的意愿,但他们仍需要几天时间,也许只需要五天,但四天总归不够,无论如何,佩皮仍然只被视为临时的替代者。而最大的不幸或许是,在这四天里,尽管克拉姆在最初的两天就来到了村里,但他并没有下楼来,去到他的那间客房。如果他来了,那将是佩皮决定性的试炼,顺便说一句,这是她最不害怕的试炼,反而是她期待的。她不会成为克拉姆的情妇——当然,最好不要用言语触及这类事情——也不会谎称自己是克拉姆的情妇,但她至少会像弗里达一样,巧妙地将啤酒杯放在桌子上,漂亮地打招呼,漂亮地告别,而且不会像弗里达那样唐突和纠缠不休。如果克拉姆真的想在一个女孩的眼中寻找什么,那么他会在佩皮的眼中得到足够的满足。但他为什么不来呢?是偶然吗?佩皮当时也是这么想的。在那两天里,她一直等着他来,甚至连晚上也在等着他。"克拉姆现在要来了。"她一直这么想着,来回走动,除了期待的不安,以及渴望着想要在他进门时第一个看到他之外,就没有别的理由了。这种持续的失望让她非常疲惫,也许正因为如此,她没有做到她本可以做到的那么多。每当她有一点时间,她就溜到禁止工作人员进入的走廊里,躲在墙上的一个凹陷里等待着。"要是克拉姆现在来了该多好,"她想,"要是我能把他从房间里抱出来,把他抱到楼下的客房就好了。不管他有多重,我都不会在这样的负重中倒下。"但他没有来。楼上的走廊里静得让人难以想象,除非你亲自去过那里。那里如此安静,人们无法在那里待太久，寂静会把人逼走。但佩皮一次又一次地，被赶走了十次，又爬上去十次。但那真是毫无意义。如果克拉姆想来，他就会来；如果他不想来，佩皮就算在墙壁的凹陷里心跳到快要窒息，也无法把他引出来。这是毫无意义的，但如果他不来，几乎一切都是毫无意义的。他没有来。现在佩皮知道为什么克拉姆没有来了。如果弗里达能在走廊上看到佩皮躲在壁凹里，把双手放在心口上，她一定会大笑不止。克拉姆没有下来，是因为弗里达不允许他来。她并不是通过恳求达到目的的，她的恳求根本无法打动克拉姆。但这个阴险的女人，她有一些鬼祟的关系，这是没人知道的。当佩皮对客人说话时，她会大声说，旁边的桌子也能听到；而弗里达却一言不发，她将啤酒放在桌子上，然后离开，只有她的丝质衬裙会沙沙作响，那是她唯一舍得花钱买的东西。但她如果真的要说什么，那么也绝不会大声说，而是会低声地对客人耳语，让旁边桌子的人竖起耳朵。她所说的话也许是无关紧要的，但也并非总是如此，她有的是关系，通过一些人来支持另一些人，就算大部分关系都失灵了——谁会一直关心弗里达的事呢？——但偶尔还有一些关系得以维系。她现在开始利用这些联系，K.给了她这个机会，他没有待在她身边守着她，而是几乎不在家，四处游荡，在这里、那里跟人会谈，他关注一切，只是不关心弗里达，最后，为了给她更多的自由，他从桥头客栈搬到了空荡荡的学校。这一切都是蜜月开始的美好时光。好吧，佩皮肯定是最不会因为K.无法忍受待在弗里达身边而责怪他的人；人们是无法忍受弗里达的。但为什么他没有完全离开她，为什么他总是回到她身边，为什么他借由这样的四处游荡，给了人一种他在为她而战的印象呢？看起来，好像他是在与弗里达接触之后，才发现了自己真正渺小，想要使自己配得上弗里达，想要以某种方式爬上去，所以才暂时放弃了和她待在一起，以便以后可以毫无干扰地为之前的牺牲做出补偿。与此同时，弗里达也没有浪费时间，她坐在学校里，可能是K.把她引过去的，她在那里观察着贵族庄园，观察着K.，她手边就有极好的信使，K.的助手们，他把他们完全交给了她——这让人无法理解，即使是了解K.的人也无法理解这一点。她派他们去找她的那些老朋友，让对方想起她来，她抱怨自己被一个像K.这样的男人囚禁，煽动他们对佩皮的敌意，宣布她即将回来，请求帮助，恳求他们不要向克拉姆泄露任何信息，假装必须保护克拉姆，所以绝不能让他下楼到酒吧里去。她在一些人面前表现出要保护克拉姆的样子，却在老板面前利用这件事，把它当作她的成功，指出克拉姆因此不再来了。如果楼下只有佩皮在服务，他怎么会来呢？虽然老板在此事上没有责任，因为毕竟佩皮是他能找到的最好的替代品，只是这个替补不够好，甚至连几天都不行。关于弗里达的这些所作所为，K.都一无所知；当他不在外面游荡时，他就毫无戒心地躺在她的脚边，而她则在数着距离回到酒吧还剩多少个小时。但这些助手所做的不仅仅是传递信息，他们还被用来让K.嫉妒，让他保持警惕。自从孩提时代起，弗里达就认识这些助手，他们之间肯定没有什么秘密了，但为了尊重K.，他们开始思念彼此，对K.来说，这使他认为这段感情会演变成一段伟大的爱情。而K.为了讨好弗里达，做了所有的事情，甚至是一些矛盾的事，助手们让他心生嫉妒，但他又容忍了他们三个人待在一起，而他独自外出游荡。这几乎就让他像是弗里达的第三个助手。于是，弗里达终于根据自己的观察，决定采取大动作，她决定回去。现在才是真正的最后时刻了，弗里达，这个狡猾的女人，如何发现和利用了这一点，真是令人赞叹，这种观察力和决断力是弗里达无与伦比的艺术；如果佩皮有这种能力，她的生活会多么不同。如果弗里达在学校多待一两天，佩皮就无法再被驱逐，她就会永远地成为酒吧女招待，受到所有人的喜爱和支持，赚到足够的钱，让自己的简陋装束熠熠生辉；再过一两天，克拉姆将无法被任何诡计阻止，他会离开客房、来到酒吧，喝个酒，感到舒适，即使他注意到弗里达的缺席，也会对这种变化非常满意；再过一两天，弗里达和她的丑闻、她的关系，连同那两个助手，以及其他的一切，将被彻底遗忘，她再也无法重新露面。那么，她或许会更紧地倚靠在K.身边，假设她有这个能力，学会真正地爱他？不，事情也不会是这样。因为K.也用不了超过一天的时间，就会厌倦她，意识到她是如何恶劣地欺骗了他，用她所谓的美貌、所谓的忠诚，以及最重要的，她所谓的对克拉姆的爱。他只需要再多待一天，就能把她和那些肮脏的助手从家里赶出去，想想看，连K.都不再需要她了。而她被夹在这两种危险之间，当她的坟墓几乎要开始合拢，在她头顶上封住时，单纯的K.依然为她留出了最后一条狭窄的道路。于是，她趁机破洞而出，溜走了。突然之间，几乎没人能预料这种事情的发生，因为这实在违背了自然规律，突然之间，她赶走了K.，那个仍然爱她、缠着她的K.，并在朋友和助手们的推动下，以救世主的姿态出现在了老板面前，用比过去更具吸引力的丑闻，证明了自己被最卑微和最高贵的人所渴望，但她只是短暂地投入了卑微之人的怀抱，很快就会像过去一样将他推开，对他们所有人来说，她再次变得高不可攀，跟从前一样。于是她回来了，老板瞟了一眼佩皮，犹豫不决——他该牺牲这个经过考验、证明自己能胜任工作的女孩吗？——但很快他就被说服了，有太多的事情支持弗里达，但最重要的是，她将为餐厅重新赢回克拉姆。于是，现在到了晚上。佩皮不会再等到弗里达降临，把接管职位变成一场她的胜利。她已经把收银箱交给了老板娘，她可以走了。下面女孩们的房间里的床位已经为她准备好了，她会到那儿去，她那两个朋友会哭泣着欢迎她，她会扯下身上的衣服，从头发里扯下蝴蝶结，然后把一切都塞进一个角落里，在那里好好藏起它们，不会不必要地想起那些应该被遗忘的时光。接着，她会拿起大水桶和扫帚，咬紧牙关开始工作。但在此之前，她必须把所有事情告诉K.，没有她的帮助，K.到现在也不会明白这些事，现在他才能明确地看到，他对佩皮所做的事情是多么丑陋，他是如何让她变得不幸。当然，他在这个过程中也只是被利用了。

佩皮说完了。她松了口气，擦去了眼睛和脸颊上的几滴泪水，然后点了点头看着K.，仿佛想说，其实这事根本不在于她的不幸，她的不幸她会承受，不需要任何人的帮助或安慰，尤其不需要K.的。尽管还年轻，她却已经了解人生，而她的不幸只是证实了她对人生的了解。然而，现在事关K.，她想把他的照片举在胸前，想让他看清他自己，就算她所有的希望都破灭了，她仍然认为有必要这么做。"佩皮，你真是想象力丰富，"K.说，"事实并非如此，你并非现在才发现这些事情，这些不过是从你们那个黑暗狭窄的女仆房间里生出的梦，它们在那里是合适的，但在这个开阔的酒吧里，看起来就很奇怪。带着这些想法，你在这里是无法立足的，这是显而易见的。你所自豪的衣着和发型，不过是你们小房间里的黑暗和那些床铺的产物；在那里它们当然很美丽，但在这里，每个人都在暗暗地或公开地嘲笑它们。而你还说什么？我被利用和欺骗了？不，亲爱的佩皮，我跟你一样，既没有被利用，也没有被欺骗。诚然，弗里达目前离开了我，或者如你所说，跟一个助手私奔了，你看到了一点事实，她确实很可能不会再成为我的妻子，但说我厌倦了她，或者说我第二天就要把她赶出去的说法是完全不对的，你说是她欺骗了我，就像其他女人欺骗男人一样，这也不符合事实。你们这些女仆习惯了从钥匙孔里窥探，因此保留了这种思维方式，从看见的一件小事上，去夸大、错误地推断整件事。结果就是，例如，在这种情况下，我知道的比你少得多。我无法像你那样精确地解释弗里达为什么离开了我。我觉得最可能的解释似乎你也提到过，但是并没有充分地阐释，那就是我忽略了她。不幸的是，这是真的，我忽略了她，但这有特殊的原因，在这里不适合讨论，如果她回到我身边，我会很高兴，但我会立刻再次开始忽略她。事实就是这样。当她在我身边时，我总是在不停地到处乱逛，就像你嘲笑的那样，现在她离开了，我几乎无所事事，感到疲倦，渴望越来越彻底地无所事事。你有什么建议给我吗，佩皮？""有的，"突然佩皮变得充满了活力，她抓住K.的肩膀说，"我们都是受骗者，让我们待在一起吧，你跟我一起下去，到那些女孩那儿去吧。"K.说："只要你还在抱怨自己受到了欺骗，我跟你就无法达成共识。你总想一直被欺骗，因为这让你感到被恭维，让你感动。但事实是，你不适合这个职位。如果连我这样的外行人都能一眼看出你不适合这个职位，那这种不匹配就肯定非常明显了。你是个好女孩，佩皮，但要认识到这一点并不容易，比如说，我一开始就认为你残忍而高傲，但你并非如此，只是这个职位让你感到困惑，因为你不适合它。我不想说这个职位对你来说太高了，这并不是什么了不起的职位，也许在仔细观察之后，它比你以前的职位稍微光鲜一点，但总的来说，差别不大，两者十分相似，很容易弄混。甚至可以说，当女仆比在酒吧工作更值得推荐，因为那里总是有秘书们在，而在这里，尽管在餐厅里也可以为秘书们的上司服务，但还是要和非常低贱的人打交道，比如我。按理说，我根本没有权利待在其他地方，只能待在这个酒吧里，与我交往的可能性难道就那么尊贵吗？你觉得是，也许你有你的理由。但正因为如此，你不适合这个职位。这个职位和其他职位一样，但对你来说，它就像天堂。因此，你以夸张的热情投入其中，装扮得像你心中天使的样子——实际上天使并不是这样的——为这个职位感到忧虑紧张，总觉得自己被迫害，试图用过度的友善赢得那些你认为可以支持你的人，但这样反而打扰了他们，让他们疏远，因为他们在酒店里想要的是宁静，而不是除了自己的烦恼，还得操心酒吧女侍的烦恼。弗里达离去之后，可能高级的客人们并没有真正注意到这个事件，但现在他们知道了，并真的开始怀念弗里达，因为弗里达处理事情的方式确实完全不同。无论她在其他方面是什么样的，也无论她如何看待自己的职位，但在工作中，她经验丰富、冷静且克制，你自己也强调了这一点，但并没有从中获益。你注意过她的目光吗？那已经不再是一个酒吧女侍的目光，那几乎是一个老板娘的目光。她看到了一切，还看到了每一个人，而当她用余光去看个别人时，这对于那个人来说，已经足够强烈，足以使他们屈服了。她可能有点瘦，年纪也有点大了，别人也可以想象她应该有更浓密的头发，但这些和她真正拥有的相比，都是微不足道的。如果有人被这些缺点困扰，那只能表明他们缺乏对更伟大事物的认知。这一点，可没人会责备克拉姆，你之所以不相信克拉姆对弗里达的爱，只是出于一个年轻又缺乏经验的女孩的错误观点。克拉姆似乎对你来说是遥不可及的——这也有道理——因此你认为，弗里达也不可能接近克拉姆。你错了。即使没有确凿的证据，在这件事情上，我也只会相信弗里达的话。尽管这在你看来是难以置信的，尽管这与你对世界、官僚体系、高贵以及女性之美的影响的看法不符，但这确实是真的，就像我们现在坐在一起，我把你的手握在我的手中一样，克拉姆和弗里达也曾这样坐在一起，这仿佛是世界上最理所当然的事情，而且他自愿走下来，甚至急匆匆地走下来，没有人在走廊里窥视他，为了等他而忽略其他工作。克拉姆必须亲自走下来，而弗里达衣着上的缺陷，只会让你感到惊恐，他却一点也不在意。你不愿相信她！你并不知道这只是暴露了你自己的不足，不知道这只是正好表现出你的经验欠缺。即使有人完全不知道她和克拉姆的关系，也应该从她的举止中认识到，塑造她性格的这个人比你我，甚至村子里的所有人都更重要，并且他们的谈话超越了顾客和女侍之间常见的说笑，这种说笑似乎就是你一生的目标了。但我冤枉你了。你自己其实能非常清楚地看到弗里达的优点，注意到她的观察力、决断力，以及她对别人的影响力，只是你把一切都解释错了，认为她是出于自私，将一切都用来为自己的利益和邪恶谋求好处，甚至将其作为对付你的武器。不，佩皮，就算她有这样的箭，她也无法在如此近的距离射出。至于自私？其实反倒可以说，她牺牲了她所拥有的和她所期望的，给了我们两人在更高职位上证明自己的机会，但是我们两人都让她失望了，甚至迫使她回到了这里。我不知道事情是不是这样，我也不清楚自己的罪过，只是当我拿自己和你做比较时，我会想到这些事情：就好像我们两个都太过努力、太吵闹、太幼稚、太过于缺乏经验，想要得到某样东西时，只借由哭泣和乱抓乱扯，就像一个小孩子拽着桌布，但他什么也没能得到，只会把所有的美好都拽倒在地，永远都无法得到它们。而这些东西，如果说通过弗里达的沉稳和务实，可以轻而易举又不被察觉地获得——我不知道事情是不是这样，但我确信，这比你所讲的要更接近事实。""好吧，"佩皮说，"你爱上了弗里达，因为她离开了你，当她离开时，爱上她并不困难。但是，就算事情正如你想的那样，就算你在所有方面都是对的，包括嘲笑我——那你现在想做什么呢？

弗里达离开了你，无论是按照我的解释还是按照你的解释，你都没法指望她会再回到你身边；即使她真的回来了，你也总得找个地方度过这段时间，天气很冷，你既没有工作也没有床；来我们这里吧，你会喜欢我的那两个朋友的，我们会让你感到舒适，你可以帮我们工作，那份工作只靠女孩子们来做确实太重了，我们几个女孩子不必只依靠自己了，晚上也不用再害怕了。来我们这里吧！我的朋友们也认识弗里达，我们会给你讲关于她的故事，直到你厌倦为止。来吧！我们还有弗里达的照片，会拿给你看的。那时候弗里达比现在要谦逊得多，你会几乎认不出她，最多只能从她那双一直在窥探的眼睛里认出她。所以说，你会过来吗？""这样做是允许的吗？我昨天才闹出了那么大的丑闻，就因为被抓到在你们的走廊上停留。""那是因为你被抓到了；如果你跟我们在一起，就不会被抓到了。除我们三个之外，没有人会知道你在那儿。啊，那会很有趣。现在我觉得那里的生活比刚才要好过多了。现在对我来说，也许我离开的这件事，让我失去的并不是那么多了。你知道吗？我们三个人在一起也没有觉得无聊过，我们必须把苦涩的生活变得甜一点，因为生活在我们年轻的时候，就已经变得苦涩了，这样我们的舌头才不会被惯坏。现在我们三个人团结在一起，我们会尽可能地过得漂亮，尤其是亨丽黛特，她会让你喜欢上她的，还有艾米丽，我已经给她们讲过你的事了。在那里，人们听着这样的故事都觉得难以置信，好像在房间外面真的什么事情都不会发生似的。那里温暖而狭小，我们还紧紧地靠在一起，不，尽管我们彼此依偎着，却还没有厌倦彼此；相反，当我想到那些朋友时，我几乎觉得回到她们身边也挺好的。我为什么要比她们更成功呢？这正是我们团结在一起的原因，这原因就是我们三个人的未来都以同样的方式被封锁了，而现在我却突破了这个封锁，离开了她们；当然，我并没有忘记她们，我首先关心的就是如何能为她们做些事情。我的地位还不稳定——我根本不知道它有多不稳定——我就已经和老板谈了亨丽黛特和艾米丽的事情。在亨丽黛特的问题上，老板并非完全不让步，但对于艾米丽——她比我们大得多，大约和弗里达同龄——他确实没给我任何希望。但是想想看，她们根本不想离开，她们知道自己在那里过的生活是多么悲惨，但她们已经适应了；这些善良的灵魂，我想，她们在离别时的泪水，大部分是因为我不得不离开我们共同的房间，走进寒冷的外面——我们觉得在房间外面的一切都是寒冷的——还要在那些大而陌生的房间里和那些陌生的大人物打交道，而这一切只是为了勉强度日，而在我们的共同生活中，我已经成功地做到了这一点。我现在回来，她们可能根本不会感到惊讶，只是为了顺从我，她们会稍微哭泣一下，哀叹我的命运。但接下来她们会看到你，意识到我之前的离开确实是件好事。现在我们有一个男人作为帮手和保护者了，这会让她们感到幸福的，而且她们会为一切必须保密而感到非常高兴，因为这个秘密会让我们比以前更紧密地联系在一起。请过来吧，哦，请到我们这儿来吧！对你来说并不必承担什么义务，你不会像我们一样永远被束缚在我们的房间里。等到春天来临，你在别处找到住处，你如果不再喜欢待在我们这里，就可以离开，只是到时候，你当然还是得保守这个秘密,不要出卖我们,否则那就将是我们在贵族庄园里度过的最后一小时;而且在我们身边的时候,你必须小心谨慎,不要在我们认为危险的任何地方露面,总之,凡事要听从我们的建议;这是对你唯一的约束,而且对你来说,这一点你肯定也和我们一样在乎,除此之外,你完全自由,我们分配给你的工作不会太重,请不要担心。那么你会过来吗?"K.问道:"离春天还有多久?"佩皮重复道:"离春天?我们这里的冬天很长,是非常漫长而单调的冬天。但在下面,我们并不抱怨冬天,我们已经做好了准备。好吧,春天终究会到来,夏天也会到来,而且会持续一段时间,但在记忆中,现在想来,春天和夏天似乎如此短暂,就像不超过两天,甚至在这两天里,就算是在天气最好的日子,偶尔也会突然下起雪来。"

就在这时,门被打开了,佩皮吓了一跳,她在思绪中已经远远离开酒吧了,但来的人不是弗里达,而是老板娘。她惊讶地发现K.还在这里,K.解释说他在等老板娘,同时感谢她允许自己在这里过夜。老板娘不明白K.为什么要等她。K.说他觉得老板娘好像还想跟他谈谈,如果这是个误会,那他请求原谅,不过他现在确实得离开了,他已经把自己在学校的仆役工作扔下太久了,这都是因为昨天的传唤,他在这些事情上的经验还太少,他肯定不会像昨天那样再给老板娘带来不便了。他鞠了个躬,准备离开。老板娘用一种如梦似幻的眼神看着他。由于这个眼神,K.比他原本想的多停留了一会儿。现在她又微微一笑,直到看到了K.惊讶的脸,她才仿佛恍然大悟,就好像她原本期待着她的微笑得到回应,而现在才发现没有回应,她这才醒了过来。她说:"昨天,我想,你竟然大胆地说了些关于我的裙子的话。"K.想不起来了。老板娘说:"你想不起来了吗?所以先是胆大妄为,之后还很懦弱。"K.以昨天的疲惫为由道歉,可能昨天他确实说了些胡话,不过他现在已经想不起来了。他也不知道关于老板娘的衣服,他有什么可说的。她穿的衣服是如此美丽,他从未见过如此美丽的衣服。至少他从未见过一位在工作时穿着如此华丽的老板娘。老板娘迅速说:"别再提这些评论了,我不想再听你说关于衣服的话。你不需要关心我的衣服。我要禁止你这样做,永远禁止。"K.再次鞠躬,走向了门口。老板娘在他身后喊道:"你是什么意思,说你从未见过一位工作时穿着如此华丽的老板娘?这样无意义的评论是什么意思?这完全是废话。你究竟想表达什么?"K.转过身,请求老板娘不要激动。他那句话当然是废话,他对衣服也一无所知。对于他这样的人来说,任何没有破损的、干净的衣服都十分珍贵。他当时只是很惊讶,在夜晚看到老板娘站在走廊里,竟然穿着如此漂亮的晚礼服出现在那些几乎没穿衣服的男人中间,仅此而已。"那么,"老板娘说,"最后你似乎还是想起了你昨天的评论,并通过更多的胡言乱语补充它。你说自己对衣服一无所知是对的。那么就请你不要——我真心地请求你——对珍贵的衣服或什么不合适的晚礼服等发表评论。总之,"说到这里,她似乎感受到一阵寒冷,"你不应该对我的衣服指手画脚,你听见了吗?"当K.默默地想要再次转身离开时,她问道:"你对衣服的了解是从何而来的?"K.耸了耸肩,说他一无所知。"你确实一无所知,"老板娘说,"但你也不该自作聪明。跟我到办公室来，我会给你看一些东西，希望你以后永远不再胡言乱语。"她走在前面先出了门，佩皮跳到K.身边，在借口向K.收钱的同时，他们迅速达成了共识；因为K.熟悉那个通往侧街的大院子，在大门旁边还有一扇小门，大约一个小时后，佩皮会站在那个小门后面，听到敲三下，她就会把门打开。

那间私人办公室就在酒吧对面，只需穿过走廊，老板娘已经站在明亮的办公室里，不耐烦地等着K.了。然而，还有一个干扰。格尔施塔克一直在走廊里等着，想和K.说话。要摆脱他并不容易，老板娘也来帮忙，指责格尔施塔克的唐突。当门已经关上时，人们还听到格尔施塔克喊道："去哪里？去哪里？"这些话混合着叹息和咳嗽声，不堪入耳。

那是一个供暖过热的小房间。两面狭窄的墙边，放着一个站立式书桌和一个铁制的钱箱，较宽的墙边放着一个柜子和一张矮沙发。柜子占据了最多的空间，不仅填满了整面墙，而且它的深度也使房间显得非常狭窄，需要打开三扇推拉门才能把它完全打开。老板娘指着矮沙发，让K.坐下，她自己则坐在书桌旁的转椅上。"你是不是学过裁缝？"老板娘问。"没有，从来没有。"K.说。"那么你到底是做什么的？""土地测量员。""那是什么？"K.解释了一下，他的解释让老板娘打起了哈欠。"你没有说实话。为什么不说实话？""你也没有说实话。""我？你又开始胡言乱语了。即使我没有说实话——我难道要对你负责吗？我在哪一点上没有说实话？""你不是如你所称的老板娘。""看看，你发现的事情真不少。那么我还是什么呢？你的放肆已经到了令人难以忍受的地步。""我不知道你还是什么。我只看到你既是一个老板娘，又穿着不适合老板娘的衣服，而且据我所知，村里也没有其他人穿这样的衣服。""那么我们就说到重点了，你实在是藏不住话，也许你根本就不是放肆，只是像一个知道某种蠢事的孩子，无论如何都没办法让他隐瞒。那么说吧。这些衣服有什么特别之处？""如果我说了，你会生气的。""不，我会笑话你，因为那肯定是孩子气的胡言乱语。那么这些衣服怎么样？""你真的想知道吗？好吧，它们是用好材料做的，相当昂贵，但它们过时了，过于烦琐，经常被修改，穿着痕迹也很重，既不适合你的年龄，也不适合你的身材，更不适合你的地位。我第一次见到你时就注意到了这些衣服，大约是一周前，在这个走廊里。""我们终于说到这个问题了。它们过时了，过于烦琐，还有什么？你怎么知道这些？""我看得出来。这不需要别人的教导。""你毫不费力就看出来了。你不需要问别人，就知道时尚需要什么。你对我来说真是不可或缺，因为我确实看到漂亮的衣服就走不动路。你怎么看待这个衣柜里满满的衣服呢？"她把推拉门拉开，所见之处，那些衣服一件挤着一件，塞满了整个衣柜的宽度和深度。这些衣服大多是深色、灰色、棕色、黑色的，都被小心地挂了起来，并平整地被摊开了。"这些是我的衣服，都过时了，过于烦琐，就像你说的。但这些只是我楼上房间里放不下的衣服，我在那里还有满满两衣柜的衣服，每个衣柜都差不多像这个这么大。你惊讶吗？""不，我预料到会有类似的事情，我说过你不仅是个老板娘，你还有别的目的。""我的目标只是穿得漂亮，而你要么是个傻瓜，要么是个孩子，要么是个非常邪恶、危险的人。你走吧，快走！"K.已经走到了走廊里了，而格尔施塔克又拉住了他的袖子，这时老板娘喊道："明天我会收到一件新衣服，也许我会叫你来看看。"

格尔施塔克生气地挥着手，好像想从远处让打扰他的老板娘闭嘴，要求K.跟他走。起初他不愿详细解释。他几乎没有理会K.的反驳，K.说他现在必须去学校。直到K.抗拒被他拖着走，格尔施塔克才告诉他，不用担心，K.会在他那里得到一切所需的，也可以放弃学校校役的职位，只要最后跟他走就行，他已经等了他一整天了，他的母亲都不知道他在哪里。K.迟疑地问他，为什么要为他提供食宿。格尔施塔克只是草率地回答，他需要K.来帮忙照看马匹，因为他现在有别的事情要做，但现在K.不想再被他拉着走，也不想给他制造不必要的麻烦。如果K.想要报酬，他也会给报酬。尽管如此，K.还是站住了，不顾他的一切拉扯。他根本不懂马匹。这并不是必需的，格尔施塔克不耐烦地说，他生气地双手交叉，试图说服K.跟他走。"我知道你为什么要带我走。"K.终于说。格尔施塔克并不在乎K.知道什么。"因为你认为我能在埃朗格那里为你做些什么。""当然，"格尔施塔克说，"否则我为什么会在乎你？"K.笑了，挽着格尔施塔克的手臂，任由他带领自己穿过黑暗。

在格尔施塔克家那栋小屋的房间里，只有炉火和一根烛台上的蜡烛，蜡烛快烧尽了，正发出微弱的光线；在烛光下，在那倾斜的屋梁下面，有人正缩在墙壁的一个凹槽里，弯着腰阅读一本书。那是格尔施塔克的母亲。她颤抖着伸出手和K.相握,让他坐在她旁边。她费力地说着话,人们很难听懂她在说什么,但她说的[1]

---

[1] 卡夫卡的手稿终结于此,为了忠实于原文,译者也未添加标点。

附录

《城堡》手稿中的删减段落

[1] 只过了片刻,他就又恢复了平静,问道:"我的主人让我问问,他明天什么时候能到城堡去?"那边回复道:"你就这么告诉你的主人,一个字都别漏地向他转达:即使他再派十个助手来问他明天什么时候能来,他也永远只会得到这个回答——无论是明天还是以后任何时候都不可能。"K.真希望自己已经挂了电话了。这种谈话不能给他要行之事带来丝毫进展。倒是让他明白了,下一次他必须换一种完全不同的方式来开展这种对话。用现在这种方式来打电话,他不是在和别人抗争,简直是在和自己作对。不过,他是昨天才到这儿的,但这城堡已经从远古就存在了。

[2] 面对这个男人,K.始终有一些不切合实际的想法,比如说他不是一个人,而很可能是两个人,而且只有K.能分得清他们两个,甚至在现实中他们都不辨彼此,K.现在认为,不是他的狡猾心思,而是他那一脸担忧,又充满微弱希望的情绪撼动了他,这种情绪甚至穿越了黑夜被他所感知,促使他带上了自己。而他的希望也就在此。

[3] K.转过身去,想去找他的外套。他想穿上外套,即使它还是湿的,就这么回到客栈去,无论有多困难。他觉得坦诚地承认自己之前弄错了,很有必要。只有回到客栈对他来说才是完全承认这一点。但他主要还是不想承认自己那些不确定的感觉,不想让自己迷失于这么一件最初看来希望满满,实际上却毫无前景的事情。一只手拽住了他的袖子,他甩开了它,也压根儿没兴趣看这是谁的手。

他听到那位父亲对巴拿巴说:"那个城堡来的姑娘来过这儿呢。"随后他们低声聊了起来。K.本来已经很不信任他们了,他又观察了他们一会儿,想要弄清楚刚才那句话是不是故意说给他听的。但情况看来也并非如此,这位父亲絮絮叨叨地对巴拿巴一股脑讲了很多事,母亲也在旁边时不时地补充几句,巴拿巴弯下腰去听他讲,边仔细听边冲着K.微笑,好像K.应该和他一起对他父亲讲的事感到高兴似的。K.自然不会这么做,但K.还是吃惊地盯着这个微笑看了片刻。然后他转向了那两位姑娘,问道:"你们认识她吗?"她们没明白他的话,也有点被吓到的样子,因为他看似没什么意思,却问得又快又生硬。他又给她们解释道,他指的是城堡里来的那个姑娘。这时奥尔加,也是两个人里更温柔的那个——她展现出了一丝少女的尴尬,而阿玛利亚则用她那严肃、耿直、毫不动摇,并且带着一点呆滞的目光盯着他——回答道:"城堡里来的那个姑娘?我们当然认识她,她今天来过我们这儿。你也认识她吗?我还以为你是昨天才到这里来的。""昨天,是的。但我今天遇到她了,我们还说了几句话,但是被打断了,我想再见见她。"为了削弱自己的目的性,K.补充道:"她好像有什么事想问我。"现在阿玛利亚的目光让他厌烦了,于是他说:"你有什么事吗?拜托你别这么直勾勾地盯着我了。"阿玛利亚没有道歉,只是耸了耸肩走开了,她走到了桌子那儿,拿起了一双袜子,织了起来,不再管K.了。奥尔加为了缓和气氛,弥补阿玛利亚的不礼貌,便说道:"她兴许明天还来呢,那你就可以和她接着聊了。""太好了,"K.说,"那我就在你们这里过夜了;我也许还可以去鞋匠拉瑟曼那儿和她聊天,但是能在你们这儿更好。""在拉瑟曼家?""是的,我就是在那儿遇见她的。""那这可能是个误会。我说的是另一个女孩,不是那个在拉瑟曼家的。""你刚才就该告诉我!"K.惊呼道,开始在这屋子里来回走动,毫无顾忌地从屋子的一个尽头又折返回来走向屋子的另一头,这些人向他展现了一种奇特的杂糅混合之感:亲切友好之中夹杂着冷淡、内向沉默,甚至有些暗戳戳且狡猾地用一些他不熟悉的老爷们的名字出现,但这一切却又至少部分地得到了调和——甚至可以说是,被加强了。K.却不这么看,这不符合他的本性——因为他们笨拙迟钝、他们的思考也带着孩子气的缓慢和胆怯,甚至他们还习惯顺从。他想要充分地利用他们本性中善良的一面,避开那些敌对的一面——这自然需要的不只是技巧,甚至也许还要他们自己的帮忙——但那样他们就不再是他的阻碍,他们也不会再拖K.的后腿,不会再像至今发生的那些情形一样,反而是能拉着他向前进的。

[4] K.现在想得更多的不是她,而是克拉姆。抢夺了弗里达这件事让他不得不改变计划;现在他得到了一件强有力的工具,也许会让他再不必在村子里花费

时间了。

[5]……随后他们就躺在那儿,几乎都把衣服脱光了,因为两个人都用手和牙齿把对方的衣服扯开了,然后他们就躺在了那一小摊啤酒上面。

[6]他已经掌握了如何对付当局这个巨大的机器的方法,善于去摆弄、弹奏这一精致的、总是追求均等平衡的乐器。弹奏的艺术在于,什么都不要做,让这架乐器自己运转。只要有人带着他尘世间的躯壳站在那儿,而且这人不能被弄走,那么他的存在就会迫使这个机器自己转起来。

[7]"请允许我,村长先生,打断您的话,向您提一个问题,"K.说,他舒服地靠在自己的椅子上,但是也不能像之前那样舒服惬意了;他之前一直想努力地让村长产生诉说欲,但现在这没完了的诉说欲对他来说似乎太过了,让他难以承受,"您之前不是提到过一个监管机构吗?……"

[8]我自然不可能拿着当局的每一封信跑到村委会去,可是索尔蒂尼不知道那封信,他也否认了它的存在,不过这样一来好像是我弄错了。

[9]我的理解不太一样,但即使我还有其他的斗争手段,我也仍旧坚持自己的理解,并将极力促成这一理解得到认可。

[10]"在某种意义上,我们已经问过他了,"客栈老板娘说,"他在结婚证书上签了字;不过那是出于偶然,因为当时他还代理负责另一个部门,所以结婚证上写着:'代理:克拉姆。'我还记得当时我从户籍管理处带着这张证书跑回家,根本连婚纱都没脱,就坐在桌子旁边,摊开了证书,一遍又一遍地读着那珍贵的名字,带着我那十七岁时的孩子气的劲头,热情地模仿着签名,我费了很大的劲,写满了整张纸,却没注意到汉斯就站在我椅子后面,他不敢打扰我,只是看着我写。不幸的是,那张结婚证在所有有关人士都签好了名后,必须交给村政府。"

"嗯,"K.说,"我并不是指这样的询问,这根本不是官方的手续,我不是要和官员克拉姆谈话,而是要和他私人谈谈。因为这里的官方事务手续总是出问题:比如说,如果您今天像我一样,看到了那些村政府地板上的档案!——或许您心爱的那张证书也就在其中,假设它没有被放在谷仓的老鼠那里的话——我相信您会同意我的观点。"

[11]或许这除此之外也只是一个传说,但如果是这样的话,那它一定是由那些被遗弃的女人编造出来的,以作为她们生活的慰藉。

[12]"我很乐意这么做,"K.说,"那么现在,请听听我要告诉他的话。我会这样说:'我们,弗里达和我,彼此相爱,我们想尽快结婚。但是弗里达不

仅爱我，还爱着您，当然是以一种截然不同的方式，这并非我的错，只是因为语言的贫乏，才对这两者使用了相同的词。在弗里达心中，我也有一席之地，可她自己也不明白，只是相信这一切都是因为您的意愿才可能实现。根据我从弗里达那里听到的一切，我只能赞同她的看法。然而，这仅仅是一个假设，除此之外，我唯一的想法就是，我这个异乡人，这个无足轻重的人，正如老板娘称呼的那样，竟然闯入了弗里达和您之间。为了确定这件事，我冒昧地向您请教，事实究竟是怎么样的。'这就是第一个问题。我认为，这样问已经足够恭敬了。"

老板娘叹了口气："您到底是怎么样的一个人啊，表面上看似聪明，但实际上一无所知。您想和克拉姆像和未来岳父谈判一样交谈，就像您要是爱上奥尔加的话——可惜这事没有发生——您会和老巴拿巴交谈那样。您永远不会有机会同克拉姆交谈，这是多么明智的安排啊。"

"在我和他的谈话中，"K. 说，"您的这个插曲是听不到的，这谈话无论如何只能在两人之间私下进行，所以我不需要受到这个插曲的影响。至于他的回答，有三种可能性，要么他会说'这不是我的意思'，要么他会说'这是我的意思'，要么他会保持沉默。我暂时先把第一种可能性排除在外，部分原因也是为了照顾您的感受；但是如果他沉默，我会理解为他同意我的说法。"

"还有其他可能性，更有可能的是——"老板娘说，"如果我接受您会和他见面这种像童话故事般的事——比如说，他会让您站在那里，然后自己离开。"

"那也不会改变什么，"K. 说，"我会挡住他的去路，迫使他听我说话。"

"迫使他听您说！"老板娘说，"就像逼狮子吃草一样！这真是英勇的事迹！"

"老板娘太太，您总是这么冲动，"K. 说，"我只是回答了您的问题，并没有强迫您承认什么。我们也不是在谈论什么狮子，而是一位办公室主任，如果我说，我从公狮子那里把母狮子娶走，那么我对他的意义也会足够大，他至少会听听我的想法吧。"

[13] "土地测量员先生，您在这里还没摸清门路呢，"老板娘说，"您说的一切都错误百出。也许弗里达要是成了您的妻子，能保证您在这里待下来，但这个任务对于这个脆弱的孩子来说太过艰巨了。她也知道这一点；当她觉得没人注意到她的时候，她会唉声叹气，眼中充满泪水。唉，我丈夫也

依赖着我，他就像个包袱，但他至少不想掌舵，他即使想要这样做，也只是会做些愚蠢的事，但作为当地人，他不会做出什么毁灭性的事情；而您却总是犯些最危险的错误，而且永远无法摆脱。克拉姆以私人身份出现？谁曾见过克拉姆以私人身份出现？谁能哪怕想到他以私人身份出现呢？您可能会反驳说您可以，但这恰恰是不幸的。您之所以能想象，是因为您只把他设想为一个公职人员，甚至根本无法想象出他是什么人。因为弗里达曾是克拉姆的情人，您就认为她见过他以私人身份出现的样子，因为我们爱他，您就认为我们像爱一个普通人那样爱他。好吧，对于一个真正的公职人员来说，是不能说他有时像公职人员，有时不那么像的，而是他始终都充分地扮演着公职人员的角色。但为了让您至少能有所理解，现在我不想谈论这个，我只能说：当年在我那段幸福的日子里，他从未比任何时候都更不像一个公职人员，而我和弗里达在这一点上的看法是一致的。我们所爱的，就是公职人员克拉姆，那位身居高位、非常高位的公职人员。"

[14] 而当K.在这里看到她坐着，坐在弗里达的椅子上，就在那个房间旁边……那个也许今天还用来招待克拉姆的地方，她那双短粗的脚踩在地板上，他和弗里达曾在这里躺过，在这家贵族庄园里，这家专门为官老爷们服务的处所，这时他不得不承认，如果那天他在这里遇到的是佩皮而不是弗里达，而且猜测到了她身上与城堡的某种关系——而且很可能她也确实有这种关系——他会用给予弗里达的相同的拥抱试图从她那里获取这个秘密。尽管她像孩子般无知，她也很可能与城堡有某种联系。

[15] 现在他没有别的事可做，只能在这里等着。克拉姆一定会从这里经过，他看到K.在这里可能会有点意外，但因此倒更有可能会倾听他的话，甚至回答他。对此地的那些禁令，也许不该太过严肃对待。这么看来，K.已经做到了这一点。虽然他只被允许进入酒吧，尽管如此，他现在还是站在这里，站在院子的深处，离克拉姆的雪橇只有一步之遥，而且很快就会与他本人面对面，享受着美味的食物，他在这儿比在别的地方都坏。

突然间，到处都亮了起来，走廊里和楼梯上的电灯亮了起来，外面的所有入口上方的灯也都亮了起来，雪地上的光线更增强了亮光。这一切都让K.感到很不舒服，他原本站在黑暗宁静的地方，现在感觉暴露无遗，但另一方面，这似乎预示着克拉姆即将出现。当然K.早就可以预料到，克拉姆是不会为了让K.的任务变得更容易就在黑暗中摸索着下楼来的。可惜的是，出现的人并不是克拉姆，而是客栈老板，紧随其后的是老板娘，他们从走廊深处稍稍弯着腰走了出来，这也是可以预料得到的，他们当然会来为这样一位特殊的客人送别。然而，K.就不得不稍微退后到阴影中，因而也就放弃了观察通往楼梯动静的好视野。

[16] K.觉得没有理由这么做，他们可以离开他，这几乎是新的希望；卸下马匹固然是个令人沮丧的迹象，但仍然在那里，还敞开着，无法关闭，这是永恒的承诺和期待。他又听到有人在楼梯上，于是他小心翼翼地走进门厅，准备把脚头收回来，抬头向上看。令他惊讶的是，这是桥头客栈的老板娘。她正带着沉思、平静地走下楼来，手在栏杆上有规律地抬起和放下。到了楼下，她和蔼可亲地向他问候，显然先前那些争论都已经不再适用了。

K.毫不关心那位先生！他越快离开越好，尽管他伤心地看到雪橇也同时远去了。但这对K.来说是个胜利，只可惜无法加以利用。"如果我，"K.转身大喊，突然果断地对那位先生说，"现在立即离开这里，雪橇就能回来吗？"当他说这话时，K.不觉得是在屈服于某种迫不得已——否则他不会这么做——而是觉得自己在向一个弱者让步，而且有权为自己的善举感到一丝欣慰。当然，从那位先生发号施令的回答中，他立刻意识到自己必须处于何等的情感混乱之中，如果他认为自己是在自愿行动，一切都是出于自愿，那么他又为何会寻求那位先生的命令？"雪橇可以回来，"那位先生说，"但您必须立刻跟我走，毫不犹豫，无条件，不能反悔。所以您怎么说？我这是最后一次问。正如您相信的，我的职责实际上并不包括在这个院子里维持秩序。""我走，"K.说，"但不是跟您一起走；我要从这个门走。"——他指着院子里的那扇大门——"我要去大街上。""好吧，"那位先生说，语气中又带着那种折磨人的让步和冷漠，"那我现在也到那儿去，您要快点。"那位先生回到K.身边，他们并排穿过未被触及的雪地，走过院子；那位先生匆忙回头向马车夫示意，车夫又驾驶着马车返回入口处，爬上了驾驶座，似乎又开始了新一轮的等待。但让那位先生恼火的是，K.也在等待，因为他一离开院子，就又停了下来。"您真是拥有让人无法忍受的固执。"那位先生说。然而，K.却感觉到，越远离那辆见证了他过失的雪橇，他就越不拘无束，能越坚定地追求他的目标，越觉得自己与那位先生平等了，甚至在某种意义上还占了上风，他转身面对着那位先生说："真的吗？你不是在欺骗我吗？无法忍受的固执？这话真是再好不过了。"

就在这时，K.感到在脖子后面有一阵轻微的瘙痒，他想要驱除那东西，于是向后挥了挥手，并转过了身去。雪橇！当K.还在院子里时，雪橇就已经离开，无声地穿过深雪，没有铃声，没有灯光，现在已经从K.旁边飞驰而过，马车夫打趣地用马鞭轻轻拍打了K.一下。那些马儿——那些高贵的生灵，刚才在等待期间没能让人判断它们的优雅——正在绷紧它们所有放松的肌肉，轻松地急转弯都没有让它们放慢速度，它们随后朝着城堡跑去，当人们还没意识到这个过程时，一切就都已消失在了黑夜中。

那位先生看了看表，责备地说：“所以克拉姆先生不得不等了两个小时。”"是因为我吗？"K.问道。"是的，当然。"那位先生说。"他看到我的脸就受不了吗？"K.问。"不，"那位先生说，"他忍受不了交谈。现在我要回家了，"他补充道，"你无法想象我家里有多少工作；我是克拉姆在这里的秘书。我的名字叫莫穆斯。克拉姆是一个勤奋的人，那些靠近他的人也必须效仿他，尽量发挥自己的能力。"那位先生变得非常健谈，甚至可能愿意回答K.提出的各种问题，但K.保持着沉默，似乎只是在仔细观察秘书的脸，仿佛试图搞明白克拉姆能忍受的脸庞到底有什么可遵循的规律。但他什么也没发现，于是转身离开了，甚至没有注意到秘书的告别，只看到他现在穿过一群从院子那里过来的人，然后挤进了院子；这群过来的人显然都是克拉姆的仆人。他们两两并排地走着，但既没有秩序也没什么姿态，只是边走边聊，当他们从K.身边经过时，还不时地凑在一起窃窃私语。在他们身后，大门缓缓地关上了。K.感到非常需要温暖和光明，还希望听到些友善的话语，在学校里他可能也能找到这些，但他觉得以他现在的状态，他找不到回家的路，更不用说他现在还站在一条完全陌生的街道上。此外，学校对他的吸引力也还不够大，因为当他用最美丽的色彩想象了一遍在家里有可能会遇到的一切后，他意识到这些美好对他今天来说还是不够的。可是他也不能留在这里，于是他就上路了。

[17]对于老板娘的恐吓，K.并不感到害怕。她试图用来使他就范的那些希望对他来说意义并不大，但这份记录现在却开始吸引他了。这份记录倒并不是毫无意义的。老板娘说K.不能放弃任何东西，虽然按她的意思，这话不完全正确，但普遍来说，这倒是对的。在受到失望的打击之前，这也一直是K.的看法，就像他今天下午的经历一样。但现在他逐渐恢复过来了，老板娘的攻击使他变得更坚强，虽然她一再地谈论他的无知和不听劝告，但她的激动恰好证明了，对她来说，劝告他是多么重要的一件事；尽管她

试图通过回答他的方式来贬低他,但她这么做的盲目热情却表明了他提出的那些小问题对她的影响。难道他应该放弃这种影响力吗?对莫穆斯的影响可能更大。虽然莫穆斯话不多,而且说话时喜欢大声喊叫,但这种沉默难道不是因为谨慎吗?难道他不是想克制地运用自己的权威,出于这个目的才把老板娘带了过来吗?因为她不必承担任何官方责任,可以自由地按照K.的行为决定自己的动作,她时而用甜言蜜语,时而用严厉的话语,试图将他引入那份记录的陷阱。而这份记录又是怎么回事呢?显然它不足以被送到克拉姆手上,但是在见到克拉姆之前,在前往见克拉姆的路上,K.难道就能无动于衷吗?今天下午的事情不正好证明了,谁要是认为可以通过大跨越的方式见到克拉姆,那他就是严重低估了与克拉姆之间的真正距离吗?如果说见到克拉姆并非完全不可能,那也只能一步一步来,而在这条路上,莫穆斯和老板娘不就是他碰到的障碍;从表面上来看,至少今天这两个人不是拦住了K.通向克拉姆的道路吗?先是老板娘,她通知K.过来,然后是莫穆斯,他从窗口确认了K.的到来,并立即发出了必要的指示,以便让车夫知道,在K.离开之前不能启程,因此,车夫当时责备地抱怨说,看起来要等K.离开还需要很长时间,当时K.还不明白是什么意思。由此看来一切都是已经安排好的,尽管如同老板娘所承认的,并不是克拉姆的敏感才阻止了K.接近他——虽然人们喜欢这么说。谁知道若是老板娘和莫穆斯不是K.的敌人,或者至少不敢表现出这种敌对态度,那么会发生什么?有可能在那种情况下,K.依旧无法接近克拉姆,新的障碍可能会出现,障碍也许是无穷无尽的,不过K.会感到满足,因为他按照自己的了解做了一切准备工作,而今天他却不得不小心应对老板娘的干预,为了使自己免受这种干预,他什么也没能做。但K.只知道他犯了哪些错误;至于事先可以做什么来避免这些错误,他并不知道。鉴于克拉姆的信,他最初想成为村里一个简单的、不起眼的工人的想法是非常明智的。但巴拿巴欺骗性的出现让他误以为他可以轻易进入城堡,就像在一个周日的郊游中登上一座小山丘一样,甚至这位信使的微笑和眼神也邀请他这样做。然后,没有什么思考的余地,弗里达就出现了,她让K.产生了直至今日也无法放弃的信念,即通过她的介入,与克拉姆之间建立了一种几乎是躯体性的、如同低语般的亲密关系,这种关系也许最初只有K.知道,但只需要一个小小的尝试、一句话、一个眼神,就能让这段关系显露在克拉姆面前,然后向所有人显露出来,尽管这事是不可思议的,但生活的压力、爱情的促使却让它变得理所当然。然而，事情并非如此简单，K.并没有暂时满足于成为一名工人，而是长时间一直迫不及待地等着接近克拉姆的机会，但迄今还没有结果。然而，在这段时间里，几乎在不经意间出现了其他的可能性：村里那个小校役的职位——也许从K.的愿望出发，这并不是一个合适的职位，它太为K.的特殊情况而考虑，太引人注目，太临时，太依赖于许多上级的恩惠，尤其是那位教师的恩惠——但它毕竟是一个稳定的起点，而且通过即将到来的婚姻，这个职位的不足得到了很大的弥补，这是K.以前几乎没有想过的，但现在他突然明白了这件事的重要性。没有弗里达，他又是什么呢？什么也不是，只能跟跟跄跄地跟在巴拿巴或是从城堡来的女孩那闪烁着丝绸般光亮的鬼火后面。当然，有了弗里达的爱，他也无法像通过一次突袭那样轻易地搞定克拉姆，他仅仅在错觉和妄想中几乎相信自己已经做到了这一点，即使这些期望仍然存在，即使在事实面前碰壁也无法损害它们，但他无论如何都不想再在他的计划中考虑它们了。然而，他也并不需要这些期望；通过结婚，他获得了另一种更好的保障——成为村民——享有权利和义务——不再是异乡人——结婚后他只需要提防所有人的自满情绪，这很容易，因为城堡毕竟就在眼前。更困难的是让自己适应，在这些小人物中做成些小事；他愿意开始，就从屈就做记录开始。然后，他转换了谈话的方向，也许他可以从另一个角度接近真相，就好像和他们之间从未发生过分歧一样，他平静地问道："关于今天下午，已经记了这么多东西了吗？所有这些文件都是关于这个下午的？""所有都是的，"莫穆斯友好地说，好像他一直在等着他问这个问题，"这是我的工作。"如果有能力不间断地、不眨眼地看东西，就可以看到很多东西；但如果稍微松懈一下，闭上眼睛，一切都会立刻消失在黑暗中。"我能读一点这些文件吗？"K.问。莫穆斯开始翻阅文件，好像在检查是否有什么内容可以给K.看，然后说："不，很遗憾，这是不可能的。""这让我觉得，"K.说，"里面可能有些言辞是我可以反驳的。""您想要反驳的话，得费点劲，"莫穆斯说，"是的，这里有这样的内容。"他说完，拿起一支蓝色铅笔，微笑着重重地用笔画下了几道粗线。"我并不好奇，"K.说，"您就请继续画线吧，秘书先生。请您尽管放心地，在无人监控的情况下记录我的丑事。我不在乎这些档案里记录了些什么。我只是想，文件里面可能也会有些东西对我有所启示，告诉我一个老练的本地公务员会如何诚实地对我做出具体判断。我很愿意读到这些内容，因为我想接受这些教导，不愿意犯错误，也不想惹人烦。""您还很愿意装作无辜，"老板娘说，"请听从秘书先生的话吧，您的愿望将部分得以实现。通过提问，您至少能间接地了解一些记录的内容；而通过回答，您将能够影响整个记录的意义。""我非常尊敬秘书先生，"K.说，"我无法相信他会通过问题，违背自己的意愿，透露他曾决定对我隐瞒的事情。我也不想让那些可能是错误的、指责我不正确的事情，在某种程度上，即使仅仅是形式上，通过我回答的问题，以及对我所给出答案的许可，被放入本就对我有敌意的文字中，进一步加以确认。"

莫穆斯若有所思地看着老板娘。"那么我们把文件收拾好吧，"他说，"我们已经拖延得够久了，土地测量员先生不会抱怨我们没有耐心的。土地测量员先生是怎么说的？'我非常尊敬秘书先生。'等等，他对我太尊敬了，以致这事让他说不出话来了。如果我能减少他对我的尊敬，我就能得到答案。可惜我只能增加他对我的尊敬，因为我承认这些档案根本不需要他的答案，它们既不需要补充也不需要改进，而他本人却非常需要记录，既需要提的问题，也需要他的回答。而且，如果我向他寻求答案，那也只是为了他的利益。但是现在，当我离开这个房间时，他也永远失去了这份记录，记录将再也不会为他打开。"老板娘缓缓地点头示意K.，并说："当然，我知道这一点，但我只能暗示，我也努力暗示过了，可您没明白我的意思。在院子里，您白白地等着克拉姆，而在这份记录里，您让克拉姆白白等着您。您是多么迷糊啊，多么迷糊！"老板娘眼中含着泪水。"好吧，"K.说，主要是受了这泪水的影响，"秘书先生暂时还在这里，记录也还在。""但是我就要走了。"秘书说着，将文件收进了公文包，站了起来。"那么，现在您终于要回答问题了吗，土地测量员先生？"老板娘问。"太晚了。"秘书说。佩皮终于得打开门了，早就到了跟班们应该进来的时间了。在庭院大门早就能听到敲门声，佩皮站在那里，手搭在门闩上，她只是等着他们与K.的谈话一结束就立刻打开门。"尽管开门吧，小姑娘！"秘书说，于是一群人毫无顾忌地通过大门涌了进来，这些人K.都见过，他们穿着土色制服，摆着一张臭脸，因为他们被迫等了这么久才能进来，他们对K.、老板娘和秘书都不屑一顾，就像这三人和他们自己一样都是顾客，就这么从他们之间挤了过去。幸运的是，秘书已经把文件放入了腋下的包里，因为这张小桌子在人群进入时就被撞翻了，还没有再次被扶起来,那些人一次又一次地从上面迈过去,表情严肃,仿佛非这样做不可。只有秘书的啤酒杯马上得了救,一个人高兴地咕哝了一声,把它抢到了手中,然后朝佩皮冲了过去,但佩皮已经完全消失在了男人堆里。只看得到她指向墙上钟表的手臂,似乎要让佩皮明白她让这些人等待如此之久是多么不公平。尽管迟开门的过错并不在她,事实上是 K. 在不知情的情况下造成的,但佩皮似乎无法向他们辩解,由于她年轻而且经验不足,和这些人打交道实在困难。如果是弗里达站在佩皮的位置上,她一定会奋力挣扎,摆脱他们!但佩皮却根本无法从人群中挤出来;当然,这也不是那些人的初衷,他们主要想喝啤酒。但这帮人已经无法克制自己,结果反而无法得到他们渴望的享受。扭来扭去的人群不断地将这个小女孩推来推去,但佩皮又非常勇敢,就是她忍住了不让自己嚷嚷,人们既看不到她在做什么,也听不到她的声音。而且,还有人不断地穿过大门涌进来,房间里已经水泄不通,秘书也无法离开了,通往走廊的门和通往庭院的门都无法通行,他们三个紧紧地挨在一起,老板娘搂着秘书的手臂,K. 则站在他们对面,他紧贴着秘书,他们的脸几乎要碰到一起了。

然而,秘书和老板娘对于拥挤的人群并不感到惊讶或烦躁,他们将其视为平常的现象,只是尽量避免让自己受到太大的撞击,必要的时候,他们就向人群的方向倾斜,顺应潮流,需要的时候,就低下头来,保护自己免受那些始终不满、四处寻找酒喝的男人的气息侵扰,但除此之外,他们显得非常平静,甚至还有点心不在焉。现在,K. 与秘书和老板娘之间的关系非常近,并与他们——尽管他们在表面上似乎并不承认——形成一个面对其他人的团体。因此他觉得在他们之间,一切官方、个人、阶级的隔阂似乎都已消除,或至少被暂时搁置了。此刻,对于K. 来说,那份记录似乎也不再遥不可及了。"现在您可走不了了。" K. 对秘书说。"是的,现在走不了了。"秘书回答。"那份记录呢?" K. 问。"一直在包里。"莫穆斯说。"我真想稍微看一眼。" K. 说着,几乎是不自觉地伸手去抓包,甚至已经抓住了一端。"不行,不行。"秘书说着,挣脱了他的手。"你们在干什么?"老板娘说,并轻轻打了一下K. 的手,"难道您以为可以通过暴力来夺回因轻率和傲慢而失去的东西吗?您真是个可怕的坏人!这份记录到了您手里还有什么价值?根本就是一朵鲜花插在了牛粪上!""那它就毁了!" K. 说,"如果现在我不再自愿被记录在案,那么我至少想要毁掉这份记录,我真的很想这么做。"他毫不犹豫地从秘书的腋下把包拽了出来，然后拿在自己手里。秘书很乐意把包让给他；实际上，他的手臂松得非常快，如果K.没有马上伸出另一只手去抓住包的话，包就会掉到地上。秘书问："为什么现在才这样做？"他补充说，"用暴力的话，你早就可以把它拿走了。"K.说："这是一种以暴制暴的做法。现在您毫无理由地拒绝对我进行之前提议的审讯或者至少是拒绝让我看那些文件。我只是为了强行实现这两者之一，这才把这个包拿过来的。"秘书笑着说："但这只是一种抵押。"老板娘接着说："他擅长接受物品做抵押。秘书先生，您已经在档案里证明过这一点了。我们能不能给他看看那一张？""当然可以，"秘书说，"现在可以给他看了。"K.把包递给老板娘，老板娘在里面翻找，但似乎找不到那张纸。她放弃了搜寻，筋疲力尽地说出了那一定是编号为十的那张纸。K.接着寻找，并立即找到了它，老板娘拿了过去，看了看是不是那张；确实是那张。她再次快速地看了一遍以取悦自己，秘书弯腰凑近她的手臂一起阅读。然后他们把它递给K.，他看到："土地测量员先生K.首先必须努力在村里站稳脚跟。这并不容易，因为没有人需要他的工作；除了桥头客栈的老板，他突然决定收留他，没有人愿意收留他，也没有人（除几位官员的玩笑外）理睬他。所以他表面看来只是毫无目的地游荡着，除扰乱这个地方的安宁外，他什么也没有做。但实际上，他忙得很；他在等待一个机会，而且很快就找到了。弗里达，贵族庄园里年轻的女招待，相信了他的许诺，并被他引诱了。"

以下两段参看马克斯·布罗德在1935年版本后记I中对此处的补充：

要证明土地测量员的罪过并非易事。因为唯有强迫自己完全按照他的思路去思考，才能识破他，而这种做法本身就十分难堪。而如果在这个过程中发现了从表面看十分令人难以置信的卑劣行径，也决不能动摇；相反，只有发生这样的事，才说明完全没走错路，才算是找对地方了。我们拿弗里达的事情做例子吧。显而易见，土地测量员并不爱弗里达，也并不是因为爱情和她结婚，他很清楚，她是一个不算好看、脾气暴躁的姑娘，又有一段并不光彩的历史，他也相应地对她并不上心，到处闲逛，并不把她放在心上，这是事实。然而对此也可以有不同的解释，把K.说成是一个或软弱，或愚蠢，或高尚，或卑鄙的人。但这些都不符合实际情况。要想获知真相，必须非常仔细地追寻我们在这里所揭示的他和弗里达之间的所有事情,从他到达村里开始,直到他和弗里达的结合。一旦找到那骇人听闻的真相,自然我们就得强迫自己相信它,除此之外别无他法。

因为K.极端卑劣的算盘,他才去追求弗里达,而且他只要觉得他的算计尚有希望,就不会放过她。他认为占有了她就是占有了主任大人的情妇,从而就占有了一件抵押品,只有付出很大的代价才能赎回。他要和主任先生谈这个价格,这是他现在一切的目标。由于他对弗里达并不在乎,他所在乎的只有这个价格,因此涉及弗里达时,他愿意做出任何让步,但是涉及价格时却分文不让。暂时来看,除他的种种猜想和建议之外,他倒还是无害的,但是一旦他发现自己错得有多么离谱、多么丢人,他可能会坏一些事,但这自然也是在他那有限的能力之内的破坏。

这张纸写到这里就结束了。纸的边缘还有一张孩子气的小插画,一个男人正抱着一个姑娘。姑娘的脸正埋在男人的胸口,而高大的男人却越过女孩的肩膀看着他自己手里拿着的一张纸,并正在那张纸上欢喜地记录着一些数字。当K.从这张纸上抬起头时,只剩下他和老板娘以及秘书还站在房间中央。原来客栈老板已经来了,这里似乎已经恢复了秩序。老板优雅地举起双手平息了众人的情绪,他沿着墙边走着,人们都已经在墙边的酒桶旁或者在地上安置好了自己,每个人都拿着一杯啤酒。现在大家也才发现,人并没有最初想象的那么多;只是因为所有人都涌向佩皮,才显得那么拥挤。现在还有一小群尚未得到啤酒的人站在佩皮周围,佩皮在如此艰难的环境下一定付出了超常的努力,她的脸颊上还流着泪水,漂亮的辫子也已经乱了,甚至连胸前的连衣裙都被撕破了,露出了里面的衬衣,但她顾不上自己,也许受到了老板还在场的影响,她正不知疲倦地忙于给人倒酒。在这个令人感动的景象面前,K.完全原谅了她给自己带来的所有烦恼。K.说:"啊,这张纸,"他把它放回了包里,然后把包递给了秘书,"请原谅我匆忙地把包从您手中拿走。这也要怪那拥挤、激动的人群。好吧,您一定会原谅我的。此外,您和老板娘也有一种特别的能力,让我充满了好奇,这一点我必须承认。但这张纸却让我失望了。这张纸正如老板娘所说,只是一朵非常普通的草地上的野花。当然,从工作角度看,它可能具有一定的官方价值,但对我来说,它只是一些闲话,是些修辞过头的、空洞的、令人悲伤的、女人气的闲话,是的,写这份材料的人肯定得到了女人的帮助。好吧,这里应该还有一定的公道,我可以向任何当局投诉这份材料，但我不会；不仅因为这样做太可怜了，而且因为我对你们还心存感激。你们让我对这个记录感到有些不安，但现在这种不安已经完全消失了。令我感到不安的只是，这样的东西居然原本被作为审讯的基础，甚至为此还盗用了克拉姆的名字。"老板娘说："如果我是您的敌人，那么您对这份文件的评价，我简直求之不得。""是的，"K.说，"您不是我的敌人。您甚至为了我，允许弗里达被别人诋毁。"老板娘说："您可不要以为那上面是我对弗里达的看法！"K.回答道："但那就是您的看法；您就是这样看不起那个可怜的孩子的。"对此，K.再也没有回应，因为这些只是侮辱罢了。秘书努力掩饰着他拿回公文包的喜悦，却没能做到；他微笑地看着包，好像这不是他自己的，而是别人刚刚送给他的一个新包一样，他欣赏得意犹未尽。仿佛从包里散发出一种特别的、使他感到十分舒适的温暖，他把它紧紧地贴在胸前。他甚至以需要更好地整理纸张为借口，把K.刚刚读过的那张纸拿了出来，又读了一遍。只有通过这样的阅读，他才能用幸福的表情迎接每一个单词，仿佛它们都是意外遇到的老朋友，他才能相信自己已经完全重新占有了这份记录。他甚至想最好也能让老板娘读一下。K.把空间完全留给了他们两人，几乎不去看他们了，因为他们之前对他还有一些意义，但现在他们对他来说毫无价值，这真是天壤之别。看他们两人站在一起，这两个同伙，正用他们那微不足道的秘密互相帮助呢！

[18] "我知道，"弗里达突然说，"如果我离开你，对你来说可能会更好。但我如果这么做，会心碎。尽管如此，如果可能的话，我还是会这么做的，但这是不可能的，我为此感到高兴，因为至少在这个村子里是不可能的。就像那些助手也无法离开你一样。你希望他们永远被赶走的想法是徒劳的！""我确实这么希望。"K.说，他没有回应弗里达的其他评论，心中的某种不确定性阻止了他，他看着那柔弱的双手和关节正慢慢地忙碌着磨咖啡，觉得它们越来越可怜了。"你说那两个助手不会再回来了。这究竟是怎么回事？"

弗里达停下了工作，望着K.，因为眼里含着泪水而目光模糊不清。"最最亲爱的，"她说，"请理解我的意思。不是我决定了这一切，我只是在向你解释，因为你要求我这样做，另外我这样做，也证明了我的一些行为是正确的，否则你就无法理解它，无法将其同我爱你这件事联系起来。作为一个外乡人，你在这里没有任何权利。也许这里对外乡人特别严格或不公平，我不知道，但事实就是你没有任何权利。例如，当地人如果需要助手，可以选择雇用什么人，他们长大了如果想结婚，可以自己娶一个妻子。当局对此也有很大的影响。但总的来说，每个人仍然可以自由选择。然而作为一个外乡人，你只能依赖于馈赠；当局如果高兴，会给你派助手，会给你一个妻子。当然，这也不是独断专行，但这完全是当局的事情，这意味着决策的理由是秘而不宣的。现在，你或许可以抵制这份馈赠，这一点我不能确定，或许你可以拒绝；但是，如果你一旦接受了它，那么这馈赠上也会有当局的压力，你身上也会有这种压力；只有当局愿意，这种压力才能从你身上消失，没有别的办法。这是老板娘告诉我的，所有的这些事情我都是从她那里得知的，她说，在我结婚前，她必须让我对一些事情有所了解。她特别强调说，那些了解这些情况的人，都会建议外乡人满足于接受这些礼物，因为人们永远无法摆脱它们；唯一能实现的，就是从那些至少带着一点友善的礼物中，创造出终身无法摆脱的敌人。这些都是老板娘说的，我只是转述了一下；老板娘什么都知道，我们必须相信她。""我们可以相信她的一些话。"K.说。

[19] "吓到我的不是那只猫，而是内疚。当猫扑向我时，我感觉就像有人用力撞向了我的胸口，这表示他们已经看穿了我。"弗里达放下了窗帘，关上了里面的窗户，恳求地拉着K.去到草垫子上，"而且，我点蜡烛不是为了找猫，而是想要迅速叫醒你。所以，亲爱的，实际情况就是这样。""他们是克拉姆的使者。"K.说，他将弗里达拉得更近了，亲吻了她的脖子，让她全身一颤，从他身上跳了起来，然后两人滑到了地上，在匆忙、喘不过气、恐惧中在对方身上乱拱，仿佛一个人想要藏到另一个人的身体里，仿佛他们所享受的欢愉属于第三者，而他们的快乐则是从他那偷来的。"我应该把门打开吗？"K.问道，"你会跑去找他们吗？""不！"弗里达喊道，挂在他的胳膊上，"我不想去他们那儿，我想和你在一起。请保护我，让我留在你身边。""但是如果他们，"K.说，"是克拉姆的使者，就像你说的，那么关门有什么用？我的保护又有什么用？即使有用，这种帮助又算得了什么好事吗？""我不知道他们是谁，"弗里达说，"我称他们为使者，因为克拉姆是你的上级，而当局又派来了这两个助手；除此之外，我一无所知。最最亲爱的，请重新接纳他们吧，不要因此得罪了那个可能派他们来的人。"K.从弗里达身边挣脱出来，说："助手们留在外面，我不想再让他们待在我身边。怎么可能呢？这两个人能够带领我去克拉姆

那里？我对此表示怀疑。即使他们能够做到，我也没有能力跟随他们去；甚至会因为他们跟在我身边，而让我失去在这里找到任何线索的能力。他们使我迷惑，现在我听说，不幸的是，他们也把你弄糊涂了。我让你在我和他们之间做出选择，你选择了我，现在把其他的一切都交给我吧。即使是今天，我也希望能得到重要的消息。他们已经动手，想把你从我身边拉走，至于是有罪还是无罪，对我来说都无关紧要。你真的认为，弗里达，我会给你开门，让你通过吗？"

[20] 而且，弗里达似乎很享受干活，她好像很喜欢每一项肮脏、费力的工作，任何这种能完全占据她所有精力的工作，任何这种能够让她不再去思考和做梦的工作，她都很爱干。

[21] 屋里的蜡烛刚熄灭，与此同时，吉莎就出现在了门口；显然她是在房间还亮着灯的时候就离开了，因为她非常重视礼仪。不久后，施瓦泽也出现了，他们走在没有积雪的路上，路上没有积雪的情况让他们十分惊喜。当他们走到K.身边时，施瓦泽拍了拍他的肩膀："要是你能维持这间屋子的整洁，"他说，"你就可以倚仗我。但是对于你今天早上的行为，我听说了很多严重的抱怨。""他会改进的。"吉莎说，她没有看向K.，也没有停下脚步。"这个人需要马上做些改进。"施瓦泽说着，赶紧加快了步伐，以便跟上吉莎。

[22] "现在我不明白你的意思了，奥尔加，"K.说，"我只知道我很羡慕巴拿巴所拥有的一切，即使他做的这一切对你来说似乎很可怕。当然，如果他拥有的一切都是毫无疑问的，那就更好了，即使他只到了那些办公室中最无价值的前厅，至少他也已经在那个前厅里了；想想看，我们现在坐着的这个炉边长椅和他的地位比，已经相差不少了。我感到奇怪的是，你为了用这些事来安慰巴拿巴，表面上也能尊重这些事，但实际上却似乎不能理解这些事到底意味着什么。此外，这也让我更加无法理解你，你似乎是巴拿巴所做的这些努力背后的动力，我顺便说一句，这一点是我在我们初次相识的那个晚上之后，从未猜想到的。""你弄错了，"奥尔加说，"我不是他的动力，不是的；如果巴拿巴所做的一切都不是必需的，我将是第一个想拦住他，把他留在这里，并让他永远留在这里的人。对于他来说，难道他现在不该结婚成个家吗？然而，他将自己的精力分给了手艺人和信使的工作，在那张大桌子前站着、潜伏着，只等着那个长得像克拉姆的官员能看他一眼，最后得到了一封陈旧的、积满了灰尘的信，这封信对

369

谁都没有帮助，只会在世界上制造混乱。""但这又是一个完全不同的问题了，"K.说，"巴拿巴传递的消息可能是无价值或是有害的，这也许可以作为控告城堡机构的理由，还会给收件人，比如我，带来非常糟糕的影响，但这对巴拿巴来说却并无损害，他只是按照命令来回传递消息，而且他通常不知道其中的内容，他依然毫发无伤地当着官方的信使，正如你们所期望的那样。""好吧，"奥尔加说，"也许是这样，当我有时独自坐在这里——巴拿巴在城堡里，阿玛利亚在厨房里，可怜的二老已经在那边打起了瞌睡，我拿起巴拿巴的鞋修补起来，而我的这双手完全不适合这种工作，然后我再把鞋子放下，孤独地思考，十分无助，因为我独自一人，我的脑力远远不足以应对这些问题，这时一切都乱成了一团，甚至恐惧和忧虑也不再那么强烈了。""那么，他们为什么要蔑视你们呢？"K.问道，想起了第一天晚上这家人给他留下的丑陋印象，他们在小油灯下，围着餐桌挤在一起，他们的背都很宽，一个挨着一个，都背朝着他，两个老人的头几乎低到了汤里，正等着别人来服务他们。那一切是多么令人厌恶，但更令人厌恶的是，根本无法通过细节来解释这种印象，因为虽然这些具体的细节都可以被说出来，以便有所依据，但真正引发厌恶的并非这些细节，而是一些说不清道不明的其他东西。直到K.在村子里了解了一些事情，使他对第一印象变得谨慎，甚至不仅对第一印象，还对第二印象以及随后的印象都变得谨慎，直到这个原本看似统一的家庭分解为他部分能理解的个体之后，他才开始和这些人感同身受，如同朋友一样，他在这个村子里还没找到其他这样的朋友，直到现在，那种旧的反感才开始消散，但仍未完全消失。缩在角落里的父母、小油灯、这个房间本身，要心平气和地忍受这一切并不容易，人们必须得到一些反向信息，就像奥尔加的故事一样，才能略微，也只是流于表面，暂时与这一切和解。想到这些，K.补充道："现在我确信人们对你们一家的做法是不公正的，这是我首先要说的。但是，也很难不对你们不公正，我也不知道原因。必须得是像我这样地位特殊的异乡人，才能摆脱偏见。我自己也曾在很长时间里受其影响，我受到的影响如此之大，因此我觉得你们面临的问题——不仅仅是蔑视，还有恐惧——对我来说似乎是理所当然的，我从未深入思考过，也没有寻找原因，甚至没有尝试过为你们辩护，当然，这一切对我来说也很遥远，似乎离我很远。但现在情况完全不同了。现在我相信，那些蔑视你们的人，不仅隐瞒了蔑视的原因，而且他们真的也不知道这些原因；大家必须得认识你们,特别是你,奥尔加,才能摆脱这种妄想。显然,除你们比其他人更有抱负之外,没有别的事情对你们不利了,因为巴拿巴成了城堡的信使,或试图成为信使,使得他们耿耿于怀,为了不必欣赏你们,人们蔑视你们,并且这样做的力量如此之大,导致你们也屈服于此,你们的担忧、焦虑和怀疑还有什么别的,不就是这种普遍蔑视的结果吗?"奥尔加微笑起来,她用聪明而明亮的眼神注视着K.,使得他几乎为之震惊,那情形就好像他说了些非常荒唐的话,奥尔加现在得向他逼问,消除他的误解,而她对这个任务感到非常开心。而为什么所有人都与这个家庭对立的问题,对K.来说似乎仍然没有得到解决,而且需要一个非常明确的回答。"不,"奥尔加说,"情况并不是这样的,我们的处境并没有那么好,过去你没有为我们在弗里达面前辩护,你想弥补,所以现在又为我们辩护,还辩护得过了头。我们并不想比其他人更有抱负。想成为城堡信使就是一种崇高的追求吗?只要会跑,能记住几个任务的口信,就能成为城堡信使。这也不是一个有工资的职位。人们对被任命为城堡信使这件事,就像是看待小小的、无事可做的孩子的一个请求,他们争着要为大人做些什么,做一些工作,只是为了荣誉和劳动。在这里也是这样,只不过区别在于没有那么多人争着做,而那些真正或表面上被录用的人,不会像孩子那样被友好地对待,而是备受折磨。所以,没有人因为这个羡慕我们,反而因为这个而同情我们,尽管他们还有敌意,但总还是有一点同情。也许在你的心中也有一点同情,否则还有什么能吸引你到我们这里来呢?巴拿巴的信吗?这我并不相信。你从未真正重视过这些信,只是因为同情巴拿巴,或者至少在很大程度上是因为同情他,才坚持要这些信。而这个目的你也达到了。虽然巴拿巴受到了你高涨的、无法满足的要求的折磨,但与此同时,他也因此而获得了一点骄傲、一点信心,他在城堡里无法摆脱的那些怀疑,通过你的信任,通过你持续的关心,得到了一些缓解。自从你来到村子里,他的处境好多了。我们其他人也从这种信任中有所收益;如果你能更常来找我们会更好。我明白你是因为弗里达才和我们保持距离的,我也告诉过阿玛利亚。但阿玛利亚最近心神不宁,我甚至不敢和她说一些要紧的话。当你和她说话时,她似乎根本不听;如果她听了,她似乎也不能理解别人说的话;如果她理解了,她似乎会蔑视它。但她这么做并非出于故意,人们不应该对她生气;她越是不屑一顾,你就越要温柔地对待她,她只是看起来外表强势,内心却十分脆弱。比如昨天,巴拿巴说你今天会来;因为他了解阿玛利亚，于是他小心翼翼地补充说，你只是或许会来，但并不确定。然而，尽管如此，阿玛利亚还是一整天都在等着你，无法做其他事情，直到傍晚她站不住了，才只好躺下休息。"K.说："现在我明白了，为什么我对你们来说十分重要，这其实并非我的功劳。我们彼此相关，就像信使与收信人的关系一样，但也仅限于此，请不要夸大其词；我非常珍视与你们的友谊，特别是与你的友谊，奥尔加，我不希望因为过高的期望而让它受到威胁；就像你们几乎因为我对你们的期望过高而疏远了我一样。如果你们被玩弄，那么我也同样如此，这根本就是一场整齐划一的、令人惊讶的游戏。从你的叙述中，我甚至得到这样的印象，巴拿巴带给我的两条信息，是他迄今为止被委托的唯一任务。"奥尔加点了点头。"我不好意思承认，"她低下眼睛说，"或者我担心，这样一来，这些信对你来说可能会变得更加毫无价值。"K.说："但你们俩，你和阿玛利亚，却努力让我对这些信的信任越来越少。"奥尔加说："是的，阿玛利亚正在这么做，我在模仿她。我们心中充满了绝望。我们相信，这些信毫无价值，这件事是如此明显，我们指出这一点并不会毁掉什么。相反，我们更有可能从你那里得到信任和怜悯，这实际上是我们唯一的希望。你明白我的意思吗？这就是我们的思路。信是毫无价值的，从它们本身无法获得任何力量。你太聪明了，不会在这方面被欺骗，即使我们能够欺骗你，那巴拿巴也只会成为一个谎言使者，而在谎言中是无法寻求拯救的。"K.说："所以你对我并不坦诚，甚至连你也不对我说真话。"奥尔加说："你还没有理解我们的困境，我们可能有过错，不擅长与人交往，我们的绝望尝试也许让你产生了抵触。但你说我对你不坦诚？没有人比我对你更坦诚了。如果我对你隐瞒了什么，那只是因为害怕你，但我并没有隐藏这种恐惧，而是明显地表现了出来。如果你能消除我的恐惧，那你就拥有了全部的我。"K.问："你害怕什么？"奥尔加说："害怕失去你。想想看，巴拿巴为了他的职位奋斗了三年，我们期待他成功的日子已经有三年了，但一切都徒劳无功，没有一丁点成功，只有耻辱、折磨、被浪费的时间以及对未来的威胁。然而，有一天晚上，他拿着一封信来了，那是写给你的信。'来了一个土地测量员，他似乎是为我们而来的。我将负责他和城堡之间的全部沟通，'巴拿巴说，'重要的事情似乎即将发生。''当然，'我说，'一个土地测量员！他将执行很多工作，会有很多信需要送。现在你成了真正的信使，不久你将得到工作制服。''这是可能的。'巴拿巴说。甚至连他这个经常内耗的年轻人也说：'这是可能的。'那天晚上我们很快乐，甚至阿玛利亚也以她的方式参与了其中，虽然她没有听我们说话，但她把自己坐在上面织毛衣的小凳子挪得离我们近了些，偶尔看看我们，看着我们欢笑和窃窃私语。但幸福并没有持续多久，在当天晚上就结束了。当然，当巴拿巴带着你出现时，幸福似乎还在继续，但疑虑已经开始。虽然你的到来对我们来说是光荣的，但从一开始就有些麻烦。我们在想，你到底想干什么？你为什么来？你真的是我们以为的那位大人物吗？如果你是的话，为什么要来我们贫穷的房间？为什么不待在你住的地方，让信使在符合你身份的方式下接近你，然后你立即分配完任务就让他走？你来了我们家，难道不是削减了巴拿巴信使职位的部分重要性吗？而且，虽然你看上去很陌生，但穿着很寒酸，我当时帮你脱下那件湿漉漉的大衣后，就悲伤地摆弄着它。我们渴望了很久才等到的收信人，难道是倒霉遇错了人吗？然后我们看到你确实没有与我们接近，你待在窗边，说什么也不愿意到我们的桌子那儿来。我们没有回头看你，但我们想的也都是你。你来是为了考验我们吗？是为了看看你的信使来自什么样的家庭吗？在你来村里的第二天晚上就开始对我们产生怀疑了吗？你阴沉着脸，十分自我封闭，对我们一句话都没说，而且还迫不及待地离开我们，这考验结果是否对我们很不利呢？你的离开，对我们来说就是证明，证明了你不仅不尊重我们，更糟糕的是，你也不重视巴拿巴送的信。我们自己是无法认识到这些信的真正意义的，只有你能，因为它们与你有直接的关系，它们涉及你的工作。所以说，是你让我们产生了怀疑；从那天晚上开始，巴拿巴在上面的办公室里开始了他悲催的观察。那天晚上还没有解答的问题，到了第二天早上，当我从马厩出来，看着你和弗里达及贵族庄园的助手们离开时，终于得到了解答，那就是你对我们不再抱有希望，已经离开我们了。当然，我什么也没告诉巴拿巴，他已经为自己的心事背负着很沉重的负担了。"K.说："难道我没有回来吗？我让弗里达等着我，来倾听你们陷入困境的故事，就像是自己的事一样？"奥尔加说："是的，你来了，我们对此感到高兴。你给我们带来的希望，之前已经开始减弱了；我们早就非常需要你回来。""我也需要来你们这儿，"K.说，"这我明白。"

[23] "阿玛利亚当然没有插手这件事，尽管根据你的暗示，她比你更了解城堡；那么，也许她对一切都负有最大的责任。""你的洞察力令人惊讶，"奥尔加说，"有时你用一句话就能帮助我，这可能是因为你是个异乡人。

而我们呢，带着我们悲伤的经历和恐惧，不加抵抗地因每一次木头的嘎吱声而惊恐，只要一个人被吓了一跳，另一个也会立刻被吓一跳，甚至都不知道真正的原因。这样是无法得出正确的判断的。即使有能力思考一切——而我们女人从未拥有过这种能力——在这种情况下也会失去这种能力。对我们来说，你的到来是多么幸运的事啊。"这是K.在村子里第一次听到如此毫无保留的欢迎，尽管他迄今为止一直渴望着这种欢迎，也觉得奥尔加值得信赖，他却不喜欢听到这样的话。他来的目的并非为某人带来幸运；如果碰巧有机会，他可以自愿去帮助别人，但没有人应该把他当作幸运使者这样欢迎。谁这样做，只会使他前进的道路变得混乱，让他在如此被迫的情况下，承担那些他永远无法承担的事情，这些事情是他本人即使再怎么努力也做不到的。然而，当奥尔加继续说下去时，她弥补了她的错误："当然，当我相信我可以放下所有的思想包袱，因为你会为一切做出解释、找到出路时，你突然说出一些完全错误，甚至令人痛苦的事，比如：阿玛利亚最了解情况，她没有插手，她应该对事情负有最大的责任。不，K.，我们无法与阿玛利亚相提并论，更别说指责她了！那些在你评判其他事物时，对你有帮助的友好和勇气，却无法帮助你对阿玛利亚做出判断。要指责她，首先必须对她所受的痛苦有所了解。她最近变得非常不安，隐藏了很多东西——实际上她隐藏的无非是自己的痛苦——所以我几乎连最重要的事也不敢与她交谈。当我进来看到你和她在安静地交谈时，我吓了一跳；事实上，不能和她交流，有时会出现一段日子，她会变得平静一些，或者那可能不是更平静，而是更疲惫，但现在又是最糟糕的时候。她似乎根本不听人说话，即使她在听，也似乎无法理解所说的内容，即使她理解了，也似乎对此表示轻蔑。但她并非故意这样做，我们不能对她生气，她越是拒人于千里之外，我们就越要温柔地对待她。她看似坚强，实际上却很脆弱。昨天巴拿巴说你今天会来；由于他了解阿玛利亚，他谨慎地补充说，你只是可能会来，还没有确定。尽管如此，阿玛利亚还是整天都在等你，无法做其他事情，到了晚上她实在站不住了，才不得不躺下休息。"K.从这些话里再次听到这家人对他提出的要求。在这家人面前，如果不小心，就会迷失方向。他考虑的都是这些不可能说出口的想法，这破坏了奥尔加首先创造的亲密氛围，这种氛围让他非常舒适，正是这种氛围让他留在了这里，他宁愿把离开的时间推迟到无限遥远的未来。K.说："我们很难达成一致，这我已经看出来了。我们还没有触及实质问题，就已经在这里那里出现了分歧。如果我们两个人独处，达成一致并不困难，我很快就会和你达成一致，因为你既无私又聪明；可惜我们并不是独处；是的，我们甚至不是主要人物，还有你全家，对你的整个家庭我们几乎无法达成共识，更不用说阿玛利亚了。"奥尔加问："你是完全否定阿玛利亚吗？你不了解她，就这样指责她？"K.说："我并没有指责她，我也没有对她的优点视而不见，我甚至承认，我可能对她不公，但是我也很难不对她不公，因为她高傲、封闭，而且还过分专横；如果不是她如此悲伤又如此不幸，人们根本无法与她和解。"奥尔加问："这就是你对她的所有看法吗？"现在她自己也悲伤了起来。K.说："这已经足够了。"现在他才看到阿玛利亚已经回到了房间里，但她站在很远的地方，站在父母的桌子旁。"她就在那里。"K.说，尽管他并不愿意，但在这句话里还是违心地透露出了对晚餐，以及所有参与者的厌恶之情。奥尔加说："你对阿玛利亚有偏见。"K.说："我确实有。""为什么呢？""如果你知道，请告诉我。你非常坦诚，我非常珍视这一点，但你只在涉及你自己的事情时才表现出坦诚，你认为通过保持沉默就可以保护你的兄弟姐妹。这是错误的，如果我不知道一切，我无法支持巴拿巴，而且在你们家里，阿玛利亚也参与了所有事情，所以也涉及阿玛利亚的事情。你也不会希望我在不了解详细的情况下就采取行动，还仅仅因为这个就把一切都搞砸了，对你们和我造成无法弥补的伤害吧。"奥尔加在暂停了一会儿之后说："不，K.，我不希望这样，所以最好还是维持原状。"K.说："我不认为这样更好，我不认为让巴拿巴继续过这种所谓信使的虚幻生活，还有你们与他分享的这种生活更好，你们作为成年人，却要靠吃孩子吃的食物养活，要是让巴拿巴与我联手，在这里让我安静地考虑出最佳的方法和途径，那时他就会充满信心地，不再仅仅依靠自己，而是在持续的监控下，主动执行一切，为了他和我自己的利益，继续在办公室里更深入地挖掘，或许也不能取得更大的进展，但可以在他已经进入的房间里，学会理解和利用一切。我不认为这样做不好，不值得为其做出一些牺牲。当然，也有可能我错了，正是你隐瞒的事情能够证明你是对的。那么我们仍然是好朋友，我在这里已经无法缺少你的友谊了，但是那样一来，实在没有必要让我在这里待上整个晚上，让弗里达等着我，只有巴拿巴的那些重要的、迫切的事务才能证明我这样做是有道理的。"K.想站起来，奥尔加拉住了他。"弗里达给你讲过我们的事情吗？"她问。"没什么具体的。""老板娘呢？""她也什么都没有说过。""这正如我所预料的,"奥尔加说,"在村子里,你不会从任何人那里了解到关于我们的具体情况。相反,每个人,无论他知道发生了什么,还是什么都不知道,都只相信那些流传的,或是他自己编造的谣言,每个人都会以某种方式在大体上表现出对我们的鄙视,显然,如果他们不这样做,他们就会鄙视自己。弗里达和所有人都是这样,但这种鄙视虽然是针对我们这个家庭的,但真正的矛头却指向阿玛利亚。因此,我特别感激你,K.,虽然你受到了大众的影响,但你既不鄙视我们,也不鄙视阿玛利亚。你只是对巴拿巴和阿玛利亚有偏见,但是没有人能完全摆脱环境的影响;你能做到这样已经很厉害了,我的希望很大一部分都建立在这一点上。"K.说:"我并不关心别人的意见,也对他们的理由不感兴趣。也许——这会很糟糕,但有可能——也许当我结婚,并在这里安定下来后,我的想法会改变,但现在我还是自由的,对于我来说,向弗里达隐瞒或证明我拜访过你们,这不会太容易,但只要我认为某件事十分重要,比如像巴拿巴的事,我就可以毫无顾虑地尽情关注它。现在你应该明白,为什么我需要迫切做出决定了:我还在你们这里,但也只是临时的,随时可能有人来叫我,我什么时候能再回来,这就不知道了。"奥尔加说:"但巴拿巴不在这里。在他不在的情况下,我们又能决定什么呢?""我暂时还不需要他,"K.说,"现在我需要的是别的。不过在我列举这些东西之前,请你别误会,如果我说的话听起来有些专横,但其实我既不想对你们发号施令,也并不好奇,不想窥探你们的秘密,我只是想像别人对待我一样对待你们。"奥尔加说:"你现在说话的语气听起来好陌生,你之前跟我们亲近得多,你的保留是完全没有必要的,我从来没有怀疑过你,以后也永远不会,但请你也不要对我产生怀疑。"K.说:"如果我现在说话的方式跟以前不一样,那是因为我想比以前更加亲近你们,我想在你们家里就像在自己家一样,要么我就这样跟你们联手,要么就什么都不要,我们要么在巴拿巴的事情上完全同心协力,要么避免任何可能让我尴尬,也许也会你们感到尴尬的,但实际上又没有必要的接触。可是这种联合,这种以城堡为目标的联合,确实存在一个很大的障碍:阿玛利亚。所以我的第一个问题是:你能代表阿玛利亚说话吗?代表她回答问题,为她担保吗?""我可以部分代表她说话,部分为她回答问题,但不能为她担保。""你不想叫她过来吗?""那就完了。你从她那里得到的信息会比从我这里得到的还要少。她会拒绝任何联合,不会接受任何条件,她甚至会禁止我回答问题，她还会以一种你还不了解的狡猾和不妥协的方式逼迫你中断谈话，离开我们家，然后，当你出去的时候，她也许会瘫倒在地。她就是这样的人。"K.说："但没有她，一切都是徒劳的，没有她，我们就会卡在中间，停留在未知之中。"奥尔加说："也许你现在会更加重视巴拿巴的工作，我们两个，他和我，在单独干；没有阿玛利亚，我们就像是在盖一座没有地基的房子。"

[24] "他是不是因为信件的事情受到了官方的惩罚？"K.问。"因为他完全不出现？"奥尔加问，"恰恰相反。这种完全不出现是一种奖励，据说官员们都非常努力地争取这种奖励，因为与当事人打交道对他们来说是种折磨。"K.说："但是索尔提尼以前几乎从不管这样的事，或者说，写那封信也算是让他感到与当事人打交道的折磨吗？"奥尔加说："K.，请你，不要这么问。自从阿玛利亚来了以后，你的态度就变了。这样的问题有什么用呢？无论你是认真地问还是开玩笑，没有人能回答。这让我想起了阿玛利亚在这段不幸岁月的最初时期的情形。那时她几乎什么也不说，但对发生的一切都很在意，她比现在更加专注，有时她也打破沉默，提出这样一个问题，这个问题或许会让提问者感到羞愧，但无论如何会让被问者感到羞愧，当然也会让索尔提尼感到羞愧。"

[25] "城堡本身就比你们强大得多，尽管如此，还是可以怀疑它是否会获胜，但是你们不去利用这一点，反而似乎把所有的努力都放在确保城堡会获得胜利上，因此你们在战斗中会突然毫无根据地开始恐惧，从而使你们更加软弱无力了。"

[26] "您找个地方随便坐吧。"埃朗格说。他自己坐在书桌前，先草草地翻看了一下那些装档案的信封皮，就把这些档案放进了一个小旅行包里，这个包跟布尔格的很像，但几乎装不下那些文件。埃朗格不得不把已经放进去的文件再拿出来，尝试重新用另外一种方式装进去。他说："您早该来了。"他之前就已经表现得不太友好，现在可能因为文件也不听使唤，把怨气都撒在了K.身上。K.因为来到了新环境，再加上埃朗格那种简洁的说话方式，使他从疲惫中惊醒了，K.觉得埃朗格的方式让他稍稍想起了男教师——他们只是因为地位不同而有所区别——甚至他们之间还有一点外貌上的相似。K.就像一个坐在椅子上的学生，而他所有的同学今天都没有来。K.尽量认真地回答，首先提到他来时，埃朗格正在睡觉，为了不打扰他，自己才离开的，不过接下来他却没有提到在这段时间里自己在做

什么，然后再讲了自己找错了门的事情，最后提到了自己非常疲惫，希望对方能够考虑到这一点。埃朗格立刻找出了回答中的弱点。"很奇怪，"他说，"我是为了工作时能精力充沛而睡觉，而您在同一段时间里，不知道到哪里去闲逛了，却在审讯就要开始时，以疲劳为借口。"K.刚想要回答，埃朗格就用一个手势制止了他。"您的疲劳似乎并未减弱您的话痨毛病，"他说，"在隔壁房间里长时间的喃喃自语，也不适合照顾我那您声称非常关心的睡眠。"K.再次想要回答，埃朗格再次制止了他。"不过，我不会太过占用您的时间，"埃朗格说，"我只是想请您帮个忙。"但突然间，他想起了某件事情，现在可以看出，他一直在思考着什么让他分心的事情，而他对K.的严格态度或许仅仅是形式上的，实际上只是因为他心不在焉。他按下了桌上的一个电铃按钮。一个跟班立刻从一扇侧门里走了出来，显然埃朗格和他的跟班住在好几个不同的房间里。这位跟班显然是个公职人员，奥尔加曾经跟他提起这些人，但他自己还从未见过这样的人。他是一个相当矮小，但身材非常宽厚的男人，脸也很宽，这就让他那双从来不能完全张开的眼睛显得更小。他的衣服让人想起了克拉姆的衣服，尽管它已经破旧不堪，尤其是袖子过短，穿在这个本身手臂就相当短的跟班身上，显得格外突兀。显然，这套衣服是为一个更矮小的人准备的，可能跟班们穿的是官员们的旧衣服。这或许也是让跟班们产生那传说中的傲慢的一部分原因吧；这个跟班似乎也认为，他仅仅是响应铃声前来，就已经完成了他可以做的所有工作，他用一种严肃的表情看着K.，仿佛他被召唤来，只是为了指挥K.。而埃朗格则默默地等待着跟班去执行自己召唤他的事，这好像是一种习惯性的工作，已经无须进一步给出明确的命令了。但是跟班并没有什么反应，他只是一直用恶狠狠的或是责备的目光看着K.。埃朗格恼怒地狠狠地跺着脚，几乎要把K.从房间里赶出去——K.再次不得不承受并不是他所造成的烦恼的后果——他又被赶了出去，他得在外面等一会儿，很快就会再让他进来。当他被叫回来时，埃朗格和他说话的态度明显友好了许多，跟班已经离开了。K.注意到房间里唯一的变化是，现在有了一扇木制的滚动墙，将床、洗手台和柜子遮挡住了。"和跟班们打交道确实让人生气。"埃朗格说。从他的嘴里说出这些话，可以被视为一种令人惊讶的信任表现，当然，如果这不仅仅是自言自语的话。"总的来说，麻烦和烦恼实在太多了，"他接着说，靠在椅子上，双手握成拳头，将它们放在离自己很远的桌子上，"我的老板克拉姆先生，在过去的几天里似乎有点不安，至少我们这些生活在他身边、极力解读他的每句话的人是这样认为的。我们感觉到了他的不安——并不是说他真的不安——他怎么会感到不安呢？——而是我们感到不安，我们这些围绕在他身边的人感到不安，在工作中几乎无法再向他掩饰这种情绪。这当然是一种应该被立刻终止的状态，否则它在工作中，会给每个人，包括您，带来莫大的损失！我们寻找原因，发现了一些可能与它有关的原因，其中有一些可能是问题的所在，也包括一些荒谬至极的原因，这也并不足为奇，因为极度荒谬和极度严肃之间的距离并不遥远。尤其是办公室的生活令人筋疲力尽，只有在关注到所有最微小的细节，并尽可能不允许在这方面出现任何变动的情况下，才能完成好工作。例如，一个墨水瓶离它通常的位置稍远了一点，这就极有可能危及最重要的工作。监督这一切的责任，本应由跟班们承担，但遗憾的是，他们并不可靠，导致我们中的许多人，包括我在内，需要承担这项工作中的很大一部分，尤其是我，因为我被认为对这方面有特别的洞察力。然而，这是一项非常敏感、私密的工作，如果让粗心大意的跟班们来做，可能瞬间就完成了，但对我来说却是个难题。这不仅要远离我的其他工作，而且由于它引起的这种来回奔波的情况，对于比我神经稍弱一些的人，完全就可能会精神崩溃。您明白我的意思吗？"